KB150680

결혼 환상곡
fantasy marriage

결혼 환상곡

fantasy marriage

요안나 장편 소설

DAHYANG ROMANCE STORY

Contents

프롤로그

Bizzarria

구름이 걷혔다. 창 너머로 푸른 하늘을 올려다보는 남자의 눈빛은 맑게 갠 하늘만큼이나 투명하다. 정성 들여 다듬은 담비의 털로 만든 붓처럼 단정한 눈썹과 뾰족한 콧날이 곱상한 인상이다.

"배경은 상관없습니다."

적색 도료를 발라 놓은 듯 붉은 입술이 매끈하게 움직였다. 여자는 그가 하는 말을 받아 적으며 감미로운 목소리에 귀를 기울였다. 웅장한 교향곡의 낮은 음역대를 대표하는 악기와 닮은 압도적인 목소리다.

"어디까지 수용하겠다는 말씀이시죠?"

여자가 금색 안경테를 예민한 만년필촉으로 들어 올렸다. 마주 앉은 남자만큼이나 여자의 사업적 고집도 만만치 않아 보였다.

수학교육을 전공한 여자는 학부 시절부터 있는 집 자제들의 수학 과외를 도맡아 했었다. 군부에서 과외를 금지하던 때니까, 벌써 40년도 더 된 이야기다.

눈치가 빠르고, 그만큼 계산도 빨랐던 여자는 과외를 맡았던 두 아이에게 서로의 집안을 소개해 주면서 자의 반 타의 반으로 중매 사업에 뛰어들었다.

성혼 횟수가 늘어날수록 여자를 찾는 사람들은 점차 많아졌다. 당연하게도 그들의 손에는 돈이 한 움큼씩 들려 있었다. 남의 자식 결혼시키고 돈 버는 재미는 제법 쏠쏠했다.

정치, 사회, 경제적으로 가파른 성장을 이루던 시기에는 대부분 부모가 자식의 짝을 찾기 위해 나섰었다. 값어치 있는 자리를 노릴수록 비싸게 구는 법이기에 알 만한 집안의 자제가 직접 제 결혼을 위해 나서는 일은 여전히 드물다.

물론 일반인을 대상으로 하는 결혼 정보 업체에서는 결혼 당사자가 직접 프로필을 등록하는 게 흔한 일이 되었다. 하지만 여자가 대하는 사람들은 '일반인'과는 거리가 먼 사람들이다.

맞은편에 앉은 남자도 '일반인'의 범주에는 속하지 않았다.

"강 화백님께서 어느 선까지 수용해 주실 수 있을지, 대략적인 기준을 말씀해 주셔야 할 것 같은데요."

몇 년째 K옥션을 시작으로 소더비, 크리스티 경매에서 두각을 나타내고 있는 화가 강제우. 그가 자신을 찾아오리라고는 생각지 못했다. 증권가에서 잘나가던 애널리스트 출신인 그는 한때 국내 주식 시장의 흐름을 제 뜻대로 주무르던 남자였다.

그러니 돈은 많고.

아름다운 것을 탐하는 본능이 강한 컬렉터들의 눈은 그의 독보적인 외양에도 시선을 주었다. 190cm에 육박하는 키, 특전사 출신답게 장대한 몸, 그와 대척점을 이루는 선이 고운 얼굴, 주식과 미술이라는 닮은 듯 다른 분야에서 최고점에 오른 남자의 눈빛에는 범속한 이들이 쉽게 가질 수 없는 여유로운 오만이 고여 있었다.

그래서 기가 막히게 잘생기셨고.

사람들은 탐미적 목적뿐 아니라, 부를 과시할 용도로도 예술품에 탐닉하곤 한다. 남이 갖지 못한, 단 하나의 작품을 가진 것으로 자신의 궁극적인 취향을 드러내며 부를 과시한다. 그런 사람들이 요즘 국내에서 가장 손에 넣고 싶어 하는 물건이 강제우의 작품이다.

따라서 앞길 또한 창창하시고.

돈 많으시고, 여유로운 오만이 깃든 얼굴은 기가 막히게 잘생기셨고, 앞길 또한 창창하신 분이 따르는 여자가 없을 리가.

그런데 왜 결혼할 여자를 직접 찾지 못하고 여기까지 찾아왔을까. 여자는 이 의문이 본 결혼의 핵심이라는 생각이 들었다.

강제우는 여자의 의문을 알아차린 듯한 눈빛이었다.

"사람들은 돈이 생기면, 어떤 방식으로든 취향을 드러내고 싶어 합니다. 그런 심리를 이용한 상술에 속아서 누구나 손에 넣을 수 있는 허울뿐인 한정판 제품에 돈을 쓰고 좋아하기도 하고. 또 월급을 한 푼 두 푼 모아서 명품을 사기도 하죠. 그런데 돈이 많아지면, 남이 갖지 못하는 단 하나를 손에 넣고 싶어 하거든요?"

"있는 사람들의 소유 심리를 이용하시려고 그림을 시작하신 건가요? 역시 애널리스트 출신이셔서 그런지, 사회를 보는 안목이 남다르시네요."

여자가 가식적인 미소를 지으며 떠들었다. 고객의 환심을 사기 위한 언변이 몸에 밴 여자였다.

"그럴 리가요."

남자가 입술을 비스듬히 들어 올리며 웃었다. 살짝 벌어진 입술 사이로 고른 치아가 드러난 미소는 예쁘다는 생각이 들 정도로 청초했다. 거구의 남자가 머금은 미소가 예쁘다는 생각이 들다니. 남자의 모순적인 매력에 사람들이 열광하는 이유를 깨우치게 하는 미소였다.

"남이 갖지 않은 단 하나."

그는 어린아이에게 설명해 주는 것처럼 느릿한 말투로 또박또박 말을 이었다.

"그걸 갖고 싶었거든요. 명품은 돈 있으면 다 살 수 있어요. 돈이 있어도 살 수 없는 명품이라고 소문난 브랜드도 사실 돈만 있으면 살 수 있잖아요? 그만한 돈을 써 보지 못한 사람들이 더 많으니까, 돈 있어도 살 수 없는 브랜드라는 소문이 나는 거고. 그 물건을 가지고 있는 사람들은 그런 소문들로 인해 자신

11

이 가진 물건이 더 특별해진다고 생각하니까 뜬소문을 굳이 반박하지 않고요. 세상에 돈으로 살 수 없는 물건이 어딨습니까?'

그의 말이 아직 끝나지 않은 것 같아서 여자는 잠자코 기다렸다.

"자본주의 사회에서 내가 이런 사람이다, 라고 드러낼 수 있는 가장 손쉬운 방법은 소비의 규모를 알려 주는 겁니다. 하지만 명품은 유일한 게 아니죠. 주문하고 몇 년을 기다리는 커스텀 메이드라고 해도 어차피 본질은 그 브랜드 이름 박고 나오는 물건일 뿐이죠. 그래서 돈 좀 있다 하시는 분들은 예술품 소비로 자신을 드러내곤 합니다만."

세태를 비꼬듯 말하는 그의 어조는 건조했고, 표정은 소년처럼 무구했다. 그 세태가 만들어 놓은 피라미드의 꼭대기에 서 있는 알파 수컷 같은 남자가 한다는 소리가.

"예술품조차도 유일한 게 아니죠. 평생 단 하나의 작품에만 매진하는 예술가는 없으니까요."

그는 영리했다. 금융업계에 종사했었다는 배경이 자신의 작품의 예술적 가치를 훼손하는 게 싫어서, 그는 작품이 명성을 얻은 뒤에야 작가로서 세상에 모습을 드러냈다고 했다.

과연 그의 말처럼 예술적 가치의 훼손을 우려해서였을까? 더 높은 값을 받기 위해 쇼를 한 건 아니고?

하긴 그마저도 그의 투자회사와 함께 일했던 부호들의 증언으로 알음알음 알려진 것이었으니, 쇼는 아닐 수도 있겠다.

"유일한 가치, 궁극적 취향을 위해 미술을 하시는군요?"

여자가 넌지시 물었다.

"그런 여자였으면 합니다."

이번에도 그의 얼굴에는 순수한 미소가 어려 있었다. 하지만 그의 눈빛만은 날카로웠다.

"너무 어렵네요."

여자는 강제우의 뜻을 다 알아들었으면서도 난처하다는 듯이 굴었다. 이제

부터는 여자가 수완을 발휘할 때였다. '유일한 가치, 궁극적 취향'은 듣기 좋으
라고 포장한 말이었다.

강제우가 원하는 것은.

"제 컬렉션의 가장 상위 티어에 자리해야 할 겁니다."

여자가 머릿속으로 정리하기 전에, 강제우가 먼저 말을 덧붙였다. 마치 명품
을 소비하고, 예술품을 수집하는 것처럼, 강제우는 부인의 조건을 내뱉었다.

"금액은 이 정도면 될까요?"

그는 휴대전화 화면을 툭툭 건드리고는 테이블 위에 올려놓았다. 기다란 손
가락 끝이 여자 쪽으로 휴대전화를 밀었다. 화면 속에는 여자의 1년 치 수입을
훌쩍 뛰어넘는 액수가 찍혀 있었다.

"금융과 예술을 아우르는 분께 어울리는 분을 꼭 찾아 드리겠습니다."

여자는 강제우가 제시한 금액을 확인한 순간, 그의 모순적인 매력을 저울질
하는 일 따위 그만두었다.

"기대하겠습니다."

자본주의 세상에서 사람의 가슴을 가장 거칠게 박동케 하는 존재는 돈이다.
착수금으로 절반을 받는다고 해도 많은 액수였다. 그런데 강제우는 제시한 금
액 일체를 깔끔하게 한 번에 이체했다.

은행에서 발신된 입금 알림 문자를 바라보는 여자의 얼굴에는 소녀 같은 미
소가 그려졌다. 강제우는 일이 잘되면 성공 보수도 넉넉히 챙겨 주겠다는 말도
잊지 않았다. 그러곤 지금까지와 달리 모호한 말 따위는 집어치우고, 구체적인
조건이 명시된 서류도 한 철 건네고 갔다.

여자는 강제우가 건넨 고상한 서류 먼저 들춰 보았다. 결론은 간단했다.

"제 뜻대로 할 수 있는 품격 있는 여자를 갖고 싶으시다?"

그에게 결혼은 자신을 조금 더 돋보이게 할 도구에 불과했다. 결혼이 곧 비
즈니스가 되는 이들과는 결이 다른 부류였다.

그가 말했던 것처럼 여자는 그의 수집품에서 최상위 티어를 차지하게 될 것
이다. 그뿐이다. 부부로서 대등한 위치에 오르는 것이 아니라, 여자는 강제우의

취향을 드러내는 살아 있는 컬렉션이어야 한다.

강제우에게 결혼은 인륜지대사가 아니라, 자신만을 위한 예술품 경매일 터.

천하의 변태 새끼라고 욕을 해 줘도 시원찮았지만, 그는 거금을 지급하고 간 귀한 고객이다.

여자의 고객 리스트에는 강제우에게 어울릴 만한 마땅한 혼처가 없었다. 수집품처럼 취급될 액세서리 같은 자리에 쟁쟁한 집안의 딸내미를 내미는 것은 말도 안 되는 일이다.

창가로 고개를 돌리던 여자의 시선 끝에 정수기가 걸려들었다. 여자는 인터폰을 누르고 비서를 호출했다.

"지난번에 정수기 아주머니가 놓고 간 서류, 안 버렸지? 그거 갖고 들어와."

비서는 어렵게 찾았다며 꼬깃꼬깃한 종이 뭉치를 들고 집무실로 들어왔다. 강제우가 놓고 간 고상하고 빳빳한 서류와는 현격히 비교되는 그악한 꼬락서니였다. 서류 위에 커피 잔을 올려 두었었는지, 갈색 동그라미가 여러 개 찍혀서 우글쭈글했다.

서류를 건네고 영문 모를 표정을 짓고 있는 비서에게 손을 휘휘 내저으며 나가라고 했다. 여자는 간곡히 부탁하는 정수기 아주머니가 하도 딱해서 나중에 괜찮은 재취 자리라도 나오면 일러 줘야겠다고 생각했다.

"아버지는 사업하다 망해서 행방불명이고, 어머니가 고등학생 때부터 정수기 필터 갈러 다니면서 딸을 키웠고. 보자, 딸은 사범대 음악교육과 나와서 애들 과외 하고……."

살다 보면 의도하지 않은 곳에서 측은함이 발동할 때가 있다. 여자는 수십 년 전 제 모습을 떠올리며, 정수기 아주머니의 딸을 딱하다고 여겼다. 그러면서 이 정도 자리면 훌륭한 혼처가 되지 않겠느냐고 스스로에게 반문했다.

"성시안. 이름도 예쁘네."

여자가 강제우의 수집품이 될 신부로 성시안을 택한 순간, 시안은 병원 대기실에 앉아 있었다.

손바닥을 쫙 펴고 있는데도 땀이 흥건하게 배어났다. 시안은 연회색 스커트에 연신 땀을 닦아 냈다. 엄마가 수술실에 들어간 지 벌써 다섯 시간, 넉넉잡고 두 시간이면 끝난다던 수술은 이미 세 시간이나 지연되었다.

수술이 끝나기를 기다리는 보호자 대기실에는 걱정스러운 얼굴로 삼삼오오 모여 있는 사람들이 많았다. 피폐한 상황을 서로 의지하며 버티는 사람들은 수술비와 병원비를 논의하고, 보험 회사에 제출할 청구 서류를 분주하게 알아보기도 했다.

서로 책임지겠다며 힘이 되어 주는 사람들도 있었고, 어쩔 수 없이 책임을 나눠 안는 사람들도 있었고, 배 째라며 드러눕는 사람들도 있었다.

그들의 소란을 지켜보며 시안의 눈물은 자연스레 말랐고, 두근거리던 심장도 축 가라앉아 버렸다.

시안에게는 자신이 책임지겠다며 힘이 되어 줄 사람도, 어쩔 수 없이 책임을 나눠 안을 사람도, 책임을 전가할 사람도 없었다.

모든 일을 오롯이 혼자 해결해야만 하는 상황.

무거운 한숨조차 흘리지 못하고 멍하니 앉아 있는데, 휴대전화가 울린다.

"네, 은후 어머님."

시안이 과외를 맡은 아이의 엄마였다.

— 선생님, 어머님께서 사고를 당하셨다고요?

"네……."

경황이 없었던 탓에 문자 메시지로 모친의 사고 소식을 전하고, 수업 연기를 알렸다.

— 걱정 많으시겠어요. 수술은 끝났나요?

"아니요. 아직 안 끝났습니다."

— 아유, 이걸 어쩌나.

은후 모친의 우아한 목소리에서 걱정이 뚝뚝 묻어난다. 누군가의 위로가 절실한 순간이었다. 그녀의 걱정에 눈물이 핑 돌려는 찰나, 수화기 너머에서 목소리가 이어졌다.

— 우리 은후, 다음 주에 음악 영재원 면접 있는 거 잊지 않으셨죠? 선생님께서 오셔야 모의 면접 진행이 가능할 텐데요.

그럼, 그렇지. 그녀의 걱정은 시안의 상황이 아닌, 아이의 상황에 집중된 것이었다.

"어머님, 제가 가능한 한 빨리 보충 시간을 잡아서 연락을……."

은후 모친이 온화하게 웃는 소리가 들려온다. 하지만 품격 있는 웃음소리에는 상대를 얕잡아 보는 리듬감이 더해져 있었다.

— 선생님, 아시잖아요. 우리 은후 바쁜 아이예요. 본수업 시간 놓치면, 보충할 시간이 없어요.

"죄송합니다, 은후 어머님."

이제껏 단 한 번도 수업에 빠졌던 적이 없었다. 모친이 뺑소니 사고를 당해서 다리를 절단하느냐, 마느냐의 상황에까지 이르렀는데도 시안은 수업 연기에 대한 사과의 말을 전하기 위해 고개를 조아려야만 했다.

있는 집 자식의 수업 시간은 없이 사는 사람의 존엄성 따위 개의치 않았다. 그들을 위해 노동하는 자들의 생명은 하찮은 것이고, 그들의 세계는 위협받지 않아야 하는 신성불가침의 영역일 테지.

입술을 너무 세게 물고 있었던 탓인지 입 안에서 비릿한 피 맛이 느껴진다.

— 아무튼, 면접 준비를 게을리할 수는 없으니까요. 선생님께서 알아서 처신해 주시리라 믿습니다.

"네, 곧 연락드리겠습니다."

모친을 돌봐야 해서 가지 못한다는 말과 그만두고 싶다는 말은 감히 떠올릴 수조차 없었다. 하나뿐인 가족을 부양해야 하는 책임까지 떠안은 마당이다. 적은 시간을 들여서 고수익을 올릴 수 있는 과외. 지금으로선 죽는 시늉까지 해가며 붙들어야 하는 자리다.

행방이 묘연한 아버지가 남기고 간 빚의 이자를 갚는 것만으로도 벅찬데, 병원비까지.

숨이 꽉 막혀서 명치끝이 저렸다. 한숨을 들이쉬는 것조차 사치라고 느껴질 만큼 흉곽이 퍽퍽하게 조였다.

간신히 숨을 들이쉬는데 보호자 대기실에 설치된 모니터에 모친의 상태를 알리는 문구가 바뀌는 게 눈에 들어온다.

[회복실 이동 중]

시안은 수술실 앞에서 간호사가 건네는 설명을 건성으로 들었다. 제정신으로는 들을 수 없는 말이 흘러나오고 있었다.

"이따 주치의 선생님께서 자세히 설명해 주실 텐데요. 오른쪽 발목을 절단할 수밖에 없었어요. 출혈이 심한 어려운 수술이어서, 예상보다 오래 걸렸고요. 다행히 절단 수술은 잘 끝났다고 합니다."

결국, 모친은 한쪽 발목을 잃었다. 왼쪽 다리도 온전하지는 않아서 제대로 걸을 수 있을지 의문이었다.

"걸으실 수 있는 거죠?"

간호사는 안타까운 환자의 보호자를 대하는 전형적인 미소를 머금으며 했던 말을 반복했다.

"병실로 올라가시면 주치의 선생님께서 자세히 설명해 주실 거예요."

아버지가 가족 명의까지 도용해서 진 빚 때문에 모녀의 금융 상태는 파산 직전이나 다름없었다. 실비 보험을 비롯해, 사고 진단비 같은 돈이 나오는 보험이 있을 리 없었다. 수술비도, 입원비도 고스란히 시안이 감당해야 할 몫이었다.

마취에서 깨어난 모친은 시안을 보고 눈시울을 붉혔다. 오늘 아침, 토스트와 달걀프라이로 단출하게 아침 식사를 할 때까지만 해도 엄마의 얼굴에는 건강한 미소가 흘러넘쳤었다. 그런데 불과 한나절 만에 엄마는 마른 풀잎처럼 생명력을 잃어버렸다.

"엄마. 괜찮아? 많이 아팠지."

"시안아."

울먹이는 모친은 수술의 여파로 고개를 들지 못했다. 의사는 내일 아침까지는 상체를 들어 올리지 말라고 당부했다. 그래서 엄마는 아직 자신의 다리가 어떤 상태인지 알지 못했다.

"엄마 퇴원 언제 할 수 있대? 큰일이다. 내일 2천 세대 아파트 들어가야 하는데."

"일단 내가 외숙모한테 연락해 둘게."

"엄마가 가야지. 외숙모한테 괜히 전화하지 말어. 외숙모 걱정해."

모친은 어딘가에 정식으로 취직할 형편도 되지 못했기에, 외숙모의 신분을 빌려서 정수기 업체에 위장 취업 한 상태였다.

외삼촌과 외숙모 모두 평범하고 좋은 사람들이었다. 외삼촌은 성실하게 가족을 부양했고, 외숙모는 살뜰하게 가정을 돌봤다. 착한 그들은 돈을 내어 주지 못해서 미안하다며, 모친의 취업을 도와주었다.

엄마가 남의 집을 드나들며 '사모님' 소리를 입에 붙이고 생활력을 기를 수 있도록.

"엄마, 있잖아."

현실을 빨리 직시해야 하는 순간이 있다. 시안은 모친에게 현 상황을 있는 그대로 설명하기 위해 입을 열었다.

"너 전화 오는 것 같다."

시안이 모친의 얼굴에 집중한 탓에 듣지 못한 소리를 모친이 먼저 감지했다. 진동으로 해 놓고, 재킷 주머니에 넣어 두었는데도 모친은 그 미약하고 우울한 음률을 빠르게 알아차렸다. 서로의 휴대전화에 걸려 오는 전화는 생업과 관련한 일이라는 것을 잘 아는 탓이다.

"네, 전화받았습니다."

발신 번호는 생전 처음 보는 것이었다. 시안은 누군가 또 과외 자리를 소개했나 싶었다.

— 성시안 씨 되시죠?

"네."

짧게 대꾸한 시안은 모친에게 일어나지 말라고 눈짓하고는 병실 밖으로 나왔다.

— 어머니한테 이야기 많이 들었어요. 목소리가 참 좋네요.

"저희 어머니요?"

가르치는 학생의 부모가 아닌, 모친에게서 이야기를 전해 들었다는 여자의 목소리에서는 깐깐함이 배어났다.

— 성시안 씨에게 어울릴 만한 사람이 있어요.

대뜸 하는 말을 이해할 수가 없었다.

"무슨 말씀이신지……."

수화기 너머의 여자는 '인연을 만드는 사람'이라고 자신을 소개했다. 그리고 그녀가 맺어 주는 인연은 꽤 값비싼 관계에 속했고, 시안이 손해 보지는 않을 것이라는 말도 덧붙였다.

"죄송합니다. 제가 지금 그럴 수 있는 상황이 아니어서요. 어머니가 사고를 당하셔서, 그런 데 신경 쓸 정신이 없네요."

이 상황에 괜찮은 남자가 나타났으니 결혼을 하겠다고 맞선 자리 비슷한 곳에 나가는 것은 말도 안 되는 일이었다. 멍청한 환상 속에서나 가능할 일이랄까?

— 어머니께서 나한테 괜찮은 혼처를 알아봐 달라고 신신당부하셨었어요. 마땅한 사람이 없어서 시간이 좀 걸렸을 뿐이지, 내가 신경 안 쓰고 있던 건 아니에요. 어머님이 좋은 분이시잖아요?

가족을 좋게 봐 주는 사람이 있다는 것은 감사한 일이나, 여자의 음성에서는 뜻 모를 위화감이 느껴졌다.

— 그리고 어머니랑 단둘이 사는 거로 아는데, 이럴 때일수록 시안 씨가 의지할 수 있는 사람이 생기는 게 좋겠죠.

"죄송합니다, 사모님. 저는 아직 그럴 준비가."

— 사모님은 무슨. 윤 대표라고 부르면 돼요.

여자는 상류 사회의 고압적인 시선에 찌든 시안의 마음을 달래 주기라도 하듯 부드럽게 말했다.

"네, 윤 대표님. 말씀은 감사하지만."

─ 감사하면 내가 하자는 대로 해요. 어머니 병원비도 만만치 않을 테고, 아버지가 남긴 빚도 꽤 있다죠? 그런 거 신경 안 쓸 남자예요.

지금 당장 구미가 당기는 말일 수밖에 없다. 시안은 홀린 듯 물었다.

"그럼 뭘 신경 쓰는 남자인가요?"

시안은 이런 면에서 순진하지 않았다. 오히려 까다롭게 계산하여 자신이 원하는 것을 조금이라도 더 얻어 낼 만큼 세속적인 사람이었다.

─ 클래식.

"클래식?"

모호하게 들리지만 명료한 대답이라는 것을 시안은 기민하게 알아차렸다.

지금처럼 음악을 쉽게 가까이할 수 없었던 시절에 만들어진 것이 클래식이다. 유명한 음악가라도 평생 같은 교향곡의 연주를 여러 번 들을 기회는 극히 드물었다.

한 번밖에 들을 수 없는 음악이라면 단순하고 명료하고 지루해서는 안 된다는 게 그들의 생각이었다. 그래서 베토벤, 모차르트 등 고전주의 음악가들은 집중력을 요구하는 어려운 음악을 만들기에 이르렀다.

그 시절 사람들은 귀한 연주회에 가기 위해 공들여 준비했다. 가장 좋은 옷을 차려입고, 가장 귀한 장신구로 꾸미고. 귀족들은 성안에 음악가를 두고 자신만을 위한 음악을 만들라고 요구하며 예술을 이용해 자신의 가치를 높였다.

윤 대표가 말하는 남자는 그와 같은 남자라는 말처럼 들렸다.

─ 마침 베를린 필하모닉의 내한 연주회가 이번 주 토요일에 있더라고요. 티켓 교환권은 이메일로 보내 줄게요. 시간 맞춰서 착석하면, 오른쪽 옆자리에 남자가 앉아 있을 겁니다.

소매 끝단을 장식한 시폰 마감이 부드럽게 나부꼈다. 머메이드라인의 연베이지색 스커트는 아름다운 여체의 매끄러운 곡선을 여실히 드러냈다. 크림색 드레이프 블라우스 또한 시안의 상체를 따라 볼륨감 있게 흘러내렸다.

"가슴이 좀 작은 것 같은데요."

시안은 블라우스 가슴 부분이 너무 꼭 맞는 것 같아서 조금 민망해졌다. 아무리 계산된 자리에 나가는 거라고 해도 너무 야하게 몸매를 드러내는 복장처럼 보였기 때문이다.

"무슨 소리야? 이 정도면 딱 맞고 예쁘지. 가르치는 애가 연주회라도 하나 봐?"

그저 연한 미소를 머금는 것으로 시안은 대답을 대신했다. 대학교 때 면접 의상을 대여하면서 연이 닿은 명품 대여점 대표는 시안에게 새로 들어온 의상의 모델을 부탁하며 옷을 빌려주곤 했다.

빌린 옷을 차려입고 기품 있는 장소에 갈 때마다 시안이 자연스러운 셀카를 몇 장 찍어서 대표에게 건네주면, 대표는 자신이 운영하는 대여 숍 홈페이지와 SNS에 시안의 얼굴을 가린 사진을 게재하며 신상이 입고되었음을 알렸다.

제자들의 연주회나 콩쿠르에 자리해야 하는 일이 하루가 멀다고 있었고, 개인 교사의 옷차림마저 제 품격인 양 핏대를 세우는 부모들을 충족시키기 위해서 시안은 대표와의 거래를 꾸준히 유지해야만 했다.

"지난번에 시안 씨가 입었던 옷 빌려줬다가 내가 얼마나 욕을 먹었나 몰라."

깨끗하게 입었다고 생각했는데, 자신이 옷에 무슨 흠을 남겼나 싶어서 덜컥 겁이 났다. 블라우스 한 장에 300만 원, 코트 한 벌에 1,500만 원을 호가했다. 하얗게 질린 시안을 본 대표는 슬쩍 미간을 구겼다.

"아니, 모델이랑 핏이 다르다고 난리를 치잖아. 자기 몸을 생각해야지, 옷을 탓하면 쓰나?"

시안이 안도의 한숨을 내쉬자, 대표는 한쪽 눈을 찡긋하며 조금은 음흉하게 웃었다.

"왜, 옷이 너무 야한 것 같아? 몸매가 드러나는 옷이었으면 좋겠다며?"

거울 속에서 웃음기를 머금은 대표와 민망하게 얼굴을 붉힌 시안의 시선이 마주쳤다.

"대표님 보시기엔 어때요? 야해 보여요?"

"아니, 전혀. 시안 씨가 그동안 워낙 수녀나 비구니 같은 옷만 입었잖아. 그래서 어색한 거야. 맨살 드러내는 것도 아니고, 적당히 예쁘고 좋은데, 왜? 아, 그리고 오해하지 마. 나 종교적 선입견 같은 거 없어. 시안 씨가 고집했던 스타일이 그러니까, 뭐랄까…… 그만큼 보수적이고 경건했다는 말이지."

대표는 사람 좋은 미소를 짙게 머금으며 수다스럽게 굴었다. 시안이 평소와 다르다는 것을 예민하게 알아차리고 분위기를 부드럽게 이끌려는 의도가 읽혔다.

"예뻐. 너무 고와서 며느리 삼고 싶을 만큼 예쁘다."

"대표님 아드님은 이제 열다섯이잖아요."

"왜, 연하는 싫어?"

"아드님이 절 싫어하겠죠."

웃고 떠드는 사이 긴장감이 스르륵 풀려 나갔다.

"그런데 시안 씨."

대표가 시안의 머리카락을 손가락으로 천천히 빗어 내리며 물었다.

"오늘 중요한 약속 있는 거, 맞지?"

"네."

시안은 조심스럽게 대꾸했다.

"우리 시안 씨는 참 거짓말 못해. 그치? 그러니까 그 까다로운 엄마들이 시안 씨를 좋아하지. 잘 가르치고, 성실하고, 솔직하고."

"그래서 싫어하기도 해요. 재능 없는 애한테 재능 있단 소리 못 하거든요."

"어머, 시안 씨. 그런 농담도 할 줄 알아?"

한바탕 박장대소한 대표가 시안을 다시 봤다는 듯이 눈을 휘둥그렇게 떴다. 평소 시안의 성격이라면 절대 하지 않았을 실없는 농담. 긴장을 풀기 위해 끊임없이 애쓰고 있다는 증거이기도 했다.

"잠깐만, 시안 씨."

시안의 어깨를 톡톡 두드린 대표가 가방 보관실로 종종걸음을 쳤다. 5분쯤 지났을까, 그녀의 손에는 고동색 리본으로 묶인 오렌지색 상자가 들려 있었다.

"이거 진짜 어렵게 구한 물건이야."

상자 뚜껑을 열자, 하얀색 속지에 둘러싸인 베이지색 더스트백이 나왔다. 어렵게 구한 물건이라는 대표의 말 때문인지 시안도 덩달아 상자 안에 든 물건에 눈길이 갔다.

"색깔 정말 예쁘게 뽑히지 않았어? 이렇게 완벽한 보르도색 와니는 처음 본다니까. 여기 부츠 모양 보이지? 주문한 지 2년 만에 받았잖아."

반짝거리는 금장 잠금쇠가 위압적인 악어가죽 핸드백이었다. 모나코 왕국으로 시집간 할리우드 여배우가 임신한 배를 가리기 위해 들었다는 가방은 악어가죽으로 만든 커스텀 메이드 인 것을 고려할 때 족히 5,000만 원은 넘을 것이다. 주문 제작 한 제품에만 찍히는 각인이라며 대표는 부츠 모양 음각을 손끝으로 조심스럽게 어루만졌다.

"이거 들고 가, 시안 씨."

시안은 휘둥그렇게 뜬 눈으로 대표를 바라보았다.

"우리 시안 씨 무시하는 것 같으면, 이 가방 모서리로 뒤통수를 찍어 버려."

대표가 하도 진지하게 말해서 시안은 웃음조차 짓지 못하고 굳어 버렸다. 아무리 명품을 대여해 주는 곳이고, 시안이 모델로 선 상품들의 대여율이 높다고 해도 빌려 쓰기엔 너무 과한 가방이었다.

가방을 선뜻 받지 못하고 머뭇거리는 시안의 손을 대표가 덥석 잡았다.

"우리 시안 씨, 정말 좋은 대접 받았으면 좋겠어. 나 진심이야."

대표의 얼굴에서 장난기가 싹 걷혔다.

"그래도 이건 제가 들 물건이 아닌 것 같아요."

"그거야 들어 보면 알지?"

값비싼 핸드백이 대표의 손에서 시안의 손으로 넘어왔다.

"이것 봐. 투박한 내 손에 있을 때보다, 낭창한 시안 씨 팔목에 걸리니까 가방이 확 살잖아. 그런 자리 처음이지? 너무 잘 보이려고도 하지 말고, 너무 주눅 들지도 말고."

병실에 누워 있는 엄마가 해 주어야 할 말을 대신 해 주기라도 하는 듯 대표는 시안의 말린 어깨를 두 손으로 잡고 반듯하게 펴 주었다.

"잘 다녀와. 내일 물건 반납하러 와서 어떻게 됐는지 이야기해 줄 거지?"

시안은 거울 속 대표의 다정한 눈동자를 바라보며 고개를 끄덕거렸다.

대여 숍에서 나와서 버스 정류장으로 향하려다 택시를 불러 탔다. 각이 딱 잡힌 핸드백을 다리 위에 올려놓자 명치끝에서 숨이 턱 막혔다.

이런 물건으로 기선 제압이 가능한 남자가 아닐 텐데.

이메일로 남자의 간단한 프로필을 받아 보았는데, 이름을 들어 본 적 있는 촉망받는 화가였다. 검색창에 그의 이름 세 글자를 입력하자 인터뷰 사진 여러 장이 나타났다.

화가라기보다, 화가에게 영감을 주는 뮤즈 같은 존재에 더 어울릴 법한 매혹적인 외양이었다. 어디 하나 못난 구석이 없는 남자에 대해서 알아보면 알아볼수록 가슴이 답답해졌다.

이런 남자가 왜.

이 자리를 마련한 윤 대표의 말이 내내 신경이 쓰였다.

— 돌려 말하지 않을게요. 내가 어떤 사람들을 상대로 장사하는지, 시안 씨 어머니도 잘 알고 부탁하신 자리니까. 요란하게 연애하고 결혼하는 사람들보다, 이렇게 조건 맞춰서 결혼하는 사람들이 더 잘 살기도 해요. 그리고 조건만 놓고 봤을 때…… 시안 씨가 이런 남자 다시 만나기는 힘들겠죠. 속된 말로 팔자 펼 수 있는 자리야. 내 말 무슨 뜻인지 알아듣겠어요?

그런 자리를 왜 나한테 제안한 걸까. 남자가 원하는 게 뭘까.

다시없을 기회라며 윤 대표는 꼭 성혼했으면 좋겠다는 말도 덧붙였다. 이제껏 청춘을 건 연애조차 해 본 적 없는데, 결혼에 인생을 걸게 생겼다. 첫사랑이라고 부르기도 모호한 단 한 번의 연애도 몹시 시시했었다.

간신히 한숨을 내쉬며 어두운 차창 밖을 바라보는데, 휴대전화가 울렸다. 발신지는 엄마가 입원해 있는 병원이었다.

"네, 아……. 중간 정산이요? 네…….."

자신을 원무과 직원이라고 밝힌 사람은 병원비 중간 정산을 요구했다. 어머니와 시안의 금융 상태 때문에 중간 정산이 필요하다는 게 병원 측의 설명이었다.

당장에 내놓을 돈이 있을 리 만무했다. 신용카드는 애초에 발급조차 되지 않았고, 아버지의 사채에 시달려 왔기에 급전을 융통할 방법도 없었다.

만약 엄마가 이대로 걷지 못하게 된다면, 우리의 인생은 얼마나 더 퍽퍽해질까.

— 어머니는 괜찮으셔? 교통사고 때문에 병원에 계시다고, 내가 미리 이야기해 뒀어. 사람이 얼마나 인정이 많은지, 얼굴도 안 봤는데 시안 씨 어머니 걱정부터 하네.'

위선적인 웃음소리와 함께 떠들어 대던 여자의 목소리가 귓가를 울렸다. 결혼을 원하는 돈 많은 남자에게 치부를 들킨 상황이 달갑지 않았다. 그러면서도 이 남자가 지금 자신이 처한 복잡한 문제를 한꺼번에 해결해 줄 수 있는 구세주는 아닐까, 하는 속물 같은 생각이 들었다.

또 한편으론 현실적으로 매달려 볼 수 있는 상대가 단 한 번도 만난 적 없는 남자뿐이라 사실에 자꾸만 서러워지려고 했다. 시안은 말려든 어깨를 펴고 우울한 기분을 떨쳐 내려 고개를 한 번 내저었다.

어느새 택시는 예술의 전당 앞에서 서행 중이었다.

특별한 공연이 있는 날이어서 그런지 잘 차려입은 사람들이 제법 눈에 띄는 저녁이다. 택시에서 내리자 도심의 저녁 공기가 두 뺨을 유난하게 스쳤다.

습기를 가득 머금은 바람이었다. 비가 오려나.

시안은 가방 손잡이를 꼭 움켜쥐고는 공연장 안으로 들어섰다.

중앙 블록 앞에서 일곱 번째 줄. 시안은 유연하게 다가가 자리에 앉았다. 남자가 앉을 옆자리는 비어 있었다. 주위를 둘러보자 멀리서 시안을 알아보고 인사를 건네는 예전 학부모가 눈에 들어왔다. 시안이 연한 미소를 지으며, 아이의 아버지를 향해 고개를 까딱했을 때였다.

"브람스는 평생 베토벤 교향곡 9번을 네 번밖에 못 들었다고 해요. 그토록 좋아하는 음악이었는데도, 연주회에 참석해야만 들을 수 있었으니 청음에 대한 기회가 많지 않았죠."

낮은 음역대의 목소리였다. 정갈한 발음이 귀에 쏙쏙 꽂혔고, 듣는 이를 배려하려는 다정한 뉘앙스는 자연스러웠다.

시안은 목소리가 들려온 쪽으로 천천히 고개를 돌렸다. 남자가 슈트 재킷 단추를 풀며 자리에 앉는 중이었다.

"브람스가 사랑했던 베토벤 교향곡 9번이 오늘 연주될 곡이라고 하네요. 성시안 씨와 함께 듣는 첫 베토벤 교향곡 9번이네요. 앞으로 나와 성시안 씨는 베토벤 교향곡 9번을 몇 번이나 함께 들을 수 있을까요?'

마침내 그와 눈이 마주쳤다. 그의 눈동자는 사진으로 봤던 것보다 조금 옅은 고동색, 카페라테를 연상케 하는 부드럽고 따뜻한 눈이었다.

베토벤 교향곡 9번의 완벽함에 관해 논하는 것은 지금으로선 쓸모없는 일이다. 시안은 공연 내내 가라뜬 눈을 흘끗거리며 남자의 옆얼굴을 훔쳐보았다. 옅은 회색 스트라이프가 가미된 짙은 남색 슈트를 입은 남자는 한껏 차려입은 관람객들 사이에서도 단연 눈에 띄었다.

익숙한 음률인 듯 턱끝을 살짝 움직이며 세련되게 박자를 맞췄고, 선율이 느릿하게 가라앉으며 청자의 집중력을 요구할 때에는 잘 정돈된 눈썹을 살짝 찌푸리기도 했다. 남자는 오롯이 연주에 심취한 것처럼 보였다.

교향곡의 기승전결에 따라 그의 외모에 대한 감탄도 점차 고조되었다.

마침내 클라이맥스, 독일의 시인 프리드리히 실러의 시를 옮겨서 멜로디에 붙였다는 환희의 송가는 마치 그의 외양을 찬양하는 듯 들릴 정도다. 그의 입술은 햇살을 머금은 장미처럼 붉었고, 그의 뺨은 천사의 날개 깃털처럼 보드라워 보였다.

시안은 저도 모르게 그의 얼굴에 시선을 고정한 채였다. 우레와 같은 박수 소리가 터져 나왔음에도 그에게서 눈을 떼지 못했다. 첫눈에 사랑에 빠진 것 같은 낭만성이 이끈 시선은 아니었다.

아름다운 선율에 저도 모르게 귀를 기울이듯, 매혹적인 남자의 외양에 시선을 빼앗긴 것일 뿐.

"구경 잘했어요?"

그가 시안에게로 시선을 느릿하게 끌어오며 물었다. 우레와 같은 박수 소리가 이어지고 있음에도 그의 낮은 목소리는 또렷했다.

질문이 뭐였더라? 구경 잘했느냐고 물었던가?

그의 질문을 떠올린 순간, 얼굴이 화끈 달아올랐다. 시안은 서둘러 고개를 돌려서 무대를 응시했다. 머리가 희끗희끗한 지휘자가 화려한 손짓과 함께 인사하며 관객의 환호를 만끽하고 있었다.

"공연 구경, 잘한 것 같아요?"

그가 가라앉은 음성으로 재우쳐 물었다. 장난기 없는 음성이었지만, 짓궂게 느껴졌다.

"네, 좋았어요."

시안은 무안함을 숨기고 단정하게 대답했다. 그를 빤히 바라보고 있던 걸 들킨 것 같아서 조금 부끄러워졌다.

"다행이네요. 시안 씨 눈에 차지 않으면 어쩌나 걱정했는데."

이번에도 그의 말은 한 가지 뜻만 담고 있지 않았다. 공연뿐 아니라, 남자 자신도 일컫는 말이었다.

시안은 조심스럽게 시선을 옮겨 그를 흘긋 보았다. 그의 부드러운 눈동자는 시안의 얼굴을 향해 있었다. 수더분함과는 거리가 먼 날카롭게 잘생긴 얼굴이었지만, 눈빛만큼은 따뜻했다.

연한 눈동자 색이 불러일으킨 착각일지 몰라도, 그가 따뜻한 사람이었으면 좋겠다는 바람이 생겨났다.

"무척 마음에 드는 공연이었어요. 언제 들어도 가슴이 벅차오르는 곡이네요."

시안은 그의 눈빛에 건 기대만큼 솔직하게 대꾸했다.

"나갈까요?"

남자의 질문에 고개를 끄덕여 대답한 시안은 자리에서 일어나자마자 흠칫 놀랐다. 일어선 남자는 생각했던 것보다 훨씬 풍채가 좋았다.

"왜요, 여기 더 있고 싶어요?"

그는 시안의 멍한 얼굴을 보고 진지하게 물었다. 만약에 시안이 이곳에 밤새 도록 앉아 있고 싶어 한다면, 그 청을 들어줄 수도 있다는 듯이.

"아니요. 짐작했던 것보다 키가 크셔서 조금 놀랐어요."

키가 165cm인 시안이 7cm 높이의 하이힐을 신었는데도, 그는 머리 하나가 더 컸다. 키만 큰 게 아니었다. 그가 슈트 단추를 채우려고 팔을 움직이자, 떡 벌어진 어깨 아래로 현역 운동선수 같은 탄탄한 팔뚝 근육이 도드라졌다. 부피 감이 큰 몸인데도 둔해 보이기는커녕 날렵한 인상을 주었다. 곱상한 외모지만 날카롭게 잘생긴 그의 인상 때문인 것 같다.

"저도 시안 씨가 사진과 달라서 조금 놀랐습니다."

남자의 목소리에 시안은 퍼뜩 정신을 차렸다. 얼굴 감상으로도 모자라서 슈 트 핏에도 시선을 빼앗기고 말았다.

또 그의 말투는 장난기 없이 건조했지만, 시안의 머릿속을 뒤흔들어 놓기에 는 충분했다.

"어떤 사진이요?"

그가 자신의 어떤 사진을 보았는지 궁금해졌다. 그가 팔을 뻗어 인파 속에서 시안이 수월하게 빠져나갈 수 있도록 공간을 만들었다. 그를 정면으로 마주하 는 건 지금이 처음이다. 마주 선 그의 품은 너른 어깨만큼이나 커다랬다.

시안은 고개를 살짝 숙이며 감사한 마음을 전하곤 그가 만든 공간 속으로 한 발짝 걸음을 옮겼다.

남자는 너무 가까이 다가와서 부담스럽게 하지도 않았고, 너무 멀리 떨어져 서 에스코트를 게을리하지도 않았다. 몸에 밴 매너가 무척 훌륭한 남자라는 생 각이 들었다.

"졸업 사진 같기도 했고, 여권 사진 같기도 했고. 하얀 블라우스 입고, 머리 를 올려 묶은 사진이었어요."

"아."

시안은 무슨 사진인지 알 것 같다며 고개를 끄덕거렸다.

"아이들 과외 시작하면서 찍은 사진이에요."

교사로서의 신뢰감을 강조하기 위해, 최대한 단정하게 보이려고 애쓴 사진이기도 했다.

"그래서 되게 재미없는 사람일지도 모르겠다고 생각했거든요."

남자가 연한 미소를 머금었다.

"사진 속 제가 너무 고지식해 보였나요?"

솔직한 질문이 흘러나왔다. 택시에서 내렸을 때는 곧 졸도해 버릴 것처럼 뻣뻣한 긴장감이 목구멍에 걸려 있었다.

그런데 지금은 그때의 이물감이 눈 녹듯 사라진 기분이다. 익숙한 연주 홀의 분위기와 취향에 꼭 들어맞았던 연주가 마음을 한결 편안하게 만들어 주었다.

생각이 거기까지 미치자, 시안은 남자의 배려심이 꽤 깊을 거라 판단 내렸다. 품격 있는 장소이지만, 시안이 익숙하게 행동할 수 있는 곳으로 맞선 장소를 정한 그의 자상함이 돋보인다고 생각했다.

만약 호텔 라운지와 같은 장소에서 딱딱하고 형식적인 첫 대면을 했다면 긴장감은 쉬이 풀리지 않았을 것이다.

"아주 조금."

남자가 눈을 가늘게 뜨며 대꾸했다. 눈을 흐릿하게 찡그리는 모습도 근사하다는 생각이 들어서 시안은 남자를 멍하니 올려다보았다. 남자는 객관적으로 멋있었다. 아니, 아름다웠다.

"사실 조금 많이?"

그가 미간을 찌푸리며 심각하게 덧붙였다.

"아무렇지 않은 얼굴로 농담을 잘하시네요."

그를 나무라는 말은 아니었다. 사진 한 장을 보고 자신을 품평했을 그가 조금 괘씸하긴 했지만, 그를 이리저리 재단해 본 것은 자신도 마찬가지다. 그러니 나무랄 것도 없다.

"본인이 재미있는 사람이라고 생각해요?"

그가 턱끝을 살짝 당기며 진중하게 물었다. 잘 정돈된 앞머리가 이마로 살짝 떨어졌고, 시안의 가슴에도 머리카락이 닿은 듯한 간지러움 같은 게 일렁거렸다.

"재미없는 사람이라고는 생각 안 해요."

어디서 생겨난 오기인지 모르겠지만, 시안은 거짓말을 잘도 내뱉었다. 시안은 누가 봐도 재미없는 인생을 살고 있었다. 빚을 갚기에 급급했고, 돈을 벌기 위해 자존심을 구기는 일도 허다했다.

배알도 없는 빚쟁이의 인생이 재미있을 리가 있나?

대화하는 사이 어느새 공연장 유리문 앞까지 다다랐다. 입구에 선 사람들이 우왕좌왕했다. 아까 습한 바람이 부는가 싶더니, 소나기가 내리고 있었다. 심장이 덜컹 내려앉았다. 핸드백 핸들을 쥔 시안의 손에 힘이 들어갔다.

"차가 좀 멀리 있는데."

그도 곤란하게 됐다는 듯이 속삭이고는 덧붙였다.

"증명해 볼래요? 시안 씨가 재미있는 사람이라는 거."

그가 한쪽 입꼬리만 들어 올리며 장난스럽게 웃었다. 카페라테 위에 흩뿌려진 시나몬 가루처럼 향기로운 눈빛으로 그는 시안을 가늠하듯 내려다보았다. 찰나, 그의 시선이 아래로 향했다가 위로 올라오는 게 보였다.

핸드백 핸들을 꼭 쥐고 있는 시안의 손을 흘낏 본 눈치다.

"어떻게 증명하면 되는데요?"

떨림 없이 청명한 목소리가 흘러나왔지만, 마치 성우가 내레이션을 하는 것처럼 태연함을 연기하는 어조였다.

"차 있는 데까지 뛸까요?"

그가 고개를 갸우뚱 기울이며 물었다. 목덜미가 뻣뻣하게 굳는 느낌이 났다. 심장이 목구멍까지 튀어 오른 것처럼 혀 뒤쪽이 뻐근했다.

"빗속을 뛰면 재미있는 사람이 되는 건가요?"

시안은 저도 모르게 항의하듯 물었다. 값비싼 가방을 대여한 상황이 아닐지라도 물을 수 있는 말이었다. 높은 구두를 신고, 폭이 좁은 치마를 입은 사람에게 빗속을 뛰자는 말은 무모하게 들렸다.

배려심이 깊다는 말은 취소해야겠다. 제멋대로인 남자일지도 모른다는 생각을 하는 순간, 그가 웃음을 터뜨렸다. 마른 대지를 적시는 빗방울처럼 촉촉한 웃음소리였다.

"농담이었어요."

시안은 잠시 할 말을 잃고 남자를 바라보았다.

"차 가지고 올게요. 여기서 기다려요."

서로 연락처도 알지 못하는 상황. 그는 기다리라는 말을 남기고 인파 속으로 홀연히 사라져 버렸다.

시안이 할 수 있는 거라곤 검게 젖은 유리문을 바라보며 기다리는 것뿐이다. 이러지도 저러지도 못하고 자리에 붙박인 듯 잠자코 서 있었다. 마치 길을 잃은 것처럼 마음이 불안했다. 그가 자신을 찾아 이곳으로 올 거란 생각을 하며 기다리는 것 외에는 할 수 있는 일이 없었다.

"오래 기다렸어요?"

남자가 검고 긴 우산을 들고 다가왔다. 절실함에서 비롯된 긴장감은 감정을 고조시켰다. 시안은 오늘 처음 본 남자가 다시 자신을 찾았다는 사실이 반가워서 한숨이 다 나왔다.

"아니요. 오래는 무슨."

"가죠."

남자는 허락을 구하듯 머리를 비스듬히 기울였고, 시안은 괜찮다며 고개를 살짝 끄덕였다. 남자의 커다란 손이 시안의 어깨를 부드럽게 감쌌다. 그는 우산을 펼치기 전 슈트 재킷의 단추를 먼저 풀었다.

그러고는 핸드백을 시안의 손에서 자신의 손으로 자연스럽게 옮겨 갔다.

"좋은 물건인 것 같아서요. 비 맞으면 시안 씨 속상하니까."

그는 가방을 끌어안듯 재킷 안쪽에 품었다. 그러고는 우산을 활짝 펼쳤다. 머리 위에 검은색 원이 드리우자 심장이 두근거리기 시작했다.

차에 관해 잘 아는 것은 아니었지만, 그가 몰고 온 차가 손에 꼽히는 값비싼 기종이라는 것쯤은 알아차릴 수 있었다. 외장은 중후한 검은색이지만, 내장은 아이보리색 가죽과 연한 나무 무늬가 조화롭게 어우러졌다.

옅은 색의 가죽은 이염 우려가 있으니, 청바지를 입고 탈 수 없을 터. 고급스러운 가죽은 마치 그의 존재 자체를 대변하는 것처럼 느껴졌다. 한시도 편하게 대할 수 없는 남자일지도 모른다는 막연한 경외가 일어서 당황스럽다.

"추워요?"

그가 실내 온도를 조절하며 물었다.

"아니요."

"그런데 어깨를 왜 그렇게 말고 있어요?"

어깨를 옹송그리고 있는 것도 미처 몰랐다. 하긴 늘 어깨를 모으고, 머리를 조아릴 일만 있었으니 몸에 밴 버릇인지도 모른다. 시안은 의식적으로 어깨를 꼿꼿이 폈다. 옆에서 유쾌한 웃음소리가 터진다.

시안은 왜 웃느냐고 묻는 듯한 눈빛으로 그를 바라보았다.

"그건 너무 이상하고요. 꼭 미어캣이 정탐하는 포즈 같네."

솔직한 감상을 그대로 내뱉는 남자에게서 의외의 장난기가 엿보였다. 또 그의 눈빛에는 수줍어질 정도로 따뜻한 다정함이 담겨 있었다.

그가 시안 쪽으로 손을 뻗었다. 시안은 저도 모르게 턱을 살짝 내렸다. 차창 밖은 어두웠다. 실내도 그리 밝은 편은 아니었다. 그의 손이 목덜미에 닿기 전에 소맷단에서 풍기는 향수 냄새가 먼저 느껴졌다.

비에 젖은 숲에서 따뜻한 화이트 티를 마시는 듯한 느낌을 주는 고급스러운 향이었다. 손가락 끝이 부드럽게 목덜미의 잔머리를 스쳤다. 등줄기를 타고 전율이 와락 일어나서 당황스러웠다.

시안은 눈동자조차 움직이지 못하고 굳었다. 커다랗고 따뜻한 손바닥이 마침내 뒷덜미를 감미롭게 감쌌다.

"이렇게."

그가 조용히 속삭였다. 공기 중으로 무자비하게 파동하는 그의 음성은 낮고 부드러웠다. 그리고 그의 목소리만큼이나 부드러운 손길이 목덜미를 느릿하게 주물렀다. 손가락 하나하나가 매혹적인 음률을 만들어 내기라도 할 것처럼 리드미컬하게 움직였다.

솜털이 날카롭게 곤두서고, 심장은 얇은 블라우스를 세차게 두드리기라도 하는 것처럼 빠르게 뛰었다. 그가 손아귀에 힘을 주었다.

압도적인 전율이 전신을 에워쌌다. 뭉쳐 있던 목 근육이 풀리며 긴장도 완화됐지만, 결이 다른 고양감이 배 속 깊은 곳부터 찰랑찰랑 차올랐다.

시안의 고개가 뒤로 살짝 젖혀졌고, 저도 모르게 탄성을 자아내고 말았다.

"하아."

그의 몸이 조수석 쪽으로 기울었다. 시안은 겨우 눈동자를 굴려 그를 응시했다. 깊은 어둠만큼이나 그의 눈빛은 가라앉아 있었다. 그의 고개가 비스듬히 기울어지는 모습이 눈꺼풀에 가려졌다.

먼저 닿은 것은 그의 숨결이었다. 밭은 공간을 사이에 두고 덥고 습한 공기가 맴돌았다. 시안의 입술 끝을 가늠하듯 어루만지는 그의 입술은 그저 부드러웠다. 저도 모르게 달아오른 게 우스우리만큼 별것 아닌 감촉이라는 생각도 들었다.

가만히 움직이지 않은 채, 입술을 맞댄 순간만큼은 그렇다고 생각했다.

반듯하게 다물려 있던 그의 입술이 슬쩍 벌어졌다. 습윤한 감촉 속으로 아랫입술이 쑥 빨려 들어갔다. 뺨 아래가 당기는 느낌이 생경하다

"으음."

앓는 소리가 저절로 흘러나왔다. 목덜미를 덮고 있던 그의 손이 활짝 펼쳐지며 뒤통수를 감쌌다. 순간 벌어진 입술 사이로 뜨거운 혀가 왈칵 밀려들었다. 살포시 내려앉은 눈꺼풀에 힘이 들어갔다. 공포 앞에서 숨어들려 하는 절박함에서 비롯된 행동이었지만, 시안은 본능적으로 턱을 내밀며 그에게 더욱 가까이 다가갔다.

뜨겁고 말랑말랑한 감각이 이어졌다. 옅은 박하 맛이 느껴졌다. 배꼽 아래가 바짝 올라붙는 듯한 착각이 일면서도 몸 안쪽은 흐물흐물 녹아내렸다. 시안이

달아나지 못하도록 커다란 손으로 단단하게 움켜쥔 그는 속까지 읽어 버리겠다는 듯이 거세게 흡입했다.

혀가 깊이 빨려 들어갈 때마다 시안은 흐릿한 신음과 밭은 숨을 흘리기에 바빴다. 입 안이 얼얼해질수록 그에게서 헤어 나올 수 없을 것 같은 선득한 생각에 사로잡혀 갔다.

신음을 내뱉는 간격이 짧아졌다. 그만큼 열이 오르고 있다는 증거였다. 더운 숨이 목구멍을 꽉 막고 있는 듯 갑갑했다. 공기를 너무 많이 주입해서 폭발하기 직전의 풍선 표피처럼 심장이 위태롭게 진동했다.

손을 뻗어 그의 재킷 라펠을 움켜쥐듯 잡았다. 지금 여러모로 절박하게 매달려야 하는 상대는 이 남자뿐이다. 손에 힘을 준 순간, 입술이 떨어졌다. 축축하게 젖고, 빨갛게 부어오른 입술에 한기가 느껴졌다.

귀한 것을 빼앗긴 어린아이처럼, 시안은 저도 모르게 울적한 기분이 되어 남자를 바라보았다. 이 남자에게 잘 보여야 한다는 강박, 오늘 처음 만난 남자에게 인생을 내맡겨야 한다는 불안, 그리고 지금 상황과 너무도 어울리지 않는 본능적인 욕망이 혼란하게 뒤엉켰다.

목덜미를 움켜잡고 있던 악력도 더는 느껴지지 않았다. 그가 엄지로 시안의 입술 안쪽 젖은 살점을 천천히 어루만졌다.

"맞춰 가야 할 게 많아 보이네요."

키스가 서툴다는 뜻이겠지?

입 안을 질척하게 섞고 난 직후인데도 그의 목소리와 어조는 흔들림 없이 반듯했다. 아마도 맞춰야 하는 사람은 그가 아닌 자신이 될 것이다. 갑자기 조바심이 났다.

"잘, 할 수 있어요."

시안은 숨을 고르며 대꾸했다. 대답이 마음이 드는 건지, 아닌 건지. 그는 한쪽 입꼬리만 들어 올리며 모호하게 웃었다. 언뜻 보기엔 다정해 보이는 표정이었다. 하지만 그의 눈빛은 시안을 꿰뚫어 보는 것처럼 날카로웠다.

"너무 무리하지는 말고요."

시안의 얼굴을 응시하던 그의 눈동자가 천천히 아래로 내려갔다가 올라왔다. 그의 시선이 향했던 시안의 다리 위에는 대여한 가방이 놓여 있었다. 그가 엄지손가락으로 입술과 턱끝 사이 옴폭한 곳을 살근살근 어루만졌다.

"나는 성시안 씨, 하나로 충분하니까."

그를 홀린 듯 바라보았다. 가슴이 처참하고 애처롭게 날뛰었다.

호텔 메인 건물에서 앞마당처럼 내려다보이는 한옥의 안쪽 정원에서는 헨델의 왕궁의 불꽃놀이가 경쾌하게 울려 퍼지고 있다. 결혼식 하객들이 속속 도착했고, 햇볕이 들어오는 자리에 앉은 하객은 아이보리색 양산을 펼쳐 들며 즐겁게 웃었다.

그 시각 시안은 신부 대기실에 앉아 엄마와 기념사진을 찍고 있었다. 고급 전동 휠체어에 앉아 있는 엄마는 살구색 한복 치마에 유백색 저고리를 입었고, 입가에선 웃음기가 떠나질 않았다.

"우리 시안이가 이렇게 좋은 짝을 만날 줄은 몰랐지."

엄마는 월간 미술 잡지에 게재된 그의 인터뷰를 곧이곧대로 믿었다. 베를린 필하모닉 오케스트라의 연주회에 참석한 그가 옆자리에 앉은 여성에게 반해 프러포즈했다는 낭만적인 이야기였다.

당신이 주기적으로 방문하여 정수기 필터를 갈아 주고, 딸의 이력서를 내민 곳에서 이 결혼을 성사시켰다는 생각은 전혀 못 했다.

"시안 씨 예쁘게 키워 주셔서 감사합니다. 섭섭지 않게 해 드리겠습니다."

그는 신부 대기실에서 장모의 손을 잡고 다정하게 읊조렸다. 엄마는 그 어느 때보다 행복한 날이라며, 눈물 한 방울 보이지 않았다. 엄마는 그와 사진을 찍는 시안을 바라보며 화사하게 웃었다. 앞으로 눈부신 축복이 가득한 날을 살라는 듯이.

밖에서 누군가 찾는다는 연락에 엄마는 대단한 의무라도 주어진 것처럼 자리를 떠났다.

"자, 신랑분이 신부님 뒤로 가서 서시고, 자연스럽게 안아 주세요."

사진작가의 요구에 그가 시안의 뒤에 섰다. 그의 손이 매끄러운 실크 위에 촘촘히 박힌 보석을 훑고 가느다란 허리를 감쌌다. 활짝 펼쳐진 손바닥이 납작한 배에 밀착되었다. 그의 새끼손가락은 아찔하게 아래를 향해 있었다.

숨을 고달프게 들이마신 순간, 그의 다른 손이 맨어깨를 스치고 목 안쪽으로 쓸려 들어왔다. 마치 목숨 줄을 잡아 쥐는 것처럼 순식간에 목을 움켜잡았던 손이 빠르게 어깨 쪽으로 움직였다.

맨등에 그의 차가운 연미복 천이 닿았다. 그의 팔이 어깨와 허리를 부드럽게 안고 있었지만, 마치 뱀에 친친 감긴 듯 서늘했다. 그의 품에 선득하게 갇혀서, 숨조차 내쉬지도 못하고 굳었다.

"신부님이 많이 긴장하셨네요. 웃으셔야죠."

사진작가가 자연스럽게 웃으라며 그녀를 나무랐다. 귓가에 그의 숨결이 닿으며 입술이 움직이는 게 느껴졌다.

"잘할 수 있다면서요."

그의 음성은 다정했지만, 말투는 고압적이었다. 시안은 입꼬리를 올리고 눈을 가늘게 뜨며 화사한 미소를 짓기 위해 애썼다.

하객맞이를 위해 그가 자리를 비우자, 저절로 한숨이 흘러나왔다. 여유를 가질 새도 없이 신부 대기실로 축하객이 찾아들었다. 대학 동기, 과외 수업을 하던 아이와 그 부모들 등 모두 갑작스러운 결혼을 아낌없이 축하해 주었다.

"선생님 오늘 정말 아름다우시네요."

인사를 건넨 이는 시안의 모친이 사고를 당한 날, 수업을 미룬다고 신경질을 부렸던 학부모였다. 결혼식에 절대 초대하고 싶지 않은 인물이었지만, 초대 명단에 관한 건 시안의 능력 밖이었다.

결혼식에는 딱 200명의 하객이 초대되었고, 그들은 남편 될 남자가 엄선한 사람들이었다. 어떤 기준에 의해 선별되었는지 모르겠다는 생각을 했었는데, 아이를 데리고 온 부모를 본 순간 깨달았다.

"저도 강제우 화백님 그림 정말 좋아하거든요. 선생님 신혼여행 다녀오시면, 같이 식사 한번 해요."

결혼 소식을 알리며 갑작스럽게 수업을 그만두었는데도, 여자는 친절하기만 했다. 시안은 쓴맛을 감추고 웃었다. 초대 명단에 이름을 올린 그의 작은 트로피를 향해서.

그는 자신을 내세울 수 있는 트로피가 될 만한 인사들을 결혼식에 초대한 것이었다. 예식 시간이 가까워졌다.

이제 슈베르트의 아베마리아에 맞추어 신부가 입장할 차례였다. 그가 고른 웨딩드레스, 그가 고른 티아라, 그가 고른 사파이어 귀걸이로 치장한 시안은 제 눈에도 다른 사람처럼 비칠 정도로 아름다웠다.

그럼 나도 그가 손에 쥔 트로피 중 하나인가? 그에게 내가 그럴 가치가 있는 사람인가?

1화

GALANTE

저택은 절벽 끝에 자리했다.

남인도양의 파도가 끊임없이 밀려와서 부딪치며 깎아지른 절벽 위에 아슬아슬하게 자리한 저택은 원시적인 자연 풍경과 극적인 대비를 이뤘다.

어디서든 바다를 바라볼 수 있도록 커다란 유리 통창이 곳곳에 배치된 탓에 저택은 마치 유리의 성처럼 보였다.

깨지기 쉬운 유리와 절벽에 철썩철썩 부서지는 파도의 조화는 아름답다는 말로 부족할 정도다. 일종의 경외심마저 불러일으키는 어마어마한 저택은 앞으로 두 사람이 머물 신혼여행 숙소다.

막연히 신혼여행을 떠올려 보기는 했었지만, 이런 숙소는 감히 상상도 하지 못했다.

시안은 통유리창 앞에 서서 끝도 없이 펼쳐진 바다를 바라보았다. 시선을 조금만 내리면 낭떠러지가 보였다. 몸을 좀 더 앞으로 기울이자 마치 절벽에서 몸을 내던지기 직전처럼 오금이 저렸다.

발아래 풍광을 더 짜릿하게 만끽할 수 있도록 유리창 아래는 건물 안쪽으로 수렴되는 모양새였다.

마치 벼랑 끝에 서 있는 기분. 갑작스러운 결혼에 대한 복잡한 상념이 시안을 집어삼키려고 덤벼드는 성난 파도처럼 한꺼번에 밀려들었다.

몸이 점점 앞으로 기울었다. 유리에 몸을 기대면 위험할지도 모른다는 생각을 하면서도 시안은 풍광에 빨려 들어가는 것처럼 굴었다.

나는 지금 무엇에 기대고 있는 거지? 아름다운 풍광만큼 매혹적인 남자의 얼굴을 떠올린 순간이었다.

낭떠러지를 가로막은 아슬아슬한 유리창에 인영이 비쳤다.

"마음에 들어요?"

머릿속을 혼란스럽게 만든 남자의 목소리가 불쑥 들렸다. 시안은 화들짝 놀라며 유리에서 몸을 뗐다. 급하게 움직인 탓에 몸이 휘청거렸다. 구두 굽이 높은 탓도 있었다.

허리에 그의 팔이 부드럽게 감겼다. 이제 시안의 남편이 된 남자는 그녀를 심상한 눈빛으로 내려다보고 있었다.

"마음에 드냐고 물었는데."

그가 한쪽 눈썹을 치켜들며 재차 물었다.

"정말 마음에 들어요. 너무 멋있어서 어떻게 말해야 할지 잠시 고민했어요."

튕기듯 올라섰던 그의 눈썹이 제자리로 돌아왔다. 시안의 대답이 꽤 흡족한 눈치다.

"마음에 들면 됐어요."

그는 시안의 허리를 잡은 채로 몸을 빙그르르 돌렸다. 그의 얼굴로 가득 찼던 시야가 다시금 바다를 향했다.

그가 두 팔로 시안의 허리를 부드럽게 감싸 안았다. 조금 전만 해도 구름에 가려서 보이지 않던 따뜻한 색깔로 바다와 하늘이 물들어 갔다. 석양빛이 내리는 중이었다.

그리고 등 뒤에서 느껴지는 남자의 체온은 눈앞에 펼쳐진 풍광만큼이나 따뜻하면서도, 생경했다. 그래서인지 조금씩 심장이 빠르게 뛰기 시작했다.

시안은 제 허리를 휘감아 안은 그의 팔에 의지한 채로 몸을 조금씩 앞으로 기울였다. 아까보다 더 대범하게 고개를 숙이며 발아래 낭떠러지를 내려다보았다.

"그러다 떨어져요."

경고하듯 낮은 목소리가 귓가에서 울렸다.

"그럴 리가요."

어디서 생겨난 막연한 신뢰감인지 모르겠다. 유리창에 기대면 안 된다는 건 상식이다. 기울어진 유리창은 아슬아슬해 보였다. 시안은 제 허리를 단단히 안고 있는 남자와 결혼을 하기는 했지만, 그를 온전히 신뢰해도 되는지는, 글쎄, 아직 잘 모르겠다고 생각했다.

그런데도 시안은 몸을 기울인 채로 짜릿한 풍광을 만끽했다. 아득히 먼 발아래, 파도가 부서지는 모습은 보고 또 봐도 질리지 않았다.

어쩌면 등 뒤에 서 있는 남자를 마주하는 것보다 바다를 바라보고 있는 게 더 편해서 이러고 있는지도.

허리를 감싸고 있는 그의 손에 천천히 힘이 들어가는 게 느껴졌다. 귓가에 그의 숨결이 스치자 등줄기를 타고 얕은 소름이 끼쳤다.

그가 오른손으로 시안의 긴 머리카락을 잡아서는 왼쪽 어깨에 모았다. 드러난 오른쪽 목덜미에 금세 그의 입술이 닿았다.

시안은 저도 모르게 숨을 멈추었다. 갑작스러운 접촉은 뜨겁고 부드러웠다. 목덜미를 더듬는 그의 입술은 느릿하게 움직였다.

시안은 손바닥을 유리창에 댄 채로 얕은 숨을 헐떡였다. 이런 경험은 처음인데도 금세 숨이 차오르는 게 신기할 따름이었다. 게다가 제 목을 입술로 더듬고 있는 남자와는 유혹적인 신뢰를 쌓을 틈조차 없었는데도.

그가 머리를 모아 쥐었던 오른손으로 시안의 턱끝을 당겼다. 시안은 왼쪽 어깨를 기울이며 오른쪽으로 고개를 돌렸다.

목덜미를 더듬던 그의 입술이 마침내 시안의 입술에 닿았다. 두 번째 키스다. 첫 만남, 예술의 전당 주차장에서 나누었던 키스 이후로 말이다.

결혼을 준비한 지난 한 달 동안 그는 시안에게 더는 다가오지 않았었다. 사실 결혼식 전에 그의 얼굴을 본 것은 딱 세 번이었다. 맞선 날 한 번, 호텔 연회장 예약을 위해 한 번, 그리고 웨딩 숍에서 한 번.

결혼 준비는 전부 그가 도맡아서 했고, 시안이 준비한 것은 제 몸 하나였다.

그러니 이번이 두 번째 키스다. 그는 아주 천천히, 그리고 부드럽게 시안의 입술에 입을 맞추었다. 입술이 보드랍게 뭉개졌다가 떨어지는 느낌이 간질거려서 어깨가 저절로 움츠러들었다.

"흐으."

시안이 저도 모르게 달뜬 숨을 흘린 순간, 그의 혀가 벌어진 입술 새로 미끄러져 들어왔다. 여러 남자와 키스를 해 본 것은 아니었지만, 그가 키스를 굉장히 잘한다는 건 알 수 있었다.

입술을 핥고 들어온 그의 혀는 입 안을 매끄럽게 훑은 뒤, 그녀의 혀를 잡아채듯 휘감았다.

"으응."

시안은 차가운 유리창에 대고 있던 손바닥을 뗐다. 오른팔을 뒤로 뻗어 그의 뒷머리를 부드럽게 움켰다. 시안의 허리를 잡은 그의 팔에도 힘이 들어가기는 마찬가지였다.

얕은 신음이 쉴 새 없이 흘러나왔다. 그는 부드럽고 짜릿한 키스만으로 사람을 홀리는 관능적인 재주가 있는 남자였다.

커다란 손이 시안의 배를 바짝 당겨 안았다. 그와 동시에 등 뒤에 단단하게 솟은 몸피가 와 닿았다. 놀란 시안은 본능적으로 몸을 떨었다. 이상한 낌새를 알아차린 듯 그가 입술을 뗐다.

시안은 내리뜬 눈으로 그의 젖은 입술을 응시했다. 누구의 것인지 모를 타액으로 젖은 그의 번들거리는 입술은 기가 막히게 아름다웠다.

"왜요?"

그가 짓궂게 물었다.

"뭐가요?"

시안은 시치미를 뚝 떼고 되물었다.

"샤워할래요?"

서울에서 출발해 남인도양 세이셸 제도로 오기까지 꼬박 24시간이 넘게 걸렸다.

결혼, 신혼여행, 첫날밤…….

떠올려 보지 않은 것은 아니었으나, 그가 첫 키스를 한 이후로는 미지근하게 굴었기에 첫날밤에 대한 긴장은 살짝 접어 놓고 있었다.

그런데 갑작스럽게 느껴지는 그의 굵직하고 단단한 몸피와 샤워할 거냐는 제안에 긴장감이 밀려들었다.

"해, 해야죠."

떨림이 고스란히 반영된 어설픈 대답이 흘러나왔다. 그의 입가에 흡족한 미소가 자리했다. 그가 대체 무엇에 흡족해하는지 모르겠다.

첫날밤 수줍어하는 신부의 반응에?

시안은 어색하고, 부끄럽고, 긴장돼서 죽을 맛인데, 그는 아무렇지 않아 보였다. 또 남자의 침대를 데우는 법을 모르는 시안은 막연하기만 한 그와의 첫 밤이 두렵기까지 했다.

"같이 씻을래요?"

그의 눈빛이 카페라테 색에서 에스프레소 색으로 어두워지는 듯한 착각이 일었다. 커피 향처럼 매혹적인 눈을 시안은 그저 가만히 올려다보았다.

"응?"

남자가 대답을 채근하듯 한쪽 눈썹을 치켜올렸다.

"아, 아니요. 혼자 씻을래요. 아직은요."

시안은 제가 내뱉어 놓고도 당황스러워서 어쩔 줄을 몰라 했다.

"아직은?"

그가 짓궂게 시안의 말꼬리를 붙들었다.

"그럼 다음에는 같이 씻을 수도 있다는 뜻이에요?"

시안은 숨을 흡 들이켰다. 인정할 건 인정해야 한다. 은밀한 장난을 거는 그는 지나치게 섹시했다.

"봐서요."

시안의 목소리는 거의 기어들어 가다시피 했다.

이 남자랑 홀딱 벗고 샤워 부스 안에 들어가서 몸을 씻는다고?

시안은 대중목욕탕에 가는 것도 꺼리는 사람이었다. 어린 시절 엄마를 따라 다닐 때는 별생각이 없었지만, 어른이 되어서는 생판 모르는 사람들과 뒤섞여 몸을 씻는 행위가 어쩐지 싫었다.

그런데 이 남자랑 함께 샤워를 한다고?

상상만으로도 기절해 버릴 것만 같았다. 시안은 저도 모르게 고개를 절레절레 내저었다. 차가운 유리창에 얼굴을 갖다 대고 싶을 정도로 두 뺨이 홧홧 달아올랐다.

"그럼, 얼른 씻고 나와요."

그가 손가락등으로 빨갛게 익은 시안의 뺨을 쓸어내렸다.

저택에 도착하자마자 진한 키스를 나눈 뒤, 샤워하고 나오면? 그다음은?

시안의 머릿속은 붉은색 노을에 휩싸인 뭉게구름으로 가득 차 버린 듯했다. 등 뒤에서 느껴지던 선명하고 딱딱했던 거대한 무언가가 상상력에 불을 지폈다.

시안은 재빨리 고개를 흔들어 생각을 떨쳐 냈다.

결혼을 준비하면서 시안은 일이 하나씩 해결될 때마다 해방감을 느꼈다. 이제 막 남편이 된 남자 덕분에 아버지의 빚이 사라졌고, 엄마의 병원비가 해결되었으며, 있는 집에서 싫은 소리 들어 가며 머리를 조아려야 하는 개인 교사 일을 할 필요도 없어졌다.

결혼을 조건으로 남자가 시안에게 베푼 금전적인 아량은 시안의 인생을 완전히 바꿔 놓았다.

─ 팔자 고칠 수 있는 자리야.

남자와의 결혼을 주선한 윤 대표의 목소리가 귓전을 스치는 듯했다.

구질구질한 삶에서 시안을 구제해 준 그가 원하는 것은 무엇일까?

46

침실에 딸린 욕실로 들어선 시안은 잠시 당황했다. 이 집은 어릴 때 초등학교 운동장 한쪽을 차지하고 있던 정글짐과 같은 구조를 가졌나 보다. 욕실 문이 자리한 벽과 바닥을 제외하고 천장과 벽이 유리로 되어 있었다. 아무리 저택 주변에 아무것도 없다고 할지라도 휑한 유리 큐브 안에서 헐벗고 샤워를 하는 것은 어쩐지 꺼림칙했다.

어딘가 유리 가림막을 작동시킬 수 있는 장치가 있지 않을까?

시안은 영화 속에서나 보았던 호화로운 욕실을 떠올리며 여기저기 둘러보았지만, 너무 낯선 곳이어서 감조차 잡히지 않았다.

지금 도움을 요청할 수 있는 사람은 이제 남편이 된 지 24시간이 막 지난 남자, 강제우뿐이었다.

시안은 욕실을 벗어나 응접실로 향했다. 그는 응접실 한쪽에 있는 공용 욕실에서 샤워를 하겠다고 했었다. 시안은 조심스럽게 나무 문을 두드렸다. 안에서 아무런 반응도 없어서 다시 문을 두드리려던 순간이었다.

문이 불쑥 열리고 남자의 잘생긴 얼굴이 드러났다. 시안은 저도 모르게 숨을 헉, 들이켰다.

시안이 헤매는 동안 그는 벌써 샤워를 마쳤는지 얇게 뭉친 머리카락에서는 물방울이 뚝뚝 떨어졌고, 젖은 가슴이 훤히 드러나 있었다. 시선이 저절로 아래를 향해 내려갔다.

촉촉하게 물기를 머금은 그의 몸에 걸쳐진 거라고는 허리춤에 걸려 있는 배스타월 한 장뿐이었다. 그마저도 잘 짜인 복근과 강인해 보이는 골반께에 아슬아슬하게 묶여 있었다. 손으로 툭 건드리면 천 자락은 바닥으로 곤두박질칠 것이다.

"그새 마음이 바뀌었어요? 같이 씻자고 온 거야? 난 다 씻었지만, 시안 씨가 원하면 다시 씻고."

그가 욕실 문을 활짝 열며 들어오라 고갯짓했다. 일부러 놀리려고 짓궂게 유혹하는 게 아니라, 진심으로 하는 말처럼 들렸다.

시안은 고개를 세차게 내저었다. 분명 얼굴이 빨갛게 달아올라 있을 거라는 생각이 들었지만, 지금은 창피하다고 얼굴을 가리며 호들갑을 떨 수 있는 타이밍이 아니었다.

"욕실이 너무 휑해서요."

그는 흥미로운 미소를 지은 채로 시안을 내려다보았다.

"너무 휑하니까, 시안 씨 샤워하는 동안 나보고 거기 있으라고?"

시안이 한 말을 잘 알아듣지 못했다는 듯이 그가 한쪽 눈썹을 치켜올렸다.

"아니요!"

"그러니까 같이 씻자고 했잖아요. 이제 와서 욕실이 휑하다고 칭얼대지 말고."

"그게 아니고."

순진하게 얼이 나간 것 같은 시안을 놀리는 건지, 진지한 태도인지 헷갈린다. 그의 말은 시안이 받아들이기에 야했지만, 그의 표정은 놀라울 정도로 이성적이었다.

"유리창이 너무……. 블라인드 어떻게 작동시키는 건지 몰라서요. 그거 알려 달라고요."

"어차피 볼 사람도 없어요."

그는 별스러운 고민을 다 듣겠다는 듯이 눈살을 찌푸렸다.

"꼭 밖에서 헐벗고 샤워하는 기분이란 말이에요."

그는 얕은 한숨을 내쉬더니 시안을 지나쳐 침실로 향했다. 시안은 보폭이 넓은 그를 따라잡기 위해 종종걸음을 쳐야만 했다.

욕실로 들어선 그가 문 옆에 있는 월 패드를 손바닥으로 툭 건드리자 화면에 불이 들어왔다. 화면을 몇 번 더 두드리자, 전자음이 울리며 유리창이 반투명하게 변했다.

"고마워요."

"또 필요한 건?"

그가 고개를 갸웃거리며 물었다. 약간은 귀찮아하는 듯한 기색이 그의 얼굴에 비쳤다가, 금세 사라졌다.

시안은 이제 됐다며, 그를 얼른 욕실 밖으로 내몰았다.

여전히 유리창이 거슬리기는 했지만, 그래도 반투명해진 게 어딘가.

시안은 흰색 원피스와 속옷을 벗어서 단정하게 개킨 뒤, 나무 선반 위에 올려 두었다.

벌거벗은 몸으로 샤워기 앞에 선 시안은 또다시 아연해졌다.

이 저택 욕실은 도대체가 평범한 게 없다!

'또 필요한 건?'

그의 듣기 좋은 목소리가 떠올랐다. 하지만 홀딱 벗은 채로 밖에 나가기가 꺼려졌다. 시안은 샤워기 근처에 있는 버튼을 아무거나 눌러 보았다. 위잉, 소리와 함께 어디선가 더운 바람이 불어왔다. 샤워 후에 물기를 말리는 버튼인 듯했다.

작동을 멈추게 하기 위해 또다시 버튼을 눌렀는데, 바람이 꺼지기는커녕 점점 더 거세졌다.

돌겠네.

시안은 하는 수 없이 샤워 가운을 몸에 걸치고 욕실 문을 빠끔히 열었다. 저택은 또 어찌나 넓은지, 그를 어디서 찾아야 하나 난감했다.

한참 헤매는 건 아닌가, 걱정했는데 그는 응접실 창가에 서서 언더락 잔을 손에 들고 있었다. 여전히 허리에 수건 하나만을 걸친 채였다. 옷을 입는 게 귀찮은 거 같았다.

"저기."

기어들어 가는 목소리에 남자가 고개를 돌렸다. 시안의 꼴을 보고 아직 못 씻었구나, 짐작한 얼굴이다.

"또 왜요?"

"물이 안 나와요."

그가 웃음과 짜증을 삼키는 듯, 미묘한 표정을 지었다. 그는 아무런 대꾸 없이 욕실로 향했다.

"그러게 내가 아까 더 필요한 건 없냐고 물었잖아요."

그는 친절하지는 않았지만, 귀찮음을 적당히 숨길 줄 알았다. 그리고 같이 씻자던 그의 말이 이제야 이해가 갔다. 그는 신혼의 아찔함을 위해서가 아니라, 이런 걸 일일이 알려 주기 귀찮아서 같이 씻자고 한 것 같았다.

"처음 와 본 곳이니까요. 욕실을 이렇게 직관적이지 않게 설계한 사람이 잘못이죠. 누가 지었는지, 저택 주인이 참 어렵게 사는 사람 같네요."

그가 욕실로 들어서려다가 말고 돌아보았다. 미처 걸음을 멈추지 못한 시안은 그의 두꺼운 팔뚝에 콧대와 이마를 부딪쳤다. 화강암에라도 부딪친 것처럼 콧대가 얼얼했다.

남자의 무표정한 얼굴을 마주한 순간, 의문이 들었다. 어렵게 사는 저택 주인이 이 남자인가?

시안은 어색하게 입술을 늘이며 미소를 머금었다. 그는 아무 말 없이 고개를 돌리고는 욕실로 들어섰다. 보디 드라이어는 여전히 위잉, 하는 소음을 내며 작동 중이었다.

"바람이 안 꺼지더라고요. 누르면 누를수록 세지기만 하고요."

어쩐지 멍청한 사람처럼 굴고 있는 것 같아서 억울해졌다. 그래도 평균 이상의 지적 능력과 소양을 갖추었다고 생각했는데, 이곳에서는 원시인이 된 것 같은 기분이다.

"이 버튼을 누르면 꺼지고. 이게 수전. 온도 조절은 레버를 위쪽으로 하면 더운물, 아래쪽으로 하면 찬물. 됐죠?"

시안은 고개를 끄덕이고는 그를 향해 생긋 웃었다.

"고마워요."

진작 알려 줬으면 좋았을 텐데, 하는 말은 덧붙이지 않았다.

"그러게. 같이 씻자고 했잖아요."

그는 마치 시안의 불만스러운 마음을 읽은 것처럼 말했다.

불현듯 그와 군대 동기처럼 샤워기 앞에 나란히 서서 샤워하는 모습이 머릿속에 그려졌다. 아까 뜨겁게 키스하던 남자는 온데간데없었다. 아무래도 맞는 것 같다. 그는 욕실 사용법을 알려 주기 귀찮아서 같이 씻자고 했던 거다.

귀찮은 일을 끝낸 것처럼 조금은 홀가분한 표정의 그가 돌아섰다. 그가 걸음을 옮길 때마다 꿈틀거리는 등 근육을 바라보는데, 괜한 오기가 생겨났다.

"저기요."

"또 왜요?"

그가 약간의 신경질을 꾹 억누른 표정으로 시안을 돌아보았다.

"설마 내가 같이 안 씻었다고, 이런 것도 안 알려 준 거예요?"

대차게 부르기는 했지만, 차마 귀찮아서 그랬느냐고는 묻지 못했다. 그의 태도가 조금은 어이없기도 하고, 유치하기도 하고, 못돼 보이기도 하고.

그는 틀렸다는 듯이 입술을 가늘게 맞물린 채로 고개를 살짝 내저었다. 쯧쯧, 소리가 어디선가 들리는 듯한 착각이 인다.

"이제 좀 씻어요. 응?"

그는 대답하기도 성가신 표정이었다.

아내 된 여자의 사소한 물음도 귀찮은 남자가 결혼은 왜 했을까? 그것도 자기보다 한참 모자라는 조건을 가진 여자와? 혹시 침대 위에서는 돌변하는 변태인가?

우여곡절 끝에 샤워를 마친 시안은 속옷 먼저 챙겨 입었다. 하얀색 홑겹 레이스 브래지어와 레이스 팬티는 시안의 육감적인 몸과 어우러져 무척 야한 느낌을 주었다. 그 위에 하얀색 슬립을 걸치고 배스가운까지 입자, 심장이 쿵쿵 울렸다.

그의 관점에서 결혼의 목적을 충분히 의심해 봤어야 했는데, 결혼 전에 벼랑 끝까지 몰렸던 시안은 자신을 수렁에서 건져 준 그가 그저 고마울 따름이었다. 신부 입장 전부터 시작된 고민이 또다시 이어졌다.

그는 왜 이 결혼을 했을까? 왜 나를 선택했을까?

분명한 건 시안은 이 결혼을 통해 삶이 나아졌고, 그에게 큰 빚을 진 거나 마찬가지라는 사실뿐이었다.

어릴 적 피아노 콩쿨에 나갈 때, 가장 겁이 나는 경쟁자는 처음 보는 참가자였다. 상대에 대한 정보가 없으면 어떻게 대적해야 할지 몰라서 겁이 나기 마련이다. 시안은 지금 그런 면에서 남편이 겁나기 시작했다.

이런 고민은 결혼하기 전에 해야 했던 거 아닌가?

속옷을 입으면서 시간을 끌었는데, 이제 더는 물러설 곳이 없었다. 시안은 크게 숨을 들이켠 뒤, 욕실 문을 열었다.

침실에 앉아서 기다려야 하는지, 아니면 응접실로 나가서 남편이 된 남자를 유혹하는 척이라도 해야 하는지 모르겠다. 그가 은밀하게 맞닿아 올 거라고 생각하니, 문득 도망치고 싶은 충동마저 일었다.

그는 객관적으로 훌륭한 남편감이었다. 능력 좋고, 돈 많고, 잘생겼고, 성격도 이만하면 준수했다.

그럼 그의 성적 취향은?

고민하는 순간, 침실 문이 벌컥 열렸다.

남편이 된 남자, 강제우가 그곳에 서 있었다.

"무사히 씻었어요?"

그의 어조는 건조했지만, 목소리에선 은근한 장난기가 느껴졌다. 아까 귀찮아하던 말투와 다른 듯 비슷했다.

시안은 대꾸 없이 고개를 끄덕였다. 그러면서 환한 미소를 머금었다. 일단은 웃는 모습을 보여야 한다는 생각이 들었다. 웃는 얼굴에 침 못 뱉는다는 말도 있지 않은가.

어색한 분위기를 모면하려 웃었거늘, 시안의 미소를 마주한 그의 미간이 살짝 일그러졌다.

마치 그녀가 웃는 게 마음에 들지 않는 것처럼 보였다.

시안이 어설프게 표정을 갈무리하려는 순간, 그가 성큼 시안의 곁으로 다가왔다. 베르가모트와 소나무 향이 섞인 듯한 향기가 불쑥 끼쳤다.

그가 손가락 끝으로 귀밑부터 턱끝까지 느릿하게 쓸어내렸다. 본능적으로 몸이 움츠러드는 것도 깨닫지 못한 순간, 그가 턱을 들어 올리며 고개를 비스듬히 기울였다.

샤워하는 동안 물기에 젖어서 예민해진 입술에 그의 입술이 부드럽게 닿았다. 어설픈 웃음기를 머금고 있던 입술이 금세 그의 입 안으로 빨려 들어갔다.

그의 입 안에서는 향긋한 술 냄새가 났다. 무슨 술인지는 모르겠지만, 비싼 맛이었다. 시안은 그의 입 안에 남아 있는 술맛을 음미하듯 혀를 내밀었다. 그의 단단하고 두꺼운 혀에 시안의 혀가 닿은 순간, 허벅지 사이에서 미끈한 열기가 느껴졌다.

처음 느껴 보는 성적인 긴장감에 당황한 순간, 입 안의 혀도 어쩔 줄을 모르고 굳어 버렸다. 그러자 시안의 혀와 맞닿아 있던 그의 혀가 매끄럽게 시안을 휘감았다.

"으응."

감각만은 의심의 여지 없이 황홀했다. 시안의 목에서 흘러나온 신음이 그의 입 안으로 전해지는 느낌은 꽤 은밀했다. 신음을 집어삼키듯 그가 입을 크게 벌리며 고개를 더욱 숙였다. 시안도 고개를 비틀며 입을 더욱 크게 벌렸다. 입 안에서 맞닿는 면적이 더욱 커졌다.

시안은 가만히 허벅지 옆에 붙여 놓았던 손을 들어 그의 맨어깨에 조심스럽게 올렸다. 뜨거운 열기에 한 번 놀라고, 부드러운 감촉에 한 번 더 놀랐다. 계속 만지고 싶은 온도와 촉감이었다. 시안은 그의 너른 어깨를 둥글리듯 어루만졌다.

그러는 동안 그는 꽉 묶인 배스가운 허리끈 매듭을 풀고 있었다. 허리끈이 풀리자, 미묘한 해방감이 아랫배에 뜨겁게 고였다. 뜨겁고 생경한 감각에 기름을 부으려는 듯 그의 손이 배스가운을 젖히고 시안의 허리춤을 붙잡았다.

골반을 어루만지는 그의 손길은 부드럽고 뜨거웠다. 그리고 묘한 구속력이 느껴졌다. 시안이 감각하는 모든 해방감과 구속감은 자신에게서 비롯되어야 한다는 듯이 집요한 손짓이었다.

"하아."

잠시 입술이 떨어졌다.

"너무, 매끄러워요."

시안은 저도 모르게 중얼거렸다. 낯선 상황을 견디지 못하고 내뱉은 말이었다. 그런데 그 말이 도화선이라도 된 듯 그가 더운 숨을 내뱉었다.

"시안 씨, 피부도 너무 부드러워요."

내내 시안의 입술을 물고 빨던 그의 입술이 턱선을 따라서 천천히 아래로 내려갔다. 그의 키스는 눈이 저절로 감길 정도로 달콤했다. 시안은 그의 목덜미에 매달리듯 팔을 감았다. 허리가 뒤로 자연스럽게 휘었고, 목 안쪽에 그의 입술이 쉽게 닿을 수 있도록 고개를 젖혔다.

"흐응."

얕은 신음을 터뜨린 순간, 배스가운이 바닥으로 툭 떨어졌다. 그의 손은 시안의 척추뼈를 감질나게 더듬고 올라와서는 실크 슬립 끈을 가만히 벗겨 내렸다. 팔뚝을 부드럽게 쓸어내린 그의 손이 가슴을 와락 움켜잡았다.

"하아."

놀라움이 뒤섞인 신음이 툭 터져 나왔다. 아까부터 배를 찔러 대는 단단한 부피감이 점점 선명해지고 있었다. 그는 홑겹 레이스 때문에 성에 차지 않는지, 브래지어 끈을 급하게 끌어 내렸다. 곧이어 그의 손이 가슴을 움켰다.

"흐으."

더운 숨이 흘러나왔다. 가슴에 누군가의 손이 이렇게 은밀하게 닿았던 적은 단 한 번도 없었다.

시안의 귓불을 입에 물고 잘근잘근 씹어 대던 그가 조용히 속삭였다.

"꼭 생크림을 만지는 것 같기도 하고, 밀가루 반죽을 주무르는 것 같기도 하고."

생전 처음 보는 장난감을 손에 넣기라도 한 것처럼 들뜬 목소리였다.

"손바닥에 닿는 느낌이 너무 부드러워요. 만지면 만질수록 닳아 없어질 것처럼 부드러운데, 점점 쫀득해져. 입에 넣으면 얼마나 맛있을까."

그는 낮게 가라앉은 음성으로 야한 말을 서슴없이 내뱉었다. 욕실 밖으로 나서며 했던 걱정은 아직까지 머릿속에 흐릿하게 남아 있었다.

그의 성적 취향은?

만약 내가 감당할 수 없는 변태적 취향을 가지고 있다면?

하지만 걱정이 무색하리만큼 몸이 달아오르고 있었다.

"입 안에서 녹아 버릴까, 아니면 단물이 쭉쭉 나올까."

그가 한마디씩 내뱉을 때마다 걱정은 희미해지고, 감각은 선명해졌다.

"흐으읏."

쇄골을 아프지 않게 깨문 그가 시안의 허리를 번쩍 안아 들고는 걸음을 옮겼다. 그의 몸은 예상했던 것보다 훨씬 단단했고, 단단하고 강인한 몸은 시안을 수월하고 가뿐하게 안아 들었다.

시안은 그의 어깨 위에 팔을 올린 채로 그를 내려다보았다. 그는 걸음을 시안의 가슴에서 눈을 떼지 못했다. 마치 시안의 몸에 홀린 것 같은 눈빛이었다.

엉덩이가 먼저 매트리스에 닿았다. 그는 시안을 내려놓자마자 달려들었다.

"아훗."

가슴이 그의 입 안으로 빨려 들어갔다. 그의 어깨를 어루만지던 손을 움직여 뒷머리를 쓸어 올렸다. 그의 눈동자 색과 닮은 갈색의 머리카락에는 아직도 물기가 아주 조금 남아 있었다. 차가운 머리카락이 손가락 사이 연한 살을 부드럽게 쓸었다.

마치 사탕을 빨아 먹듯, 아이스크림을 핥아 먹듯, 먹음직스러운 소음이 이어졌다. 그의 야한 말에는 몸이 달떴으면서도 이런 질척거리는 소음에는 어쩐지 얼굴을 가리고 싶을 정도로 부끄러워졌다.

"흐으응."

제가 내뱉는 신음도 생경하기는 마찬가지였다. 시안은 애꿎은 그의 머리카락만 쓸어 올릴 뿐이었다.

"흐웃."

그는 가슴 끝을 잘근잘근 깨물었다가, 혀로 가볍게 튕기고는 고개를 들었다. 그의 입술은 빨갰고, 시안의 가슴 끝도 붉게 부풀어 올라 있었다. 그 조화는 숨이 턱 막히도록 섹시했다.

그는 시안을 내려다보며 천천히 손을 아래로 내렸다. 시안은 아무런 말도 하지 못하고, 달아오른 시선으로 그를 올려다보고 있었다.

그의 손이 마침내 허벅지 안쪽 은밀한 곳에 닿았을 때, 시안은 저도 모르게 눈을 질끈 감았다. 그가 속옷을 젖히고 어루만지기 시작했다.

기억하는 한, 그 누구의 손도 닿은 적 없는 곳을 그가 엄지로 천천히 비벼 댔다.

"흐으윽."

시안은 눈을 꼭 감은 채로 신음했다. 차마 그를 올려다볼 용기조차 나지 않았다. 숨이 끊임없이 가쁘게 차올랐다. 양껏 들이마시지 못하고, 양껏 내뱉지 못해서 가슴이 갑갑할 정도였다. 그리고 난생처음 겪는 야한 짓에 심장은 걷잡을 수 없이 빠르게 날뛰었다.

다만 놀라운 것은 이 상황이 싫지 않다는 점이었다. 아니, 싫기는커녕 이다음에 이어질 행위에 대한 기대감으로 머릿속이 아득해질 정도였다.

시안은 용기를 내서 천천히 눈꺼풀을 들어 올렸다. 열기 탓에 젖은 눈가가 촉촉했다. 시안은 저도 모르게 붉게 젖은 눈으로 그를 올려다보고 있었다.

그는 시안의 얼굴에 시선을 고정한 채로 예민한 살점을 더듬어 대고 있었다. 그의 갈색 눈동자는 매혹적이었고, 붉게 부어오른 입술은 탐스러웠다.

시안은 본능적으로 그의 목덜미를 안고 끌어당겼다. 조금 전의 키스로 부푼 그의 입술에 제 입술을 갖다 댔다. 그동안의 키스는 그가 리드했었다. 시안은 어설프게 그의 키스를 흉내 내 보았다. 그의 아랫입술을 빨고, 그의 입 안으로 혀를 집어넣었다.

"흐으."

그러는 사이 시안의 입에서 달뜬 숨이 새어 나왔다. 어설프기 짝이 없는 키스였다. 그가 한심하다는 듯 잠시 웃는가 싶더니, 입 안 가득 들어왔다.

"으음."

만족스러운 신음이 속절없이 흘러나왔다. 여러 번 해 본 것도 아니면서 벌써 그의 키스에 길들여졌다는 생각이 들었다.

그는 시안의 풍만한 여체를 살짝 누르듯이 단단한 가슴에 힘을 실었다. 기분 좋은 압박감이었다. 그러면서도 그의 손은 쉴 새 없이 움직였다.

"으음."

그가 엄지손가락을 굴릴 때마다 몸이 움찔거렸다. 그는 시안이 움찔거리는 지점을 찾아내서는 집요하게 헤집었다.

"흐으음. 으음."

그의 입 안으로 신음이 쉴 새 없이 넘어갔다. 발가락이 오므라들 것만 같은 순간, 그의 손가락 하나가 몸 안으로 미끄러지듯 들어왔다. 그저 손가락 하나만 들어왔을 뿐인데, 이물감에 미간이 찌푸려졌다.

그가 입술을 떼고는 시안을 내려다보았다. 시안 역시 미처 시선을 피하지 못하고 그를 올려다보았다. 그는 진득하고 깊은 눈빛으로 시안의 얼굴을 들여다보며 손가락 하나를 더 집어넣었다.

"아아."

틈이 억지로 벌어지는 느낌이었다. 그리고 그 틈을 막으려고 몸이 애쓰고 있는 것처럼 느껴졌다. 그는 신음 같은 한숨을 내뱉으며 시안의 뺨에 입을 맞췄다.

"겨우 손가락 두 개를 이렇게 조이면, 어떻게 해야 하나."

그의 목소리는 탁하게 쉬어 있었다. 열기에 사로잡혀 있는 것 같으면서도 아까 욕실에서 느꼈던 것처럼 조금은 귀찮은 기색이 묻어나는 음성이었다.

"너무 좁잖아."

그가 약간은 불만스럽다는 듯이 중얼거렸다.

그가 한 말이 무슨 뜻인지 파악하는 데 시간이 걸렸다. 이런 경험은 처음이었다. 무지에서 오는 버벅거림이었다.

"어떻게 해야 할까요?"

그는 시안의 목덜미에 입술을 댄 채로 물었다. 그의 따뜻한 숨결이 살갗에 퍼지는 느낌이 좋았다. 그의 숨결을 더 느끼려고 고개를 젖혔다.

"응? 좋아하는 게 있을 거 아녜요. 어떻게 해 줄까요?"

그가 채근하듯 물었다.

"모, 모르겠어요. 그냥 이렇게."

시안이 그의 어깨를 끌어안으려는 순간, 그가 커다란 몸을 불쑥 일으켰다. 몸속 은밀한 곳을 더듬고 있던 손가락도 쑥 빠져나갔다.

"하아."

한숨이 불쑥 흘러나왔다. 그는 혼란스러운 눈빛으로 시안을 바라보았다.

"혹시."

그가 미간을 잔뜩 찌푸렸다. 그런데도 그는 기가 막히게 잘생겼다. 목에서 흉근으로 이어지는 라인을 바라보는데 숨이 턱 막힐 것만 같았다. 조각조각 난 복근을 따라 시선을 내리자, 그의 허리춤에 걸려 있는 배스타월이 흐트러진 모습이 눈에 들어왔다.

장골과 허벅지 안쪽으로 휘감긴 수건이 그의 몸을 아슬아슬하게 감추고 있었다.

"혹시 뭐요?"

시안은 말을 잇지 못하는 그에게 물었다.

"이런 거, 처음인가 싶어서요."

그가 믿을 수 없다는 듯이 미간을 더욱 찡그렸다.

"내 입으로 말하기 좀 민망하네요."

시안은 헐벗은 채로 저를 내려다보고 있는 남자의 시선을 피하며 속삭였다. 그가 한숨을 내쉬었다. 보통 연인은 서로가 서로에게 처음이길 바란다. 하지만 이 남자는 보통의 범주에 속하지 않나 보다.

하긴 우리가 보통 연인의 범주에 속하지 않는 거구나?

시안은 조심스럽게 시선을 옮겨 그를 흘긋 보았다. 그를 마주하기 민망했지만, 그가 무슨 생각을 하고, 어떤 표정을 짓고 있는지 궁금했다.

그는 여전히 미간을 잔뜩 찡그리고 있었다. 입 안이 바짝바짝 마르는 것만 같았다. 무슨 말이라도 해 줬으면 좋겠는데, 그는 입을 꾹 다문 채로 하얗게 드러난 시안의 가슴을 뚫어져라 노려보고 있었다.

느닷없이 그가 손을 뻗어서 시안의 가슴을 움켜잡았다.

"훗."

시안은 흠칫 놀라서 어깨를 움츠렸다.

"이런 것도?"

그가 눈을 치뜨며 물었다.

"누군가 몸에 손대는 게 처음이냐고 묻는 거라면."

시안은 말을 잇는 대신 조심스럽게 고개를 끄덕거렸다. 밤이 새도록 미간을 찡그리고 있을 것처럼 퍽퍽하게 굴던 남자의 표정이 조금 풀어졌다.

"그럼, 키스는?"

"그건 해 봤어요."

왜 이렇게 솔직한 대답이 흘러나온 걸까?

그가 대번에 미간을 찡그렸다. 아까는 경험이 없다고 하니까 찡그리더니, 지금은 키스해 본 적 있다는 말에 찡그린다?

그의 기분을 종잡을 수 없어서 덜컥 불안한 마음이 들었다. 대체 어느 장단에 맞춰서 리액션을 해야 하는지 난감하다.

"좀 귀찮게 됐지만."

그가 시안이 의심하던 것을 명확하게 짚어 주었다. 그는 자신이 계획한 대로 일이 진행되지 않아서 예상치 못했던 일이 벌어지면 귀찮아하는 성격인 듯했다. 다정하게 알려 주거나, 친절하게 설명해 주는 성격은 못 된다는 뜻이다.

"그래도 나쁘지는 않을 것 같기도 하고."

잘생긴 얼굴에 돌연 미소가 번졌다. 시안은 약간 어안이 벙벙해졌다. 찡그렸다가, 더 찡그렸다가, 갑자기 웃는다.

뭐가 나쁘지 않다는 건지 감조차 잡히지 않았다.

"그, 그래요."

시안은 그가 무슨 뜻으로 내뱉은 말인지도 모르면서 동조하듯 웃었다. 그러자 그가 이번에는 웃으며 미간을 찡그렸다.

"성시안 씨."

그가 몸을 숙이며 시안의 이름을 또박또박 불렀다. 마른침이 꿀꺽 넘어갔다. 시안은 대답하듯 동그랗게 눈을 뜨고 그를 올려다보았다.

"나는 결혼을 한 거지. 내가 하는 말에 바보같이 웃기만 하는 인형을 산 게 아니야."

그가 내뱉은 말에 적잖이 놀랐다. 다정하고, 상냥한 남자는 아니었지만, 그렇다고 해도 이런 못된 말을 아무렇지 않게 내뱉을 거라고는 생각하지 않았다.

"못된 말을 아무렇지 않은 얼굴로 잘도 하시네요."

시안은 제가 내뱉어 놓고도 조금 놀라서 입을 꾹 다물었다. 늘 학부모의 컴플레인에 주눅이 드는 개인 교사였지, 누군가에게 지적하는 소리를 지껄일 만한 깜냥은 되지 못했다. 그런데 '바보같이 웃기만 하는 인형'이라는 모욕적인 표현에 따지는 듯한 말이 툭 튀어나왔다.

"말귀를 빨리 알아듣네요."

그가 한쪽 입꼬리를 올려 웃으며 비아냥거렸다.

"인형처럼 굴 생각 없었어요. 신혼여행 첫날밤인데, 나 때문에 남편 마음이 상할까 봐 그런 거죠."

꽤 흥미로운 말을 들었다는 듯이 그가 고개를 갸웃거렸다. 그는 아무런 대답도 않은 채 시안을 내려다보기만 했다. 그의 눈빛 아래 갇힌 듯 시안은 꼼짝도 할 수가 없었다. 숨을 내쉬는 것조차 조심스러웠다. 시안이 내뱉은 거칠고 달뜬 숨결이 그에게 닿아서 어떤 폭풍으로 변할지 두렵기도 했다.

"내 마음이 상할까 봐 걱정한 거예요?"

그가 물었다. 시안은 조심스럽게 고개를 끄덕거렸다.

"진심으로?"

그가 또 물었다.

진심으로 걱정했던가?

시안은 스스로에게 반문해 보았다. 사실 그의 심기를 거슬러서, 그 안에 숨어 있는 변태 성욕을 폭발시키는 것은 아닐까, 하는 두려움이 먼저기는 했다. 하지만 잘해 보고 싶은 마음도 있었다. 어쨌든 결혼한 부부니까.

"겁먹지 말고, 말해 봐요."

그가 시안의 표정을 읽은 듯이 대꾸했다. 어쩐지 그는 이런 대화에 능숙해 보였다. 침대 위에서 두 팔 안에 여자를 가두고 나누는 아슬아슬한 대화 말이다.

"겁먹지 않았어요."

시안은 그를 똑바로 올려다보며 말했다. 사실 지금도 심장은 두려움으로 떨리고 있었다. 그가 왜 이 결혼을 속행했는지, 그 이유는 여전히 미지수이니까.

그가 돌연 웃음을 터뜨렸다. 실소처럼 보이기도 했고, 정말 우스워서 터뜨린 웃음 같기도 했다. 바보같이 웃기만 하는 인형이라는 소릴 듣지 않았다면, 아마 시안은 그를 따라 웃었을 것이다.

대신 그에게 물었다.

"갑자기 왜 웃어요?"

그가 웃음을 갈무리하지 않고 대답했다.

"겁먹지 않았다는 말이 마음에 들어서."

그의 감미로운 목소리에서 웃음기가 배어나자, 더욱 듣기 좋은 음색으로 변했다. 그리고 겁먹지 않은 게 마음에 든다는 말은 웃기만 하는 인형도 싫지만, 징징거리는 성가신 부류도 싫다는 말처럼 들렸다.

"겁먹을 게 하나도 없잖아요?"

시안은 내친김에 세게 나가 보기로 했다.

"센 척은 하지 말고."

순간 놀라서 입을 쩍 벌릴 뻔했다. 그는 마치 시안의 머릿속에 들어와 있는 것처럼 말했다.

"당신이 이런 경험이 없어서, 조금 귀찮게 됐으니까. 앞으로 침대 위에서는 솔직해져야 할 겁니다."

"내가 경험이 없는 게, 왜 귀찮은 일이 되는 거죠?"

시안은 영문을 모르겠다는 듯이 물었다.

"순진한 거야, 고단수인 거야?"

그가 아까처럼 한쪽 입꼬리만 올려 웃으며 비아냥거렸다. 그러곤 날카로운 코끝으로 시안의 뺨을 쓰다듬었다. 그의 숨결이 시안의 붉어진 뺨 위에서 부서졌다.

"무슨 말인지 모르니까 묻는 거잖아요."

무지했다. 시안은 이런 면에서 지나치게 무지했다. 학교에서 의무적인 성교육을 받기는 했지만, 거기서 침대 위의 사정까지 자세히 알려 주지는 않았다. 쾌락을 위한 섹스를 가르치는 정규 교육은 없었다.

첫 연애 상대는 그저 지고지순했다. 그와 첫 키스를 하기는 했지만, 입 안이 찰싹 달라붙는 것 같은 키스는 강제우가 처음이다.

그러니 시안이 말귀를 제대로 알아듣지 못할 만도 했다. 아니, 보통의 사람이라면 그 뜻을 유추하는 게 어렵지 않았을 것이다. 하지만 이 남자는 도무지 종잡을 수가 없다.

"본인 몸을 모르잖아. 뭐가 좋은지, 뭐가 싫은지……."

그의 입술이 귓바퀴를 맴돌았다. 더운 숨이 저절로 흘러나왔다.

"그걸 내가 일일이 일깨워 줘야 하는데, 귀찮지 않겠어요?"

이 순간 분명한 것은 그의 숨결이 살갗에 닿는 느낌이 무척 좋다는 거다.

"그럼, 그쪽 좋은 대로 하면 되잖아요."

시안이 홀린 듯 속삭였다. 그가 고개를 들어 올렸다.

"날 그런 개새끼 취급 해 줘서 고마워요."

욕지거리를 내뱉은 그의 입술은 지독하게 섹시했다. 시안은 입술을 내밀어 그의 입술에 갖다 붙였다.

"흐음."

그가 한숨을 내쉬었다. 그러고는 시안의 입에 감질이 나도록 얕고 가볍게 입을 맞추었다.

"키스가 어설플 때부터 알아봤어야 했는데."

그가 혼잣말처럼 중얼거렸다.

"그래서 이 결혼을 무르기라도 할 거예요?"

대답이 없다. 사실 두 사람은 결혼식만 올렸을 뿐, 아직 혼인 신고는 하지 않은 상태였다. 그러니 법적인 구속력이 전혀 없는 남남이었다.

이 남자가 결혼을 무르겠다고 하면 그렇게 될 수도 있다는 뜻이다. 시안은 머리가 복잡해지기 시작했다. 이 결혼을 통해 그에게 받은 것이 무수히도 많았다.

만약 결혼을 무르고 받은 걸 전부 돌려 달라고 한다면, 혀 깨물고 죽어야 할 판이었다. 그럼 엄마는? 그녀의 엄마는 지금 그가 마련해 준 재활 시설에 머물고 있었다. 혼자서 파혼에 대한 책임을 지기엔 상황이 극악했다.

시안은 그가 더는 지껄이지 못하도록 입 안을 파고들었다. 그의 혀를 낚아채서 어르고 달래듯 빨고 핥았다. 그의 숨결이 거칠어지는 게 느껴진 순간, 주저 없이 입을 뗐다.

"아직도 내 키스가 어설퍼요?"

건조한 목소리가 흘러나오길 바랐건만, 시안의 목소리는 열기로 가득했다. 입술에 닿는 그의 숨결도 뜨겁기는 마찬가지였다.

"전처럼 어설프지는 않네요."

딴에는 굉장히 후한 점수를 준다는 듯이 그가 오만하게 대꾸했다.

"당신이 가르쳐 준 대로 한 거니까요."

대답을 내뱉은 시안은 부끄러움에 입술 끝이 떨리는 것 같아서 얼른 아랫입술을 말아 물었다. 그가 또 웃음을 터뜨렸다. 이번 웃음은 꽤 유쾌해 보였다.

"잘 생각해 봐요. 나는 앞으로 가르쳐 준 대로만 키스할 거예요. 그리고 당신이 이끄는 대로만 반응하겠죠."

그의 눈빛이 깊게 가라앉았다. 동요하는 그의 눈동자를 보니 용기가 나기 시작했고, 말을 쉽게 이을 수 있을 것만 같았다.

"당신 말대로 나는 경험이 없어요. 사실 침대에서 이러는 거, 잘 몰라요. 어떻게 해야 할지, 잘 모르겠어요."

그는 텅 빈 캔버스를 제 뜻대로 다루는 데 능숙한 화가다. 시안은 그의 욕구를 부추기듯 말을 이었다.

"그렇지만 한 가지는 분명해요. 당신이 가르쳐 준 대로 키스한 것처럼, 당신이 가르쳐 준 대로 반응할 거예요. 다른 여자들이 당신 앞에서 어떤 모습을 보였는지 모르겠지만…… . 나는 당신을 통해 배운 대로, 당신 앞에서만 반응할 거란 소리예요."

그는 시안이 하는 말을 잠자코 듣기만 했다. 생각을 읽을 수 없는 무표정한 얼굴이다. 그의 눈빛은 깊어진 듯한데, 설득되었는지는 모르겠다.

"그러니까."

마침내 그가 입을 열었다.

"나쁘지는 않은데, 귀찮을 거라고 했잖아요."

시안이 한 말과 자신이 내린 결론이 별반 다르지 않다는 듯이 중얼거리고는 다시금 시안의 목 안쪽에 입을 맞췄다. 귀밑에 그의 숨결이 스치자, 시안은 여린 신음을 흘렸다.

"흐음."

살갗에 닿은 그의 입가의 웃음기가 진해졌다.

"아직 아무것도 안 했는데?"

달뜬 신음의 이유를 묻는 말이 조금은 짓궂게 느껴졌다.

"소리 내는 거 싫어해요?"

그의 취향을 알아보기 위해 질문을 던졌다. 그가 듣기 싫다는데, 혼자 달떠서 앙앙거리는 짓은 하고 싶지 않았다. 그리고 이런 일은 이제껏 겪어 본 적 없기에 자신이 이렇게 야한 신음을 자주 흘릴 수 있는 사람인지도 미처 몰랐다.

"그렇게 좋아하지는 않는데."

예상대로 그는 엉겨 붙는 소음 따위 좋아하지 않는 것 같았다. 오히려 시끄럽다고 귀찮아할 남자처럼 보였다.

"근데 나쁘지 않으니까, 하던 대로 계속해 봐요."

그도 이런 질문이 당황스러운 눈치였다. 그런데 나쁘지 않다고 하니, 좋다는 말과는 또 달라서 어떻게 반응해야 할지 난감하다.

그의 손이 다시금 허벅지 안쪽을 파고들었다.

"흐음."

시안은 저도 모르게 신음이 새어 나오는 입을 손바닥으로 틀어막았다. 귓바퀴에 입을 맞추던 그가 웃으며 시안의 손목을 잡아 내렸다.

"그렇다고 일부러 틀어막지는 말고."

그는 말을 내뱉으며 손가락 두 개를 한꺼번에 몸속으로 미끄러뜨렸다.

"아아."

입을 막을 수 없도록, 그는 시안의 손목을 잡은 손에 힘을 주었다. 시안의 왼팔은 그의 옆구리 아래를 향해 있어서 옴짝달싹할 수 없었다.

"으응. 아아."

쉴 새 없이 얕은 신음이 흘러나왔다.

"여길 이렇게 만지면 기분이 어때요?"

노골적인 질문에 시안은 아무런 대답도 하지 못하고 연신 더운 숨만 터뜨렸다.

"대답해야지. 응? 반응이 없으면 내가 잘 가르치고 있는지 가늠할 수가 없잖아."

그의 어조에서는 오만한 섹시함이 뚝뚝 흘러넘쳤다.

"하웃. 지금, 열심히, 반응하고, 있잖아요."

그저 손가락 두 개일 뿐인데, 배 속 내장을 휘젓는 것처럼 몸이 울렁거렸다. 그의 손끝에서 피어오른 열기가 아랫배를 완전히 잠식한 듯한 기분이다.

"좋은지, 싫은지. 좋으면 어디가 좋은지, 싫으면 어디가 싫은지. 정확히 말을 해야 알지."

그가 나쁘지는 않지만 귀찮게 됐다고 말했을 때, 그냥 알아들었어야 했다.

"무지한 아내 몸이 내 뜻대로 깨어나고 있는지, 나도 확인이 필요한데요?"

예의를 한껏 갖춘 말투였지만, 예민한 살점을 뒤적이는 그의 손가락과 귓불 아래로 쏟아지는 그의 따뜻한 숨결은 무자비했다.

"흐웃, 좋아요. 으웃."

시안은 고개까지 끄덕여 보였다. 그러지 않으면 그가 더 야하고 심한 말을 쏟아 낼 것만 같았다. 지금도 시야가 붉게 물든 것처럼 혼미한데, 여기서 그가 더 심하게 굴었다가는 정신을 잃을지도 모른다.

그의 말대로 아직 무언가를 본격적으로 시작한 것도 아닌데, 헐떡이고 있는 자신이 안쓰러울 지경이다.

"어디가, 여기가?"

그가 엄지로 어딘가를 꾹 누르며 물었다.

"아아!"

시안은 고개를 젖히며 눈을 질끈 감았다. 발작 스위치라도 누른 것처럼 골반이 들썩거렸다.

"여기가 아닌가?"

그가 나른한 음성으로 중얼거렸다.

"아니, 맞아요."

시안은 신음이 섞여서 가느다래진 음성으로 읊조렸다.

"여기가 맞다고?"

그가 엄지를 둥글리며 더 깊이 파고들었다.

"아으윽!"

시안은 젖혔던 고개를 바로 하며 그의 어깨에 입술을 묻었다. 단단하고 매끄러운 살결을 저도 모르게 깨물었다.

"흐으읏."

눈이 저절로 감겼다. 전신의 세포가 활짝 열리는 듯한 착각이 일었다. 아무런 소리도 들리지 않았고, 아무런 거리낌도 들지 않았다.

오직 그의 손짓에만 몸이 반응했다. 숨이 벅차오르면서 신음이 멎었다. 옴짝달싹할 수 없을 만큼 아득한 전율이 몸을 공중으로 끌어당기는 것만 같았다.

"아아!"

마침내 막혀 있던 숨이 터져 나온 순간, 시야가 흐릿해졌다. 눈을 너무 꾹 감고 있었던 탓에 눈물이 찔끔 나온 것 같았다. 허벅지 안쪽이 덜덜 떨리는 느낌이 생경했다.

그는 시안의 몸에 있던 손가락을 빼내서는 입으로 가져갔다. 그가 젖은 손가락을 부드럽게 핥는 모습에 하마터면 넋을 잃을 뻔했다.

"이게 성시안 씨 맛이구나."

그는 아무렇지 않은 얼굴로 야한 말을 잘도 내뱉었다. 시안은 여전히 얕은 숨을 헐떡거리고 있었다. 눈꺼풀이 점점 무거워졌다. 발끝까지 나른한 기운이 퍼져 나가기 시작했다.

제우는 품 안에서 잠든 여자를 가만히 바라보았다. 그녀는 제우의 왼쪽 팔을 베고는 맨가슴에 얼굴을 묻은 채로 자고 있었다.

저 혼자 좋은 짓만 하고 잠든 여자의 얼굴은 뻔뻔하게도 무구했다. 제우는 오른손을 들어 그녀의 콧날을 손가락으로 가볍게 한 번 튕겼다. 그러자 그녀가 콧잔등을 한 번 찡그리고는 게슴츠레 눈을 떴다.

잠에 취한 눈동자가 제우를 향했다. 눈이 마주친 순간 가슴이 사뿐히 내려앉았다. 그녀는 잠을 이기지 못하고 다시 무거운 눈꺼풀을 내리감았다.

"하."

어이없는 웃음이 나지막하게 터져 나왔다. 그녀는 혼자 절정에 오르고는 곁에 있는 남편에 대한 배려 없이 잠이 들었다.

다른 때 같았으면, 침대를 박차고 나가서 금세 다른 여자를 찾았을 것이다. 그런데 제 팔을 꼭 안고 잠이 든 여자를 두고 나갈 수가 없었다.

'나는 당신을 통해 배운 대로, 당신 앞에서만 반응할 거란 소리예요.'

아내가 된 여자가 내뱉은 말이 끊임없이 머릿속을 맴돌았다. 침대에서의 일에는 무지할지라도, 영리한 여자임은 틀림없었다. 제우의 욕구를 정확하게 간파한 그녀의 어필이 꽤 효과적이었는지, 제우는 이제껏 여자들에게 단 한 번도 베푼 적 없는 애무를 허락했다.

키스를 동반한 애무는 제우에게 불필요한 것이었다. 언제든 저들 스스로 몸이 달아서 침대로 뛰어들 여자는 많았다. 그녀들과의 섹스는 그저 불필요한 욕구를 잠재우는 행위에 불과했다. 스트레스가 해소될 때도 있었지만, 동물적인 움직임에 질려서 기분이 나빠지는 경우도 허다했다.

섹스는 그저 먹고 자는 행위와 다를 게 없었다. 여자를 만족시키는 일 따위에도 관심이 없기는 마찬가지였다.

요즘 같은 세상에 조건을 걸고 결혼한 대범한 여자가 처녀일 거라는 생각은 미처 하지 못했다. 아니, 이제껏 경험 없는 여자와 관계를 맺어 본 적이 없어서 미처 거기까지 생각도 못 해 봤다는 게 맞는 말일 것이다.

새된 비명을 지르던 여자는 언제 그랬냐는 듯이 아기처럼 순한 얼굴로 자고 있다.

섹스 전후에 엉겨 붙는 여자는 딱 질색이었다. 그래서 끈적한 신음을 내뱉으며 쇼하는 것도 싫었다. 그런데 성시안이 내뱉는 신음은 꽤 신선했다.

'소리 내는 거 싫어해요?'

눈을 동그랗게 뜨고 묻던 그녀의 표정이 떠오르자, 또다시 실소가 터져 나왔나.

그 질문을 받았을 때, 제우는 자신이 모자란 여자랑 결혼한 건지 아니면 타고난 여우랑 결혼한 건지 헷갈렸다.

그리고 그녀의 음색은 듣기에 나쁘지 않았다. 꾸미지 않고, 솔직하게 반응하는 모습이 오히려 흥미롭게 다가왔다.

손가락으로 그녀의 코끝을 또 한 번 튕겨 볼까, 하다가 이불을 끌어다가 가슴께에 덮어 주었다. 그녀의 풍만한 가슴은 꽤 마음에 들었다. 아니, 마음에 드는 것 이상으로 훌륭했다.

이불에 덮인 그녀의 등을 손으로 다정하게 다독이기까지 했다.

미쳤구나, 강제우. 뭐 하는 짓이야?

이런 스스로가 어이없어서 손을 떼려는데, 그녀가 번쩍 눈을 떴다. 그러더니 미어캣처럼 고개를 바짝 들고 주위를 두리번거린다. 그러다 제우와 눈이 마주쳤다. 까무룩 잠들었다는 사실에 놀란 얼굴이다. 실컷 자 놓고 이제야?

"잘 잤어요?"

골 때리는 반응을 보이는 아내에게 다정한 목소리를 내 보았다.

그녀는 자다가 일어나서 못 볼 것을 본 듯 뜨악한 눈빛이었다. 아직 현실 파악이 안 되는 모양이다.

"잘 잤냐고."

굼뜬 그녀의 반응에 조금 짜증이 일었지만, 제우는 유순한 목소리로 물어보려고 노력했다. 이유는 잘 모르겠지만, 이 여자를 대할 때는 완전히 다른 인격체가 툭 튀어나오는 것 같은 기분이다.

첫 만남에 제 것이 아닌 듯한 값비싼 가방을 들고나온 여자를 보고 제우는 실소가 터져 나오려는 것을 참느라 혼이 났다. 싸구려 환심이라도 사기 위해 가짜 명품으로 치장하고 허세를 떠는 것들과는 다른 신기한 부류라는 생각이 들었던 것도 잠시, 부담스러운 가방을 손에 꼭 쥔 채 퍼붓듯 내리는 비를 망연하게 응시하는 여자의 모습을 바라보는데 같잖은 선의가 일었다.

일부러 재킷 안쪽에 가방을 넣어서 감싸 안고는 차로 향하자, 그녀의 볼이 핑크빛으로 달아올랐다. 강제우의 충동적인 위선에 속은 것도 모르고, 그녀는 그가 좋은 사람일 거라고 조심스럽게 판단을 내린 모양이었다.

꽤 흥미로웠다. 겨우 빗속에서 가방을 감싸 줬다고 따뜻한 눈빛을 하는 여자와의 만남이 재미있을지도 모른다는 생각이 들었다.

키스하면 어떻게 반응하려나?

입술을 들이대자, 어색하게 숨을 들이켜면서도 그녀는 제우를 밀어내지 않았다. 얕은 숨을 헐떡거리며 어쩔 줄 몰라 하는 모습에 흥미가 깊어졌다. 아니, 솔직히 말하면 가슴이 조금 떨렸다. 무구한 숨결이 빚어낸 파동은 제우의 심장까지 전해졌다.

결혼 준비를 위해 만났을 때, 그녀는 딱 한 번 고맙다는 말을 했었다. 입에 발린 소리가 아니었다. 모친의 병원비를 해결해 주고 재활 병원도 알아봐 줘서, 아버지의 빚도 다 갚아 줘서 고맙다는 인사였다.

여자는 절대적으로 돈이 필요했고, 그에게는 쌔고 쌘 게 돈이었다. 어려운 일이 아니었다는 의미다. 있는 사람들에게 돈으로 해결할 수 있는 일만큼 쉬운 건 없다.

죽은 사람을 살려 내는 일도 아니고, 이기적인 가족의 정신머리를 뜯어고쳐 놓는 일도 아니고, 배신하고 떠난 연인의 마음을 돌려놓는 일고 아니고. 그깟

돈 몇 푼으로 해결할 수 있는 일은 제우에게 아무것도 아니었다. 그런데 그녀는 마치 제우가 제 생명을 구원해 준 것처럼 고마워했다.

제우는 여자와의 첫 만남에서 결혼을 결심했다. 실은 예술의 전당 오페라극장에 다른 여자가 나왔더라도 바로 결혼을 결정했을지도 모른다. 아니지, 그랬으려나? 확신은 서지 않는다.

"나 얼마나 잤어요?"

그녀는 시리도록 아름다운 눈동자를 도르륵 굴리며 불안한 목소리로 물었다. 까맣다 못해 푸른 기가 도는 눈이었다.

제우는 협탁 위에 있는 시계를 흘끗거렸다. 그녀가 잠들었던 시간은 30분 정도였다.

"많이는 안 잤어요."

눈동자를 들여다보던 그의 시선이 그녀의 머리카락에 닿았다. 그녀의 머리카락도 차가운 톤이 섞인 검은색이었다. 그와 대조를 이루듯 그녀의 피부는 투명하리만큼 하얗다. 잠시 쥐었다가 놓아도 핑크빛으로 물들 만큼 얇고 매끄러운 피붓결이다. 또 쥐었다 놓지 않아도 그녀의 두 뺨은 자주 핑크빛으로 물들었다.

제우는 이제 곧 제 뜻대로 채워질 캔버스를 감상하듯 그녀를 훑어보았다. 몸매를 드러내는 옷과 웨딩드레스를 입었을 때도 느끼기는 했지만, 벗겨 놓고 보니 그녀의 몸은 감탄이 흘러나올 정도였다.

한 손으로 다 움킬 수도 없는 가슴과 잘록한 허리, 골반의 곡선은 바라보고 있는 것만으로도 마음이 넉넉해졌다.

제우의 집요한 시선을 느낀 그녀가 아랫입술을 꾹 깨물었다가 놓았다. 도톰한 아랫입술이 더욱 붉게 물들었다. 그리고 꼬르륵, 하는 소리가 요동쳤다. 제 몸에서 난 소리에 놀란 그녀가 화들짝 어깨를 움츠리며 눈을 휘둥그렇게 떴다.

"배고파요?"

저녁을 먹을 시간이기는 했다. 그녀는 깜찍하게도 얼굴을 붉히며 고개를 끄덕거렸다.

뭐야. 혼자 자 버려서 괘씸한데, 왜 귀여운 건데?

"있어 봐요."

제우는 그녀를 침대 위에 두고 침실을 빠져나왔다. 침실 문을 닫으려다가 말고, 잠시 머뭇거렸다. 이제껏 여자를 침대 위에 놓고 나오면서 뒤가 밟혔던 적은 단 한 번도 없었다. 그런데 무슨 조화인지, 제우는 다시 침실 안으로 걸음을 옮기고 있었다.

"먹을 것 좀 만들 테니까, 쉬고 있어요."

그녀는 보기 좋은 가슴을 이불로 가린 채 침대 헤드 보드에 기대어 앉아 있었다.

이불 끝을 확 잡아당겨 볼까?

벗은 몸을 드러낸 여자가 당황할 모습을 생각하니 갑자기 신이 나는 듯하다. 그녀는 저녁을 만들어 주겠다며 웃는 남편을 따뜻한 시선으로 바라보고 있었다. 푸른빛이 도는 차가운 색을 가진 여자가, 그 시선만큼은 누구보다 따사로웠다. 그가 속으로 무슨 음험한 장난을 떠올리고 있는지도 모르고.

"내가 도울게요."

여자가 이불을 몸에 말고 자리에서 일어나려고 했다.

"됐어요. 다 되면 부를 테니까."

제우는 그녀의 대답은 들을 필요 없다는 듯이 돌아섰다. 침대에서의 애무로 제우의 인내심은 이미 한계점을 벗어난 상태였다.

성가신 일은 딱 질색이다. 벗은 몸을 더듬으며 그녀를 놀려 대는 일은 꽤 즐거웠지만, 옆에서 알짱거리며 떠드는 모습은 영 귀찮을 것 같다.

제우는 드레스 룸에서 티셔츠와 반바지를 꺼내 입고는 부엌으로 향했다.

1년에 두어 번씩 방문하는 이곳은 제우가 쉬고 싶을 때 찾는 별장이었다. 해외에 부동산을 여러 채 보유하고 있는데, 그중에서 이 저택이 가장 조용해서 마음에 들었다.

짧게는 일주일, 길게는 서너 달을 머물기도 했었다. 하지만 그때마다 제우는 철저히 혼자였다.

마치 더러운 세상의 오물을 뒤집어쓴 듯 지친 기분이 들 때면 제우는 이곳으로 와 휴식기를 가졌다.

"뭘 만들 건데요?"

고요한 주방의 평화를 깨는 갑작스러운 목소리에 제우는 미간을 찡그렸다. 목소리가 들려온 쪽으로 고개를 돌리자 몸에 큰 배스가운을 걸치고 있는 여자의 모습이 눈에 들어왔다.

볼썽사나운 배스가운을 확 벗겨 버리면 기분이 좀 나아질까?

"안에서 쉬라고 했잖아요."

상대가 다른 사람이었다면 벌써 소리를 버럭 질렀을 것이다.

애초에 세이셸의 아름다운 해안가에 자리한 이 평화로운 저택을 신혼여행지로 택하는 게 아니었다.

아니지, 문제는 아내가 된 성시안에게 있다. 마치 중세 프레스코화 속에나 등장하는 성녀처럼 유순하게 생긴 그녀는 기대했던 것과 달리 말을 들어 먹지 않는 경향이 있었다.

같이 샤워하자고 했더니 기겁을 하질 않나, 침대 위에서 아무것도 모른다며 얼굴을 붉히질 않나, 이제는 가만히 있는 것도 못 하는 건가?

그녀가 쭈뼛거리며 조리대 앞에 서 있는 제우의 곁으로 다가왔다. 그녀에게서 달콤한 바닐라 향이 났다. 제우가 기억하는 한 이 집 안에 있는 욕실용품 중에 바닐라 향은 없었다. 그새 잘 보이려고 향수라도 뿌렸나? 잘 보이고 싶으면 그냥 말을 좀 들어 먹었으면 좋겠는데?

"향수 뿌리고 부엌엘 오면 어떡해요?"

제우는 예민하게 쏘아붙였다.

"향수요?"

그녀가 팔뚝을 들어서 코를 킁킁거렸다.

"무슨 냄새 나요? 저 향수 안 뿌렸어요."

무구한 그녀의 대답에 확인이라도 할 것처럼 제우가 성큼 다가섰다. 망설임 없이 고개를 내려 바닐라 향이 짙은 곳에 얼굴을 묻었다. 그녀의 귀밑에선 분명 바닐라 향이 났다.

그냥 살냄새인가?

제우는 수많은 여자와 잠자리를 했으면서도, 정사 후에 풍기는 특유의 냄새는 역겨웠다. 섹스를 끝내고, 열기가 채 식기도 전에 침대를 떠나는 이유가 여기에도 있었다.

그런데 성시안에게선 역겨운 냄새는커녕 놀랍도록 달콤한 향기가 났다. 마치 무더운 여름날 놀이터에서 신나게 놀고 집에 돌아왔는데, 바닐라 맛 아이스크림을 눈앞에 두고도 먹지 못하는 어린아이가 된 기분이다.

왜 먹지 못하지? 먹고 싶으면 먹으면 되잖아.

제우는 그녀의 턱 아래를 움켜잡았다. 손안에서 그녀의 살갗이 바짝 긴장하는 게 느껴졌다. 푸른빛 검은 눈동자가 잘게 떨렸다. 숨결이 섞일 만큼 가까운 거리에서 일렁이는 눈빛을 내려다보는 것은 꽤 재미있었다.

설익은 성적 긴장감으로 똘똘 뭉친 여자를 손아귀에 거머쥐고 지켜보는 것은 묘한 욕구를 불러일으켰다.

"도와주고 싶어요?"

조용한 물음에 그녀가 천천히 고개를 끄덕거렸다.

"그 복장으로 도울 수 있겠어요?"

제우는 치렁치렁한 배스가운을 눈짓으로 가리켰다.

"옷 갈아입고 올게요."

"뭐 하러? 어딜 갈 것도 아닌데."

턱을 움켜잡고 있던 손으로 그녀의 목 안쪽을 더듬고 쇄골을 쓸며 아래로 내려갔다. 배스가운 허리끈을 잡아당겨서 풀고, 순식간에 벗겨 버렸다. 놀랍게도 그녀는 레이스 팬티 한 장만 걸친 상태였다. 순간 사춘기로 회춘이라도 한 듯 머리끝까지 열기가 치솟았다.

그녀는 당황스러운 듯 두 손으로 가슴을 가렸다. 그러다가 레이스 팬티를 내려다보고는 울상을 지었다.

"다 봤는데, 뭘 가려요."

제우는 아일랜드 식탁 서랍에서 단정하게 접힌 앞치마를 꺼냈다. 그러곤 그녀에게 대단한 선심을 쓰는 것처럼 건네주었다.

"이거 걸쳐요."

이런 고전적이고 변태적인 취미가 있는 것은 아니었지만, 하얀 피부가 부끄러움에 울긋불긋 물들어 가는 모습이 계속 보고 싶었다.

한마디 하고 싶은 표정이었지만, 그녀는 고분고분하게 앞치마를 걸쳤다. 그러고는 제우가 열어 놓은 아일랜드 식탁 서랍을 들여다보았다. 그녀가 똑같은 앞치마를 하나 더 끄집어냈다.

"제우 씨도 이거 입어요."

요리를 하려면 앞치마가 필요하기는 했다. 옷에 음식물이 튀는 건 싫으니까.

"그건 벗고요."

그녀가 제우의 티셔츠와 반바지를 가리켰다.

제우는 그녀의 손에 들린 앞치마와 벌게진 얼굴을 번갈아 보았다.

보기보다 성깔 있네?

저만 당한 게 억울하다는 듯이 그녀는 제우에게 앞치마를 입으라며 채근하고 있었다. 겁도 없이 덤비는 꼴이 하찮기도 하고, 귀찮기도 하고, 귀엽기도 하고.

결혼을 하기는 했지만, 그녀와는 아직 법적으로 묶인 사이가 아니다. 대단한 사랑을 만난 것처럼 굴었던 로맨틱한 쇼도 수틀리면 언제든 그만둘 수 있다는 뜻이다. 하긴 혼인 신고를 했다 한들 달라질까. 위자료 몇 푼 던져 주고 이혼하면 그만이다.

그런데 머릿속에 오만한 생각을 가득 채우고 있으면서도 제우는 오른손을 뻗어 앞치마를 받아 들었다. 그녀의 눈빛이 승리감에 도취된 듯 의기양양해졌다.

그렇게 나오시겠다?

순순히 앞치마를 맬 생각은 없었다. 어떻게든 앞에 있는 여자를 놀려 주고 싶었다. 좋은 남자가 되고 싶다는 위선적인 바람 따위 한껏 비웃어 주고 싶다.

이게 진짜 강제우의 모습이었다. 상대를 곤란하게 만들고, 까탈스럽게 굴고, 자신이 더 우위에 있다는 것을 보여 주는 오만한 인간. 그런 비뚤어진 방식으로 자존을 확인하는 거다. 겉으로는 자존심 세고 오만해 보이지만, 속은 그만큼 위태롭다는 방증이기도 했다.

근데 나쁜 놈이 되자고 치면, 앞치마 따위 집어 던졌어야 맞는데?

애초에 성시안이 부엌에 들어와서 상냥한 미소를 지었을 때, 박차고 나가는 게 본인 성격에 맞는 짓이었다.

그런데 제우는 여자를 혼자 두고 집을 나서는 게 싫었다. 정확하게 말하자면 여자가 제 눈앞에서 사라지는 걸 원치 않았다.

왜일까? 결혼이라는 제도가 주는 소유의 안정감 때문일까?

제우의 곁에 있던 사람들은 언제나 떠났다. 그래서 성인이 된 이후 제우는 그들의 곁을 먼저 떠나는 길을 택했다.

하지만 이 여자는 다르다. 제우가 버리기 전에 이 여자가 먼저 그의 곁을 떠나는 일은 없을 거다. 첫째 두 사람은 결혼한 부부고, 둘째 그녀는 제우가 베푼 금전적 도움을 빚이라고 여기는 눈치였다.

그러니 바보같이 웃기만 하는 인형처럼 굴었겠지. 근데 인형처럼 굴지 말라고 했더니, 성깔을 부리시네.

제우는 그녀의 의기양양한 눈을 똑바로 응시하며 손을 뒤로 뻗어서 티셔츠를 잡아당겼다. 맨살이 드러나자 그녀가 긴장하지 않은 척하려고 의연하게 한숨을 삼키는 모습이 눈에 들어온다.

겨우 이 정도로?

손을 반바지 밴드에 걸자, 그녀는 딴청을 피울 수 있는 핑곗거리를 찾으려고 두리번거렸다.

"이것도 벗으라고?"

제우는 그녀의 시선을 붙들기 위해 일부러 물었다.

"나도 다 벗었으니까요."

어쩔 수 없다는 듯이 대꾸한 그녀가 울상을 숨기기 위해 애썼다.

누가 당하고 있는 건지 모르겠지?

그녀의 뺨과 목덜미가 붉어지다 못해서 앞치마 앞섶 위로 봉긋 솟은 가슴마저 붉게 물들어 갔다.

단숨에 다가가 보드라운 살결에 얼굴을 묻고 싶은 충동이 일었다. 하지만 제우는 걸음을 옮기는 대신 바지 밴드를 아래로 쑥 끌어 내렸다. 그러곤 다리를 털어서 발끝에 걸린 바지를 저쪽으로 던져 버렸다.

그녀는 상상조차 하지 못했을 것이다. 반바지 안에 속옷은 없었다. 제우는 개켜진 앞치마를 느릿하게 펼치기 시작했다.

놀라 동그래진 그녀의 눈이 제우의 단전 아래로 내려갔다가, 얼른 위로 올라왔다. 눈을 끔뻑거리지도 못하고, 입을 다물지도 못하는 꼴이 꽤 볼만하다. 그녀의 얼굴은 이제 완전한 분홍빛이었다.

"그렇게 노골적으로 보니까, 얘가 놀랐잖아요."

제우는 그녀의 시선이 닿자마자 곤두서기 시작한 몸피를 가리키며 미간을 찡그렸다.

"어, 언제 노골적으로 봤다고 그래요?"

시안은 제가 내뱉어 놓고도 혀를 콱 깨물고 싶었다. 그는 바지를 내린 순간, 알몸이 되어 버렸고 시안은 거대한 몸피에 시선이 사로잡혔다. 심지어 힘을 제대로 받은 형태도 아닌 듯한데, 대단한 위용이었다.

"지금도 보고 있네."

시선이 자꾸만 아래로 내려가서 시안은 눈을 꾹 감아 버렸다. 네댓 발자국 떨어진 곳에 서 있어서, 서로에게 닿는 거라고는 시선뿐이었다. 그런데도 격렬하게 탐하고 있는 것처럼 숨이 가빠졌다.

"자꾸 쳐다보면 얜 더 열심히 반응할 거라고요. 착한 애거든. 자길 알은체하는 사람을 무시하는 법을 잘 몰라서."

그가 성큼 다가오는 게 느껴졌다. 눈을 뜨기도 전에 아랫배에서 묵직한 부피감이 느껴졌다.

"헉."

시안은 저도 모르게 숨을 들이켰다. 놀라서 눈을 뜨자 실망스럽게도 그는 앞치마를 입은 채였다.

아니, 실망스러운 게 아니라 다행스러운 거겠지!

대체 무슨 생각을 하고 있는 건지 머릿속이 엉망진창이다.

시안은 저도 모르게 울상을 짓고 말았다.

"배가 많이 고픈 모양이네."

그가 시안의 표정을 흉내 내며 아랫입술을 삐죽 내밀었다.

"뭐 해 먹을 생각이었어요?"

시안은 그의 귀여운 표정을 애써 무시하며 물었다. 몸은 산짐승처럼 커다란 남자가 아름다운 얼굴로 귀엽게 구는 건 반칙이다.

어쩐지 그를 무시하고 싶은 유치한 생각이 들어서 시안은 냉장고 문을 열고 안을 살펴봤다.

"냉장고 문은 열 줄 아네?"

그가 시안의 뒤에 바짝 붙어 서서 중얼거렸다. 비아냥거리는 어조는 아니었지만, 시안의 반응을 기대하며 약간 흥분한 말투이기는 했다.

유치한 장난을 쳐 놓고, 상대의 반응을 기대하며 흥분하는 남자라니! 가방이 비에 젖을까 봐 제 옷으로 감싸 주던 젠틀한 남자와 동일 인물이 맞나?

시안은 남자의 표정을 확인하고 싶은 마음에 고개만 돌려서 올려다보았다.

"흡."

그의 입술이 순식간에 시안의 입술을 집어삼켰다. 그의 얼굴이 이렇게 가까이에 있는 줄 미처 몰랐다.

냉장고에서 흘러나온 냉기가 얇은 앞치마만 걸친 몸에 닿아서 가슴 위로 소름이 끼쳤다. 그리고 등에 닿은 거대한 몸피가 꺼떡거리자 등줄기를 타고 소름이 와락 덮쳤다.

그의 커다란 손이 맨어깨를 쓸어내렸다.

"으응."

가벼운 손길 한 번에 신음이 새어 나왔다. 그의 입술은 턱선을 따라서 귀밑으로 옮겨 갔다. 귓불 아래에서 그의 숨결이 흐르자, 감긴 눈꺼풀이 파르르 떨렸다.

그는 날카로운 콧날을 시안의 목 안쪽에 비비며 냉장고 안으로 오른손을 뻗었다. 그가 집어 든 것은 생크림과 우유, 베이컨, 브로콜리, 양송이버섯 따위였다. 그는 오른손으로 집은 식재료를 왼손에 옮기고는 아일랜드 식탁 위로 척척 던졌다.

신선하고 먹음직스러운 식재료를 마주하자 군침이 돌았다. 침을 꼴깍 삼킨 순간, 그가 혀로 귓불을 살짝 튕겼다.

"배를 안 채워 주면 곧 누구 하나 잡아먹을 것 같으니까, 간단하게 파스타나 해 먹죠."

마치 시안이 그를 향해 군침을 삼킨 것처럼 짓궂은 말이었다. 눈앞에서 냉장고 문이 닫히는 것을 망연하게 바라보았다.

"맛있어 보여서 그런 거예요."

변명이라고 튀어나온 말이 이따위다. 그는 앞치마 리본을 더 단단히 묶는 시늉을 하며, 고개를 절레절레 내저었다.

"조금만 참아요. 지금은 요리해야 해서 곤란해."

다른 사람이 보면 깨가 쏟아지는 신혼이라고 웃겠지만, 시안은 계속 그에게 말려드는 기분이 들어서 썩 유쾌하지만은 않았다.

그러면서 왜 자꾸 실실 웃고 있는 건데?

웃음이 비어져 나올세라 아랫입술을 세게 깨물고 있던 시안은 냉장고 유리에 비친 제 모습을 발견하고는 흠칫 놀랐다. 마음이 말도 못 하게 몽글몽글했다.

"나는 뭐 할까요?"

양송이버섯과 브로콜리를 깨끗이 씻어서 채소 탈수기 안에 넣고 있는 그를 향해 물었다.

"이것 좀 어떻게 해 줄래요?"

커다란 손에 들린 베이컨을 말하는 건 줄 알았다.

"알았어요. 그건 내가 썰게요. 한 입 크기로 썰면 되죠?"

말을 뱉고 나서야 그가 베이컨을 손에 든 채로 허리를 앞으로 쭉 내밀고 있는 것을 발견했다. 앞치마가 볼썽사납게 부풀어 올라 있었다.

"이걸 한 입 크기로 썰면 곤란한데요."

그는 두 손을 모아서 엑스자로 만들어 그곳을 가리는 시늉을 했다.

"그런 저질 장난 좀 그만할 수 없어요?"

시안은 저도 모르게 목청을 높였다. 커다란 저택에 시안의 새된 목소리가 왕왕 울렸다. 그는 매혹적인 얼굴로 야한 몸을 들이대며 시안을 빡치게 하는 데 일가견이 있었다.

빡친다니? 화가 난다도 아니고.

시안은 그에게 잘 맞는 저속한 표현이라며 고개를 한 번 주억거렸다. 그런 시안을 바라보며 그는 킥킥 웃고 있었다. 자꾸만 입꼬리가 실룩거렸다. 재미있다는 듯이 키득거리는 남자를 따라서 함께 웃어 버리고 싶었다.

"그럼 그런 반응을 보이질 말든지. 웃겨서 계속하게 되잖아요. 그리고."

그가 웃음을 숨기지 않은 채 시안을 똑바로 바라보았다.

"성시안 씨는 좀 정직해질 필요가 있겠네요."

"내가 그럼 정직하지 않다는 말이에요? 어딜 봐서?"

시안은 그의 말에 또다시 발끈했다. 김밥도 아니고, 그가 말할 때마다 돌돌 말리고 있었다.

"웃기면 그냥 웃으라고."

그가 또다시 키득거렸다. 시안은 그를 따라서 웃지 않으려고 애썼지만, 역부족이었다. 속절없이 웃음이 터지고 말았다.

사랑 때문에 죽고 못 살아서 결혼한 것도 아닌데. 싱크대 앞에서 헐벗은 채로 앞치마만 두르고 키득거리고 있다는 사실이 놀랍기만 했다.

걱정했던 것보다 이 결혼이 나쁘거나 위험하지는 않을 것 같았다.

"면은 뭐로 할까요? 어떤 게 좋아요?"

그가 싱크대 위의 선반을 가리키며 물었다. 동그란 유리병 안에 갖가지 종류의 면이 감각적으로 담겨 있었다.

"페투체. 길고 굵은 게 좋아요."

그가 선반을 바라보던 시선을 내려 시안을 응시했다. 갑자기 진지해진 눈빛이 어색했다.

본인도 페투체를 좋아한다고 말하려나?

"성시안 씨는 길고 굵은 걸 좋아하는구나."

시안의 뺨이 순식간에 새빨갛게 달아올랐다. 방심할 틈을 안 주는 남자다.

얼굴을 붉힌 시안의 반응만으로도 마음에 찼다는 듯이, 그는 무심하게 고개를 돌려 버렸다. 그 바람에 발끈할 타이밍을 놓치고 말았다.

이후 그는 묵묵히 요리에만 집중했다. 파스타는 그다지 어려운 요리가 아니었지만, 그의 능숙한 요리 솜씨를 엿보기에는 충분했다.

양송이버섯을 써는 그의 칼질은 빠르고 깔끔했으며, 웍 손잡이를 잡고 재료를 볶을 때의 손목 스냅 또한 능수능란했다. 시안은 앞치마 주머니에 손을 찔러 넣은 채 물 흐르듯 우아하게 움직이는 남자를 바라보기만 할 뿐이었다.

"요리를 꽤 잘하는 것 같네요?"

"굶어 죽지 않을 만큼은 해요."

예쁘게 말하는 법은 인천 공항 라커에 넣어 놓고 오기라도 한 것처럼 그의 어조는 약간 삐딱했다. 시안은 눈이 뾰족하게 변하려는 것을 간신히 참았다.

대체 이 남자는 결혼 전에 얼마나 내숭을 떤 걸까?

음악 하는 시안을 배려하듯 연주회에서 첫 만남을 가졌던 남자는 어디 갔나. 아무래도 지금의 모습이 진짜인 듯하다.

"요리를 따로 배웠어요?"

그는 소스가 튄 엄지를 입으로 가져다 대며 눈을 치떴다. 그 모습이 퍽 섹시했다.

"뭐가 그렇게 궁금해요?"

그가 한쪽 눈썹을 찡그렸다.

물어보지도 못하나?

시안은 그의 뻐딱한 태도를 지적해 주고 싶은 걸 꾹 참았다. 마치 있는 집에서 버릇없이 자란 남자애를 마주하고 있는 기분이다. 하지만 그런 남자애를 가르칠 때도 버르장머리를 고쳐 줄 권한 따위는 시안에게 없었다.

"그냥 칼질하는 게 능숙한 것 같아서 물어본 거예요."

거슬리는 태도를 지적하는 대신 시안은 제 질문에 대해 변명을 하고 있었다.

"전에 몇 번 만났던 여자가 이탈리안 레스토랑 수석 셰프였어요."

시안은 기가 막혀서 입을 떡 벌렸다. 이게 지금 신혼여행지에서 아내에게 할 소린가. 따끔한 말 한마디로 버르장머리를 고쳐 줄 게 아니라, 한 대 쥐어박고 싶어진다.

"되게 솔직하시네요."

시안이 비아냥거렸지만, 그는 별로 타격감이 없는 듯 어깨를 한 번 으쓱해 보였다.

"뭐가 불만이야? 덕분에 이런 것도 만들어 주고 있잖아."

그는 진심으로 이해 못 하겠다는 듯이 쏘아붙였다. 시안은 잠시 어안이 벙벙해졌다.

"지금 중요한 건 파스타 조리법이 아니라, 신혼여행에서 다른 여자를 입에 올린 남편의 태도 문제가 아닐까요?"

시안은 생각나는 대로 내뱉었다. 배 속이 요동친 것도 동시였다. 웍에 담긴 파스타에서 고소한 크림 냄새가 진동했다. 배가 고프니까 눈에 뵈는 게 없는 것처럼 짜증이 밀려들었다.

"그래서 이거 먹지 말자고?"

그는 시안이 한 말을 하나도 알아듣지 못하고 있었다. 아니면 시안을 자극하려고 일부러 저러는 게 분명했다. 그는 완성된 파스타를 싱크 볼에 부어 버릴 것처럼 굴었다.

시안은 그의 옆으로 다가가 단단한 팔뚝을 어깨로 툭 밀쳤다. 그러지 말라는 뜻이었다.

"아깝게 이걸 왜 버려요."

워을 빼앗으려고 손을 뻗었지만, 무게가 상당했다. 그리고 시안이 몸을 돌린 순간, 그도 시안 쪽으로 몸을 돌렸다. 마주 선 상태에서 그와 눈이 마주쳤다.

"그래요. 지금 중요한 건 성시안 씨가 배가 고파서 눈이 뒤집혔다는 거지."

그는 왼손으론 워을 들고 있었고, 오른손으론 시안의 맨허리를 더듬어 댔다. 그의 손이 살갗에 닿는 순간, 아랫배가 잘게 떨렸다. 커다랗고 뜨거운 손이 허리 아래로 내려가서 들락거렸던 느낌이 느닷없이 생생하게 되살아났다.

그가 고개를 천천히 내렸다. 시안은 그의 입술에 시선을 고정한 채로 느릿한 속도에 맞춰 눈꺼풀을 내리감았다.

입술 위에 부드러운 그의 입술이 닿아서…….

응, 그래야 하는데?

아무런 느낌도 나지 않아서 조심스럽게 실눈을 떠 보았다. 그는 기다란 젓가락으로 크림소스가 맛깔나게 묻은 면을 돌돌 말아서 파스타 볼에 담고 있었다. 입술 끝에 힘을 주고 있는 것을 보니 웃음을 참고 있는 것 같다.

이거 사기 결혼 아닌가? 어떻게 결혼 전과 후의 모습이 이렇게 다를 수가 있지?

시안은 식탁으로 성큼성큼 걸어가서 의자를 빼고 앉았다. 두꺼운 유리로 된 8인용 식탁에는 세이셸에서만 볼 수 있다는 붉은 야생화가 감각적으로 장식되어 있었다.

그는 마치 파인 다이닝의 웨이터라도 된 것처럼 식탁 매트를 깔고 그 위에 은으로 된 숟가락과 포크를 차례로 놓았다. 가운데에 파스타 볼을 내려놓을 때는 다소 과해 보일 정도로 정중하게 고개를 숙여 보이기까지 했다. 그 모습에 피식 웃음이 나왔다.

그가 시안과 마주 보고 앉았다. 아까 언급했듯이 식탁은 두꺼운 유리 재질이었다. 그가 자리에 앉자, 앞치마가 위로 밀려 올라갔고 단단한 허벅지가 훤히 드러났다.

"잘 먹을게요."

시안이 싱긋 웃으며 말했다.

"이건 좀 나중에 먹어야 하지 않을까요?"

아래를 보고 있던 시안의 시선이 대뜸 그의 얼굴로 향했다.

"파스타 잘 먹겠단 뜻이었거든요?"

유리 식탁 아래로 보이는 그의 허벅지를 흘깃거리기는 했지만, 저런 노골적인 질문을 받을 정도는 아니었다.

따지듯 말을 내뱉은 순간, 그가 대뜸 자리에서 일어나더니, 와인 잔 두 개와 와인 버켓에 꽂아 두었던 스파클링 화이트와인을 들고 식탁으로 돌아왔다.

"식전주 한 잔 먼저 하자는 뜻이었는데."

기다란 잔에 와인을 따르는 그의 얼굴에는 재미있어 죽겠다는 미소가 걸려 있었다.

"그래요."

시안은 한숨을 훅 내쉬었다.

"둘 중 한 명이라도 즐거우면 됐죠, 뭐."

시안은 그가 따라 준 와인을 벌컥벌컥 들이켰다.

"뭐야, 건배도 안 하고?"

그가 황당하다는 듯이 시안을 바라보았다. 시안은 입 안에 남아 있는 달콤하고 시원한 와인 맛을 음미하며 당황스러운 웃음을 머금었다.

"사실 지금 내가 정신이 하나도 없거든요. 시차 적응이 안 돼서 너무 피곤하고, 너무 배고프고, 미안해요."

시안의 순순한 사과가 마음에 든다는 듯이 그가 고개를 한 번 끄덕거렸다.

"미안하면."

그가 조건을 달 것처럼 운을 뗐다. 그럼, 그렇지. 시안의 사과를 순순히 받아 줄 성격은 아니지 싶다. 뭐, 결혼 전의 모습을 생각해 보면 그런 젠틀한 면도 충분히 갖춘 남자였지만, 지금은 세상에서 제일 광포한 장난꾸러기가 꿈인 사춘기 소년 같다.

"후식은 나만 먹어도 돼요?"

이건 또 무슨 개떡 같은 소리야.

듣기에 너무 치사한 물음이었다. 그렇지만 여기다가 대고 치사한 처사라고 유치하게 따지면, 또다시 그의 종잡을 수 없는 장난에 말려들 것 같았다.

와인과 파스타를 배불리 먹어 치울 테다!

시안은 전에 없이 식욕이 왕성해지는 것을 느꼈다. 식전주인 화이트와인을 연거푸 두 잔이나 마셨다.

"다른 와인은 없어요?"

와인병이 텅 빈 것을 발견하고 시안이 물었다.

"없을 리가. 같은 거로?"

그가 병을 흔들어 보이며 물었다. 술이 센 편은 아니라, 와인 두 잔에 알딸딸해져 버렸다. 여기서 더 마시면 취할 게 분명했다. 하지만 어쩐지 멈추고 싶지 않았다.

"더 좋은 거로."

시안이 싱긋 웃으며 대꾸했다. 자세가 흐트러진 탓에 다리를 벌리고 앉아 있는 것도 미처 깨닫지 못했다. 그리고 그의 음험한 시선이 아래로 향했다가 다시 올라온 것도 알아차리지 못했다.

"그래요. 더 좋은 거로. 좋은 술에 취하면, 맛도 더 좋겠죠?"

취하는 건 난데, 왜 맛이 좋지?

시안은 눈을 가늘게 뜨고 남자의 뒷모습을 바라보았다. 와인 냉장고로 걸음을 옮기는 그의 등 근육이 사납게 꿈틀거렸고, 대둔근은 매혹적으로 올라붙었다. 엉덩이를 찰싹 때려 주고 싶은 충동이 일 만큼.

음, 취했네.

시안은 그리 생각하며 피식 웃었다. 둥그런 와인 잔을 들고 온 그가 이번에는 레드와인을 가득 채워 주었다.

"설거지하기 귀찮게 잔을 왜 자꾸 꺼내요?"

시안이 부르고뉴 와인 잔이라 불리는 동그랗고 풍퉁한 유리잔을 들어 보이며 미간을 찡그렸다. 그러자 그는 별 쓸데없는 고민을 다 한다는 듯이 웃었다.

"설거지할 필요가 없으니까요."

"설마 잔을 한 번 쓰고 버려요?"

그런 돈지랄도 가능해 보이는 남자다. 그가 말도 안 된다는 듯이 실소했다.

"내일 잠깐 외출할 때 집 안 돌보는 사람이 와서 청소해 놓을 거예요."

시안은 고개를 끄덕거렸다. 누군지 모르지만, 속으로 사과의 말을 전했다.

저는 와인 잔 하나만 쓰고 싶었어요. 설거짓거리 늘려서 미안해요.

술기운이 오른 시안은 그 말을 입 밖으로 내뱉고 있다는 것도 몰랐다.

"파스타는 다 먹은 것 같고, 와인은 이제 그만 마셔야 할 것 같은데?"

시안도 그 생각에 동의했다. 더 마시면 세상이 빙글빙글 돌 게 분명했다. 아니, 지금도 돌고 있다.

"이제 디저트 먹을 거죠? 나는 들어갈래요."

시안이 자리에서 천천히 일어났다. 똑바로 서려고 했지만, 자꾸만 몸이 흔들거렸다.

"디저트를 혼자 먹기는 할 건데, 시안 씨가 없으면 안 돼요."

"그럼, 추접스럽게 그쪽이 디저트 먹는 거 쳐다보고 있으라고요?"

그가 미간을 찡그리며 '그쪽이?' 하고 웃었다. 어디 감히 강제우한테 그런 버르장머리 없는 표현을 쓰냐고 묻는 듯한 눈빛이다.

"시안 씨가 쳐다보는 것도 나쁘지 않을 것 같네요."

그가 시안의 곁으로 성큼 다가왔다. 시안은 고개를 젖히고 그를 올려다보았다. 이 남자 커도 너무 크다. 키도 크고, 손도 크고, 가슴 근육도 크고, 거기도 크고.

큰 손이 시안의 허리를 바짝 당겨 안았다. 발이 동동 떠올랐다. 모르겠다. 술기운에 발이 떠오른 것처럼 느껴지는 것인지, 정말 발이 뜬 것인지.

"앗, 차가워!"

인지할 새도 없이 몸이 아일랜드 식탁 위에 눕혀졌다. 매끈하고 차가운 대리석이 등에 닿자 소름이 돋아났다.

"뭐 하는 거예요?"

시안이 고개만 들어 그의 잘생긴 얼굴을 바라보았다.

"디저트 먹으려고."

무릎 사이로 보이는 그의 눈빛은 열기로 가득했다. 시안은 팔꿈치로 단단한 대리석을 짚으며 상체를 일으켰다. 흥분기가 어린 그의 얼굴을 더 자세히 보고 싶었다.

그가 손바닥으로 허벅지 안쪽을 부드럽게 쓸었다.

"하아."

시안은 참을 수 없다는 듯이 더운 숨을 내뱉었다. 그러면서도 그에게서 눈을 떼지 않았다. 그와 은밀한 부분을 공유하는 시간이 늘어날수록, 시안은 자신이 조금씩 대범해지는 것을 느꼈다. 첫 키스를 나누었을 때만 해도 갑작스럽게 달아오른 열기가 감당되지 않아서 어쩔 줄 몰라 했었다.

그는 시안의 눈동자를 응시한 채로 고개를 내렸다. 그의 입술이 예민하게 젖은 살점에 닿자 숨이 턱 막혔다. 심장이 더욱 빠르게 뛰었다.

입술에 키스하는 것처럼 그는 부드럽고 집요하게 움직였다. 미간을 찡그린 채로 야한 짓을 하는 남자를 바라보았다.

그의 갈색 눈동자는 따뜻한 말을 건네고 있는 것처럼 보였다. 괜찮다고, 안심하라고, 몸을 맡겨 보라고.

그의 혀가 침범한 순간, 몸을 지지하고 있던 팔이 무너져 내렸다.

"아웃."

시안은 여리게 신음하며 차가운 대리석에 등을 기댔다. 등줄기를 타고 소름이 쫙 끼쳤다.

"따뜻해."

그가 혀로 할짝거리며 중얼거렸다.

"매끄럽고."

한마디씩 더 할 때마다, 그의 숨결이 예민한 곳에서 부서져 내렸다.

"흐응."

시안은 아래쪽으로 손을 뻗어서 그의 머리카락을 살짝 움켜잡았다. 품 안 가득 그를 끌어안고 싶었지만, 그럴 수 없어서 답답했다. 하지만 안아 달라고 말할 용기는 없었다. 또 그가 지금의 행위를 멈추지 않기를 바랐다.

"아아."

전기가 오르기라도 한 것처럼 온몸에 따끔거리는 전율이 조금씩 일기 시작했다. 침대 위에서 그가 손가락으로 휘저었을 때 느꼈던 감각과 비슷했다. 차근차근 계단을 밟고 올라가는 것처럼 몸이 조금씩 붕 떠오르는 듯했다.

"흐으읏."

눈꺼풀이 파르르 떨리며 내려앉았다. 시안은 가까스로 눈을 뜨고 고개를 들어 올렸다. 마주 본 그의 갈색 눈동자는 지독하게 매혹적이었다. 끝까지 그 눈을 들여다보고 싶었다. 절정에 오른 자신을 그가 어떤 눈으로 바라보는지 느끼고 싶었다.

단순히 이런 광경을 즐기는 것인지, 기꺼운 것인지, 그게 아니면.

생각이 깊어지려는 찰나, 머릿속이 하얗게 빌 정도로 강렬한 자극이 온몸을 에워쌌다. 성난 파도에 집어삼켜진 것처럼 신음조차 낼 수 없었다.

팔다리가 축 늘어졌다. 가쁜 숨만 헐떡이고 있는데, 그가 시안의 몸을 안아 들었다. 시안은 그의 품에 안긴 채 침실로 옮겨졌다. 나른한 몸에서 힘이 빠져나가고 있었다.

그가 시안의 이마에 가만히 입을 맞추었다. 마치 작별 인사처럼 느껴지는 허무한 입맞춤이었다.

감은 눈을 떠 그를 바라보았다. 실내가 어두워서 매혹적인 갈색 눈빛이 잘 보이지 않았다. 눈길이 느껴지지 않아서인지, 그가 너무 멀리 있는 것 같았다.

팔을 뻗어서 그의 목을 끌어안았다. 그가 낮게 웃는 소리가 들려왔다. 계산하지 않은 무방비한 웃음이었다.

이게 무슨 마음인지 모르겠지만, 그가 어디 가지 않고 여기 있었으면 좋겠다는 생각이 들었다.

"여기, 있어요."

시안은 그의 귓가에 조용히 속삭였다. 그의 귀밑에서 나는 흐릿한 베르가모트 향이 좋아서 부드러운 살갗에 코를 비볐다. 또다시 무방비한 웃음소리가 들려왔다.

대답을 듣기 전에 잠이 들었다. 취기가 밀려들었고, 몸이 나른했다. 곁에 누운 그의 고른 숨소리는 옅은 안도감을 선사했다. 은밀한 감각이 빚어낸 안도감 속에서 옅은 신뢰감이 조급하게 움텄다.

깜빡 잠이 들었던 것 같다. 시간을 확인하려고 몸을 일으키려는데, 팔이 움직이지 않았다.

제우는 미간을 찡그리며 옆자리를 확인했다. 섹스는 할지언정, 누군가에게 곁을 내어 주었던 적은 없었다. 그래서 그녀의 존재감은 낯선 간섭이었다. 그런데 그녀 덕분에 잠이 들었었나 보다.

생경하기 그지없는 상황이었지만, 기분이 나쁘지는 않았다. 오랜만에 숙면을 취해서 그런지 기분이 상쾌했다. 손을 뻗어 협탁 위에 놓인 휴대전화를 확인하니, 벌써 새벽 5시였다.

'여기, 있어요.'

마치 제우가 어디론가 홀연히 사라질 것을 예감한 것처럼 떠들던 여자가 잠드는 것을 지켜보았다.

그게 밤 11시쯤 됐었나?

시간을 헤아려 보니 깜빡 잠이 들었던 게 아니었다. 무려 여섯 시간이나 깨지 않고 잔 거다. 술을 마시지도 않았고, 머리를 무겁게 만드는 수면제를 복용한 것도 아니었다. 그런데도 이렇게 오래 잠들어 있었다는 사실이 놀라웠다. 악몽을 꾸지도 않았고, 목을 조르는 듯한 가위눌림도 없었다.

여전히 새근새근 잘 자고 있는 여자의 얼굴에 제우의 시선이 머물렀다. 곧 동이 트려는지 새벽빛이 푸르스름했다. 맑고 푸른 빛이 그녀의 살갗에 닿아서 은은하게 빛났다.

그녀는 여전히 앞치마를 두르고 있었다. 속옷도 입지 않았으면서 면 앞치마를 두르고 있는 모습이 우습기도 하고, 귀엽기도 했다.

조심스럽게 그녀의 목덜미에 묶인 매듭을 풀었다. 모로 누워 있던 그녀가 등을 똑바로 기대며 침대에 바로 누웠다. 자세를 바꿔 준 덕분에 앞치마를 수월하게 벗겨 냈다. 달빛 아래 부드럽게 흘러내린 여체가 더욱 은밀하게 빛났다.

제우는 입술을 내려 그녀의 봉긋한 살점 위에 가만히 입을 맞추었다. 지금 뭐 하는 짓이냐고 묻는 그녀의 새침한 목소리가 듣고 싶었다. 뒷머리를 쓸어 올리는 떨리는 손길도 느끼고 싶었다.

"으음."

간지러운지 그녀가 제우를 등지고 누웠다. 제우는 마치 솜사탕을 끌어안는 것처럼 조심스럽게 그녀의 허리를 당겨 안았다. 솜사탕 같다는 표현이 딱이었다. 그녀의 몸은 부드럽고, 달콤했다. 그리고 제우를 새삼스럽게 조심스러운 남자로 만들었다.

조심스럽다니, 어이가 없다.

제우를 아는 사람들이 두 사람의 신혼 첫날밤 이야기를 듣는다면, 개소리하지 말라며 믿지 못할 것이다. 아내를 곁에 두고도 얌전하게 재워 줬단 말을 누구든 의심할 것이다.

섹스는 언제나 쉬웠다. 본능적으로 몸을 데우고, 욕구를 배설하는 일은 어려울 게 없었다. 그런 일에 몸을 던지는 여자를 구하는 것도 마찬가지였다. 야한 미소를 흘리며 환심을 사기 위해 애쓰는 여자는 많았다. 그런 여자들과 그저 잠시 시간을 때우는 게 전부였다.

그랬던 사람이 아내를 솜사탕 다루듯 하고 있었다. 혹여 바람에 날아갈까, 물에 녹을까, 전전긍긍하는 꼴이 스스로도 이해가 가지 않았다.

그냥 하면 되잖아?

그런데 이상하게도 성시안에게만큼은 그러고 싶지 않았다. 흠을 내고 싶지 않은 감정이랄까?

결혼 전까지만 해도 전과 다를 게 없는 관계가 이어질 거라고 생각했었다. 사실 결혼에 대해 깊이 생각해 본 것도 아니었다. 결혼 생활에 대한 계획 따위도 없기는 마찬가지였다.

그런데 그녀와 마주하는 시간이 늘어 갈수록 좋은 사람이 되고 싶은 것도 모자라, 그녀의 뜻을 거스르고 싶지 않아졌다.

짓궂은 말은 골라 하면서 좋은 사람이 되고 싶다고?

사실 그녀가 제우의 장난에 발끈하는 모습을 지켜보는 것은 꽤 재미있었다. 하지만 토라져 등을 돌리는 것은 싫었다.

제우는 저도 모르게 그녀의 보드라운 목덜미와 어깨에 끊임없이 입을 맞추고 있었다.

"으음."

간지러운지 그녀가 어깨를 움츠렸다. 잠을 방해하는 게 귀찮은 모양이다. 꼬물꼬물 몸을 움직여 침대 끝으로 달아나려고 해서 허리를 단단히 끌어안았다. 손바닥에 닿는 납작한 배가 보들보들했다.

"흐음."

잠결에 한숨을 내뱉는 소리가 신음과 비슷했다. 반쯤 곤두선 몸피가 점점 더 단단해지고 있었다.

연거푸 한숨을 내쉰 그녀가 제우 쪽으로 돌아누웠다. 혹시 잠에서 깬 것은 아닌가, 하는 기대감이 스멀스멀 피어올라서 가슴이 간질거렸다.

하지만 그녀는 여전히 눈을 꾹 감은 채였다. 제우의 가슴팍을 파고드는 그녀의 숨결이 느껴졌다.

그녀는 생각했던 것보다 훨씬 따뜻했다.

2화

ONDEGGIANDO

햇살이 너무 눈부셔서 눈을 떴다. 옆자리는 텅 비어 있었다. 손을 뻗어 이불을 더듬거리는데, 온기가 전혀 느껴지지 않았다. 그가 침대를 떠난 지 한참 된 듯했다.

주위가 너무 밝아서 눈을 제대로 뜰 수가 없었다.

자는 사람을 위해 커튼이나 블라인드를 드리우는 배려 따위는 기대할 수 없는 남자지.

미간을 잔뜩 찡그리고, 실눈을 뜬 채로 침실을 살폈다. 어두운 인영이 눈에 들어왔다.

이렇게 밝은데도 시커먼 아우라를 한껏 뽐내고 있는 남자가 창을 등진 채 안락의자에 앉아 있었다. 시선의 방향이 시안에게 고정되어 있는 것처럼 느껴졌다.

"잘 잤어요?"

졸음이 가득한 목소리로 물으며, 하품을 한 번 했다.

"누구 덕분에요."

침대에서 멀찍이 떨어져 있으면서 하는 말이라곤.

함께 눈을 뜨는 낭만적인 아침은 없었다. 마치 범인 취조하듯 아내를 관찰하는 남편만 있을 뿐이었다.

"준비해요."

뭘?

햇살에 익숙해진 듯 눈이 번쩍 뜨였다.

"오늘은 밖에 좀 나가 보죠."

어제 오후에 이 저택에 도착한 이후, 밖으론 한 걸음도 나가 보지 못했다. 듣던 중 반가운 소리였다.

"그래요! 어디 가요?"

그와 단둘이 집에 있는 상황은 긴장감이 너무 높았다. 밖에 나가서 한숨 돌릴 필요가 있었다.

"산책하고. 점심도 먹고."

"옷은 어떻게 입을까요?"

질문을 던져 놓고 나니 바보 같은 물음을 한 것 같아서 민망해졌다.

"편하게 입어요."

그가 안락의자에서 일어나 침대가로 다가왔다. 그의 입술이 시안의 이마에 보드랍게 닿았다가 아쉽게 떨어졌다.

시안은 그의 입술이 멀어지는 게 못내 아쉬워서 저도 모르게 손을 뻗어 목덜미를 끌어안았다. 가슴께에 모아 쥐었던 이불이 스르륵 내려가서 몸이 훤히 드러났다.

"왜 이래. 나가기 싫어?"

낮게 가라앉은 그의 목소리는 아랫배를 긁어내리는 듯 뜨거웠다. 그의 입술이 귓불 아래에 닿았다. 숨을 길게 들이마시고 내뱉는 숨결이 느껴지자, 시안은 눈꺼풀을 사르륵 내렸다.

"으음."

보드라운 입술이 살갗을 살짝 스쳤을 뿐인데, 앓는 소리가 흘러나왔다. 그가

94

제 목덜미를 끌어안고 있는 시안의 손을 잡아 내렸다. 뜨거운 숨결도 멀어지기는 마찬가지였다.

"나가자고."

아쉽게도 그는 마음을 바꿀 생각이 없어 보였다. 하지만 시안도 밖에 나가 보고 싶기는 했다. 달력 풍경 사진처럼 완벽한 바다를 산책해 보고도 싶었고, 할 수만 있다면 바다에 뛰어들어서 수영도 즐기고 싶었다.

저 남자는 수영을 할까?

미간을 살짝 찡그린 채로 짜증을 낼지 말지 고민하는 듯 보이는 남자를 올려다보았다. 성가신 일을 싫어하는 남자가 짠 바닷물이 몸에 엉겨 붙는 행위를 좋아할 것 같지는 않았다. 락스 냄새가 폴폴 풍기는 깨끗한 수영장에서 전신 드라이 스윔 슈트를 입고 유려하게 다이빙하는 남자의 모습이 떠오르자 웃음이 픽, 새어 나왔다.

그는 찡그렸던 눈썹을 치켜올리며 왜 웃느냐는 듯이 시안을 내려다보았다.

어찌나 오만하신지.

이제 결혼한 지 이틀이 지난 건가?

시안은 웨딩 로드에서 마주했을 때보다 그가 조금 편해진 기분이다. 겁도 없이 저 남자의 짜증을 부추기고 싶다는 생각이 드는 걸 보면 말이다.

"너무 졸리고, 피곤해요."

시안은 몸을 뒤로 기울이고는 침대에 털썩 누웠다.

"그럼, 더 자요."

웬일로 순순하실까?

"나 혼자 나갔다 올 테니까."

시안은 얼른 자리에서 벌떡 몸을 일으켰다.

저 남자의 설명 없이는 이 집에서 샤워하는 것조차 어려운데?

그는 시안의 머릿속이 뻔히 들여다보인다는 듯이 같잖다는 눈빛으로 내려다보고 있었다. 입가에 걸린 미소는 그의 못 돼먹은 성깔과는 반대로 순해 보였다.

잘생긴 얼굴을 보고 유죄라고들 하던데, 저 남자는 잘생긴 얼굴 탓에 성깔이 상쇄된다. 저 남자의 얼굴만큼은 무죄다.

그가 손목을 들어 올리자 값비싼 시계가 반짝거렸다.

"10분 줄게요."

"30분."

세수하고 양치질하는 데만 10분은 걸리겠다!

"20분."

"25분 줘요."

그는 따분한 표정으로 어깨를 들썩거리고는 안락의자에 주저앉았다.

"기다리는 동안 TV라도 보든지, 뭐 딴 거 하고 있어요."

침대를 벗어나며 말을 건네고는, 그가 앉아 있는 안락의자로 시선을 옮겼다. 그는 이미 헤드폰을 낀 채 휴대전화 화면을 보고 있었다. 대꾸가 없는 것은 당연했다.

"저기요?"

노이즈 캔슬링 헤드폰인지 그는 시안의 목소리가 전혀 들리지 않는 모양이었다.

"잘생겼는데, 재수 없어."

혼잣말처럼 조용히 떠들고는, 욕실로 향하기 위해 돌아섰다.

"예쁜데, 성가셔."

그가 혼잣말처럼 읊조린 말이 귀에 때려 박혔다. 시안은 고개만 돌려서 그를 째려보았다. 그는 아무 일도 없었다는 듯이 태연했다. 헤드폰에서 흘러나오는 음악에 박자를 맞추는지 고개를 까딱거리고 있었다.

시안은 고개를 절레절레 흔들며 욕실로 향했다.

재수 없어?

제우는 어이가 없어서 욕실 문을 열고 들어가는 여자의 엉덩이를 찰싹 때려주고 싶었다.

저 혼자만 즐길 거 다 즐기고 잠들어 버렸는데도 봐줬는데, 재수가 없어?

성시안은 아무래도 강제우가 수도승이라도 되는 줄 아나 보다. 헤드폰을 통해 흘러나오는 타이 베르데스(Tai Verdes)의 노래가 절묘하다. Let's go to hell. 온몸이 다 타서 죽어 버릴지도 모르는데, 지옥에 함께 가자니.

장 폴 사르트르(Jean-Paul Sartre)는 '닫힌 방'에서 타인은 지옥이라고 표현했다. 제우에게도 자신이 아닌 타인은 지옥이었다. 어릴 적부터 제우를 둘러싼 인간들은 전부 고통만을 안겨 줄 뿐이었다.

그들에게서 천국 같은 안온함을 얻으려고 발버둥 치던 시절이 있었다. 머리가 굵어지면서 그 노력이 얼마나 헛된 것인지 알게 되었다. 사르트르의 말마따나 타인은 지옥일 뿐이다. 그런데 연인에게 함께 지옥에 가자는 노래라니.

제우는 욕실 문에 시선을 고정한 채로 비소인지 실소인지 모를 웃음을 머금었다.

타인은 지옥이라.

지금까지 겪어 본바, 제우를 잘생겼는데 재수 없다고 평가한 예쁜데 성가신 성시안은 지옥과는 거리가 멀어 보였다.

그럼 내가 저 여자의 지옥이 되려나?

아니지, 내가 저 여자 인생을 구제해 준 거나 마찬가지 아닌가?

상념을 이어 가는데, 음악이 멈추고 손에 쥔 휴대전화가 바르르 진동한다.

뉴욕 소더비 경매 관련 에이전트의 전화였다. 제우는 가끔 자신이 화가라는 사실을 잊곤 한다. 지금 얻은 부와 명예가 어디에서 온 것인지 일깨워 주듯이 휴대전화가 요란하게 징징거렸다.

제우는 전화를 받기 위해 헤드폰을 벗었다. 성능 좋은 공간 음향 헤드폰으로 시끄러운 에이전트의 목소리를 감상할 필요는 없으니까.

전화를 받으며 침실을 벗어나는데, 등 뒤에서 욕실 문이 열리는 소리가 들렸다. 휴대전화 너머에서는 에이전트의 호들갑스러운 목소리가 왕왕 울리기 시작했다.

옷 갈아입어야 하니까, 잠깐 나가 주시죠?

이게 남편에게 해도 되는 말인가, 시안은 고민하며 욕실을 나섰다. 오만하게 다리를 꼬고 안락의자에 앉아 있을 거라고 생각했던 남자는 침실에 없었다. 또 따지고 보니 굳이 그에게 자리를 비켜 달라고 할 필요도 없었다. 욕실과 연결된 문을 열면 드레스 룸과 파우더 룸이 자리하고 있었다.

시안은 도로 욕실로 들어가 드레스 룸 문을 열었다. 다행히 드레스 룸은 사방이 막힌 구조였다. 훤히 드러난 통유리창은 없다는 의미다.

아까 그 사람이 뭘 입고 있었더라?

그는 흰색 린넨 버튼다운 셔츠와 캐주얼한 베이지색 면바지를 입고 있었다. 굳이 복장을 갖춰 입지 않아도 된다는 뜻이다.

시안은 캐리어에 챙겨 온 옷들을 쭉 살펴보았다.

'신혼여행은 얼마나 갈게 가요?'

'성시안 씨가 원하는 만큼 갈게요.'

그는 신혼여행에 기한을 두지 않았다. 화가인 그가 여행을 통해 예술적 영감을 얻을지도 모른다는 생각이 들기도 했다. 언제 한국에 돌아갈지 모르는데, 대여 숍에서 옷을 빌려 올 수는 없는 노릇이었다.

그래서 시안의 캐리어에는 그녀의 진짜 옷들로 가득했다. 단정하고, 깔끔한 옷으로 챙긴다고 챙겼는데, 호화로운 저택에 와서 열어 보니 너무 볼품없는 모양새였다.

시안은 한숨을 깊이 들이쉬며 하얀색 면 원피스를 꺼내 들었다. 소매에 아일렛 장식이 있는 심플한 디자인이다. 이 정도면 그의 하얀 린넨 셔츠와 커플 분위기도 나고 적당해 보였다.

시안은 원피스를 입고 간단하게 화장을 한 뒤 응접실로 나갔다. 그는 햇살을 받아서 반짝거리는 바다를 바라보며 누군가와 통화를 하고 있었다.

발걸음 소리를 죽이고 살금살금 움직이다가 콘솔 다리에 새끼발가락을 찧고 말았다. 비명도 지르지 못하고 얼굴을 잔뜩 찡그렸다.

멍청한 기척을 느꼈는지, 그가 휴대전화를 귀에 댄 채로 돌아보았다. 시안은 아픔을 꾹 참으며 애써 웃었다.

근데 내가 왜 웃는 거지?

그는 시안을 발견하자마자 대번에 미간을 찡그렸다. 그러고는 서둘러 전화를 끊어 버렸다.

"진심이야?"

손에 들고 있던 휴대전화를 소파에 던진 그는 시안의 앞으로 성큼성큼 다가왔다. 가까이서 보니 그의 린넨 버튼다운 셔츠는 무척이나 고급스러운 재질이었다. 단추는 무려 연회색 자개로 만든 듯했다.

"뭐가 진심이냐고 묻는 건지."

그는 마치 시안이 제발 나를 좀 사랑해 달라고 고백이라도 한 것처럼 뜨악한 표정이었다. 시안에게 마뜩잖은 시선을 보내던 그는 그녀를 지나쳐 드레스 룸으로 향했다.

"뭐 하는 거예요?"

캐리어를 뒤지는 그의 표정이 점점 험악해졌다.

"하나같이 다 포대 자루가 따로 없네."

연핑크색 시폰 원피스가 바닥에 뚝 떨어졌다. 시폰으로 포대 자루를 만드는 공장도 있나? 시안은 거친 걸음으로 다가가서 옷 더미를 끌어안고는 캐리어 안에 담았다. 엉망진창이 된 옷 더미만큼이나 머릿속도 뒤죽박죽이 되었다.

그가 라탄으로 장식된 옷장 문을 열고는 연회색 린넨 원피스를 꺼내 들었다. 시안의 손을 끌어당겨 전신 거울 앞에 세운 그는 그녀의 앞에 원피스를 대보며 고개를 비스듬히 기울였다.

약간 푸른빛이 도는 회색 원피스는 시안의 짙고 검은 머리카락 색과 무척 잘 어울렸다.

"이걸로 입어요."

조용한 어조였지만, 거역할 수 없는 뉘앙스였다. 그는 시안의 손에 원피스를 맡기곤 드레스 룸을 나가 버렸다.

저택을 나선 두 사람은 조금 떨어진 채로 걸었다. 그는 그녀의 한 발짝 앞에 있었고, 내내 침묵했다.

그를 만나는 동안에는 늘 대여 숍의 명품 의류를 입었었다.

속은 기분이 드는 걸까?

아닐 거다. 그가 시안의 경제 상태를 모르지는 않았다. 빚도 다 갚아 준 마당에 뭐가 저렇게 기분이 나쁜 건지 모르겠다. 포대 자루 같은 옷이라니, 명품은 아니어도 그런 평가를 받을 만한 옷은 아니었다. 그가 캐리어를 엎은 순간, 자존심이 바닥에 패대기쳐지는 기분이었다.

"미안해요."

앞서 걷던 그가 뜻밖에 사과의 말을 건네서 시안은 황당했다.

지금 캐리어를 엎었다고 사과하는 건가? 저 오만한 남자가?

"뭐가요?"

시안이 짐작조차 못 하겠다는 듯이 되물었다. 뒤에서 보이는 그의 귓불이 붉었다. 돌아선 그의 얼굴 역시 당황스러움에 붉게 물들어 있었다.

"모르면 됐어요."

왜 사과를 하다가 말아?

이런 상황에 익숙하지 않은 듯, 그는 뭐가 미안한지 제대로 말을 잇지 않고 그만두었다. 그리고 은근히 무시하는 듯한 말투에 시안은 기분이 나빠졌다.

"근데 우리 어디 가요?"

"정말 성가시네."

두 사람의 입에서 동시에 말이 쏟아져 나왔다.

시안은 바다가 내려다보이는 절벽 산책로 한가운데 우뚝 멈춰 섰다. 시안이 따라가지 않는 걸 바로 알아차리지 못한 그는 대여섯 걸음 앞서가다가 멈춰 섰다.

성가셔 죽겠다는 말이 새삼스러울 것도 없는데, 기분이 상했다. 그의 말마따나 시안은 바보처럼 웃기만 하는 인형이 아니다. 아무리 돈에 팔려 오듯 결혼을 했다고 해도 엄연한 인격체였다.

시안은 어깻숨을 씩씩 내쉬며 그를 노려보았다.

"안 오고 뭐 해요?"

그가 대수롭지 않다는 듯이 물었다. 파도 소리 때문에 그의 손에 들린 휴대 전화가 끊임없이 진동하고 있는 것을 시안은 알아차리지 못했다. 그가 시안과 대화하기 위해 소더비 경매 에이전트의 전화를 무시하고 있다는 것도 알 턱이 없었다.

"왜 결혼했어요?"

질문이 툭 흘러나왔다. 이런 분위기에서 묻고 싶은 말은 아니었다. 서로가 좀 더 편안해진 뒤 로맨틱한 분위기에서 묻고 싶은 말이었다. 하지만 그의 거슬리는 태도가 의문을 키웠다. 입 밖으로 내뱉지 않고는 못 견딜 정도로.

비혼주의자가 아니라면 누구나 결혼에 관한 고민을 한다. 아니, 비혼주의자들도 비혼을 결심하기 전까지는 결혼에 관해 고민해 본다.

시안은 평범한 여자들과 마찬가지로 결혼의 단꿈을 꾸었던 적이 있었다. 목숨만큼 소중한 사람을 만나서 사랑을 나누고 단란한 가정을 꾸리는 행복한 모습을 상상했었다.

이 남자와의 결혼이 상상 속 이미지와는 많이 다를 거란 생각을 하기는 했었다. 하지만 이렇게 화가 날 거라고는 미처 예상하지 못했다.

"왜 결혼했느냐고요! 그렇게 성가시고, 귀찮고! 그럴 거면 왜 가족 빚을 다 갚아 주고, 엄마를 돌봐 주면서까지 결혼한 거냐고요! 대체 결혼 생활이 뭐라고 생각한 거예요?"

마지막 질문은 스스로를 향한 반문 같았다.

나는 이 남자와의 결혼 생활을 뭐라고 생각한 걸까?

그가 파란 하늘을 한 번 올려다보고는 미간을 찡그렸다. 그의 얼굴에 햇살이 반쯤 드리웠다. 산책로에는 아프리카의 이국적인 초목들이 심겨 있었다. 공상 과학 영화에 나올 법한 회갈색 화강암 바위들이 그의 곁을 지키는 근위대처럼 위용 있게 서 있었다.

아무 말 없이 가만히 있던 그가 시안의 곁으로 조심스럽게 다가왔다. 갑자기

분위기가 가라앉은 그의 얼굴에서 오만한 기색은 찾아볼 수 없었다.

커다란 손이 머뭇거리듯 시안의 손을 꼭 잡았다. 단순하고도 가벼운 접촉에 동요가 일었다.

성가시다고 해 놓고, 손을 잡는 건 뭔데?

의문이 불쑥 든 순간, 그가 휴대전화를 들어 올렸다. 얼핏 본 화면에는 에이전트 어쩌고라고 찍혀 있었다.

"신혼여행 중인 줄 알면서, 자꾸 전화하는 에이전트 때문에 성가시다고 한 거예요."

그의 목소리는 사실을 설명하듯 건조했다. 며칠 겪어 본바, 이 정도면 그는 지금 꽤 친절하고 상냥하게 굴려고 노력하는 거다.

시안은 아무런 대꾸도 하지 못했다. 그는 전화를 받지 않고 무시했다.

"결혼은 왜 한 거예요?"

말이 나온 김에 그 이유는 듣고 싶었다. 그는 흠, 하고 한숨을 내쉬었다. 시안의 손을 잡은 그의 손에 힘이 들어가는 게 느껴졌다.

"외로워서."

푸르른 인도양을 지나온 바람이 그의 갈색 머리카락을 쓰다듬듯이 불어왔다. 바람은 그의 외로움을 아는 것처럼 다정했다. 그의 머리카락을 스친 바람은 시안의 긴 머리카락도 조심스럽게 나부끼게 했다. 그 바람에 목덜미 땀이 식어서 기분이 한결 나아졌다.

그는 천천히 걸음을 옮겼고, 시안은 그의 손을 잡은 채로 조용히 따랐다.

날뛰던 심장이 다소곳하게 가라앉은 듯했다. 아니, 아까 분노했을 때와는 다른 의미로 두근거리고 있었다.

'외로워서'

너무 솔직한 대답에 시안은 할 말을 잃어버렸다. 손을 맞잡고 나란히 산책로를 걷는 시간이 갑자기 커다란 의미로 다가왔다.

'외로워서'

잘나갔던 금융인이자, 부와 명예를 모두 거머쥔 화가인 그가 내뱉은 말은 스스로와 어울리지 않으면서도 이상한 조화를 끌어냈다.

시안은 잘생긴 그의 옆얼굴에 시선을 고정하고 있는 것도 깨닫지 못했다. 걸음을 옮길 때마다 중천에 뜬 해가 자꾸만 시야를 방해했다.

내내 앞만 보고 걷던 그가 느릿하게 고개를 돌려 시안과 시선을 마주했다. 그는 상냥하고 다정한 미소를 머금고 있었지만, 눈동자에는 짓궂은 기색이 번져 가고 있었다.

"그렇게 쳐다보면 목 안 아파요?"

낮은 샌들을 신은 탓에 시안의 머리는 그의 어깨 끝에도 닿지 않았다. 그는 손을 펼쳐서 시안의 정수리 위에 올리더니 수평선을 그으며 제 가슴께로 가져갔다.

"되게 크게 봤었는데, 이렇게 작았다고? 목이 아플 만한데?"

시안의 눈이 점점 뾰족해졌다. 그는 뭐가 그렇게 우스운지 키득거리기 시작했다.

사람이 좀 다정하면 어디가 덧나나?

진솔함이 묻어나는 다정함을 못 견디는 성격인가?

아니면 그런 게 의미 없다고 생각하는 걸까?

그의 웃음에 아무런 반응도 보이지 않자, 기다란 손가락이 시안의 손바닥을 살살 긁었다. 굳어졌던 입가에 피식, 웃음기가 머물렀다. 그는 어린아이의 손을 잡은 것처럼 팔을 앞뒤로 흔들어 보이기까지 했다.

살랑살랑 불어오는 바닷바람과 눈부신 해변, 이국 초목의 조화가 아름다웠다. 물론 곁에 선 남자도 아름답기는 마찬가지다. 널을 뛰는 성깔만 빼고.

산책로를 따라 한참 내려가자 해변 안쪽에 자리한 건물이 눈에 들어왔다. 이탈리아 토스카나 지방의 건물 양식을 본떠 지은 레스토랑이었다.

레스토랑 앞에 다다르자 정문을 지키고 서 있던 덩치 큰 흑인이 하얀 치아를 드러내며 환히 웃었다. 그에게 친근한 인사를 건네는 걸 보니 서로 아는 사이인 듯했다.

"여기 자주 왔어요?"

"가끔."

그는 별스러울 게 없다는 듯이 짧게 대답했다. 산책하다가 근처에 있는 레스토랑에 들른 것처럼 굴더니, 테이블을 예약해 두었는지 검은색 일색으로 차려입은 웨이터가 두 사람을 화강암 해변이 바라보이는 창가 좌석으로 안내했다.

회갈색 화강암과 모래밭, 초록색이지만 낯선 아프리카 초목과 푸르디푸른 대양의 조화는 이곳 세이셸이 에덴의 섬이라는 말을 증명하듯 아름다웠다.

테이블 위에 올려놓은 그의 휴대전화 진동음이 거슬렸다.

"받아 봐요. 급한 일이니까 계속 전화하는 것 같은데."

시안이 눈짓으로 그의 휴대전화를 가리켰다.

"잠깐만 기다려 줘요."

휴대전화를 들고 자리를 뜨는 그의 뒷모습에 시안의 시선이 박혔다. 외롭다는 말을 들어서인지 그의 너른 등이 어쩐지 쓸쓸해 보였다.

"강제우 앞으로 예약자가 왜 두 명인가 했더니, 그쪽이 동행이에요?"

조금 전까지 그가 앉아 있던 맞은편 의자에 웬 여자가 와서 앉았다. 검은색 탱크톱 원피스를 입은 여자의 짧은 머리카락은 흰색에 가까운 밝은 노란색이었고, 아랫입술에서는 은색 링 피어싱이 반짝거렸다.

까무잡잡하게 태운 피부와 생김새가 이국적이었지만, 한국어에 능숙했다. 푸른빛이 도는 회색 눈동자는 컬러 렌즈 때문인 것 같았다.

그녀는 시안의 얼굴을 조목조목 뜯어보고 있었다. 오만한 여자의 눈빛은 묘하게 그와 비슷해서 기분이 이상했다.

"누구세요?"

시안은 감정을 담지 않은 목소리로 물었다.

"그러는 그쪽은 누구? 왜 강제우랑 같이 왔지?"

검은색 탱크톱 원피스는 그녀의 가랑이를 간신히 가려 줄 만큼 짧았다. 훤히 드러난 가슴보다 어깨에 새겨진 타투에 시안의 시선이 더 오래 머물렀다.

공격적인 호기심을 드러내는 여자는 턱을 치켜든 채, 가늘게 뜬 눈으로 시안을 깔보듯 바라봤다.

"신혼여행 왔는데요."

의자 등받이에 거만하게 기대앉아 있던 여자가 반색하며 눈을 동그랗게 떴다.

"신혼여행 왔어요?"

날카로웠던 여자의 목소리가 대뜸 부드러워졌다.

"남편은 어디 두고 혼자 있어요? 남편이 강제우랑 아는 사이? 강제우가 여기 예약해 줬어요?"

강제우가 시안의 남편이라고는 상상도 못 하는 눈치다.

"남편은 같이 왔다가 잠깐 전화받으러 나갔어요. 그리고 강제우 씨가."

시안은 눈을 내리뜨고 은근히 시간을 끌다가 말을 이었다.

"내 남편이고요."

여자는 웃음기를 머금은 얼굴 그대로 굳어 버렸다. 3초 정도 정적이 흐르는가 싶더니, 박장대소한다.

강제우가 내 남편인 게 그렇게 우스꽝스러운 일인가?

"강제우가 결혼을 했다고요?"

깔깔거리며 웃고 있었지만, 그녀의 눈동자에는 표독스러운 시기가 고였다. 이 여자도 강제우의 침대에서 놀았던 전적이 있을 거라고, 시안은 어렵지 않게 짐작했다.

"언제?"

말이 짧은 여자는 시안에게 예의를 갖출 필요도 느끼지 못하는 눈치다.

"이제 사흘째."

시안도 길지 않게 대꾸했다. 여자는 웃음을 갈무리하듯 흐음, 하고 신음하며 테이블 위에 손을 올려 턱을 받쳤다.

"혼인신고는 했고?"

굳이 대답해 줄 이유는 없지만, 괜히 마음에 걸리는 질문이다.

"얼마나 만났어요?"

여자가 클러치에서 담뱃갑을 꺼내 들었다. 시안은 해변으로 시선을 돌렸다.

꼬치꼬치 캐묻는 말에 대답할 생각이 없다는 듯이 은은한 미소를 머금으며 중얼거렸다.

"날씨가 참 좋네요. 수영하기 좋겠어요."

여자가 불을 붙이지 않은 담배를 입에 물었다.

"모르는구나? 강제우는 바다에서 수영 안 해."

비웃는 기색이 역력했다. 그녀는 자신이 강제우라는 남자에 대해 잘 안다는 듯이 지껄였다.

여자가 비웃은 것처럼 시안은 그에 관해 잘 알지 못했다. 마치 그 사실을 꿰뚫어 보기라도 한 듯 여자의 태도는 자신만만해졌다.

핑, 소리와 함께 듀폰 라이터 리드가 열렸다. 새빨간 빛을 내며 타들어 가는 담배가 성가시게 시선을 붙들었다.

그녀는 허공으로 후우, 하고 연기를 내뿜고는 웃음기를 가득 머금은 입술로 지껄였다.

"결혼식은 올렸고?"

여자의 눈빛에는 이제 연민의 기색마저 어렸다. 신혼의 단꿈에 젖은 어리숙한 시안을 안쓰럽다는 듯이 바라보고 있었다.

시안은 대꾸하지 않고, 연한 미소를 머금었다. 여자의 말에 휘말리고 싶지 않았다. 하지만 심장은 불안정하게 날뛰었다.

"강제우한테 너무 많은 걸 기대하진 말아요. 여자한테 잘해 주는 스타일은 아니거든. 썩 책임감 있는 타입도 아니고. 그게 매력이긴 하지만. 저놈한테 목 매다가 인생 망친 여자가 어디 한둘이어야지."

말투가 거슬렸다. 결혼 전까지 난잡했던 남편의 사생활을 다른 여자의 입으로 듣고 싶진 않았다.

"무슨 일 있으면 나한테 연락해요."

그녀는 시안의 불우한 미래를 예견한다는 듯이 선심 쓰는 척 진갈색 명함 한 장을 테이블 위에 올렸다. 바 매니저라는 직함이 적혀 있는 명함에 새겨진 이름은 세티아(Setia)였다.

때마침 레스토랑에 들어서는 그의 모습이 눈에 들어왔다. 세티아는 입구를 등지고 있었기에 그가 다가오는 줄 모르는 눈치였다.

"저기 오네요."

시안이 남편을 향해 환한 미소를 지어 보였다. 그러곤 이제 자리를 비키라는 듯이 여자를 차가운 눈으로 바라보았다. 여자와 남편이 서로를 은근한 눈길로 마주 보는 장면 따위 보고 싶지 않았다.

끈적하게 굴 것처럼 보이던 세티아는 웬일인지 순순히 자리에서 일어나더니 그에게 손짓을 한 번 하고는 레스토랑 안쪽에 자리한 바 테이블 너머로 사라졌다.

시안은 여자가 사라지는 것을 본 뒤에야 남편에게 시선을 옮겼다. 그는 뻔뻔하게도 당황한 기색 하나 없이 건조한 얼굴이었다.

그를 바라보는 눈에서 불길이 이는 듯했지만, 시안은 다소곳한 목소리로 물었다.

"전화 통화는 잘했어요?"

"어? 어."

제우는 당황스러워서 대답을 더듬거렸다.

사실 에이전트의 전화는 피하고 싶었다. 당장은 일을 하고 싶은 마음이 없는데, 작품 하나를 내놓으라는 소리를 듣는 건 고역이다. 에이전트는 갖은 우는소리를 해 가며 제우를 회유했다. 제우의 완고한 거절에 그녀는 결국 소득 없이 전화를 끊었다.

서로 기분만 상하는 전화였다. 굳이 다시 받을 필요가 없었다. 그런데 아까 산책로를 내려오면서 헛소리를 지껄인 탓에 판단이 흐려져 전화에 응하고 만 것이다.

'외로워서.'

대체 왜 결혼했느냐는 그녀의 질문에 제우는 한숨 섞인 말을 툭 내뱉었다.

외롭다니, 개소리.

애써 외면하려 했지만, 어느 정도 진심이 배어 있음을 인정할 수밖에 없었다. 아니, 어느 정도가 아니다. 제우는 늘 혼자인 삶을 살았고, 늘 외로웠다. 고독에 익숙해진 삶에 질려서 결혼했다. 부정하고 싶지만, 긍정할 수밖에 없는 사실이다.

그렇다고 결혼해서 덜 외로워졌냐고?

제우는 초조한 눈빛으로 마주 앉은 아내를 바라보았다. 자신에게도 꼭꼭 숨기고 싶은 사실을 충동적으로 내뱉은 순간부터 아내의 눈을 괜히 피하고 싶어졌다.

덜 외로워졌는지는 모르겠고, 삶이 조금 불편해지기는 했다.

좋은 사람이 되고 싶다는 엉뚱한 생각을 하질 않나, 배려한답시고 섹스도 안하고, 밑도 끝도 없이 미련해진 기분이다.

지금 제우의 삶은 남부럽지 않게 호화찬란하다. 젊은 나이에 부와 명예를 모두 얻었고, 가질 수 있는 것은 다 가졌다. 평생 아무것도 안 해도 먹고살 만큼의 부를 축적해 두었고, 따르는 사람도 늘 많았다.

그러니 외롭다는 말을 내뱉었다는 사실에 너무 자존심이 상했다.

아내에게 외롭다는 고백을 해 놓고 자존심 상해 하다니.

지랄맞은 성격을 어쩌겠는가.

그리고 하필 제우가 자리를 비운 틈을 타 세티아가 나타났다.

"무슨 얘기 했어요?"

메뉴판을 뒤적거리는 척하며 물었다.

"세티아랑요?"

아내의 입에서 여자의 이름이 흘러나온 순간, 제우는 가슴이 훅 내려앉는 것 같았다. 통성명까지 했다고? 이렇게 가슴이 울렁거리는 것도 미치게 성가시기는 마찬가지다.

제우는 고개를 슬쩍 들어 아내의 표정을 흘끗 살폈다.

레스토랑에 예약 전화를 할 때만 해도 별생각이 없었다. 과거의 흔적과 아내가 마주하는 일에 전혀 거리낄 게 없다고 생각했다.

의미 없는 것들의 충돌일 뿐이라고 여겼다.

그런데 왜 이렇게 신경 쓰여서 미칠 것 같은데?

가슴이 울렁거리다 못해 구역질이 날 듯했고, 등줄기를 타고 식은땀이 흘러내렸다.

불안한가? 초조한가?

'외로워서'

조롱하듯 제 목소리가 귓가에 맴돌았다.

"별 얘기 안 했어요. 신경 쓰지 말아요."

그녀가 환히 웃으며 제우를 바라보았다. 신경 쓰지 말라는 그녀의 말과 환한 미소에 목이 졸리는 듯한 갑갑함이 사라지고 해방감이 느껴졌다.

그녀의 말 한마디와 미소 한 번에 숨통이 트인 것이다.

"여기 뭐가 맛있어요?"

그녀의 검은 눈동자에 파란 바다가 얼비쳐 신비로웠다. 아름다운 눈빛에 홀려 그녀가 애써 감정을 억누르고 있다는 것도 알아차리지 못했다.

"여기 파히타가 맛있어요."

"생긴 건 이탈리안 레스토랑인데, 멕시코 요리가 맛있어요?"

재미있다는 듯이 떠드는 그녀의 말에 제우는 저도 모르게 웃었다.

"아프리카에서 먹는 멕시코 요리가 얼마나 맛있을지 기대되지 않아요? 혹시 손으로 먹는 게 별로예요?"

음식 하나 가지고 이렇게까지 다른 사람 눈치를 본 적이 있던가?

스스로가 약간 멍청하게 느껴지기는 했지만 상관없었다. 마주 앉은 여자가 웃고 있다는 사실만으로 멍청한 기분은 상쇄되었다.

"아니, 좋아요."

그녀는 알아서 주문해 달라는 듯이 메뉴판을 덮어 버렸다. 꼴랑 점심 메뉴 고르고 있으면서, 그녀가 제우를 전적으로 믿고 따른다는 사실이 기꺼웠다.

다른 때 같았으면 상대가 뭘 먹거나 말거나, 왜 저한테 의지하고 기대하려고 하는지 성가셔했을 것이다.

아니지, 일로 엮인 사이도 아니면서 밖에서 여자와 식사를 함께한 적이 있던가?

아무런 목적도, 이유도 없이 함께 식사를 하는 여자는 본인이 처음이라는 것을, 성시안은 알까?

음식이 나올 때까지 그녀는 알 수 없는 멜로디를 허밍 하며 바다를 바라보았다. 그런 그녀의 옆얼굴을 바라보는 시간은 무척 평온했다. 이 시간이 영원히 지속된다고 해도 질리지 않을 만큼.

두 사람의 한가로운 테이블을 방해한 것은 한 잔의 칵테일이었다.

"결혼했다면서? 축하해."

세티아는 제우를 향해 환히 웃고는 아내에게 덧붙여 말했다.

"이건 내가 주는 결혼 선물이에요."

열대의 색감을 머금은 다홍빛 칵테일을 바라보는 아내의 눈빛에 약간의 노기가 어렸다가 이내 사라졌다.

"고마워요. 잘 마실게요. 칵테일 이름이 뭐예요?"

예의 바르게 묻는 아내의 얼굴은 흔들림 없이 아름다웠다.

"에덴의 섬에 신혼여행 온 부부에게 잘 어울리는 칵테일이죠. 섹스 온 더 비치."

세티아는 제 도발이 흡족한 듯 웃으며 테이블을 떠났다. 제우는 속으로 혀를 찼다. 세티아의 성격이 고상한 편은 아니었지만, 이런 유치한 도발은 상상도 못 했다.

제우가 엉겨 붙는 여자를 얼마나 질색하는지 세티아는 잘 알고 있다. 그걸 증명하듯 아까는 꽁무니를 내빼더니, 지금은 칵테일 한 잔으로 테이블 위에 파문을 일으키고 가 버렸다.

그러거나 말거나.

아마 세티아도 이제 다시는 제우가 자신을 찾지 않을 거라고 생각하고 엿이라도 먹여 주고 싶었나 보다.

아내가 제우를 응시하며 칵테일 잔을 들어 올렸다. 그녀의 입술이 잔 입구에 닿기 직전이다.

"마시지 마요."

충동적으로 흘러나온 말이었다. 그녀가 마시는 건 칵테일이지, 어지럽게 뒤섞인 제우의 과거사가 아니었다. 그런데 찝찝한 기분을 가눌 길이 없었다.

"독이 들어 있을지 어떻게 알아요?"

뻔뻔하게 장난치는 남편의 말에 기가 막혀서, 시안은 칵테일 잔을 단숨에 비워 버렸다. 목구멍이 타들어 가는 것만 같았다. 술이 약한 편이기도 했고, 술을 즐겨 마시지도 않았기에, 빈속에 칵테일 한 잔은 시안에게 버거웠다.

세티아의 목소리가 머릿속을 빙글빙글 맴돌았다.

'강제우는 바다에서 수영 안 해.'

'에덴의 섬에 신혼여행 온 부부에게 잘 어울리는 칵테일이죠. 섹스 온 더 비치.'

운동으로 다져진 그의 몸은 탄탄했다.

해변에 저택을 지어 놓은 남자가 바다 수영을 왜 안 하는데?

세티아가 자신보다 남편에 관해 잘 알고 있다는 사실에 불쑥 화가 났다. 아까보다 훨씬 더 많이.

저 여자랑은 저택에 얼마나 자주 들락거렸을까?

세티아와 남편이 침실에서 뒹구는 모습이 머릿속을 스치며 구역질이 일었다.

시안은 자리를 박차고 일어나 레스토랑을 뛰쳐나왔다. 바 너머에서 세티아가 한쪽 입꼬리를 들어 올리며 웃는 게 보였다.

속이 완전히 뒤집혔다. 그가 뒤따라오는 소리가 들렸다. 해변 입구에 다다른 시안은 기름 야자나무 밑동을 붙들고 구역질을 해 댔다.

산발이 된 머리카락을 그가 부드럽게 모아 쥐는 게 느껴졌다. 그의 손가락 끝이 목덜미를 스치자 아이러니하게도 아랫배가 확 당기며 열이 올랐다.

시안은 앞으로 기울였던 상체를 들어 올리며 그의 손을 확 뿌리쳤다. 손등으로 입을 닦으며 그를 노려보았다.

"독이 들어 있을지도 모른다고 했잖아."

이 남자는 이걸 지금 장난이라고 치는 건가?

술기운 때문인지 화가 머리끝까지 치솟았다.

"뭐 하는 여자예요?"

대뜸 물었다.

"봤잖아. 저 레스토랑 바 메이드야."

"지금 저 여자 직업을 묻는 게 아니잖아요!"

그가 천연덕스러운 얼굴로 대꾸했다. 아이들을 가르칠 때 많이 봤던 표정이다. 피아노 연습을 안 했는데, 했다고 속였다가 들킨 아이들의 표정이 보통 이러했다.

잘못을 들키고 어쩔 줄 모르는 아이의 눈빛이 그의 갈색 눈동자에 겹쳐졌다. 아이는 훈계라도 할 수 있지. 다 큰 남자를 어떻게 해야 하지?

나무에 등을 기댄 채로 씩씩거리며 그를 올려다보았다.

"왜 그렇게 화가 난 거야?"

그가 어깨를 축 늘어뜨리며 물었다. 시안은 눈을 질끈 감았다.

"당신이랑 뒹굴던 여자가 일하는 레스토랑에 날 데리고 간 거잖아요. 그 여자가 나한테 만들어 준 칵테일이 뭐? 섹스 온 더 비치?"

술김에 확 내뱉었다.

"그러니까 마시지 말라고 했잖아. 빈속에 마시더니 이 꼴 좀 봐."

"내 꼴이 누구 때문에 이런데요?"

"그게 나 때문이라는 거야? 나한테 설명할 기회나 줬어? 마시지 말라는 칵테일을 다 마신 게 누군데 이래?"

그의 뻔뻔함은 도가 지나쳤다.

"말할 기회를 줬냐고요? 애초에 당신이랑 나뒹군 여자가 아내를 얕잡아 보는 상황을 만들지 말았어야지!"

화를 내질러 놓고, 시안은 잠시 주춤했다. 이 남자에게 이렇게 화를 낼 자격이 자신한테 있는지부터가 의심스러웠다. 시안은 어깻숨을 길게 내쉬며 고개를 떨어뜨렸다.

허울뿐인 아내다. 돈에 팔려 결혼한 것과 다름없다. 그와 몸을 섞은 수많은 여자 중 한 명보다도 남편을 잘 모른다. 게다가 부부임에도 몸 한 번 섞지 않았다.

자격 미달이네.

시안은 나무에 기대고 있던 몸을 똑바로 세웠다. 그가 손을 뻗어 바람에 흩날리는 머리카락을 귀 뒤로 넘겨 주려고 했다.

그의 손을 쳐 내고는 걸음을 옮겼다. 속이 답답했다. 무더운 날씨가 짜증스러웠다.

파도가 찰랑거리는 곳까지 다다르는 데는 오래 걸리지 않았다. 시안은 샌들을 벗었다. 발이라도 물에 담그고 싶었다.

"뭐 하는 거야?"

남편의 나지막한 물음이 뒤에서 울렸다.

'강제우는 바다에서 수영 안 해.'

세티아의 요사스러운 목소리도 들려오는 듯했다. 발만 담그려고 했는데, 시안은 보란 듯이 원피스를 벗어서 샌들 위에 올려놓았다. 무늬 하나 없이 심심한 하얀색 몰드 브래지어와 하얀색 팬티 바람이었다.

저 남자한테는 나도 이 속옷만큼이나 재미없는 여자겠지.

시안은 거침없이 물속으로 걸어 들어갔다.

"뭐 하는 거냐고 묻잖아!"

그가 대뜸 소리를 질렀다.

"수영할 거예요."

파도가 허벅지를 간지럽히듯 다가왔다. 허벅지 안쪽을 스치는 물을 느끼며 남편을 돌아보았다.

그는 파도가 닿지 않는 모래 위에 서서 어깻숨을 내쉬고 있었다.

그러거나 말거나.

물속으로 더 깊이 들어갔다.

"나와."

그가 소리쳤다. 짧은 말에는 분노가 가득했다. 맑은 바닷물이 가슴께까지 닿는 순간, 시안은 몸을 낮추고 헤엄을 치기 시작했다.

햇살은 뜨거웠고, 바닷물은 적당히 시원했다. 짜증스러운 땀이 흐르던 살갗을 바닷물이 애무하듯 씻겨 주었다.

"나오라고!"

그가 분노에 찬 목소리로 외쳤다. 완만하게 깊어지는 해변의 특성상 그와의 거리가 상당했다. 소리를 지르지 않고는 대화할 수 없을 정도였다.

"제우 씨도 들어와요. 시원하고, 기분도 좋아."

틀린 말은 아니었지만, 그의 화를 돋우는 말이기도 했다. 이유는 모르겠지만, 그는 시안이 물속에 들어온 이후부터 태도가 돌변했다.

바닷물 알레르기라도 있나?

지금은 그가 수영을 거부하는 이유 따위 깊게 생각하고 싶지 않다. 그도 생각 없이 레스토랑에 시안을 데리고 갔으니까.

바보처럼 웃기만 하는 인형을 산 게 아니라고 누가 그랬더라?

"들어오라고요. 이런 데 신혼여행 와서 바다 수영 한 번 안 하는 게 말이 돼요?"

하긴 그와의 관계에서 말이 되는 게 있나 싶다.

"나오라고."

소리 지르는 것도 지치는지 그가 힘없이 외쳤다.

"싫다고요."

시안이 발장구를 멈추고 몸을 똑바로 세우려고 했다. 그제야 발이 닿지 않는 곳까지 왔다는 것을 깨달았다. 그리고 집채만 한 파도가 시안의 몸을 덮쳐 버렸다.

입과 코로 짠물이 잔뜩 들어왔다. 물 밖으로 나가기 위해 손을 뻗었는데, 바닥 모래가 손에 잡혔다. 파도에 몸이 뒤집힌 모양이었다. 반대 방향으로 몸을 돌리려는데 뜻대로 되지 않는다. 큰 파도가 끊임없이 밀려들었고, 물살에 몸이 휘청거렸다.

숨이 막혔다.

이러다 물 밖으로 빠져나가지 못하면 어떡하지?

겁이 났다. 그런데 두려움 따위 오래가지 못했다. 삶에 희망이 가득 들어찼던 날이 언제였는지도 가물가물했다.

이대로 파도에 휩쓸려 어디론가 사라진다고 해도 아쉬울 게 없었다. 남자의 얼굴이 머릿속을 스쳤다. 엄마의 얼굴도.

성깔이 변덕스럽고, 난잡하기 그지없고, 배려심이라고는 찾아볼 수 없는 남자지만, 잠시나마 아내였던 여자의 부모를 모른 척 내버려 두지는 않겠지?

시안은 물 밖으로 나가기 위해 애쓰던 몸짓을 멈추었다. 몸이 물속으로 깊이 가라앉고 있었다. 처음엔 답답하고 무서웠는데, 이제는 오히려 편안하고 안온했다.

조류에 몸이 산들산들 흔들리는가 싶더니, 파도가 뺨을 철썩 때리는 느낌이 났다.

"성시안, 정신이 들어?"

목구멍이 찢어질 듯이 아팠다. 코 안쪽도 따갑기는 마찬가지였다. 귀가 멍했다. 하지만 그의 목소리만은 또렷했다. 시안은 모래밭 위에 몸을 누인 채, 그의 품에 안겨 있었다. 등허리는 그의 단단한 허벅지가 받치고 있었고, 상체는 그가 소중한 보물을 껴안듯 감쌌다.

"내가 누군지 알아보겠어?"

그가 새하얗게 질린 얼굴로 물었다. 물에 들어왔었는지 그의 옷은 흠뻑 젖은 상태였다. 가느다랗게 뭉친 그의 머리카락에서 물이 뚝뚝 떨어졌다.

그리고 그의 등 뒤에서 걱정스러운 눈으로 내려다보고 있는 여자와 눈이 마주쳤다. 세티아였다.

장난하나?

레스토랑 직원 몇몇도 눈에 들어왔다. 시안은 흠뻑 젖은 속옷 차림이었다. 남자들의 시선이 몸에 닿는 게 역겨웠다. 시안은 왼손으로 가슴을 가리며 몸을 일으켰다. 그가 시안을 부축하기 위해 등허리를 더 가까이 당겨 안으려고 했다. 지금 이 순간만큼은 그의 손길도 역겨웠다.

"정신이 들어?"

정신을 잃은 줄도 몰랐다. 내내 생각에 빠져 있었으니까.

시안은 그의 손을 뿌리치고 자리에서 벌떡 일어나 주위를 두리번거렸다. 원피스를 뒤집어쓰고 싶은데, 너무 먼 곳에 있었다.

어깨에 젖은 셔츠가 걸쳐졌다. 돌아보니 그의 눈부신 반라가 눈에 들어왔다. 모르는 남자들이 자신의 몸을 흘끗거리는 것보다, 세티아가 그의 몸을 훑어보고 있는 게 더 싫었다.

시안은 셔츠를 벗어서 그의 가슴팍에 던졌다. 그러고는 속옷 바람으로 씩씩하게 걸음을 옮겼다.

"왜 이렇게 고집을 부려?"

그가 성큼성큼 다가와서 시안의 어깨에 다시 셔츠를 걸치고는 동여매려고 했다.

"됐다고요!"

젖은 셔츠가 모래밭에 뚝 떨어져서 엉망이 되었다. 그의 갈색 눈동자가 분노로 일렁거렸다. 화가 나기는 시안도 마찬가지였다.

고집스럽게 걸음을 옮겨서 원피스를 뒤집어쓰듯 입었다. 발바닥에 모래가 다닥다닥 붙어서 샌들은 신고 싶지 않았다.

"따라와."

그가 조용히 일갈했다. 따라오지 말라고 해도, 시안이 돌아갈 곳은 그의 저택뿐이었다. 시안은 그의 말을 거스르듯 성큼성큼 걸음을 옮겨 그를 앞질렀다.

잘못을 저지르고 뒤를 따르는 듯 힘없는 모습은 보이고 싶지 않았다. 등 뒤에서 그가 실소하는 소리가 들렸다.

웃거나 말거나.

샌들을 신지 않아서 발이 아팠지만, 그보다 더 짜증스러운 건 길이 헷갈린다는 거였다.

"왼쪽."

갈림길에서 머뭇거리자 그가 낮게 속삭이듯 말했다.

"길도 모르면서."

그가 덧붙인 말을 무시하고 계속해서 걸었다. 저택 앞에 다다르자, 또다시 난감한 상황이 이어졌다.

문을 열 방법이 없었다. 그가 가까이 다가오는 게 느껴졌다. 키패드에 그의 지문을 인식하자, 문이 쉽게 열렸다.

나는 대체 여기서 뭘 하는 거지?

때늦은 의문이다. 이런 결혼 생활이 정상적으로 유지될 거라고 생각한 것부터 문제가 많았다. 혼자 살아갈 방법을 모색했어야 했다. 이런 식으로 자신을 팔아 치우는 일에 뛰어들면 안 되는 거였다.

"정신 나갔어?"

집 안에 들어서자마자, 그는 참고 있던 화가 폭발한 것처럼 소리를 질렀다.

"얼마나 놀랐는지 알아? 술 취해서 물에 뛰어들 만큼 멍청한 거야?"

가라앉았던 화가 돋치기는 시안도 마찬가지였다.

"당신은 제정신이에요? 우리가 결혼했는지도 모르는 당신 여자가 있는 곳에 날 데려가야 했어요?"

"내 여자?"

그가 어이없다는 표정으로 실소하며 되물었다.

"세티아가 어떻게 내 여자지?"

그는 진심으로 궁금하다는 듯이 되물었다.

그걸 내가 어떻게 알아! 네가 알아야지, 이 나쁜 놈아!

"내 앞에서 당신 여자인 척 구는 여자잖아!"

소리를 버럭 지른 순간, 눈물이 왈칵 치솟았다. 울고 싶지 않아서 눈가에 힘을 주었다.

"돌겠네, 진짜. 몇 번 잤다고 내 여자면, 대체 세상에 내 여자가 몇 명인지 모르겠네."

화가 나서 아무 말이나 지껄이기로 했나 보다.

"말 다 했어요?"

"뭐가 그렇게 불만이야?"

분노가 그를 지배하는 듯 탄탄한 흉근까지 붉게 물들고 있었다.

"내가 아무리 미친놈이어도 일부러 거기 당신을 데리고 갔겠어?"

어이가 없어서 실소가 흘러나왔다.

"일부러는 아니었어도, 아무 생각이 없었겠죠. 아무런 의미도 없었을 거고."

그는 허를 찔린 표정이었다. 시안의 말이 적중했다는 의미다. 이제 더는 기가 막힐 것도 없다.

"아내 된 여자랑, 같이 잤던 여자랑. 아, 우리가 강제우를 공유하는 사이구나! 이렇게 반가울 때가? 사이좋게 SNS 맞팔이라도 할 줄 알았어요?"

그는 눈을 지그시 감았다가 뜨고는 한숨을 삼켰다. 화를 삭이려고 애쓰는 듯했다.

근데 저 남자는 왜 저렇게 화가 난 거야?

단지 바다 수영을 좀 했다고?

하긴 그에게 분노의 당위성 따위는 중요하지 않아 보였다.

"거기 데리고 간 건, 그래. 내 잘못이야. 미안해요."

그가 의외로 순순히 잘못을 인정했다. 말을 놨다가, 존대를 했다가. 사과를 건넸으니, 시안도 당연히 화를 풀어야 한다고 말하는 것처럼 들렸다.

사과도, 말투도, 화해도. 제멋대로다.

"근데 왜 그렇게 화를 냈어요?"

시안도 조금은 누그러진 말투로 물었다.

"뭐?"

남자가 이해하기 어려운 말을 들었다는 듯이 물었다.

"왜 그렇게 화를 냈냐고요. 화를 낼 사람은 나였잖아요. 근데 당신이 더 불같이 화를 냈잖아, 방금."

그는 두 손으로 젖은 머리를 쓸어 넘기며, 비명 같은 한숨을 내쉬었다.

"수영 한 번 한 게 그렇게 화날 일이에요?"

"수영 한 번? 죽을 뻔했잖아!"

그가 버럭 소리를 질렀다.

"깊은 물도 아니었어요. 당신이 구했잖아요."

그의 갈색 눈동자에 동요가 일었다. 잘생긴 얼굴이 한 번도 본 적 없는 모양 새로 일그러졌다.

대여섯 걸음 떨어진 곳에 서 있던 그가 걸음을 크게 떼며 시안의 앞으로 다 가왔다.

"내가 못 구했으면?"

그가 분노를 짓씹듯이 어금니를 악문 채로 읊조렸다. 코끝에 닿는 그의 숨결 은 지독하다는 생각이 들 만큼 달콤했다. 시안은 짧은 시간 동안 그의 숨결에 길 들여진 기분이다. 따뜻한 숨이 살갗에 닿는 느낌은 분노와 상관없이 황홀했다.

"내가 만약에 당신을 못 구했으면?"

시안은 흔들리는 갈색 눈동자를 들여다보았다.

"내가 알아서 헤엄쳐 나왔겠죠."

조용히 대꾸했다.

"거짓말! 살려고 발버둥 치지도 않았잖아! 물속에 축 늘어져 있었잖아! 그렇 게 떠나도 아무런 상관 없는 사람처럼!"

들켰다. 이번에는 그가 시안의 허를 찔렀다. 그의 말이 적중했다는 의미다.

시안은 아무런 말도 잇지 못하고 그를 바라보았다. 그도 시안의 의중을 완벽 하게 읽은 것처럼 보였다.

욕지거리를 내뱉은 그가 저택 밖으로 나가 버렸다. 텅 빈 저택을 감도는 정 적만이 시안의 참담함을 아는 듯했다.

숨이 턱 막혔다. 화가 가라앉질 않았다. 가슴이 크게 들썩거리도록 숨을 내 쉬어 보았지만, 소용이 없었다.

바닷물 속에 푹 잠겨 있는 여자를 발견했을 때, 심장이 멎는 줄 알았다. 제우 에게는 발이 닿는 깊이였지만, 상대적으로 키가 작은 그녀는 파도에 휩쓸려 천 지 분간이 되지 않는 듯했다.

아니면 일부러? 내 곁을 떠나려고, 일부러?

그녀는 팔다리를 축 늘어뜨린 채로 눈을 감고 있었다. 헤엄치려는 노력조차 하지 않았다. 다리에 힘이 풀려 버렸다. 그녀를 물 밖으로 데리고 나갈 수 있을지 확신이 서질 않았다. 무력감이 온몸을 휘감았다. 두려움이 엄습한 것도 동시였다.

죽은 듯이 눈을 감은 성시안을 보는데, 평생 잊으려고 애쓰던 장면이 머릿속에 스쳤다.

안 돼! 내 앞에서 죽지 말라고!

제우는 있는 힘을 다해 그녀의 몸을 당겨 안았다. 다행히 그녀의 몸은 과거의 누구처럼 차갑지 않았다. 뜨거운 심장이 펄떡펄떡 뛰고 있었다.

가쁘게 뛰는 심장만큼이나 분노도 치솟았다.

내 여자? 세상에 내 것인 게 있다고?

정신을 차렸을 때, 제우는 세티아가 일하는 레스토랑 앞에 있었다. 세티아는 레스토랑 옆 벽에 기대서서 담배를 피워 대는 중이었다. 까맣게 태닝된 얼굴에 삐뚜름한 미소가 그려졌다.

세티아가 땅바닥에 담배를 떨어뜨리고는 발로 비벼 껐다.

"같이 갈까?"

그녀가 기다란 인조 속눈썹을 팔랑이며 교태를 부렸다. 이곳을 찾을 때마다 세티아는 제 차나, 아파트로 제우를 데리고 갔다. 그의 차나, 저택에 여자를 들였던 적은 없었다.

"아니."

제우는 세티아를 지나쳐 레스토랑 안으로 들어갔다. 바 스툴에 걸터앉자, 세티아는 눈치 빠르게 아마룰라 한 잔과 티셔츠 한 장을 내주었다. 아무 생각 없이 술을 입에 털어 넣고는 싸구려 섬유 냄새가 나는 티셔츠를 입었다. 꼴좋다.

세티아가 내준 술은 분노를 가라앉히기엔 지나치게 달았다. 이보다 더 독한 술이 필요했다. 같이 나가자는 말을 거부한 탓인지, 세티아는 제우를 무시하며 술 주문을 받지 않고 밀당을 자처했다. 지랄하네, 진짜.

제우는 다른 바 메이드를 불러 세웠다. 처음 보는 여자다. 여기서 일을 시작한 지 얼마 안 된 것 같았다.

"뭐야, 내가 여기 두 눈 시퍼렇게 뜨고 있는데 뭐 하는 짓이야?"

120

감히 제 바 안에서 다른 여자에게 말을 걸 수가 있냐는 듯이 세티아는 눈을 부릅떴다.

"다른 데면 몰라도, 여기서 그러는 건 곤란하지."

세티아는 입가에 비소를 머금은 채 제우를 응시했다. 한때 저 건방진 입이 제법 쓸 만하다고 여겼던 적이 있었다. 제우의 발밑에 무릎을 꿇고 앉아서 입으로 하는 짓을 능숙하게 해낼 때만큼은 쓸 만했다.

"뭐가 필요한 거야? 아내한테 벌써 질렸어? 새 여자가 필요할 만큼?"

제 등 뒤로 지나가는 바 메이드가 마음에 들지 않는다는 듯이 그녀가 쏘아보았다.

"그 여자가 바닷물에 뛰어들 때부터 알아봤지."

세티아가 참을 수 없을 만큼 가벼운 어조로 지껄였다. 제우가 자리를 박차고 일어나려는 순간, 눈앞에 갈색 술이 담긴 잔이 놓였다.

"맥켈란 30년산. 니트로."

세티아가 이걸 원한 게 아니냐며 웃었다. 상온에 보관한 싱글몰트위스키를 얼음 없이 잔에 담는 니트, 제우가 즐겨 찾는 술이었다.

유리잔을 감싸자 요철 장식이 손바닥을 자극했다. 목구멍으로 넘어가는 독주의 감각은 기가 막혔다.

얼마 만이지?

생각해 보니 제우는 그녀를 처음 만난 이후, 독한 술을 입에 대지 않았다. 사람들이 모이는 자리에서 어쩔 수 없이 샴페인이나 와인을 한 모금 머금었을 뿐이다.

성인이 되고 나서 가장 긴 금주 기간이었다.

대체 그 여자가 뭐라고, 술까지 마시지 않은 거지?

결혼 준비를 하면서 하루 한 번은 그녀와 전화 통화를 했었다. 밤늦은 시각이었고, 그녀의 목소리를 듣고 난 뒤 이상하게 평온해지는 기분을 느끼며 잠자리에 들었다. 잠을 청하려고 술을 찾을 이유가 없었다는 뜻이다.

아, 결혼 준비. 그 여자는 '뭐'가 아니라, 아내였지?

독한 술이 몇 잔째 목구멍으로 넘어갔다.

"천천히 마셔. 술 먹고 체하면 약도 없어."

세타아의 잔소리가 귀찮게 들려왔다. 술을 파는 주제에 천천히 마시라고 지랄이다.

그러면서 한 병에 5,000달러가 넘는 술을 내놓은 건가?

제우는 실소를 터뜨리며 술잔을 집어 들었다. 거의 한 병을 혼자 다 마신 것 같다. 머릿속이 멍했다.

초록색 매니큐어를 칠한 세타아의 손가락이 제우의 잔 입구를 문질렀다. 마치 다른 걸 문지르고 싶다는 듯 음탕한 손짓이었다.

"뭐 하는 짓이야? 더럽게."

혀 꼬인 소리가 툭 튀어나왔다. 세타아는 기가 막힌다는 듯이 제우를 노려보았다. 가슴이 훤히 들여다보이도록 바 테이블에 상체를 기울이고 있던 여자는 몸을 꼿꼿이 세우며 눈을 부라렸다.

"결혼은 왜 했어?"

오늘 이 질문만 벌써 두 번째다. 성시안은 몰라도, 세타아는 제우의 지랄맞은 성격을 어느 정도 아는 여자였다. 이런 질문이 감히 허락되지 않는다는 것도 모를 리 없다.

"내가 지금 술에 취했지, 정신을 놓은 게 아닌데?"

제우가 빈정거렸다.

'외로워서.'

그녀에게 해 준 대답이 세타아 앞에서는 흘러나오지 않았다. 몸이 휘청거리는 느낌이 났다.

"정신 놓기 직전인 것 같은데요?"

머릿속에 내내 머물던 얼굴이 불쑥 말을 걸어왔다. 너무 오랜만에 취해서 환청이 들리는 건가 싶었다.

목소리가 들려온 쪽으로 시선을 돌리다가 몸이 갸우뚱 기울었다. 제우는 바 테이블에 비스듬히 엎드린 채로 여자를 바라보았다.

"이게 누구야."

가슴 앞으로 팔짱을 낀 탓에 그녀의 풍만한 곡선이 더욱 도드라졌다. 세티아의 헐벗은 몸을 볼 때도 미동도 하지 않던 아랫도리가 아내의 모습을 발견하자마자 부풀어 오르려고 했다.

"나를 찾으러 온 거야?"

제우가 웃으며 물었다. 기분이 나쁘지 않았다. 아니, 썩 좋았다.

"길도 모르면서?"

대차게 앞서가던 그녀가 갈림길에서 길을 헤매던 모습이 떠오르자, 피식 웃음이 나왔다.

"고맙기도 하지."

제우는 팔뚝에 얼굴을 묻으며 흐느적거렸다.

"일어나요."

그녀가 가라앉은 목소리로 중얼거렸다. 일어나고 싶어도 몸이 움직이질 않았다.

"놔두고 가요. 술 깨면 보낼 테니까."

세티아가 방정맞게 떠들어 댔다. 바 안에서 천태만상을 다 본 세티아를 성시안이 상대하기는 어려울 것이다. 아내가 또 당신 여자 어쩌고 따지기 전에 몸을 일으켜야 했다. 화내고 싸우는 것까지는 견딜 수 있지만, 울고불고하는 것은 못 견딘다.

세티아는 아내를 울리고도 남을 정도로 성질이 고약하다.

잠깐 내가 뭐라고 했지? 성시안이랑 화내고 싸우는 걸 견딜 수 있다고?

실소가 터지려는 순간이었다.

"넌 빠져."

아내가 세티아를 한 방 먹였다.

3화

NOCTURNE

뭐가 그렇게 재미있는지 그는 바 테이블에 엎드려서 키득거렸다. 시안은 머리끝까지 화가 치밀어 올랐다.

"일어나요."

해가 지도록 돌아오지 않아서 그를 찾아 나섰다. 혼자 그 큰 저택에 오도카니 앉아 있는 게 더 비참했다. 뭐든 해야겠다는 생각이 들어서 나왔는데, 그리고 설마 했는데 진짜로 이곳에서 발견된 남편이 야속했다.

아내와 싸우고 난 뒤에 원인 제공자 격인 여자가 일하고 있는 레스토랑에서 발견된 남편이라니. 정말 최악이다.

"일어나라고."

시안이 낮게 읊조렸다. 그가 휘청거리며 상체를 일으켜 세웠다. 그러더니 빙그레 웃으며 시안을 향해 몸을 돌렸다.

"진짜 날 찾으러 온 거야?"

그가 두 다리 사이에 시안을 가두듯 당겨 안았다. 독한 술 냄새가 훅 끼쳤다.

"그럼, 내가 누굴 찾으러 왔겠어요? 대체 얼마나 마신 거예요?"

험상궂게 얼굴을 찡그리며 물었다. 그러자 커다란 손이 다가와 시안의 얼굴을 덥석 잡는다.

"날 찾으러 왔다고? 좀 감동인데?"

엄지로 구겨진 미간을 살살 어루만지는 손길이 무뎠다.

"그렇게 화내면 여기 주름 생겨."

주름 생길 일을 누가 만들었냐고 따지려는 순간, 그의 입술이 시안의 입술에 닿았다. 시안이 놀라서 뒷걸음질 치려는데, 그의 굳센 팔이 등허리를 휘감았다.

레스토랑 홀과 바 테이블은 손님으로 가득했다. 이런 데서 구경거리가 되는 것은 원치 않았다. 하지만 아내와 부둥켜안은 그의 모습을 세티아가 본다고 생각하니, 은근한 자극이 되었다.

시안은 팔을 뻗어 그의 목덜미를 끌어안았다. 그의 혀가 목구멍 깊숙한 곳까지 들어왔다. 숨이 턱 막힐 정도로 진한 키스에서는 독한 위스키 맛이 났다. 방향을 바꾸려 입술이 잠시 떨어진 순간, 시안은 그의 입술을 손끝으로 막았다.

"집으로 가요."

시안이 그의 뺨에 대고 중얼거렸다. 그가 바 스툴에서 점프하듯 내려와서는 시안의 어깨에 몸을 기댔다. 그는 술값을 계산하는 동안 내내 시안의 몸을 끌어안고 있었다.

세티아가 다른 손님을 상대하며 두 사람을 계속 흘끗거렸다. 시안은 그가 카드 영수증과 카드를 바지 주머니에 넣는 것을 확인하자마자, 육중한 몸을 부축하며 돌아섰다.

"그러고 둘이 걸어가겠다고? 좋은 생각이 아닌 것 같은데."

세티아가 끼어들었다. 여자의 참견이 짜증 났지만, 그가 너무 무거워서 일면 수긍이 가기도 했다. 이대로 걸어가는 건 좋은 생각이 아닌 것 같다. 택시라도 불러 줄 수 있느냐고 물으려는데, 그가 더 빨랐다.

"넌 좀 빠지라고."

그가 세티아를 향해 외치고는 키득거렸다. 시안은 어이가 없어서 실소하고 말았다.

"똑바로 걸어요. 나한테 무작정 기대지 말고! 정신 차리라고요."

레스토랑을 나서며 끊임없이 키득거리는 남자를 다그쳤다. 아내와 싸우고 다른 여자가 있는 레스토랑에 와서 술을 마신 남편에게 화를 내야 하는데, 그는 분위기 파악을 못 하고 계속 장난을 쳐 댔다.

"넌 좀 빠져! 넌, 좀, 빠져. 넌 좀, 빠져. 넌 좀 빠져?"

그는 단어를 분해했다가, 제 맘대로 붙여 가며 시안이 했던 말을 계속 따라 했다.

"야, 강제우!"

약이 바짝 오른 시안이 그를 벽으로 몰아세웠다. 힘이 들어서 패대기치고 싶은 심정이다.

"적당히 하고 정신 차려라. 버리고 가기 전에?"

시안은 제가 이렇게 성깔을 부릴 수 있는지 미처 몰랐다. 이 남자는 시안이 단전에서부터 화를 끌어올리게 하는 재주가 가상했다.

"버리고 간다고?"

내내 흐리멍덩했던 그의 눈동자에 초점이 잡히는 듯했다. 그가 벽에 기댔던 몸을 똑바로 세우며 정색했다. 그가 성큼 시안의 앞으로 다가왔다. 고개를 숙인 그가 시안의 눈동자를 똑바로 들여다보며 말했다.

"다신 그따위 소리 하지 마."

발음이 또렷했다. 조금 전까지 술에 취해서 비틀거리던 남자와는 완전히 다른 사람 같았다.

"대답해."

그가 낮은 목소리로 종용했다. 시안은 혼란스러운 눈으로 소용돌이치는 듯한 그의 갈색 눈동자를 들여다보았다.

"대답하라고!"

그가 소리를 버럭 질렀다. 절박한 외침이었다. 내막을 알지 못해도, 감정에 동화되는 경우가 있다. 지금이 딱 그렇다. 그의 절박한 외침이 시안의 심장을 싹둑 자르는 듯한 기분이 들었다. 시안은 아무런 대꾸도 하지 못하고 아랫입술을 깨물었다.

"날 버리지 않겠다고, 대답해."

아슬아슬한 목소리로 읊조린 그가 울 듯이 얼굴을 찡그렸다. 시안은 깎아 놓은 듯 잘생긴 얼굴을 두 손으로 감쌌다.

"안 버려요. 안 버릴게요. 나는 강제우 씨 버릴 일 없어요."

그를 버리지 않겠다고 세 번이나 다짐했다. 그가 억울한 흥분을 내뱉듯 긴 한숨을 내쉬었다.

완벽한 남자라고 생각했었다. 그가 제 뜻대로 움켜쥘 수 있는 트로피 같은 여자를 바라고 결혼한 것일지도 모른다고 여겼었다.

그런데 지금 눈앞에 있는 남자는 한없이 불안정해 보인다.

"이제 집으로 가요."

그는 말없이 걸음을 옮겼다. 서너 걸음 앞서가던 그는 우뚝 멈춰 서서 뒤로 손을 내밀었다.

시안은 그의 커다란 손에 제 손을 밀어 넣었다. 그는 구명줄을 잡은 사람처럼 절박하게 시안의 손을 꼭 잡았다.

그저 손을 잡았을 뿐인데, 심장을 내어 준 것처럼 가슴이 조였다.

저택으로 돌아가는 내내 그는 한마디도 하지 않았다. 현관에 들어서고 나서야 그가 우스꽝스러운 티셔츠를 입고 있다는 것을 알아챘다. 시안은 아까 자신의 복장을 보고 그가 떠들어 댄 말을 그대로 따라 했다.

"진심이에요?"

현관 앞 전신 거울에 비친 제 모습을 확인한 그는 짜증이 나는지 맥주 회사 로고가 그려진 티셔츠를 벗어 던졌다.

"아까 그 술집에서."

그는 변명하듯이 중얼거렸다. 알 만했다. 아무리 바닷가 휴양지라고 한들 상의를 탈의하고 레스토랑에 앉아 있을 수는 없었을 것이다. 그 여자가 준 티셔츠일 게 분명했다.

시안은 바닥에 널브러진 티셔츠를 무시하고 집 안으로 들어섰다.

"뭐 좀 먹었어?"

그가 소파에 털썩 주저앉으며 물었다. 이제야 아내 걱정을 해 주는 마음 씀씀이가 어찌나 갸륵하신지. 냉장고에 있던 요거트와 과일을 꺼내 먹었고, 팬트리에서 빵도 찾아서 먹었다.

시안은 가만히 고개를 끄덕거렸다. 그러자 그가 팔을 활짝 벌리며 안기라는 시늉을 했다. 어깨가 들썩거릴 정도로 한숨이 흘러나왔다.

술에 취해서 상의는 벗어젖힌 채로 두 팔을 활짝 벌리며 안아 달라고 조르는 남자는 거부할 수 없을 만큼 섹시했다. 그리고 미우나 고우나 남편이다.

시안이 곁으로 다가가자 그가 와락 당겨 안았다.

"꺅!"

비명이 터져 나왔다. 정신을 차리고 보니, 소파에 몸이 눕혀진 채로 그의 밑에 깔려 있었다.

그는 소파에 팔꿈치를 대고 몸을 지탱한 채로 시안을 내려다보았다. 그의 갈색 눈동자가 전에 없이 따뜻하게 느껴졌다. 아니, 뜨거운 건가?

"길을 잃으면 어쩌려고, 날 찾으러 거기까지 혼자 왔어?"

그의 입술이 시안의 이마에 닿았다.

"그럼, 제우 씨는 그렇게 술을 퍼마시고, 언제 돌아올 생각이었어요? 설마 내가 방해해서 실망했어요?"

뾰족한 목소리가 흘러나오자, 그가 키득키득 웃었다. 술 취한 강제우는 어린 아이처럼 웃는 게 술버릇인가 보다.

"좋았어."

그의 숨결이 뺨으로 쏟아졌다. 곧이어 보드랍고 뜨거운 입술도 닿았다.

"날 찾으러 와 줘서 좋았어."

진심처럼 들렸다.

"내가 걱정돼서 찾아온 성시안이 좋아."

그가 불쑥 내뱉은 고백에 심장이 쿵 울렸다.

"세티아한테 한 방 먹인 것도 좋았고."

그가 또 키득거렸다. 그의 입술이 시안의 입술에 다시 닿으려는 찰나, 시안은 그의 가슴을 밀어 내어 거리를 벌리곤 노려보았다.

"이 상태에서 다른 여자 이름을 입에 올리는 건 좋지 않네요."

시안이 쏘아붙이자, 그가 약간은 겁먹은 눈빛을 했다.

"질투하는 거야?"

"왜요, 이런 질투도 성가셔요?"

의도한 것보다 훨씬 부루퉁한 목소리가 튀어나왔다. 그가 미소를 가득 머금은 채로 고개를 절레절레 내저었다.

"아니, 좋아. 성시안이 질투하는 거 좋아."

술에 취하더니 귀여워지기로 작정을 하셨나 보다.

혼자 보기 아까운 이 쇼를 그가 내일 기억 못 하면 어쩌나?

"근데."

그가 미간을 찌푸리며 대뜸 웃음을 지웠다.

"질투 같은 거 하지 마."

그럼, 그렇지.

귀찮고, 성가신 감정놀음 따위 그에겐 불필요한 것이었다.

"아무 의미 없어. 다른 여자들은 아무 의미 없다고."

다른 여자는 아무 의미 없다고 말하는 그가 저에 대해선 어떻게 말할지 궁금했다.

"그럼 나는요?"

"성시안은 내 아내지."

특별히 달콤한 말도 아니었다. 그런데도 그저 사실을 확인하는 '성시안은 내 아내지'라는 말에 가슴속에 쌓아 두었던 벽이 무너져 내렸다.

"침실로 가요."

그가 순순히 몸을 일으키고는 시안의 손을 잡았다. 그와 함께 침대에 나란히 몸을 눕혔다. 그는 시안의 몸을 꼭 끌어안고는 목덜미에 얼굴을 묻었다.

"바닐라 향이 나."

그의 입술이 목 안쪽을 더듬었다.

"자꾸 핥아 보고 싶잖아."

그가 야한 말을 중얼거렸다. 그의 음성에는 졸음이 가득했다. 거친 숨결이 조금씩 가라앉았다. 그가 잠에 빠지는 것을 느끼며, 시안도 스르륵 눈을 감았다.

희미한 시그널이 점점 또렷해졌다. 시안이 정신을 차리고 잠에서 깨어난 시각은 새벽 2시였다. 누군가 초인종을 과격하게 누르고 있었다.

그를 깨우려고 보니 너무 곤하게 자고 있다. 술 취해 잠든 그를 깨우는 게 쉽지는 않을 것 같았다.

침실을 빠져나온 시안은 커다란 월 패드가 환히 빛나는 곳으로 걸음을 옮겼다.

내가 악몽을 꾸는 건가?

화면을 가득 채운 얼굴은 세티아였다.

시안은 상대가 자신을 볼 수 없다는 것을 알면서도 월 패드 화면을 노려보았다.

대체 무슨 생각으로 새벽 2시에 여길 찾아온 거지?

황당하고, 기가 막히고, 화가 나서, 도무지 생각이란 걸 할 수가 없었다. 세티아는 집요한 얼굴로 초인종을 끈질기게 눌러 댔다.

시안은 참다못해 call 버튼을 눌렀다.

"뭐야?"

귀찮아서 죽겠다는 투로 물었다. 자신이 이토록 예의 없는 언어를 구사할 수 있다는 사실이 새삼 놀라웠다.

— 강제우가 휴대전화를 놓고 갔어. 에이전트가 밤새도록 전화하는 중이고.

시안은 고개를 들어 높다란 천장을 올려다보며 한숨을 푹 내쉬었다. 유리 천장 너머에서 별들이 반짝반짝 빛났다.

태어나서 이렇게 많은 별을 본 적 있던가? 쏟아질 듯 아름다운 별이 올려다보이는 낭만적인 저택에서 남편의 과거를 마주하는 꼴이라니.

— 어쩔 거야?

세티아가 물었다. 시안은 일방적으로 인터폰 연결을 끊고 현관으로 걸어갔다. 저택의 대문은 항상 열려 있었고, 현관문에는 경보장치가 설치되어 있었다. 안쪽에서 문을 열면 경보장치는 저절로 해제되는 구조였다.

슬며시 문을 열고 손을 내밀었다. 휴대전화만 전달받을 생각이었다.

그런데 세티아가 있는 힘껏 현관문을 밀치고 안으로 들어왔다.

"뭐 하는 짓이야?"

시안은 제 말투가 남편과 꽤 비슷하다는 생각이 들어서 괜한 소름이 끼쳤다.

세티아는 마치 자연사 박물관에 들어선 어린아이처럼 눈을 휘둥그렇게 뜨고 실내를 살폈다. 누가 보면 저택 안에 공룡 뼈라도 전시해 놓은 줄 알겠다.

"이 안이 이렇게 생겼구나."

그녀가 혼자 읊조린 말이 시안은 의아했다. 세티아가 의문 가득한 시안의 얼굴을 보더니 생글거리며 말했다.

"강제우는 집에 여자 안 들여. 여긴 그래서 나도 처음이고. 주로 내 차나, 내 아파트에서."

그 짓거리를 했다고?

시안은 손을 들어 올리며 눈을 지그시 감았다. 굳이 듣고 싶지 않은 말이었다.

핑, 하는 소리가 울렸다. 세티아가 라이터에 불을 댕기려는 듯했다. 동요하지 않기 위해 질끈 감았던 눈을 떴는데, 아니나 다를까 세티아의 입에 담배가 물려 있다.

"좋은 생각은 아닌 것 같은데?"

시안이 경고하듯 말했다.

"뭘?"

세티아는 고집스럽게 담배 끝에 불을 붙이고는 한 모금 깊게 빨았다.

"싸구려 타르 덩어리가 집구석에 흔적을 남기는 거 말이야."

"내가 살 집도 아닌데, 뭐."

어깨를 으쓱한 그녀는 담배를 한 모금 더 들이켰다. 길게 뿜어져 나오는 연기에 미간이 절로 찌푸려졌다.

"강제우는 어딨어?"

"이제 남의 남편한테 관심 좀 껐으면 좋겠는데?"

시안이 눈을 부릅뜨고 읊조리자, 세티아가 그런 시안을 귀엽다는 듯이 바라보았다. 웃음을 흘리는 그녀의 입술에서 담배 연기가 쉴 새 없이 흘러나왔다.

"강제우랑 같이 자?"

여자는 계속해서 선을 넘고 있었다.

"휴대전화 놓고 나가."

마치 칵테일 셰이커를 돌리듯이 그녀는 손에 쥔 그의 휴대전화를 빙글빙글 돌리고 있었다.

"강제우는 여자랑 같이 안 자거든. 결혼하고도 그런가, 궁금해서 말이야."

여자는 순수한 의문이었다는 듯이 또다시 어깨를 으쓱했다. 그러고는 시안의 대답을 들을 생각은 없다는 듯이 지껄이기 시작했다.

"강제우가 바다 수영을 질색하는 건 알았지만, 그렇게 펄쩍 뛰는 모습은 처음 봤어. 사람 하나 죽은 줄 알고, 레스토랑에 있던 사람들도 다들 밖으로 뛰쳐나갔다니까? 근데 그이가 왜 바다에서 수영 안 하는지 알아?"

시안의 얼굴이 험상궂게 일그러졌다.

"나도 몰라서 물어본 거야. 아! 그이라고 부른 건 미안. 버릇이 돼서."

시안은 한숨을 몰아쉬며 시선을 돌려 버렸다. 여자를 내쫓아야 하는데, 머리가 너무 아파서 방법이 떠오르질 않는다. 그가 싫어할 거라는 말은 하고 싶지 않았다. 그의 뜻을 거스르지 않으려고 고분고분 움직이는 여자의 모습도 보기 싫기는 마찬가지였다.

지금의 상황은 남편 없이 제 선에서 끝내고 싶다.

"내 이름 뜻이 뭔지 알아?"

그딴 거 알고 싶지도 않다.

"믿음직한. 믿음직하다는 뜻이야, 나 세티아가."

135

지금 보니 그녀의 눈가가 약간 붉었다. 술에 취한 것 같았고, 운 것도 같았다. 인간적인 연민이 일려고 해서 시안은 마음을 굳게 먹었다.

제 남편 때문에 눈물 바람인 여자를 안쓰럽게 생각하는 미친년이 세상에 어딨어?

"그래서 어쩌라고?"

시안이 조용히 물었다.

"그쪽이 경계해야 할 사람은 내가 아니야. 나는 그냥……. 강제우가 오다가다 들르는 술집 바텐더일 뿐이라고. 유리의 성에는 한 발자국도 들이지 못한 불쌍한 바 메이드……."

그녀는 안쓰러운 미소를 지으며 말끝을 흐렸다. 여자의 하소연을 들어 주고 있는 이 상황이 기가 차서 한숨이 흘러나왔다.

"당신이 정말 조심해야 할 사람은 아제딘. 그 여자가 진짜야."

세티아는 지금까지와는 결이 다른 눈빛으로 시안을 바라보고 있었다. 진심으로 경고하고 싶다는 얼굴이다. 아제딘, 시안은 낯선 이름을 곱씹었다. 호기심이 일었지만, 섣불리 동요되어 세티아의 의도에 휘말리고 싶지는 않았다.

"어디 갔어?"

갑작스럽게 들려온 남편의 목소리에 시안은 어깨가 움찔할 정도로 놀라고 말았다.

"성시안!"

대답할 틈도 없이 남편이 거실로 나왔다. 미간을 잔뜩 찡그리고 있던 그가 소파에 앉아 있는 세티아를 발견하고는 무감하게 물었다.

"이게 무슨 짓이지?"

그의 분노는 차가웠다. 열을 낼 필요도 없다는 듯이 냉랭하기만 했다.

"이걸 두고 갔더라고."

세티아가 휴대전화 끝을 들고 허공에서 흔들어 댔다. 휴대전화를 소파에 툭 던지듯 내려놓은 그녀는 슬프게 웃으며 작별 인사를 건넸다.

"당신 에이전트한테 안부 전해 줘. 계속 전화하더라?"

여자가 현관을 향해 걸어 나갔다. 남편은 한마디 대꾸도 하지 않았다. 현관 앞에 선 그녀는 머뭇거리며 바닥을 내려다보았다. 발밑에는 검은색 반팔 티셔츠가 있었다. 세티아는 허리를 숙여 티셔츠를 집어 들고는 얼굴을 묻고 깊게 숨을 들이켰다.

그 모습을 시안은 위태롭게 바라보았다. 남편의 체취가 묻은 티셔츠를 손에 꼭 쥐고 집을 나서는 여자를 막아서기엔 너무 지쳐 버렸다.

"당신 에이전트가 계속 전화해서, 휴대전화 갖다주려고 했대요."

"어."

에이전트라는 말이 나온 순간부터, 그는 조금 차분해진 것 같았다. 아무래도 일이 엮여 있어서 그럴 거라고 시안은 짐작할 뿐이었다.

속이 답답했다. 차가운 물 한 잔이 절실했다. 아니면 시원한 술 한 잔도 괜찮을 것 같다. 무거운 머리를 털어 버릴 만큼 취해서 잠드는 것도 나쁘지 않을 것이다.

아까 남편이 취한 모습을 마주했을 때만 해도 머리끝까지 화가 났었는데, 때론 그렇게 취하는 것도 현실에서 벗어나는 좋은 방법인 것 같다.

시안은 냉장고에서 생수병 하나를 꺼내서 벌컥벌컥 들이켰다. 마치 트라우마라도 생긴 것처럼 차가운 물이 목구멍을 막는 느낌이 좋지 않았다. 짠물이 입과 코로 들이닥치던 일이 생생하게 떠올랐다.

"화났어?"

일그러진 시안의 얼굴을 들여다보며 그가 조심스럽게 물었다. 화가 났다고 하는 것도 자존심이 상했다. 근데 화가 안 날 리 없잖아?

하지만 시안은 고개를 절레절레 내저었다. 그러자 그가 품에 안기라는 듯이 손을 뻗었다.

술버릇일 거라고 생각했는데, 그는 아까와 똑같이 시안을 원하고 있었다. 시안이 움직이지 않고 잠자코 바라보기만 하자, 그가 한 발짝 가까이 다가와 시안의 허리를 당겨 안았다.

어깨와 목의 경계선에 코를 비비며, 그가 크게 숨을 들이켰다. 바닐라 향이 난다며 모조리 핥고 싶다고 말하던 그의 잠긴 목소리가 떠올랐다. 아랫배에서 열기가 스멀거렸다.

시안은 허벅지 옆에 붙이고 있던 손을 들어 그의 목덜미를 끌어안았다. 짧은 머리카락을 손바닥으로 쓸어 올리자, 그가 한숨을 몰아쉬고는 시안의 목선을 따라 입을 맞췄다. 귓불 아래에 입술을 붙인 채로 그가 길게 숨을 들이켤 때는 숨이 턱 막히는 듯했다.

그의 입술이 미끄러지듯 올라와 마침내 시안의 입술을 집어삼켰다. 더운 숨을 내뱉느라 벌어져 있던 입 안으로 그의 뜨거운 혀가 가득 들어찼다. 달콤하고 부드러웠다.

"으음."

그의 입 안에서 먼저 신음이 새어 나왔다. 그는 시안의 허리를 바짝 당겨 안은 채로 걸음을 옮겼다. 침실까지 가는 데 오래 걸리지 않았다.

숨결이 점점 거칠어졌다. 침대에 등이 닿는 순간, 그가 시안의 옷을 홀러덩 벗겨 버렸다. 심장이 터질 듯이 날뛰었다. 커다란 손이 턱끝에서 목선, 가슴 가운데, 배꼽을 따라 천천히 내려갔다.

팬티 밴드에 그의 손이 닿는 순간, 시안은 그의 손목을 붙잡았다.

"왜?"

그가 발개진 눈으로 물었다.

"처음을 이렇게 감정적으로 하고 싶지 않아요."

그가 화를 낼까 봐 두려웠다. 하지만 복잡한 상황을 섹스로 모면하는 건 싫었다. 지금 필요한 건 섹스가 아닌 대화다. 그는 순순하게 고개를 끄덕이고는 미안하다는 듯이 연한 미소를 머금었다.

그는 시안의 옆에 몸을 눕히고는, 그녀의 허리를 바짝 당겨 안았다. 이건 일종의 테스트인지도 모르겠다. 여러 여자와의 잠자리를 즐기던 그가 잠자리는 거부한 아내를 견뎌 내는 건 쉬운 일이 아닐 것이다.

다른 여자를 찾아서 밖으로 뛰쳐나갈지도 모른다고 걱정했는데, 그는 시안을 품에 안은 채로 숨을 골랐다.

"아까 내가 바닷가에 뛰어들었을 때, 왜 그렇게 화를 냈어요?"

그의 품이 주는 안온함이 좋아서 선을 넘었는지도 모르겠다. 하지만 그가 미친 사람처럼 시안을 구하기 위해 난리를 쳤다는 세티아의 말이 자꾸만 마음에 걸렸다.

그가 잠시 침묵하는가 싶더니, 크게 숨을 들이켜고는 입을 열었다.

"열두 살짜리 남자애가 있었어."

그의 목소리는 마치 옛날이야기를 들려주는 것처럼 아련했다.

시안은 머릿속으로 열두 살짜리 남자애를 하나 그려 보았다. 아이는 당연하게도 남편 강제우와 닮은 모습이다. 소년의 머리카락은 갈색이고, 눈동자도 부드러운 갈색이다. 아직 남자다운 특징이 나타나지 않은 소년은 예쁘다는 말이 어울릴 만큼 선이 곱게 생겼다.

"바다를 좋아했어. 집 근처에 바다가 있었거든. 어릴 때부터 물 근처에서 놀아서, 수영도 꽤 잘했어. 반에서 그 아이가 수영을 제일 잘했지."

다행스러운 것은 이야기 속에서 고통이나 두려움은 느껴지지 않는다는 점이었다. 그저 동화 같은 이야기를 하는 것처럼 들렸다.

바다 수영을 하다가 무시무시한 물고기라도 본 걸까? 해파리에 쏘이기라도 했나?

시안은 어린아이가 바다에서 겪을 수 있는 가벼운 사고들을 떠올려 보았다.

아니면 시안처럼 물에 뛰어들었다가 이안류에 휩쓸리기라도 했나?

"그날은 모래밭에 앉아서 엄마를 기다리고 있었어. 엄마는 근처 수산시장에서 생선을 다듬는 일을 했거든."

그의 어머니가 그런 일을 했을 거라고는 미처 생각지도 못했다. 시안은 옆구리를 주무르며 장난을 쳐 대는 그의 손에 깍지를 꼈다. 그의 손가락은 길고 부드러웠다. 그리고 흠집 하나 없어서 고생이라고는 전혀 해 보지 않은 것 같은 손이었다.

"생선 비린내를 풍기며 안아 주는 엄마가 아이는 무척 좋았어. 엄마는 아이에게 우주였고, 하늘이었고, 바다였어."

그의 이야기 속에 아버지는 없었다. 아버지는 어디에 있냐고 묻고 싶었지만, 그럴 수 없었다. 직감적으로 그의 기분을 거스르는 질문이라는 게 느껴졌다.

"엄마는 그날 유독 지쳐 보였어. 허리에 찬 돈주머니에서 만 원짜리 지폐 석 장이랑 천 원짜리 몇 장, 동전 몇 개를 몽땅 털어서 아이의 손에 쥐여 준 엄마는 잠시 다녀올 곳이 있다고 했어."

불안감이 엄습했다. 그의 목소리에 변화는 없었지만, 기대고 있는 그의 몸이 조금씩 떨리기 시작했다.

"해수욕장 입구에 허름한 구멍가게가 하나 있었어. 근처에 좋은 편의점이 생겨서 주인 할머니가 걱정이 많았지. 하지만 할머니는 아이를 무척 예뻐해 주셨어. 아이는 인사를 잘했거든."

시안은 깍지 낀 손을 끌어다 그의 손등에 입을 맞췄다.

"분명 엄마는 가게 앞 평상에 앉아서 아이스크림 하나를 다 먹고 나면, 돌아올 거라고 아이에게 약속했어. 꼭 찾으러 올 테니까, 어디 가지 말고 기다리라고 했지."

바 테이블에 몸을 기댄 채로 날 찾으러 온 거냐고 물었던 그의 반가운 눈빛이 떠올랐다.

"그런데 아이스크림 하나를 다 먹고 하얀 조개껍데기를 잔뜩 주워 모았는데도 엄마는 오지 않았어."

구멍가게 앞에 서서 아이스크림 빈 껍데기를 들고 엄마를 기다렸을 아이를 생각하니 가슴이 아팠다.

"바다에 나가 봐야 할 것 같았어. 엄마가 기다리라고 했는데, 불안해서 견딜 수가 없었거든. 백사장에 나갔는데, 엄마의 낡은 고무장화랑 앞치마가 모래 위에 놓여 있었어."

심장이 철렁 내려앉았다. 시안은 그에게 몸을 바짝 밀착했다. 손깍지를 풀고 그의 허리를 끌어안았다. 단단한 맨가슴에 얼굴을 기댔다. 그의 살갗에서 바다 냄새가 나는 것 같았다.

"아무리 불러도 엄마는 대답이 없었어. 아이는 엄마가 준 돈을 엄마가 벗어

둔 앞치마 주머니에 넣었어. 돈이 귀했거든. 엄마가 준 돈이 바닷물에 젖으면 안 되니까. 그리고 바다로 뛰어들었어."

그는 이제 약간 고통스러운 것 같았다.

"바닷물 안에 잠긴 엄마가 보였어. 엄마는 수영을 잘했는데, 왜 빠져나오지 못했는지 화가 났어. 엄마의 발목에는 노끈이 묶여 있었어. 그리고 노끈의 반대쪽에는 고기잡이배에서 떨어져 나온 것 같은 녹슨 닻이 묶여 있었고."

가슴이 물속에 잠긴 듯 묵직해졌다.

"아이가 엄마의 손을 아무리 잡아당겨도, 엄마는 꿈쩍도 안 했어. 엄마는 소란스러운 세상이 싫은 것처럼 눈을 꼭 감고 있었고, 몸은 이미 차가웠어. 아이는 울면서 혼자 바다 밖으로 나왔어."

눈물이 맺혀서 눈가가 따끔거리고, 콧등이 매웠다.

"수영을 잘하던 아이가 엄마를 구하지 못해서, 바다 수영을 하지 못하게 된 이야기야."

그의 목소리는 한결같았다. 대신 시안을 끌어안은 팔에는 힘이 잔뜩 들어가 있었다.

시안은 그의 가슴에 묻고 있던 얼굴을 들어 올려 그를 바라보았다. 고개를 쭉 빼고 그의 입술에 가만히 입을 맞췄다. 그는 시안의 키스에 응하지 않고 가만히 있었다. 시안은 입을 벌려 그의 아랫입술을 살살 물었다.

"흐음."

그가 낮게 신음했다. 다리로 그의 허리를 휘감았다. 바닷가 모래밭에서 하얗게 질린 채 시안을 품에 안고 있던 그의 얼굴이 떠오르자, 시안은 그를 더 꽉 끌어안았다.

'내가 만약에 당신을 못 구했으면?'

불안감에 사로잡혀서 마구잡이로 흔들리던 그의 갈색 눈동자가 떠올랐다. 그의 입술을 혀로 핥고 조심스럽게 입 안을 더듬어 들어갔다.

'살려고 발버둥 치지도 않았잖아! 물속에 축 늘어져 있었잖아! 그렇게 떠나도 아무런 상관 없는 사람처럼!'

이 남자한테 내가 대체 무슨 짓을 한 걸까?

그의 매끄러운 등을 부드럽게 어루만졌다. 어떤 말로 위로를 해야 할지, 감이 잡히질 않는다.

시안은 제 옆구리를 만지고 있는 그의 손을 끌어다 봉긋한 가슴 위에 올렸다. 맞물린 그의 입술에 웃음기가 번졌다. 그가 얽혀 있던 혀를 부드럽게 풀었다.

입술을 맞댄 채로 그가 속삭였다.

"섹스로 위안을 얻고 싶지는 않아."

그의 입에서 의외의 말이 흘러나왔다. 시안이 했던 말과 궤를 같이하는 말이기도 했다. 처음을 이렇게 감정적으로 하고 싶지 않다는 말.

몸은 달아오를 만큼 달아올라 있었다. 그가 손으로, 입으로 선사했던 전율을 똑똑히 기억하는 은밀한 곳은 이미 푹 젖어 있었다. 그가 들어오겠다고 하면 얼마든지 맞을 준비가 되어 있었다.

하지만 지금 그와 몸을 섞는다면 분명히 후회할 것이다. 복잡한 상황을 짐승 같은 행위로 무마하는 것은 옳지 않다. 우선 사과부터 해야 했다.

"미안해요."

시안은 전에 없이 따뜻한 온기를 품고 있는 그의 눈동자를 들여다보며 중얼거렸다.

"성시안 씨는 참."

그는 손가락으로 흘러내린 시안의 머리카락을 조심스럽게 쓸어 넘겼다. 그 손길이 너무 부드러워서 눈이 저절로 감겼다.

"사람 열받게 하는 데 뭐 있더라?"

그건 그도 마찬가지라고 맞받아치고 싶었지만, 시안은 아랫입술을 꾹 깨물며 참았다. 그에게 이런 트라우마가 있는 줄 모르고 물에 뛰어든 것은 잘못한 일이다.

"나도 미안해."

그가 조용히 사과하며 시안의 입술에 입을 맞췄다.

"뭐가 미안해요?"

그의 눈동자에 난감한 기색이 어렸다. 일단 짜증을 참아 보려고 애쓰는 표정이다.

"미안하다고 하면 알아들을 것이지, 왜 꼬치꼬치 캐물어? 하고 말하는 것 같네요."

시안은 그가 하고 싶은 말을 대신 해 주었다. 그는 기가 막힌다는 듯이 웃었다. 꽤 재미있어하는 표정이다. 어두운 과거에서 그를 건져 내고 싶었다. 이제 더는 그 속에 갇혀 있지 말라고 말해 주고도 싶었다.

시안은 그의 **뺨**에 가만히 입술을 가져다 댔다.

"캐리어 엉망으로 만든 거."

그가 중얼거렸다. 뾰족해진 눈으로 그를 살짝 흘겨보았다. 붉고 도톰한 입술에 시안의 눈초리가 닿았다가 떨어졌다.

"그리고 화가 난다고 나가서 술을 마신 거."

"그냥 술이 아니죠. 당신이 그리워서 눈물 바람인 여자가 따라 준 술이지."

시안은 제 입으로 내뱉은 말을 주워 담고 싶었다. 세티아가 울었단 말을 그에게 전한 건 좋은 생각이 아닌 것 같았다.

"세티아가, 내가 그리워서 울었다고?"

그가 말도 안 된다는 듯이 미간을 찡그렸다.

"뭔가 오해하고 있나 본데, 세티아는 그런 순애보를 가진 여자가 아니야."

남편의 입에서 흘러나온 여자에 관한 평이 썩 듣기 좋지는 않았다. 여자를 잘 안다는 듯이 말하는 게 싫었다.

"당신은 이런 상황에서도 사람 기분을 잡치는 재주가 있고요."

시안은 그를 등지고 돌아누우려고 했다.

"오해하지 말고 들어. 세티아는 레스토랑에 오는 아무 남자하고 다 자. 나도 그중 하나였고. 당신은 이해 못 하겠지만."

사실 이해 못 하겠다. 아무리 결혼을 했다고 한들, 제대로 알지도 못하는 남자와 첫날밤을 보내려니 두려웠다. 그러니 감정적 유대 없이 몸만 섞는 행위가 어떻게 존재할 수 있는지 이해가 가지 않았다.

섹스는 은밀한 관계다. 정말 사랑하는 사람에게 자신을 내어 주는 행위다. 사랑 없는 결혼을 해 놓고 이런 생각이 가당키나 한 건지 모르겠지만.

"알았어요. 그 얘기는 그만해요."

시안은 그의 말을 막듯이 입을 맞추었다. 눈이 가늘게 휘도록 그가 진한 웃음을 머금었다. 기분이 좋은 모양이다. 그리고 그의 눈에는 졸음이 가득했다.

그는 시안의 귀밑에 얼굴을 묻었다.

깊게 숨을 들이마시는 그는 귀밑에서 바닐라 향을 맡고 있을까?

문득 궁금해졌다. 아이가 엄마를 기다리면서 먹은 아이스크림이 뭐였는지.

"그날 아이는 가게에서 어떤 아이스크림을 먹었어요?"

그는 이런 질문은 생전 처음 받는 듯이 당황했다. 하지만 이내 연하게 웃으며 입을 열었다. 그날을 똑똑히 기억하는 눈빛이다.

그와 조금 가까워진 기분. 그의 입술이 시안의 입술에 부드럽게 닿았다. 그는 입술을 맞댄 채로 속삭였다.

"아주 비싼 바닐라 맛 아이스크림."

그가 붉은 혀를 내밀어 시안의 입술을 가볍게 핥았다. 그는 마치 아이스크림을 먹는 것처럼 부드럽게 입술을 빨았다.

"빵빠레라고 알아?"

입을 맞댄 채 그가 물었다. 키득거리는 웃음이 시안의 입에서 흘러나왔다. 끈적하게 몸을 얽고, 입술을 붙인 채로 아이스크림 이름을 말하는 그의 목소리에는 장난기가 가득했다.

"알아요."

"그 가게에서 그 아이스크림이 제일 비쌌어. 평소에 먹기 힘든 거였는데, 그날은 엄마가 돈을 잔뜩 쥐여 주고 가서 먹을 수 있었고."

그는 이제 아이라는 3인칭 표현을 쓰지 않고, 제 이야기를 털어놓고 있었다.

"그 이후론 그 아이스크림을 먹은 적이 없는데도, 그 맛은 잊히지가 않아."

보드라운 입술이 뺨을 타고 움직여 귀밑에 닿았다. 그는 언제나 그랬던 것처럼 깊이 숨을 들이마셨다.

"여기서 그 바닐라 향이 나. 그립고 달콤한 향. 한없이 기다리게 만드는 향."

그가 살갗을 살짝 빨았다. 시안은 그의 목을 꼭 끌어안았다.

"나는 당신이 어디에 있든 항상 찾으러 갈게요."

그를 위로하고 싶은 마음에 충동적으로 내뱉은 말이었지만, 진심이었다. 그 말이 마음에 드는지 그가 얼른 자세를 바꿔서 시안의 몸 위에 올라탔다. 그의 얼굴에는 웃음이 가득했다.

"대신 약속 하나만 해 줘요."

갈색 눈동자를 들여다보며 속삭였다. 그에게는 쉽지 않은 약속일 수도 있다.

"내가 찾으러 갔을 때, 다른 여자 곁에 있지 않겠다고."

그는 한 여자와의 사랑과 신뢰를 지키기 위해 결혼한 것은 아니었다. 그의 어머니가 죽은 후의 삶이 어땠을지 시안은 알지 못했다. 그러니 난잡한 삶을 살아온 이유도 제대로 파악하기 힘들었다.

평생 살아온 방식을 바꾸는 것은 어려운 일이다. 이미 결혼한 부부가 나누기에는 말이 안 되는 소리였지만, 두 사람이기에 가능한 이야기이기도 했다.

"당신을 위로하고 싶은 만큼, 당신 마음이 편안해졌으면 좋겠어요. 그렇지만 위안은 내 곁에서만 얻었으면 좋겠어요. 이거 욕심이에요?"

시안은 솔직한 심정으로 물었다. 그가 어떤 대답을 해도 받아들일 준비가 되어 있다고 여기며 크게 숨을 들이마셨다.

"노력해 볼게."

그는 이런 약속에 익숙하지 않은 게 분명했다. 그의 가족 중 그 누구도 결혼식에 참석하지 않았다. 어머니는 바다에서 돌아가셨고, 아버지는 아이의 이야기 속에서도 존재하지 않았다.

'외로워서.'

결혼의 이유를 물었을 때, 그가 한 대답이 불쑥 머릿속에 떠올랐다. 그는 진심이었을 것이다.

'날 버리지 않겠다고, 대답해.'

술 취한 그를 버리고 가겠다는 말에 그가 불같이 화를 냈던 모습도 머릿속을 스치고 지나갔다.

열두 살 아이를 버리고 죽음을 택한 어머니에게 받은 상처를 서른세 살이 된 지금도 간직하고 있는 것일까.

묻고 싶은 게 많았지만, 오늘은 그와 조금 가까워진 것에 만족해야겠다는 생각이 들었다.

시안은 엷은 미소를 머금으며 입을 열었다.

"고마워요. 노력해 주겠다고 해서."

그는 시안의 가슴에 얼굴을 묻으며 그녀의 몸을 꽉 끌어안았다. 시안도 그의 보드라운 머리카락을 쓸어 올렸다.

아직 이 남자에 대해 잘 모른다. 그리고 그도 시안을 모르기는 마찬가지다.

분명한 것은 두 사람은 어제보다 조금 더 가까워졌고, 평범하지 않은 결혼을 했다는 사실뿐이었다.

그는 마치 죽은 사람처럼 잤다. 오늘 새벽, 세티아가 방문했을 때 작은 소란에도 깨어났던 게 놀라울 정도다.

정오가 다 되도록 일어나지 않아서 시안은 먼저 조심스럽게 침대를 빠져나왔다. 그와 이야기를 나누다가 새벽 4시쯤 잠이 든 탓에 시안도 늦잠을 잔 것이다. 배가 고팠다. 어제 싸우는 바람에 제대로 된 식사를 하지 못했다.

시안은 냉장고에서 사과를 한 알 꺼내 들었다. 깨끗이 닦아서 한입 베어 물었는데, 껍질에서 떫은맛이 심하게 났다.

칼을 찾으려고 싱크대 문 몇 개를 열어 보다가 포기했다. 이대로는 먹지 못할 것 같은데, 배가 너무 고팠다.

그러다 문득 고개를 돌렸는데, 유리장 안에 들어 있는 과도 하나가 눈에 들어왔다. 크리스털 잔과 양주가 놓인 진열장 안, 유리 접시 위에 있는 칼은 과도가 분명했다.

시안은 칼을 꺼내서 물에 깨끗이 닦은 뒤 사과 껍질을 깎기 시작했다.

"언제 일어났어?"

그가 졸음이 가득한 목소리로 물으며 아일랜드 식탁 앞에 앉아 있는 시안에게 다가왔다. 시안의 관자놀이에 입을 맞춘 그의 시선이 과도에 머물렀다.

"부엌칼이 어디 있는지 모르겠더라고요. 저기 유리장에서 꺼냈어요."

먹기 좋은 크기로 자른 사과를 접시에 내려놓자, 그가 날름 집어 가서는 입에 넣었다.

"그거 아버지 유품이야."

사과를 마저 자르던 시안의 손동작이 일순간 멈췄다. 시안은 맞은편 의자에 앉는 남자의 얼굴을 놀란 눈으로 응시했다.

"내가 그걸로 아버지를 찔렀거든."

시안은 들고 있던 칼을 접시에 떨어뜨렸다. 오른손 엄지에 붉은 피가 맺혔다.

"괜찮아?"

그가 걱정스러운 목소리로 물으며 한달음에 시안의 곁으로 다가왔다. 그는 시안의 손을 잡고는 욕실로 이끌었다. 바닥에 핏방울이 뚝뚝 떨어졌지만, 그는 개의치 않는 것 같았다.

피가 굳기 전에 닦아야지.

시안은 그리 생각하며 욕실로 따라 들어갔다. 그는 흐르는 물에 손가락을 닦고는 상처를 유심히 들여다보았다.

"다행히 깊게 베지는 않았어."

그가 욕실 선반에서 약상자를 꺼냈다. 상처 연고를 짜서 발라 주는 내내 후후, 입바람을 불며 인상을 찡그렸다.

"아파?"

시안은 고개를 내저었다. 통증이 느껴지기는 했지만, 못 견딜 정도는 아니었다. 그는 습식 밴드까지 꼼꼼하게 붙여 준 다음에야 찡그린 미간을 폈다.

"그런 장난은 치지 마요."

시안은 밴드가 붙은 손가락을 요리조리 들여다보며 말했다. 대답이 없다.

고개를 들어 그를 바라보았다. 난감한 얼굴이다. 어떻게 말해야 할지 고민하는 눈빛이기도 했다.

분위기가 묘했다. 견딜 수 없는 긴장감이 전신을 압도했다.

정말 아버지를 칼로 찌르기라도 했다는 소리야?

실없는 장난으로 원치 않는 두려움이 계속되는 게 싫었다. 아무리 장난이 심하다고 해도 이건 아니다.

시안은 한 번 더 힘주어 말했다.

"그런 장난은 치지 말라고요."

"그래, 알겠어."

그가 눈을 한 번 지그시 감았다가 뜨고는 웃었다. 하지만 입가에 고인 미소가 그의 눈동자까지는 닿지 못했다. 뭔가 이상한데 그게 뭔지를 잡아내기엔, 시안은 아직 그를 너무 몰랐다.

"배고파?"

그가 다소 무심한 목소리로 물었다.

"죽겠네요."

"그래서 그렇게 짜증이 났구나."

시안은 욕실을 나서는 그의 뒷모습을 흘겨보았다.

"배고프면 좀 신경질을 내는 것 같아서."

"누구나 배고프면 신경질 나요."

그의 기분을 종잡을 수가 없다. 아버지를 찔렀다고 했다가, 칼에 베인 손가락을 정성 들여 치료해 줬다가, 이제는 배고프면 신경질을 낸다고 장난을 치고 있다.

아무래도 그에게 적응하는 데는 예상했던 것보다 시간이 더 오래 걸릴 것 같다. 하긴 죽도록 사랑해서 결혼한 부부도 평생 서로를 온전히 이해하지 못한다고 하니까, 굳이 그를 이해하려고 노력할 필요는 없다. 그저 있는 그대로 그를 받아들이면 된다.

아이들에게 음악을 가르치다 보면 바꿀 수 없는 고유의 성격적 특성이 있다는 것을 알게 된다. 그걸 고치려고 들면 교육은 실패한다. 아이의 성격에 맞추어 음악을 쉽게 받아들일 수 있도록 이끄는 것이 음악 교사인 시안의 역할이었다.

그런데 왜 자꾸 이 남자를 아이에 비유하게 될까.

"나가자."

식사하러 나가자는 그의 말에 이번에는 어떤 여자가 있는 곳이냐고 물으려다가 참았다. 애쓰는 그에게 실없는 장난을 쳐서 분위기를 망치면 안 되니까.

"어디 갈 거예요?"

그의 눈가에 장난기가 어리는 게 느껴졌다.

"하지 마요!"

시안이 단호하게 고개를 내저었다.

"내가 뭘 했다고 하지 말래?"

"방금 하려고 했던 거!"

그가 시안의 허리에 손을 얹으며 다가왔다. 시안은 자연스레 뒷걸음질 치고 있었다.

"내가 뭘 하려고 했는데?"

그냥 말하게 둘 걸 그랬나 보다.

"정말 한시도 가만히 있질 못하는 이상한 성격이야."

"가정 교육을 제대로 못 받아서 그래."

그가 빙글거리며 대답했다.

"그런 식으로 대답하는 건 반칙이에요."

불우했던 어린 시절을 들먹이며 입술을 삐죽 내미는 그의 눈빛은 뻔뻔하기 그지없었다.

"어딜 갈 거냐고 물어서 대답하려고 했더니, 하지 말라고 한 게 누군데 이래?"

"헛소리하려고 준비하는 게 보이니까……."

"아닌데?"

"뭐라고 대답할 생각이었는데요?"

당했다. 말려들었다고 생각한 순간 이미 늦었다. 그가 시안에게서 눈을 떼지 않은 채 장난기를 가득 머금은 눈빛으로 다가왔다. 시안은 상체를 뒤로 물리며 어깨를 움츠렸다.

"나도 처음 가 보는 곳이라, 모르는 사람만 있을 거라고. 세티아 같은 여자는."

시안은 욕실 안으로 내빼며 그의 얼굴 앞에서 문을 확 닫아 버렸다. 문밖에서 키득거리는 소리가 들렸다. 속이 부글부글 끓어오르는데 웃음이 비어져 나왔다.

미치지 않고서야, 저런 장난에 웃음이 나와?

시안은 뜨거운 물줄기 아래 서서 느긋하게 샤워를 했다. 어제 싸우고 나서 혼자서 느긋하게 긴장을 풀 시간이 없었다.

샤워를 마치고 나가서 드레스 룸 거울 앞에 섰다. 전신 거울 옆 옷걸이에는 진녹색 나뭇잎 무늬가 화려한 민소매 원피스가 걸려 있었다.

미안하다고 사과하기는 했지만, 시안이 챙겨 온 옷이 하나같이 포대 자루 같다는 그의 의견에는 변함이 없어 보였다.

옷을 갈아입으려고 배스가운을 벗었을 때였다.

"왜 이렇게 오래 걸려?"

드레스 룸에 들어오던 그가 시안을 발견하고는 선 채로 굳어 버렸다.

제우는 드레스 룸 입구에 멈춰 섰다. 민소매 드레스를 손에 들고 있는 그녀는 속옷 차림이었다. 심심한 하얀색 몰드 속옷만 입던 그녀의 몸에 레이스 조각이 달라붙어 있었다.

풍만한 가슴을 받치고 있는 살구색 레이스와 손바닥보다도 작은 역삼각형 팬티는 그녀의 아름다운 몸과 어울려 세필로 그려 놓은 그림 같았다.

마른침이 꿀꺽 넘어갔다. 벗은 몸을 처음 보는 것도 아닌데, 현기증이 날 정도로 취하는 기분이다.

제우를 상대했던 여자들은 다양한 직업을 가지고 있었다. 모델도 그중 하나였다. 아찔한 비율의 몸을 가진 여자는 쌔고 쌨다.

그런데 아내의 몸은 마치 제우의 취향에 딱 맞게 빚어 놓은 것처럼 매혹적이다.

"이 속옷이요?"

넋을 놓고 바라보는 게 속옷 때문이라고 생각하나 보다. 물론 틀린 말은 아니다. 그녀의 몸이 훌륭하다는 것은 알고 있었지만, 이 정도로 흥분한 적은 없었다. 레이스 속옷이 불러일으킨 환상일지도.

"신혼여행 오기 전에 산 거예요."

얼굴이 붉게 달아오른 그녀는 속옷을 내려다보며 변명을 하고 있었다. 그러면서 민소매 원피스로 풍만한 몸을 슬쩍 가렸다. 마음 같아서는 시야를 방해하는 원피스를 빼앗아서 던져 버리고 싶다.

그녀의 곁으로 성큼 다가섰다. 여태 멍청하게 서 있었다는 사실도 이제야 깨달았다.

"이것도 별로예요?"

그녀는 이 속옷마저 마음에 들지 않는 거냐며 물었다.

"글쎄요."

이런 상황에서 친절히 대답하는 데 익숙하지 않다. 이 여자는 항상 익숙하지 않은 상황을 만들어서 제우를 당황하게 만든다.

과거의 제우였다면 벗은 여자를 보고 몸이 동한 즉시 속옷을 찢어발기고는 속살을 파고들었을 것이다. 그리고 배설의 욕구가 충족되면 그걸로 끝이었다.

대체 무슨 짓을 벌이고 있는 거야, 성시안은.

그녀는 자꾸만 제우를 머뭇거리게 했고, 생각하게 만들었다. 그리고 그 생각을 실토하게도 했다. 새벽녘 그녀에게 어머니 이야기를 꺼낸 게 자꾸만 후회됐다. 이제껏 누군가 바다 수영이 왜 싫으냐고 물으면 그냥 성가시다고 대답해 왔었다.

그리고 아버지를 찌른 칼을 들고 있는 그녀에게 멍청한 장난을 친 것도 후회

되기는 마찬가지였다. 제우는 아버지를 죽이지 않았다. 하지만 칼로 찌른 그날부터, 제우의 인생에서 아버지는 죽은 사람이나 다름없었다.

복잡해지는 건 딱 질색이다. 누군가 자신의 과거를 불쌍히 여기는 것도 싫었다.

이 여자도 지금 나를 불쌍하게 여기고 있을까?

과거 이야기를 듣고 제우를 불쌍히 여기지 않았던 사람은 아제딘이 유일했다. 그녀는 그것조차도 그의 능력을 끌어낼 수 있는 좋은 소스라며 제우를 격려해 주었다. 그래서 제우는 아제딘을 신뢰했다.

"마음에 안 들면 다른 걸 입을까요?"

그녀가 캐리어를 뒤지더니 연분홍색 파우치를 하나 꺼냈다. 어이가 없어서 웃음도 나오지 않았다.

파우치 안에는 그와 비슷한 레이스 속옷이 잔뜩 들어 있었다. 빨간색, 검은색, 하얀색, 초록색, 남색…… 색깔과 레이스 패턴은 다 달랐지만, 하나같이 야했다.

그녀는 제우에게 직접 골라 보라는 듯이 눈을 치떴다.

이 여자는 대체 뭐지?

지금 야한 장난질을 벌이고 있는 것인지, 진심으로 제우의 호불호를 묻고 있는 것인지 헷갈린다. 그런데 장난이건, 진심이건 그녀의 언행은 제우의 심신을 열심히 자극하고 있었다. 색깔별로 그녀가 입은 모습을 상상할 때마다 허리 아래가 뻐근했다.

팽팽하게 부풀어 오른 것을 그녀는 알까?

제우는 그녀에게 한 발짝 가까이 다가갔다. 그녀는 눈썹 머리를 모은 채 제우를 올려다보았다. 원피스가 구명줄이라도 되는 것처럼 꼭 움켜쥐고 있는 모습이 귀엽다.

그녀의 맨허리를 손으로 감싸자, 마른침이 꿀꺽 넘어갔다. 그녀는 이제 두 뺨뿐 아니라 귓불까지 붉어져 있었다. 고개를 내려 그녀의 입술을 집어삼키려다가 귀밑에 얼굴을 파묻었다.

향긋하고 달콤한 몸 냄새에 머릿속이 아찔해진다. 허리를 어루만지는 손끝에 레이스 팬티 끝이 걸리적거렸다. 손을 더 아래로 내렸다. 풍만한 굴곡을 지나서 속옷을 젖히고 틈을 파고들었다.

"흐응."

그녀가 제우의 목에 코와 입술을 비비며 작게 신음했다. 앓는 소리가 듣기 좋았다. 그녀가 더 격렬한 반응을 보였으면 좋겠다. 제우의 목을 끌어안고 매달리며 허리를 휘는 그녀의 안달 난 몸이 보고 싶다.

"하아."

호흡이 거칠어졌다. 키스를 한 것도 아니고, 발가벗고 있는 것도 아니었다. 옷을 다 입은 채로 그저 부둥켜안고 있을 뿐인데도 제우는 몸이 너무 뜨거워서 아플 지경이다.

"아아! 거기!"

그녀가 뜻밖의 말을 내지르며 더운 숨을 몰아쉬었다. 제우는 그녀의 목덜미에 묻고 있던 얼굴을 들어 올려 붉은 눈초리를 내려다보았다. 물길을 헤집는 손길도 잠시 멈추었다.

왜 멈추냐고 묻는 듯한 그녀의 얼굴에 맺힌 희미한 짜증과 열기가 마음에 든다.

"말하라면서요."

그녀가 변명하듯 중얼거렸다. 예쁜 입술 새로 흘러나오는 숨결이 달콤했다. 제우의 입가에 미소가 고였다.

그랬지, 그랬었다.

뭐가 좋은지 알 수 없으니 말해 보라고 그녀를 괴롭혔었다. 그녀는 제우의 말을 기억하고 있다는 듯이 충실하게 알려 주고 있는 거였다.

손가락을 한 번 크게 돌리자, 그녀가 미간을 찡그리며 입을 벌렸다. 벌어진 입술 새를 파고들었다. 아랫배에서 달콤한 소용돌이가 스멀스멀 일어났다.

그녀는 이제 제우를 만족시키는 키스에도 제법 능숙했다.

아니지, 말은 바로 해야지.

키스에 능숙하지 않았던 시절에도 그녀는 제우를 달뜨게 하는 재주가 있었다. 조수석에 앉은 그녀에게 처음 키스했을 때, 어설프게 가쁜 숨을 내뱉는 그녀의 모습에 바지 앞섶이 터질 것처럼 불룩해졌다는 걸 그녀는 상상조차 하지 못할 것이다.

"으응. 으으음."

여린 신음이 입 안으로 쉴 새 없이 흘러들었다. 목덜미를 잡고 있는 그녀의 손이 파르르 떨렸다. 손아귀에서 힘이 빠지는 게 느껴졌다.

"하아. 하아."

그녀가 받은 숨을 몰아쉬었다.

"이러다 손가락 끊어지겠어."

제우의 목소리도 쉬어 있기는 마찬가지였다. 안이 요동치고 있었다. 굵직한 손가락을 끊어 내기라도 할 것처럼 빡빡하게 조였다.

그녀는 신음조차 내뱉지 못하고 숨을 헐떡거렸다. 제우는 단내 나는 숨결이 흘러나오는 붉은 입술을 제 입으로 가만히 눌렀다.

몸을 바르르 떠는 그녀에게서 짙은 바닐라 향이 물씬 풍겼다. 아래가 바짝 당기다 못해 통증이 느껴질 정도였다.

그녀가 준비되는 동안 화장실에라도 다녀와야겠다. 아내를 두고 혼자 지랄하는 꼴이 사납기는 했지만, 그녀를 아프게 하고 싶지는 않았다.

아프게 하고 싶지 않다고, 제정신인가?

제 생각이 그저 놀라울 따름이다. 그런데 더 놀라운 일은 지금부터다. 걸리적거리는 소리가 나서 고개를 내려 보니, 그녀가 벨트 버클을 풀고 있었다.

제우는 뭐 하는 짓이냐고 묻듯이 그녀를 내려다보았다. 생각했던 것보다 당차기는 했지만, 이렇게 적극적인 여자는 아니었다.

며칠 동안 하얗고 밋밋한 속옷만 입다가, 오늘은 속옷을 바꿔 입은 것도 그렇고, 안 하던 짓을 하는 것도 그렇고.

갑자기 기분이 이상해지기 시작했다. 느닷없이 바뀐 그녀의 행동이 제우의 심기를 거스르는 트리거가 된 듯했다.

"뭐야, 왜 이래?"

의도했던 것보다 훨씬 차가운 목소리가 불쑥 튀어나왔다.

"나도 당신한테 해 주고 싶어서요."

그녀가 속삭이듯 작은 목소리로 말했다. 심장이 불안정하게 날뛰었다.

갑자기, 왜? 내가 어제 과거 이야기를 했다고, 나랑 가까워졌단 생각이 들어서 덤비는 거야?

제우는 속옷 밴드를 어설프게 쓰다듬는 그녀의 손을 '탁' 쳐 냈다. 그녀가 놀란 눈으로 올려다보았다.

"뭐 하는 짓이야? 내가 불쌍해?"

정리되지 않은 날것 그대로의 질문이 툭 튀어나왔다. 그녀는 이해할 수 없다는 듯이 미간을 찡그렸다.

그녀에게서 한 걸음 물러섰다. 화가 머리끝까지 치솟아서 정수리가 간질거렸다. 머리카락을 쥐어뜯을 듯이 손가락으로 빗어 넘겼다. 누군가는 피해망상이라고 손가락질할지도 모른다.

하지만 제우는 이런 상황들을 숱하게 겪어 왔다. 과거를 털어놓고 나면 특별한 사이라도 된 것처럼 호들갑을 떠는 사람들, 잘해 주는 척하면서 그의 불행을 자신들의 위안으로 삼는, 불행 포르노에 중독된 인간들과의 관계가 어떻게 끝이 났는지 똑똑히 기억한다.

그녀도 보통 사람이다. 어머니의 죽음을 괜히 이야기했다. 아내가 저를 불쌍하게 여기는 것은 견딜 수가 없다.

"갑자기 그게 무슨 소리예요?"

그녀의 얼굴에는 절정의 여운과 분노의 기미가 어지러이 뒤섞여 있었다. 제우는 시치미를 뚝 떼는 그녀에게 성큼 다가섰다. 위협적으로 굴려고 한 것은 아닌데, 그녀가 겁먹은 듯 어깨를 움츠렸다.

"내가 어제 불행 서사를 좀 읊었다고 해서, 내가 만만해 보였어? 불쌍해서 한번 만져 주겠다, 이거야?"

삐뚤어진 말이 거침없이 흘러나왔다. 제우는 손가락으로 그녀의 어깨 위 속옷 끈을 한 번 튕겼다. 예쁜 얼굴에 고인 분노가 점차 진해졌다. 하지만 제우는 비뚤어진 노여움을 제어할 수가 없었다.

"그래서 안 하던 짓을 하는 거지? 이런 것까지 꺼내 입고."

"잘 보이고 싶었어요."

그녀의 목소리에서 물기가 흥건히 배어났다.

"뭐?"

제우는 알아들을 수 없는 말을 들었다는 듯이 되물었다.

"내 남편한테 예쁘게 보이고 싶었다고요!"

붉어진 뺨을 타고 눈물 한 방울이 굴러떨어졌다.

우는 건 딱 질색이다. 그런데 그녀의 눈물이 낙하하는 순간, 누군가 제우의 심장도 바닥으로 내동댕이친 듯한 기분이 들었다. 그녀는 자존심이 상한 듯 얼굴을 구기며 돌아섰다.

거울을 통해 그녀가 울고 있는 모습이 보였다. 어깨를 가느다랗게 떠는 그녀에게 다가가지 못하고 머뭇거렸다.

당황스러워서 입조차 뗄 수가 없었다.

"어제 우리 처음으로 싸웠잖아요. 당신이 그런 이야기 하기 전까지 몰랐다고 해도, 나는 당신 앞에서 바닷물에 뛰어들기까지 했어. 그래서 미안했다고요. 당신은 나 때문에 그 아픈 이야기까지 꺼냈잖아요? 그래서 또 미안했고!"

그녀는 손등으로 뺨을 한 번 훔치고는 말을 이었다.

"오늘은 기분 좋게 보내고 싶었어요. 신혼여행답게, 당신이랑 행복하게 보내고 싶었다고. 예쁘게 보이고도 싶었고, 첫날은 이런 속옷 꺼내 입을 용기조차 없었어요."

그런데 오늘은 제우에게 예쁘게 보이고 싶어서 용기를 내 야한 속옷을 꺼내 입었다는 말이었다. 불행 포르노를 떠올리며 극한으로 치닫던 머릿속이 잠잠해지기 시작했다.

"나는 세티아나 다른 여자들처럼 못 해요. 어떻게 해야 남자들이 좋아하는지 잘 모른다고요. 어떻게 만족시켜야 하는지도 모르고."

자존심이 꽤 상한 눈치다.

"내가 당신 기분을 잡친 건 미안하게 생각해요. 그런데 날 그렇게 못된 년 취급 한 건 사과해 줬으면 좋겠어요. 불쌍해서 그랬냐고요?"

내내 등을 보이던 그녀가 대뜸 돌아섰다.

"불쌍해서 한번 만져 주려고 했냐고요? 내가 그렇게 적선하는 데 익숙한 사람처럼 보여요?"

까만 눈동자에 또다시 눈물이 가득 고였다.

그녀가 그런 적선에 익숙한 사람처럼 보이느냐고?

아니다. 그녀는 남자를 위로한답시고 몸을 내어 줄 여자가 아니었다. 그래서 어제 침대에서 그녀가 제우를 꼭 끌어안았을 때, 그렇게 말했었다.

'섹스로 위안을 얻고 싶지는 않아.'

진심이었다. 그리고 첫 관계를 감정적으로 치르고 싶지 않다는 그녀의 뜻에 동의한다는 말이기도 했다.

침대에서 안온하게 몸을 붙이고 있을 때만 해도 이토록 정상적인 사고를 해 놓고선, 오늘은 왜 또 폭주해 버린 걸까?

제우는 스스로도 이해할 수 없는 분노를 사람들에게 터뜨리는 경우가 종종 있었지만, 왜 그런지는 깊이 생각해 본 적이 없었다. 고민할 만큼 충실한 인간관계도 없었으니까, 가치 없는 의문이었다.

그런데 지금은 후회가 밀려들었다. 기분 좋게 그녀의 손길을 받으면 될 일이었다.

낯설다. 이런 후회도, 울고 있는 여자를 안아서 달래 주고 싶은 기분도.

하지만 제우는 섣불리 다가서지 못하고 머뭇거렸다. 만약 그녀가 제우의 손길을 뿌리친다면, 또 미쳐서 날뛰게 될지도 모를 일이다.

두려운가? 그녀가 손길을 피할까 봐?

그녀는 온몸을 부들부들 떨며 울고 있었다. 이 상황을 어떻게 벗어나야 하는지 난감했다.

섹스하고, 돌아서고.

여자들과의 관계에서는 그게 전부였다. 품에 안을 필요도, 비위를 맞출 이유도 없었다.

제우가 꿈쩍도 하지 않고 아무런 말도 하지 않자, 끝내 그녀는 자포자기한 듯 한숨을 푹 내쉬었다.

"얼른 준비할게요."

새벽녘 침대 위에서 나눈 대화는 친밀했다. 그런데 지금은 그녀와의 거리가 또다시 벌어진 기분이다.

"그래."

제우는 딱딱하게 대꾸하고는 드레스 룸을 나서며 바지 앞섶을 정리했다.

폭풍우가 지나간 듯 적막한 드레스 룸에 홀로 남겨진 시안은 물티슈로 얼굴을 닦아 내고 다시 기초 화장품을 발랐다. 공들여 화장할 생각은 없었는데, 우는 바람에 빨개진 눈을 감추려면 눈 화장은 해야 할 것 같았다.

가슴속이 엉망진창으로 휘몰아쳤다. 주변이 고요한데도 머릿속은 시끄러웠다.

그는 꼭 아이 같았다. 몸만 어른처럼 커다랄 뿐 벌어진 상처를 바라보며 어쩔 줄 몰라서 온몸으로 울부짖는 아이.

사범대 음악교육학과 학생이었던 시절, 아르바이트 삼아서 개인 교사를 시작하며 처음 만났던 아이가 딱 저런 성격이었다. 아이의 부모는 무척 엄했고, 아이가 칭찬받을 만한 행동을 했을 때만 선택적으로 사랑을 주었다.

피아노 수업 시간은 고역이었다. 아이의 엄마는 시안의 곁에 서서 아이가 연주를 틀릴 때마다 소리를 고래고래 질렀다.

아이 엄마가 속한 회사 이사회 모임 때문에 수업에 참관하지 못한 날이었다. 피아노 연주를 틀린 아이는 흠칫 놀란 눈으로 시안을 바라보았다.

'괜찮아, 다시 해 볼까?'

시안이 상냥하게 물은 말에 아이는 화를 냈다.

'틀렸잖아요! 다시 하는 게 무슨 소용이에요! 내가 틀렸잖아! 선생님도 내가 구제 불

능이라고 생각하고 있죠?'

모든 사람이 자신을 구제 불능이라고 평가할 거라는 강박에 사로잡힌 아이는 연주 한 번 틀린 걸 가지고 자책하며 분노했었다.

그는 과거의 이야기를 털어놓은 것을 후회하고 있는 것처럼 보였다. 자신이 틀렸다고 생각하고 자책하고 있는 것처럼 느껴졌다.

그의 이야기를 들은 사람들은 하나같이 그를 불쌍하게 여겼을 것이다. 측은하고 안쓰러운 이야기는 맞았다. 그런 반응들이 그에게 상처가 된다는 것을 그들은 몰랐을 뿐이다. 어쩌면 상처가 될 줄 알면서도 부추긴 나쁜 사람들도 있었을 것이다.

시안도 그의 이야기를 듣고 마음이 아팠다. 그가 어떤 삶을 살아왔는지 더 묻고 싶었다. 하지만 이제 그는 시안에게 과거 이야기를 해 줄 것 같지 않았다.

이런 이유로 그는 인스턴트 같은 만남을 고집했을까?

어디까지나 가설일 뿐이다. 지금까지 겪어 온 그의 삶을 향한 가설. 그 누구의 삶도 함부로 판단되거나, 섣불리 저울질당해서는 안 된다.

시안은 이제 더는 자신의 제자가 아닌 아이와 닮은 그의 분노를 머릿속에서 지워 냈다. 눈 화장을 마치고, 붉은빛이 도는 립밤을 바르고 난 뒤 산뜻한 미소를 머금으려 애쓰며 드레스 룸을 나섰다.

그는 응접실에서 라피아 모자를 들고 서 있었다. 챙이 넓고, 머리 둘레를 따라서 초록색 공단 리본이 묶여 있는 것을 보니 시안에게 씌워 주려고 기다리는 눈치였다.

"진심이에요?"

시안이 묻자, 그가 어설프게 웃었다.

"그 복장에 그 모자는 좀 아니지 않나?"

허리에 손을 올리며 장난스럽게 덧붙여 묻자, 그의 입가에 고인 미소가 조금 더 진해졌다. 어색함이 좀 풀어졌는지, 그가 성큼 다가왔다.

"내가 쓸 건 아니라고."

그가 시안의 머리 위에 모자를 살포시 씌워 주었다. 너른 챙이 드리우자 그의 잘생긴 얼굴이 보이지 않았다.

시안은 고개를 뒤로 바짝 젖혔다. 모자가 떨어질세라 손을 올려 챙을 잡았다. 그의 입술이 부지불식간에 시안의 입술을 집어삼켰다.

그를 향한 행동을 조심해야겠다고 생각했다. 조금 더 웃고, 조금 덜 자극하자고 마음먹고 드레스 룸을 나선 참이었다. 그런데 복잡한 고민 따위 훌훌 날려 버릴 만큼 그의 키스는 따뜻하고 달콤했다. 입술이 부드럽게 멀어졌다.

"이제 나갈까?"

그가 시안의 입술에 제 입술을 대고 매혹적인 목소리로 물었다.

"잠시만."

시안은 그를 등지고 돌아섰다. 그러곤 고개만 돌려 어깨 너머로 그를 올려다보았다.

"이것 좀 올려 줘요."

제우는 벌어진 지퍼 사이로 드러난 그녀의 맨등을 내려다보며 열이 오르는 것을 느꼈다.

"응?"

그녀가 속눈썹을 팔랑이며 재촉했다. 화장을 했는지 반짝이가 달라붙은 그녀의 눈꺼풀 때문에 검은 눈동자가 더욱 그윽해 보였다.

"옷이 잘 맞을 줄 알았는데, 좀 작은 것 같네?"

지퍼를 잡고 천천히 올리며 물었다.

"작은 거 아니거든요! 원래 이렇게 타이트하게 입는 옷이야."

그녀가 자신이 뚱뚱한 게 아니라고 변명하는 것처럼 들렸다.

"아니, 그런 의미가 아니라."

제우는 지퍼를 다 올리고는 드러난 그녀의 목덜미에 살짝 입을 맞췄다. 지퍼가 끝나는 곳에는 가까이에서 봐야 보이는 작은 점이 하나 있었다.

그녀는 여기에 점이 있다는 사실을 알까?

"그럼 뭐요?"

그녀가 툴툴거렸다.

“어떤 여자들을 만났는지 모르겠지만, 이 정도면 날씬한 거거든요?”

지퍼를 올린 손으로 그녀의 척추를 훑고 내려가, 허리를 끌어안았다. 그녀가 얕은 숨을 들이켜는 게 느껴졌다.

“이게 이렇게 클 줄은 몰랐다고.”

고개를 숙여 귓불을 깨물며 가슴을 와락 움켜잡았다가 얼른 놓았다. 놀라서 바르르 떨리는 몸이 좋다. 뒤로 한 발짝 물러서자 그녀가 대뜸 돌아보았다.

눈을 뾰족하게 만들려고 애쓰는 듯 보였지만, 그녀의 입가에는 이미 천진한 웃음기가 번지고 있었다. 그녀의 순한 즐거움이 제게로 옮기를 바라며 제우는 그녀의 입술을 한 번 더 가볍게 머금었다. 입술 사이에 혀를 집어넣으려는데, 작은 손이 가슴을 슬쩍 밀어 냈다.

“안 나갈 거예요?”

입술을 붙인 채로 그녀가 속삭였다.

“그냥 여기 있을까? 라면도 있기는 해.”

이번에는 입가의 웃음기를 지운 그녀가 제우를 노려보았다.

“나가자고요!”

채근하는 그녀의 손을 붙들고 나오는데, 주머니에서 휴대전화가 줄기차게 울려 댔다.

“누군데 계속 전화해요?”

그녀는 왜 자기 앞에서 전화를 피하냐는 듯이 불안한 눈빛이었다.

“에이전트.”

“그럼, 받아야죠.”

그녀를 안심시켜 주고 싶은 마음이 들었다. 늘 에이전트와 통화할 때는 자리를 피해 조용한 곳으로 향했었다. 하지만 이제 제우는 거리낄 게 없다는 듯이 전화를 받았다.

“어, 아제딘.”

4화

PASSIONATO

그의 입에서 흘러나온 이름은 세티아가 경고했던 것과 같은 이름이었다.

'당신이 정말 조심해야 할 사람은 아제딘 그 여자가 진짜야.'

세티아가 모르고 지껄인 소리일 수도 있다. 그녀는 자신이 몸을 섞은 남자가 결혼했다는 걸 알고 그의 아내를 괴롭히기 위해 이 집에 왔을 것이다.

눈물이 그렁그렁한 눈으로 그가 벗어 놓은 티셔츠를 집어 들던 세티아의 모습이 자꾸만 눈앞에 아른거렸다.

한숨이 저절로 흘러나왔다. 세티아나 아제딘이나 혼란스럽기는 마찬가지다.

"왜?"

그가 송화구를 멀리 떨어뜨리며 물었다. 잘생긴 얼굴에 걱정이 어려 있다.

지금 내 남편은 여기, 내 손을 꼭 잡은 채로 서서 나를 걱정하고 있잖아?

시안은 애써 미소를 머금으며 아무것도 아니라는 듯이 고개를 내저었다.

"아니. 당분간 일할 생각 없어."

수화기 너머 아제딘을 대하는 그의 말투는 다정했다. 그가 자신이 아닌 누군가를 더 다정하게 대하는 모습을 발견하게 될 거라고는 미처 예상하지 못했다.

아내뿐만 아니라 모든 사람에게 악역을 자처하는 성격일지도 모른다고 여겼다. 보통의 상황을 저 좋을 대로만 해석하는 경향이 두드러졌고, 사과와 화해를 청할 때도 평범함과는 거리가 멀었다.

그런 그가 너무도 일반적인 모습으로 아제딘이라는 여자와 통화를 하고 있었다.

"하아, 아제딘!"

그가 한숨을 몰아쉬며 웃었다. 유쾌하게 들리는 그의 웃음소리가 시안의 심장을 불안하게 관통했다.

"지금 신혼여행 중이라고! 좀 봐줘."

대체 아제딘이 그를 어떻게 구워삶고 있는 것인지, 그는 급기야 않는 소리까지 해 댔다. 시안은 점점 기분이 가라앉는 것만 같았다.

'아제딘, 그 여자가 진짜야.'

경고를 건네던 세티아의 목소리가 망령처럼 주변을 떠돌고 있는 기분이다. 저택을 나선 그는 대문 안쪽에 세워진 차를 턱짓으로 가리켰다.

내내 웃음을 머금고 있는 남편의 잘생긴 얼굴을 쳐다보고 있다는 것도 깨닫지 못했다. 그의 턱짓을 따라 시선을 옮기자 잘빠진 오픈카 한 대가 눈에 들어왔다.

은은한 펄감이 반짝거리는 하얀색 2인용 오픈카의 시트는 짙은 노란색이었다. 그는 고개를 기울이며 옆얼굴과 어깨 사이에 휴대전화를 끼고는, 시안을 번쩍 안아 들었다.

"꺅!"

넋 놓고 있다가, 발이 둥둥 떠올라서 새된 비명이 터져 나왔다.

"응? 시안이랑 점심 먹으러 나가려고."

그가 누군가에게 자신의 이름을 친근하게 부르는 소리가 무척 다정하게 느껴졌다. 아마도 상대가 그를 편안하게 해 주어서 나온 호칭일 것이다.

그는 번쩍 안아 올린 시안을 조수석에 앉혔다.

차 문을 열고 얌전히 올라타게 하면 안 되는 거였나?

장난기 가득한 눈이 시안을 내려다보았다. 그가 눈썹을 치켜올리며 눈짓으로 아래를 가리켰다. 그의 시선이 향한 곳으로 고개를 내린 시안은 화들짝 놀라고 말았다.

원피스 치맛단이 발라당 뒤집혀서 허벅지가 훤히 드러나 있었다. 얼른 치마를 잡아 내리려는데 그의 손이 불쑥 다가왔다.

그는 간지럼을 태우듯 살갗을 와르르 훑었다.

"꺅!"

비명이 터진 입을 막으려는 순간, 그의 입술이 시안의 입술을 순식간에 집어삼켰다.

— 강제우, 듣고 있어?

그의 휴대전화가 가까운 곳에 있었다. 확인하듯 묻는 여자의 목소리에는 불만이 가득했다.

"음."

그는 시안의 입술을 입에 문 채 대꾸했다.

— 한 번만 하자고, 나랑. 응?

여자의 질문이 지나치게 야하게 들리는 것은 기분 탓일까?

그녀는 마치 잠자리를 조르는 연인처럼 앓는 소리를 내고 있었다. 여자가 원하는 건 그가 아닌 그의 작품이라는 것을 안다. 하지만 기분이 걷잡을 수 없이 나빠지는 것은 막기가 어려웠다.

시안은 그의 어깨를 밀어 내며 고개를 피해 버렸다. 다른 여자와 통화하면서 장난치듯 키스를 나누는 것도 이상했다.

"신혼여행에서 돌아가면 생각해 볼게."

그가 조수석으로 뛰어들 듯이 점프해서는 운전석에 안착했다. 그는 기분이 날아갈 듯 좋은 모양이다.

— 그 빌어먹을 신혼여행은 대체 언제 끝나는데!

휴대전화 너머의 여자가 버럭 소리를 질러 댔다. 당연히 그 목소리는 시안에게도 들려왔다. 시안은 손을 뻗어 둘 사이를 방해하고 있는 휴대전화를 그에게서 빼앗았다. 냅다 집어 던지고 싶은 마음마저 들었지만, 그렇게 과격한 짓을 하는 건 시안답지 않았다.

대신 시안은 차분한 목소리로 전화를 받았다.

"안녕하세요? 신혼여행 중이라는 걸 아실 텐데도, 전화를 자주 하시네요? 제 남편이 급한 일을 그르친 걸까요?"

시안이 걱정스럽다는 듯이 물었다. 그는 입을 쩍 벌리고는 놀랍다는 듯이 시안을 바라보고 있었다. 놀라기는 했지만, 기분이 나쁜 눈치는 아니었다. 그의 갈색 눈동자가 호기심으로 반짝거렸다.

― 누구? 성시안 씨?

"그럼 누구겠어요. 신혼여행 중인데."

여자는 잠시 침묵했다.

"제 남편한테는 휴식이 필요해요. 신혼여행 중에는 방해하지 말아 줬으면 좋겠어요."

시안은 일반적으로 아내가 할 수 있는 말을 전했다. 정중한 어조였지만, 반감은 느껴지도록 목소리 톤에 힘을 주었다.

― 화가 강제우가 신작을 발표하지 않은 지 얼마나 됐는지 알아요?

여자가 딱딱하게 물었다. 아제딘은 자신이 누군지 소개하는 말도, 결혼을 축하한다는 흔한 인사조차도 건네지 않았다. 마치 시안이 그의 커리어를 망치고 있다는 듯이 탓하는 어조였다.

"그건 잘 모르지만, 이 사람한테 휴식이 필요하다는 것쯤은 알아요. 화가로서의 커리어도 중요하지만, 나는 내 남편이 지금 인생에서 얼마나 중요한 시간을 보내고 있는지 알거든요."

시안을 바라보는 그의 시선이 더욱 깊어졌다.

"이만 끊을게요. 남편이 지금 절 잡아먹을 듯이 쳐다보고 있거든요."

아제딘의 대답은 듣지 않고 전화를 끊어 버렸다. 휴대전화를 건네주려는데, 그가 참을 수 없다는 듯이 웃음을 터뜨렸다. 유쾌한 웃음소리가 저택 정원을 왕왕 울렸다. 시원한 바람이 불어와 시안의 모자를 자꾸만 들췄다.

"뭐가 그렇게 재미있어요?"

그가 눈가에서 눈물까지 찍어 내며 숨을 골랐다.

"지금 아제딘이 얼마나 황당한 얼굴을 하고 있을지 생각하니까 너무 웃겨서."

시안이 한 행동이 기가 막혀서 웃음이 터진 게 아니었다. 어디에 있는지도 모르는 여자의 얼굴을 떠올리며 즐거워하는 거였다.

"되게 웃기네요."

비아냥거리는 말이 툭 튀어나왔다.

"내 전화는 당신이 가지고 있어요."

그가 차에 시동을 걸며 말했다. 통화의 여파로 손에 쥔 그의 휴대전화가 뜨거웠다.

"왜요?"

시안이 의문 가득한 시선으로 그를 흘끗 보았다.

"나보다는 당신이 전화 통화에 더 소질이 있는 것 같아서."

이상한 핑계였다. 하지만 남편의 휴대전화를 손에 쥐고 있는 게 그리 나쁘지만은 않다는 생각이 들었다. 시안이 이걸 갖고 있는 동안에는 아제딘과 그가 통화할 일은 없을 테니까.

"알았어요. 필요하면 말해요."

시안은 하얀색 핸드백 안에 휴대전화를 넣으며 약간은 고압적인 목소리를 냈다.

"휴대전화 쓸 때마다 허락받아야 하는 거예요?"

그가 아랫입술을 삐죽 내밀며 불쌍한 척을 했다.

"그런 표정은 반칙이에요."

시안이 오른손 검지까지 들어 보이며 고개를 내저었다.

"뭐가 반칙인데?"

"그렇게 불쌍한 척하는 거요. 누가 불쌍하게 여기면 길길이 날뛸 거면서?"

시안은 자신이 파악한 그의 성격을 슬쩍 녹여서 장난스럽게 읊어 댔다.

그가 심각하게 미간을 찌푸리는가 싶더니, 중얼거린다.

"맞네."

그러더니 동의한다는 듯이 고개까지 끄덕거린다.

"나는 누가 날 불쌍하게 보는 게 싫어요."

그가 순순히 인정해서 조금 놀라웠다.

"근데 이젠 성시안은 그래도 돼."

뒤이은 말은 더 놀라웠다.

"뭐라고요?"

"내 아내는 나를 이렇게 저렇게 판단하고 계산할 사람이 아닌 것 같아서."

그는 아까 시안이 그랬던 것처럼 조심스럽게 아내의 성격에 대해 읊어 댔다. 이제 서로에 대해 조금 파악이 된 것 같은 기분이랄까?

"암튼!"

시안은 웃음이 비어져 나오려는 입술 끝에 힘을 주며 말을 이었다.

"휴대전화는 내 허락 받고 써요. 전화통을 한번 붙들면 끊을 줄을 몰라. 그 것도 이제 막 결혼한 부인 앞에서 다른 여자랑."

"가정 교육을 못 받아서 그렇다니까."

그가 또다시 입술을 삐죽 내밀었다.

"그럼 그 가정 교육, 내가 참견 좀 해야겠네요."

가볍고 신랄한 말장난이 아니었다. 서로에게 조금씩 더 다가가는 탐색전과 비슷했다.

그가 운전대를 잡은 차는 해변 도로를 천천히 달리고 있었다. 그는 손을 뻗어 시안의 허벅지를 살짝 움켰다.

"그 가정 교육에 성교육도 포함되는 거야?"

바람결에 그의 야한 목소리가 실렸다. 시안은 모자를 꼭 붙잡은 채로 마른침을 삼켰다. 이 대화를 그런 식으로 연결할 줄은 꿈에도 몰랐다. 하지만 당황해서 그의 기대를 저버리고 싶지는 않았다.

시안은 고압적인 선생님의 목소리를 내기 위해 노력하며 대꾸했다.

"당연하죠."

말끝에서 웃음기가 배어났다.

"얼마나 과격한 교육일지 기대되네."

그가 아랫입술을 핥으며 시안을 흘긋거렸다. 차는 해변 펍 주차장에 멈춰 서고 있었다.

시동을 끈 그가 대뜸 시안의 목덜미를 잡아 운전석 쪽으로 당겼다. 입술이 닿기 직전에 그가 멈췄다.

숨결이 섞이는 공간이 좁았다. 갑자기 치솟은 열기가 후텁지근한 바닷바람 때문인지, 중천에 뜬 태양 때문인지 모르겠다.

"가정 교육을 집에서만 할 생각은 아니지?"

그의 엄지손가락이 시안의 목선을 가느다랗게 훑어 내렸다.

어디까지 바라고, 어디까지 원하는지 짐작조차 하기 힘들었다. 시안은 이런 상황에 익숙하지 않았다. 그가 이런 야한 장난을 여자들과 얼마나 많이 했는지 모르겠지만, 시안은 아니었다.

그가 엄지를 둥글리며 목 안쪽을 부드럽게 어루만졌다. 목덜미에서 등줄기를 타고 사느란 전율이 흘러내렸다.

"왜 이렇게 겁을 먹은 얼굴이지?"

혀를 내민 그가 시안의 입술을 장난스럽게 핥았다.

"겁먹지 않았어요."

사실 겁먹을 이유가 없었다. 다만, 그에게 흡족한 상대가 되어 주지 못하면 어쩌나 하는 걱정이 들 뿐이었다.

"어차피 교육을 해 주는 건 당신이잖아? 나는 배우는 거고."

그는 안심하라는 듯이 눈을 지그시 감았다가 떴다. 마치 커피 알갱이 위에 뜨거운 물을 붓고 휘저을 때처럼 그의 갈색 눈동자가 부드럽게 일렁거렸다. 혀를 내밀어 핥으면 달콤쌉싸름한 커피 맛이 날 것만 같다.

매혹적인 향을 풍기는 눈빛을 들여다보며 시안은 고개를 끄덕거렸다.

"그래서 교육은 밖에서도 하시겠다고?"

달아오른 숨결에 섞인 그의 목소리는 나지막했다. 시안은 다시 한번 고개를 끄덕거렸다. 그러자 그는 짓궂은 장난에 걸려든 아내가 무척 마음에 든다는 듯이 흡족한 미소를 머금었다.

기가 막히게도 잘생긴 그의 미소가 시안의 마음을 일순간 평온하게 만들었다. 시안은 그를 따라서 조심스럽게 미소를 머금었다.

웃음기 어린 입술이 부드럽게 맞닿았다. 그는 시안의 아랫입술을 한 번 빨고, 윗입술을 핥은 뒤 입술 사이로 파고들었다. 부드럽고, 따뜻하고, 달콤했다. 거세게 밀어붙이지 않는 다정하고 상냥한 키스였다.

바닷가에서 불어오는 바람이 민소매 아래로 드러난 팔뚝을 부드럽게 어루만지듯 지나갔다. 바람 다음에 느껴진 것은 그의 손길이었다. 목덜미를 움켜잡고 있던 손이 팔뚝을 따라서 미끄러졌다.

"으음."

저도 모르게 여린 신음이 새어 나와서 시안은 당황하고 말았다. 주차장에 차를 세우는 것까지는 좋았지만, 차 뚜껑이 홀랑 열려 있었다. 조심하지 않으면 주변을 지나는 사람들에게 신음 소리가 들릴지도 모른다.

하지만 입술을 떼고 싶지는 않았다. 시안은 제 안에 소리를 가두듯 어깨를 움츠리며 그의 목을 끌어안았다.

"으음."

이번에는 그의 목울대에서 앓는 소리가 흘러나왔다. 시안이 냈던 소리보다 크지는 않았지만, 당황스럽기는 마찬가지였다.

시안은 얼결에 입술을 뗐다. 그가 붉게 달아오른 입술을 벌린 채, 멍하게 젖은 시선으로 시안을 바라보았다. 아쉬운지 그가 다시금 입술을 맞대려고 했다. 시안은 그의 입술을 손으로 막았다.

그가 눈썹을 들썩거리며 불만을 표시했다.

"무 흐는 즛으즈?"

뭐 하는 짓이냐고 묻는 듯했다. 시안은 우스꽝스러운 질문 때문에 웃음이 터질 뻔한 것을 가까스로 참았다.

"밖에서 소리는 내지 마요."

그러자 그가 시안의 손목을 잡아 내렸다.

"무슨 소리?"

그가 알아듣지 못하겠다는 듯이 꼬치꼬치 캐물었다. 일부러 시안을 당황하게 하려고 묻는 게 분명했다.

"말도 하지 말라고?"

그가 보기 좋은 눈웃음을 치며 물었다. 따뜻한 갈색 눈동자와 어우러진 그의 눈웃음은 가슴이 떨릴 정도로 아름다웠다.

"그런 야한 소리 내지 말라고요."

시안은 재빨리 말을 뱉어 냈다. 이쯤 되면 알아들을 거라고 생각했다.

"야한 소리? 예를 들면 어떤 거? 으음! 아아! 이런 거?"

그가 눈을 야하게 뜨며 일부러 신음 소리를 냈다. 시안은 얼른 그의 입을 막으며 주위를 두리번거렸다. 다행히 주차장에는 두 사람뿐이었다. 웃음이 튀어나올 것만 같아서 입술 끝에 바짝 힘을 주었다.

"그래요. 그런 거. 하지 말라고요."

시안이 빠른 어조로 내뱉자, 이번에는 그가 시안의 손바닥을 깨물었다.

"아!"

아프지는 않았지만 놀라기는 했다.

"소리 내지 않기로 했잖아요. 근데 시안 씨는 왜 그런 소리 내요?"

"이건 갑자기 깨물어서 놀라서 그런 거잖아요!"

그만하라는 듯이 미간을 찡그렸지만, 그가 알아들었는지는 확신할 수 없었다.

"깨물어서 내는 소리 '아!' 랑 야한 소리 '아!' 랑 뭐가 다른 건지 모르겠네."

운전석에서 내린 그가 투덜거리며 조수석 문을 열어 주었다.

"이 문이 이렇게 잘 열리는지도 몰랐네요."

시안이 그를 올려다보며 내뱉은 말에 그가 부드럽게 웃었다.

"사사건건 토 달지 않고는 못 배기지."

그는 마치 혼잣말처럼 시안의 성격을 꼬집고 있었다.

"같이 있는 사람 골탕 먹이지 않고는 못 배기지."

시안이 그의 말투를 따라 하며 중얼거렸다. 그러자 펍 입구로 걸음을 옮기던 그가 우뚝 멈춰 섰다.

"그건 아니지."

그가 고개를 절레절레 내저었다.

대체 뭐가 또 아니라는 건지.

시안은 모자챙을 잡은 채로 그를 올려다보았다.

"난 아무나 골탕 먹이지 않아요."

그가 무슨 말로 시안의 마음을 위태롭게 하려는 건지 가늠이 되지 않았다. 누군가 심장을 꽉 움켜쥔 듯했다.

같이 잔 여자한테만 이래?

그에게서 다른 여자들 이야기를 더는 듣고 싶지 않았다. 세티아와 아제딘, 결혼한 지 일주일도 안 됐는데, 벌써 등장한 여자만 둘이다.

커다란 손이 시안의 뺨을 부드럽게 감쌌다.

"이런 짓은 내 아내하고만 해."

고개를 기울인 그가 시안의 입술에 가만히 입을 맞추었다.

발이 둥둥 떠오르는 기분이다. 아까 지퍼를 올려 달라고 부탁했을 때, 그가 시안의 등에 줄을 매달아 놓았나 보다.

나락으로 떨어뜨렸다가 심장이 멎기 직전에 건져 올려서 품에 안아 주려고.

"나도 아무한테나 토를 달지는 않아요."

시안은 그가 했던 것처럼 똑같이 종알거렸다.

"남편한테 토 다는 버릇은 고쳤으면 좋겠는데?"

심각하게 읊조리려고 노력하는 것 같았지만, 그의 입가에는 즐거운 미소가 물려 있었다.

"내가 이것저것 물어보는 거 싫어요?"

"조금 귀찮고, 가끔 미칠 것 같지만, 뭐. 괜찮아요."

그는 누군가와 지속적인 관계를 쌓아 본 일이 없는 사람처럼 보였다. 인간관계의 기초인 서로의 기본적인 정보를 알아 가는 단계조차 성가셔했다.

그럼 아제딘은?

시안은 고개를 세차게 내저어 얼굴도 모르는 여자를 머릿속에서 내보냈다.

"알고 싶으니까 그렇죠. 궁금하니까."

두 사람은 빈 테이블 중에서 바다가 가장 잘 보이는 곳에 자리를 잡고 앉았다. 그는 맞은편 자리를 두고 시안의 옆에 딱 붙어 앉았다.

"내가 궁금하다고요?"

그가 시안의 허벅지에 은근슬쩍 손을 올리더니, 안쪽을 더듬기 시작했다.

갑자기 이게 뭐 하는 짓이야?

놀라서 쳐다보자, 그가 잊었냐는 듯이 한쪽 눈썹을 들썩이며 웃었다.

아, 그놈의 가정 교육!

시안은 그의 손목을 잡아서 테이블 위에 얌전히 올렸다.

"밖에서 이런 델 만지는 건 안 돼요."

그랬더니 이번에는 그의 손이 팔뚝을 부드럽게 쓸어내렸다.

"여기는 만져도 되고?"

그가 눈을 치뜨며 조용히 물었다. 그저 팔뚝을 만지는데 이렇게 섹시한 남자는 강제우뿐일 거다.

시안이 고개를 끄덕거렸다.

"헷갈리네. 그냥 다리고, 그냥 팔인데. 왜 거긴 안 되고, 여긴 되는 건지."

시안은 그의 중얼거림을 무시한 채 메뉴판을 뒤적거렸다.

"나는 내 남편이 알고 싶다고요. 그래서 앞으로도 내가 궁금한 게 있으면 물어볼 거예요. 그리고 아내가 궁금해서 물어보면 보통 다정한 남편은 상냥하게 대답해 주는 거예요."

턱을 들어 올리며 새침하게 말하는 아내는 귀여웠다. 제우는 그녀를 안고 당장 집으로 가서 침대에 뛰어들고 싶어졌다.

"그게 남편의 의무예요?"

시치미를 뚝 떼고 물은 말에 그녀는 제우가 원하는 대로 고개를 끄덕거렸다.

"그럼 아내의 의무는?"

뒤이은 질문에 그녀는 허를 찔린 듯 숨을 멈췄다. 제우는 그녀의 팔뚝을 쓸어내리던 손으로 가녀린 어깨를 당겨 안았다.

품 안에서 그녀의 몸이 바짝 긴장하는 게 느껴졌다.

"아내의 의무는……."

입을 열기는 했는데, 뭐라고 말해야 할지 고민하는 눈치다. 그러더니 똑 부러지는 어조로 말을 잇는다.

"아내도 남편의 말에 상냥하고 친절하게."

"아니지."

제우는 고개를 내저으며 야무진 그녀의 말을 막았다. 그럼 뭐냐고 되묻지도 못하고 그녀는 입을 꾹 다물었다.

"아내의 의무는 내가 돌아가서 알려 줄게요."

어깨를 움켜잡고 있던 손을 아래로 내려서 그녀의 봉긋한 가슴 위를 살짝 더듬어 보았다.

그녀가 제우의 손등을 탁, 소리가 나게 내리쳤다.

"여기도 밖에서 만지면 안 되는 곳인가?"

제우의 물음에 그녀는 당연하지 않으냐며 눈을 부릅떴다.

"만지고 싶어 죽겠는데, 안 된다니 참아야겠네. 이따 집에 가서 실컷 만져야지."

일부러 천진하게 떠들어 대자 그녀의 볼이 붉게 물들었다.

웨이터에게 씨푸드 요리 두 개와 칵테일 한 잔, 탄산수 한 잔을 주문했을 때, 그녀의 핸드백 안에서 제우의 휴대전화가 요란하게 울렸다.

또 에이전트가 귀찮게 하려는 건가 싶어서 제우는 미간을 찌푸렸다. 암튼 포기를 모르는 여자. 그녀도 같은 생각인지 결연한 얼굴로 휴대전화를 꺼내 들었다.

그런데 화면에 박힌 발신인을 보고 멍한 표정을 짓는다.

"누군데 그래요?"

"우리 엄마랑 통화해요?"

화면에서 '장모님'이라는 어색한 세 글자가 반짝거렸다.

"가끔."

그녀의 검은 눈동자가 촉촉하게 젖어 들기 시작했다.

"내가 생각만큼 나쁜 놈은 아니어서 감동한 눈치네. 잠깐, 전화 좀 받고."

그녀의 미소를 바라보며 전화를 받았다.

"네, 장모님."

예쁜 눈가에 눈물이 와락 고이고 있었다.

"지금 한국은 몇 시예요? 식사는 하셨어요?"

결혼이 결정되고 나서부터 그녀의 어머니는 가끔 제우에게 전화를 걸었다.

— 응, 한국은 지금 오후 5시 넘었어. 거긴 점심시간이지? 점심은 먹었고?

"이제 먹으려고 나왔어요."

— 우리 시안이 골 안 부리고 잘 있나?

"네, 골 안 부리고 잘 있어요."

골은 안 부리는데, 곧 눈물을 쏟을 것 같은 얼굴이다. 제우는 손을 뻗어 아내의 발그레한 뺨을 한 번 어루만졌다. 손가락을 타고 눈물 방울이 쪼르륵 굴러 떨어졌다.

여자는 결혼하고 나면 모친을 향한 마음이 깊어진다는 소리를 어디선가 들은 적 있다. 홀어머니 슬하에서 자랐으니, 더 각별할 것이다.

— 우리 시안이가 은근히 고집이 세. 자기 계획대로 안 되면 막 신경질도 부리고 그래요.

"안 그래요, 장모님."

결혼식에 참석할 부모님이 계시지 않다는 말을 한 이후부터, 그녀의 어머니는 제우를 살뜰히 챙기고 싶어 하는 눈치였다.

제우는 적당히 거리를 두며 그녀의 어머니가 하고 싶어 하는 대로 두었다. 그래 봤자 크게 성가신 일은 없었다. 제우를 인생의 구원자쯤으로 생각하는 중

년의 여인이 가끔 조심스러운 안부 전화를 걸어 올 뿐이었다.

― 걔가 아직 내숭을 떨고 있나 보네.

휴대전화 너머에서 유쾌한 웃음소리가 울렸다. 모녀가 웃는 톤이 묘하게 비슷했다. 그녀의 어머니는 조금 더 목소리가 굵었고, 그녀의 목소리는 더 맑은 편이었다.

― 잘 지내고 있다니 다행이네.

"시안이 바꿔 드릴까요?"

딸에게 직접 전화하지 못하는 여인의 안타까움이 느껴졌다. 결혼정보업체에 딸의 프로필을 넘기기는 했지만, 일면식도 없는 남자와 만나서 한 달 만에 결혼할 거라고는 예상하지 못했을 것이다.

보통의 맞선과 평범한 결혼 준비를 생각했겠지.

빚을 다 갚아 주고, 병원비를 내주고. 돈이 있는 제우가 할 수 있는 가장 쉬운 일을 했을 뿐인데, 그녀의 어머니는 죄스러움을 면치 못하는 것 같았다.

전화라도 받아 주면 마음이 편해질까 싶어서 통화를 이어 왔다. 먹고살기 위해 전전긍긍해 온 모습이 죽은 어머니를 떠올리게 했다.

성심을 다해 웃어른을 모시겠다는 바른 생활 청년 같은 마음가짐은 아니었다.

그저 전화 통화일 뿐인데, 뭐.

― 아냐, 됐어. 잘 지내는 거 알았는데, 뭐.

"그래도 따님 목소리는 들으셔야죠."

그녀도 앞에서 손사래를 치고 있다. 서로가 걱정돼서 죽겠다는 듯이 굴고 있으면서도 전화 통화는 하지 않겠다고 우기고들 있다. 마음이 깊이 얽히지 않은 제우를 웃으면서 대하는 두 여자의 태도는 정말이지 알다가도 모르겠다.

제우는 고집스럽게 그녀에게 휴대전화를 건넸다. 그녀는 못 이기는 척 전화를 받았다.

"여보세요? 엄마."

눈물을 뚝뚝 흘리고 있으면서도 애써 울지 않는 척하려고 들뜬 목소리를 내는 그녀다.

"응, 잘 지내. 엄마 몸은 좀 어때? 응. 그랬구나. 아, 제우 씨가? 응. 그래, 알겠어. 전화드릴게요. 응."

제우 씨가? 하고 놀라서 되묻던 그녀의 목소리만 귓가에 맴돌았다.

"내가 뭐?"

참지 못하고 먼저 물어보았다.

"신경 써 줘서 고맙다고요. 간병인도 따로 둬서. 엄마가 너무 편하시대요. 심심하지도 않고요."

그녀의 어머니는 재활 시설에서 지내고 있었다. 한쪽 발목을 잘라 냈고, 다른 쪽 다리도 편치 않아서 일정 회복기를 거친 후에 퇴원할 예정이다.

"근데 왜 울어요?"

제우는 그녀의 뺨을 부드럽게 쓸며 물었다.

"그냥."

그녀의 목소리에 울음기가 묻어났다.

"이상하게 엄마 생각만 하면 눈물이 날 때가 있어요. 이렇게 특별히 걱정되고, 고맙고, 그런 상황이 아니어도요."

제우는 가만히 그녀의 얼굴을 들여다보았다. 어머니를 생각하는 마음이 갸륵한 그녀는 모친의 뜻을 거스를 수 없어서, 혹은 모친을 구하기 위해서 이 결혼에 뛰어들었을 것이다. 이제까지 그녀가 결혼에 동의한 이유를 깊이 생각해 본 적 없었다.

제 스스로 결혼을 결정한 이유도 깊게 생각하지 않았으니까.

그런데 조금 기분이 가라앉는다.

단지 그 이유 때문이었을까? 이 여자는 나에게 조금의 관심도 없었을까?

맞선 자리에 성시안이 아닌 다른 여자가 나왔어도 결혼했을 거라고 제우는 생각했었다. 거액의 돈을 건네고 여자를 소개받기로 했지만, 귀찮은 건 딱 질색인 성격상 아마도 단 한 번의 만남으로 결혼을 결정해 버렸을 확률이 높다.

그런데 지금 와서 생각해 보면.

제우는 훌쩍거리며 애써 기분을 가라앉히고 있는 여자를 바라보았다.

성시안이 아닌 다른 여자가 여기 앉아 있다면?

그 가정만으로 갑자기 짜증이 밀려들었다.

"왜요?"

빤히 쳐다보는 시선이 냉랭해지고 있음을 느꼈는지, 그녀가 조심스럽게 물었다. 그녀의 맑은 목소리가 들려오자, 언제 짜증이 났었냐는 듯이 금세 기분이 나아진다.

제우는 가만히 고개를 내저었다.

"엄마가 자꾸 전화해서 귀찮지는 않아요?"

그녀는 제우가 이런 일을 성가셔한다는 것을 잘 안다는 듯이 물었다.

"괜찮아요."

제우는 별로 귀찮지 않다는 말로 그녀를 안심시켰다. 그녀의 얼굴에 환한 미소가 번졌다. 저 미소를 볼 수 있는 것만으로 충분했다.

요리가 서빙되자, 그녀는 킹크랩 살과 새우 살을 발라서 제우의 앞접시에 끊임없이 놔 주었다.

"가정 교육을 하랬지, 엄마 노릇을 하라고 한 건 아닌데?"

제우가 눈을 치뜨자, 그녀가 새침하게 대꾸했다.

"엄마가 아니라, 아내도 이런 건 해 줄 수 있어요."

집을 나설 때부터 그녀는 제우에게 잘 보이고 싶었노라고 말했었다. 어머니와 통화를 한 이후로 그녀는 제우에게 잘해 주고 싶어서 안달이 난 것처럼 보인다.

제우는 그녀가 손도 대지 않은 칵테일 잔을 턱끝으로 가리켰다.

"이건 마셔도 돼요. 여기 독을 탈 여자는."

장난을 치려는데, 좋은 분위기를 망친다는 듯이 그녀가 눈을 흘겼다. 그만둬야 하는데, 그녀의 반응이 재미있어서 그러고 싶지 않다.

"붉은빛이 나는 칵테일은 보통 남자가 여자 꼬실 때 사는 술이야. 그래서 칵테일 중에서도 독해. 당신이 마셨던 섹스 온 더 비치도 그중 하나고. 키스 오브

파이어, 핑크 레이디, 블러드 메리 같은 거. 전부 플러팅 칵테일이라 독해. 이건 연하게 해 달라고 했어. 마셔도 돼."

제우는 파인애플 조각이 잔 입구에 꽂힌 피나콜라다를 가리키며 말했다. 그녀의 눈가가 어느새 뾰족해져 있었다.

"왜 또?"

"되게 잘 아네요? 플러팅 칵테일로 여자를 얼마나 꼬셔 봤어요?"

"포인트를 왜 그렇게 잡는지 모르겠네. 내가 여자한테 술 사 주면서 공들여서 꼬실 타입으로 보여?"

신랄한 말이 필터 없이 쏟아져 나왔다. 눈짓 한 번에 제우의 바지를 벗기고 입술을 들이댈 여자는 많았다. 입으로 하는 게 영 시원찮으면 여자의 옷을 벗길 생각도 하지 않았었다.

"아무 짓 안 해도 여자가 꼬였나 보네요."

좋았던 분위기가 삽시간에 엉망이 되었다. 그저 칵테일 한 잔 마시라고 권했을 뿐인데, 그녀는 혼자서 확대 해석 하며 눈을 부라렸다. 희미한 짜증이 치밀어 올랐다.

"그만 돌아가고 싶어요."

투덜거리는 여자를 두고 먼저 자리에서 일어났다. 계산하는 동안 그녀가 등 뒤에서 쿵쾅거리며 걸음을 옮기는 소리가 들렸다. 유치하기 짝이 없는 행동에 실소가 터져 나왔다.

제우는 일부러 더 느긋하게 여유를 부리며 걸음을 옮겼다. 계산을 해 주는 직원과 몇 마디 농담도 섞었다. 세이셸 원주민이라는 여자는 제우를 일반 여행객이라고 여겼는지, 관광객을 상대로 하는 공연 할인권을 건네며 상냥하게 굴었다.

펍을 나서자, 성시안이 버럭 소리를 질렀다.

"어디서든 그렇게 흘리고 다니지 않으면 어디 덧나요?"

그녀가 허리에 손을 얹은 채, 짝다리를 짚고 서서 따져 물었다. 귀여운데 짜증 난다.

"내가 뭘 흘렸는데?"

"방금 계산하면서! 그렇게 막 웃으면서!"

성시안은 보기보다 질투심이 강한가 보다.

"그렇게 일일이 질투하면 피곤하지 않아?"

그녀가 씩씩거리며 제우의 곁으로 바짝 다가왔다.

"남편이 평범한 사람이면 질투 안 하지. 모든 여자를 놀이 상대로 여기는 남자니까 문제지."

스스로 지껄여 놓고도 아차 싶었는지 그녀가 머뭇거렸다.

"말 다 했어?"

그녀의 표현이 틀린 것은 아니었다. 결혼 전 제우를 생각하면 맞는 말이었다. 하지만 지금은 아니다. 이상하게 다른 여자와는 엮이고 싶지 않아졌다.

"다 못 했어요!"

끝까지 지지 않으려는 태도는 가상했지만, 좋은 생각은 아니라는 말을 해 줘야겠다.

거세게 불어온 바닷바람이 그녀의 치맛자락을 획 뒤집었다. 주변을 지나던 대여섯 명의 무리가 요란하게 휘파람을 불어 댔다. 더러운 시선들이 아내의 몸을 탐하듯 훑고 있었다. 손바닥을 짝짝 부딪치며 내는 소리가 저속했다.

저 미친 새끼들이 뒤지려고?

제우가 무리를 향해 눈을 부라리며 다가갔다. 감히 아내에게 캣콜링이라니, 누구 하나 죽여도 속이 풀리지 않을 것 같았다.

흑인과 백인이 섞인 대여섯 명의 무리는 건수 하나 잡았다고 생각했는지, 자기들끼리 낄낄거리며 제우를 노려보고 있었다.

"하지 마요."

그녀가 제우의 허리를 와락 끌어안았다.

"워오!"

무리가 지르는 소리가 제우의 귀에 때려 박혔다.

"그러지 마요."

그녀가 잔뜩 겁먹은 목소리로 제우를 말렸다.

이 여자는 뭐가 두려워서 이러는 거야?

제우는 그녀를 뿌리치고 달려가서는 가장 덩치가 큰 놈의 멱살을 잡고 턱주가리에 주먹을 날렸다. 덩치만 컸지 별 볼 일 없는 녀석이 나가떨어졌다. 비가 오기 시작했다. 지나가는 소나기 같았지만, 억수같이 퍼부었다. 몸이 뒤엉켰다. 아드레날린이 폭발하는 기분이 나쁘지만은 않았다.

"그만 가자고요!"

아내가 새된 비명을 지르자, 일순간 적막이 감돌았다. 제우는 한 놈을 깔아뭉갠 채로, 다른 놈의 다리를 잡아서 넘어뜨린 참이었다.

"비 오잖아요. 차 뚜껑이 열려 있다고요."

빗속에서 성시안이 바들바들 떨며 울고 있다는 것을 이제야 발견했다. 심장이 나락으로 떨어지는 듯했다.

내재된 폭력성은 충분히 제어하고 있다고 생각했었다. 아버지를 칼로 찌른 이후로 제우는 누군가에게 피를 보일 정도로 폭력을 행사했던 적이 없었다.

그런데 아내를 더러운 시선으로 훑어보는 놈들을 보는 순간 눈이 뒤집혔다. 그리고 이 꼴이 되고야 말았다. 멀리서 경찰차 사이렌이 경고하듯 한 번 울렸다.

아까 계산대에 서 있던 여자가 펍 입구에서 걱정스러운 얼굴을 내밀고 있는 것으로 보아 저 여자가 경찰에 신고한 모양이다.

"얼른 가자고요."

그녀가 불안한 목소리로 중얼거렸다. 그녀의 목소리는 너무 작았고, 빗소리는 너무 커서 뭐라고 하는지 간신히 알아들을 정도였다.

에덴의 섬이 먹구름으로 뒤덮여 어둑어둑했다. 빗물에 누구의 것인지 모를 피가 섞여 흘렀다. 지옥으로 함께 가자는 타이 베르데스의 노랫말이 귓전을 맴도는 듯한 착각이 일었다. 타인은 지옥이라는 말처럼 그녀에게는 정말 제우가 지옥이 될 모양인가 보다.

경찰차 소리에 겁을 먹었는지 무리가 슬금슬금 움직이기 시작했다. 제우는 다시 한번 그들을 노려보았다. 많아 봐야 20대 중반쯤 되었으려나. 앳된 얼굴에는 정제되지 않은 분노의 찌꺼기가 어른거렸다.

하지만 관광객으로 보이는 외국인과 싸움이 붙어서 경찰에게 붙잡혀 봐야 득 될 게 없을 거라고 여겼는지, 그들은 분해하면서도 슬슬 자리를 뜨기 시작했다.

"우리도 얼른 가요."

떨리는 음성이 제우를 이끌었다. 그녀는 푹 젖은 모자를 손에 들고 앞장서 걸었다. 햇살 아래서 싱그럽게 펄럭거리던 원피스도 볼썽사납게 젖은 채였다.

차는 엉망이었다. 소나기가 그치기는 했지만, 가죽 시트에 물이 흥건하게 고여 있었다. 차를 타고 돌아갈 수는 없을 것 같았다.

"택시 불렀어요."

그녀가 펍 입구에 있는 직원을 눈짓으로 가리켰다. 택시를 부르고, 경찰에 연락하는 동안 제우는 그들과 뒤엉켜 있었나 보다.

푹 젖은 손님을 싫어할 줄 알았는데, 시트에 비닐을 씌워 놓은 택시 기사는 이런 일이 자주 있는 듯 대수롭지 않게 웃었다.

집에 도착하자마자 그녀는 먼저 택시에서 내려서 안으로 들어가 버렸다. 아까 미리 등록해 놓은 지문으로 저택 문을 능숙하게 열고 들어가는 아내의 모습이 낯설다. 택시비를 계산하려는데, 이미 어플로 결제가 끝났다며 기사는 기분 좋게 웃어 댔다.

제우는 뭉그적거리며 집 안으로 들어섰다. 옷에서 물기가 뚝뚝 흘러내렸다.

"어디 좀 봐요."

불같이 화를 낼 것 같았던 아내가 다가와 제우의 손을 살폈다. 손등이 터져서 피가 맺혀 있었다.

"이거 꿰매야 하는 거 아녜요?"

조금 찢기기는 했지만, 그 정도는 아니었다. 하지만 아내가 저를 걱정하고 있는 모습은 무척이나 인상적이어서 앓는 소리를 좀 해 보고 싶었다.

"꿰맬 정도는 아니기는 한데, 아프기는 하네."

제우가 조용히 읊조리자, 그녀가 찰싹 소리가 나도록 제우의 팔뚝을 내리쳤다. 제우는 순간 얼이 나가서 흠칫 놀란 눈으로 그녀를 바라보았다.

"그러니까 애들처럼 왜 주먹질이에요?"

"그럼 그걸 가만둬? 감히 내 여자한테 집적거리는데?"

"그냥 휘파람만 불었을 뿐이잖아요. 나는 뭐 세티아 머리채 잡을 줄 몰라서 안 잡은 줄 알아요?"

그녀가 눈을 부릅뜨며 제우를 혼냈다. 만약 다른 여자가 이렇게 나왔으면 미쳤다고 욕하며 내쫓았을 것이다. 아니지, 애초에 이 집에 들이지도 않았겠지. 아니지, 그 전에 다른 여자를 위해서 주먹을 날리는 일도 없었겠지.

그걸 아는지 모르는지, 성시안은 씩씩거리며 화를 냈다.

"세티아가 당신보다 세 보이는데?"

덩치도 세티아가 훨씬 컸다.

"너무 어이가 없어서 화도 안 나는 거 알아요?"

바락바락 화를 내고 있으면서 화가 나지 않는단다. 이 여자는 귀여우면서 모순덩어리다.

"욕실 장에 있는 약상자에 찢긴 상처에 붙이는 밴드 있어요."

"대체 이런 일이 얼마나 많았으면, 그런 밴드가 상비약으로 있어요?"

그런 밴드는 그저 상비약의 일종일 뿐인데도 그녀는 바르르 떨며 중얼거렸다. 그러면서도 종종거리며 약상자를 꺼내 왔다.

"손 이리 줘 봐요."

소파에 기대앉은 제우는 순순히 그녀에게 손을 내밀었다.

"앗! 따가워!"

소독약을 왕창 들이붓는 바람에 손등에 불이 붙는 줄 알았다. 그녀는 소독약이 부글부글 끓는 것을 내려다보다가 너무 심했다 싶었는지, 입으로 후후 불어 댔다.

그녀의 숨결이 상처를 부드럽게 어루만지는 느낌이 나쁘지 않았다.

"애같이 쌈박질해서 손이나 다치고. 이게 뭐야."

그녀는 중얼거리며 상처 위에 가루약을 뿌리고는 밴드를 꼼꼼하게 붙여 주었다. 그러고는 미간을 잔뜩 모은 채 밴드 설명서를 살폈다.

"24시간마다 한 번씩은 갈아 줘야 한대요."

내일 떼 버리면 그만인데, 그녀는 대단한 처방 비법이라도 알고 있는 것처럼 굴었다. 웃으면 안 되는데, 자꾸만 웃음이 나올 것 같아서 입술 끝에 힘을 주었다. 여기서 웃어 버리면 이 여자가 또 화를 낼 것 같다.

일단은 약한 척을 해야겠다.

"아깐 너무 속상해서 그랬어요."

약한 척이라니, 기가 막힌다.

제우는 제 입으로 앓는 소리를 내 놓고도 어이가 없었다. 분노로 이글거리던 그녀의 눈동자가 사르륵 가라앉는 게 보였다.

"뭐가 그렇게 속상했는데요?"

"그놈들이 당신을 천박하게 쳐다보니까."

"그래도 그렇게 싸우면 안 되는 거였어요."

다그치는 목소리도 누그러든 상태였다. 제우는 그녀의 가녀린 어깨에 머리를 살짝 기댔다.

"안 맞았어요?"

그녀의 심각한 물음에 하마터면 박장대소할 뻔했다.

"응."

제우는 가까스로 대꾸했다. 한 대도 안 맞은 것은 아니었지만, 멀쩡하기는 했다.

"아픈 데는 없어요?"

"있어요."

"어디요? 손 말고 다른 데 다쳤어요?"

화들짝 놀란 그녀가 제우의 몸을 이리저리 살피며 물었다. 제우는 그녀의 손을 끌어다가 제 왼쪽 가슴에 대었다.

"속이 상했다니까요."

그녀가 실소했다. 웃음기가 어린 얼굴은 무척이나 예쁘다. 제우는 그녀의 턱을 잡아끌었다. 자연스럽게 입술이 맞부딪쳤다. 소나기에 젖었다가 마른 그녀의 입술은 차가웠다. 드러난 팔뚝에도 닭살이 돋아 있었다.

제우는 입술을 붙인 채로 중얼거렸다.

"추워요? 몸을 데워야 할 것 같은데."

따뜻한 물로 샤워를 해야 할 것 같았다. 이러다 감기라도 걸리면 어쩌나. 그녀를 염려하는 마음이 점점 커지고 있었다.

"당신이 따뜻하게 해 주면 되잖아요."

그녀가 제우의 입술에 대고 달콤하게 속삭였다. 약간 쉰 목소리가 듣기 좋았다. 수줍은 듯 내뱉은 순수한 유혹은 제우를 제대로 자극했다.

제우는 소파에 걸터앉은 그녀를 번쩍 안아 들고는 침실로 걸음을 옮겼다. 그녀는 제우의 목을 끌어안고, 목 안쪽에 얼굴을 묻고 있었다.

그녀가 내뱉는 숨결이 살갗에 닿을 때마다 심장이 목구멍으로 치솟는 듯했다. 침실 바닥에 그녀를 내려놓고는 허리를 빙글 돌려세웠다.

원피스 지퍼를 잡아 내리며 그녀의 작은 점에 살짝 입을 맞추었다.

"흐음."

그녀가 얕은 숨을 내쉬며 젖은 머리를 제우의 가슴에 기댔다. 젖은 원피스 자락이 바닥으로 뚝 떨어졌다. 그녀의 살구색 속옷도 젖어 있기는 마찬가지였다. 오른쪽 어깨에 있던 끈을 내리자, 그녀가 왼쪽 어깨끈을 스스로 잡아 내렸다.

제우는 그녀에게 바짝 붙어 서며 부드럽게 흘러내린 몸피를 쓸어 올려서 두 손 가득 쥐었다.

"하아."

단단해진 가슴 끝을 손가락으로 튕기자 그녀가 파르르 떨리는 눈꺼풀을 내리감았다. 이제 더는 기다릴 수가 없었다. 제우는 손을 뒤로 뻗어서 반소매 니트를 벗어 던졌다.

바닥에 떨어진 옷에서 나는 질척거리는 소음마저 야하게 들렸다. 그녀를 데리고 침대로 걸음을 옮겼다. 다소곳이 침대에 몸을 눕히는 여자의 모습은 숨이 턱 막힐 정도로 섹시했다.

제우는 그녀의 귀밑에 얼굴을 묻고 깊게 숨을 들이켰다. 희미한 바닐라 향이 가슴을 따뜻하게 채웠다.

턱선을 따라 입을 맞추고, 예쁘게 달아오른 그녀의 투명한 뺨에도 입을 맞췄다. 입술에 닿는 그녀의 피부는 몹시도 부드러웠다. 힘주어 빨면 입 안으로 생크림 덩어리 같은 게 들어올 것만 같은 기분이다.

손에 감기는 그녀의 몸도 부드러웠다. 솜사탕처럼 부드럽고 달콤했다.

무슨 디저트 카페야?

제우는 달콤한 디저트를 잔뜩 떠올리며 그녀의 몸을 맛보는 자신이 조금 우습다는 생각이 들었다. 하지만 달콤한 건 달콤한 거니까.

속옷을 온전히 벗겨 내기 위해 제우는 정신을 똑바로 차려야만 했다. 레이스 조각을 확 찢어발기고 싶었지만, 그러면 예쁘게 보이고 싶어서 정성 들여 속옷을 준비했을 그녀가 속상해할 것 같았다.

별게 다 신경 쓰이네, 진짜.

그녀의 눈부신 나신을 내려다보며, 제우도 아랫도리를 벗어 던졌다. 그녀의 눈이 휘둥그레졌다.

이런 모습은 처음 보는 건가?

그녀가 팔꿈치로 매트리스를 짚고 상체를 일으켰다. 풍만한 몸피가 유려하게 움직이는 모양이 흡족했다.

그녀의 눈동자가 이리저리 흔들렸다. 그러면서 거대하게 부푼 몸피를 흘끗거리는 것을 제우는 놓치지 않았다.

"이게 가능한 일이에요?"

그녀가 호기심 가득한 목소리로 물었다.

"굵기가 아니면 길이가?"

제우의 물음에 그녀는 마른침을 꿀꺽 삼켰다. 최대한 이성적으로 굴려고 노력하는 것 같았지만, 두 뺨, 귓불, 목덜미, 가슴 언저리까지 빨개지고 있었다.

열꽃이 피는 아내의 모습을 내려다보고 있는 건 꽤 흡족한 일이었다. 울상을 짓고 있었지만, 눈동자에는 야한 호기심이 가득했다. 기특하기도 하지.

"아까 바지 벗기려고 난리 칠 땐 언제고, 왜 그렇게 놀라?"

"이 정도일 줄은 몰랐죠."

"그럼 어느 정도일 줄 알았는데? 날 너무 과소평가한 거 아녜요?"

기분이 다소 상했다는 듯이 물으며 몸을 숙였다. 본능적으로 팔을 벌려 남편의 몸을 끌어안는 아내의 손길은 머릿속이 아득해질 정도로 부드러웠다.

당황해서 어쩔 줄을 모르면서도 남편을 받아들이기 위해 착실하게 준비하는 아내의 모습이 사랑스럽다는 생각마저 들었다.

처음엔 귀찮은 듯 귀찮지 않았고, 참견이 성가시면서도 귀여웠고, 잔소리가 짜증 나면서도 유쾌했다.

그런데 급기야 사랑스럽다니.

그래, 사랑한다는 감정이 아니라 사랑스럽다는 느낌일 뿐이다. 그게 뭐가 다른지 잘 모르겠지만.

그녀의 입술에 가만히 입술을 내리눌렀다.

"흐으."

작게 벌린 입술 새로 신음이 새어 나왔다. 그녀가 내는 소리도 사랑스럽기는 마찬가지였다. 상대 기분 좋으라고 억지로 내지르는 거짓 신음이 아니었다. 그가 내어 주는 자극마다 솔직하게 반응하는 거였다. 그리고 아내의 몸은 보기보다 예민해서 작은 자극에도 소스라치게 반응했다.

열기에 말라붙은 입술을 빨고 그 안으로 조심스럽게 들어갔다. 잔뜩 열이 오른 그녀의 입 안은 따뜻하고, 매끄러웠다. 혀가 얽히고, 키스가 깊어질수록 제우의 단단한 몸 아래 깔린 그녀가 참기 힘들다는 듯이 꼼지락거렸다. 풍만하고 부드러운 몸이 살갗을 스치는 감각은 통증이 일 만큼 자극적이다.

"하아."

입술을 떼고 그녀의 젖은 눈을 내려다보았다. 기대감과 흥분감이 어려 있는 검은 눈동자에 두려움은 없었다.

"준비됐어요?"

제우가 정중하게 물었다. 섹스 전에 여자에게 예의 바른 허락을 구하는 것도 처음이다. 아마도 섹스 이상의 의미를 지녀서 그런지도 모르겠다.

"준비됐어요."

이제야 새삼 깨닫는다. 아내는 그동안 제우가 만나 왔던 여자들과 분명히 달랐다. 사람의 속성 자체가 다르기도 했고, 제우가 그녀를 받아들이는 의미 자체도 달랐다.

상처 주고 싶지 않았다. 이 여자한테는 좋은 사람이 되고 싶다. 쌈박질은, 뭐. 그것도 좋은 사람이 되기 위해 저지른 일 중 하나라고 치고.

'잘 보이고 싶었어요.'

'내 남편한테 예쁘게 보이고 싶었다고요!'

울부짖던 그녀의 모습이 머릿속에 떠올랐다.

"잘해 주고 싶어요."

그녀의 목 안쪽에 입을 맞추며 속삭였다.

"내 아내에게 근사한 남편이 되고 싶어요."

덧붙인 말에 그녀가 웃는 게 느껴졌다. 기분 좋은 소리가 제우의 심장을 뒤흔들었다. 고개를 더 아래로 숙여서 그녀의 심장 근처에 입을 맞추고, 부드럽게 빨았다.

"아아."

그녀가 한쪽 무릎을 세우며 신음했다. 오른손을 내려 물길이 충분히 젖었는지 확인했다. 이미 흥건하게 젖은 은밀한 곳이 미끄덩거렸다.

완전히 준비되었다는 생각이 들자, 더는 참을 수가 없어졌다. 제우는 침대 옆 협탁 테이블에서 정사각형 모양으로 포장된 물건을 꺼내 들었다. 피임 도구를 올려다보는 그녀의 눈동자가 흔들렸다.

이제는 그녀가 무슨 생각을 하고 있는지 훤히 보였다.

"이 집에 들어온 여자는 내 아내가 처음이에요. 그리고 이건 신혼여행 때문에 사 놓은 물건이고."

귀여운 그녀는 눈에 띄게 안심하는 표정을 지었다. 그러자 제우의 마음도 놀랍도록 평온해졌다.

섹스는 늘 불안정한 상태에서 찾는 행위였다. 폭발할 것 같은 무언가를 배설할 수단이 필요했었다. 분노와 짜증, 반감이 가득한 짓거리에 불과했다.

그런데 마치 낭만적인 영화에서나 나오는 대사처럼, 그녀와 의미 있는 무언가를 나누는 듯한 기분이 들었다. 예를 들면 사랑 같은.

"내가 해 줄까요?"

그녀가 꽤 용기 내 내뱉은 질문이라는 것을 알 수 있었다.

"다음에요. 여기서 더 시간 끌면 터져 버릴 것 같으니까."

"그게 터지기도 해요?"

그녀가 눈을 휘둥그렇게 뜨며 진심으로 놀랍다는 듯이 물었다.

"말이 그렇다는 거지."

제우는 그녀의 안쪽으로 단단한 몸피를 슬쩍 밀어 넣었다.

"흐읏."

이제 끝을 살짝 걸쳤을 뿐인데, 그녀는 눈을 질끈 감으며 미간을 찡그렸다. 고통이 대단한 모양이다. 확 조이는 감각에서 그녀의 고통을 짐작할 수 있었다.

"정말 괜찮겠어요?"

제우가 한 번 더 허락을 구하듯 물었다. 물론 이제 와서 그녀가 허락하지 않는다고 물러설 자신은 없었다. 머릿속은 그녀가 울부짖는 장면을 헤아리느라 온통 붉게 물들어 있었다.

그녀가 세차게 고개를 끄덕거렸다. 만약 고개를 내저었다면 심장이 철렁 내려앉았을지도 모른다.

제우는 안쪽으로 몸을 더 밀고 들어갔다.

"하으읏."

그녀가 신음을 내뱉으며 몸을 더 바짝 조였다. 이런 건 대체 어디서 배우고 온 건지, 사람 미치게 하는 방법도 여러 가지다.

하마터면 몸에서 힘이 죽 빠져서, 아내와의 첫날밤에 자존심이 상할 뻔했다. 그만큼 아내의 몸은 자극적이었다.

"움직여도 되죠?"

얼마나 멍청한 질문을 하고 있는지, 제우의 얼굴이 빨갛게 달아올랐다.

"움직여도, 돼요."

그녀가 가쁜 숨을 몰아쉬며 간신히 대꾸하는 듯했다. 제우는 쑥 밀고 들어가 그녀의 안에 몸을 온전히 파묻었다.

"아아!"

작은 손이 제우의 뒷머리를 쓸어 올렸다.

"으음."

너무 꽉 조여서 제우의 입에서도 참을 수 없는 신음이 터져 나왔다. 그녀는 눈을 꼭 감은 채로 아랫입술을 꽉 깨물고 있었다.

남편을 받아들이기 위해 온 힘을 다해 고통을 견뎌 내는 모습이었다. 제우는 그녀의 감긴 눈꺼풀과 뺨, 입술에 차례로 입을 맞추었다.

"하다 보면 점점 좋아질 거예요."

이런 설득을 하고 있다니 믿기지 않았다.

"내가 손이랑 입으로 해 줬을 때보다 훨씬 더 좋을 거예요."

비굴하게 들릴 정도로 다정한 음색이었다. 제우는 지금 그녀에게 영혼이라도 팔 수 있을 것 같다.

"그냥, 얼른 해요."

간지러운 말은 그만하라는 듯이 그녀가 붉어진 눈초리로 제우를 올려다보았다.

미치게 좋았다. 미치게 사랑스러웠다. 몸을 열고, 단단한 제 몸을 끌어안은 여자에게 모든 걸 다 바쳐야겠다는 생각마저 든다.

천천히 몸을 빼냈다가, 다시금 안쪽을 파고들었다. 그녀의 눈초리를 타고 눈물방울이 쪼르륵 흘러내렸다. 그 눈물이 안타까워서 혀로 핥고 입을 맞췄다.

시도 때도 없이 조였고, 더는 움직임을 느릿하게 끌고 갈 수도 없었다.

"아악!"

속도를 높이자, 그녀가 비명과 같은 신음을 내질렀다. 이제 그만할까? 하는 물음이 입 안에서 맴돌았지만, 내뱉을 수가 없었다. 그만하자고 하면, 그만둘 자신이 없었다. 여자와 몸을 섞다가 수틀리면 그 즉시 행위를 멈추고 뒤도 돌아보지 않고 자리를 떠났던 적도 많았다.

하지만 지금은 비이성적으로 몸이 날뛰는 것 같았다. 심장이 터질 듯이 뛰어댔고, 몸도 한계까지 내달렸다.

"하으윽."

급기야 그녀가 울음을 터뜨렸다. 울음소리와 신음 소리가 뒤섞여서 제우의 목숨 줄을 움키고 있는 것만 같았다.

"흐으윽. 아아! 으으응."

고통을 견디는 아내가 고마웠다. 제우는 그녀를 꽉 끌어안은 채로 열정을 쏟아 냈다.

그녀는 품에 안긴 채로 훌쩍거렸다. 꽉 안으면 바스라질까, 혀를 가져다 내면 녹아내릴까. 쓸데없는 걱정에 사로잡힐 만큼 이 순간이 소중했다.

작은 몸에서 떨림이 잦아들 때까지 그녀를 보듬었다.

"어땠어요?"

그녀가 울음기 섞인 목소리로 물었다.

이런 질문은 내가 해야 하는 거 아닌가?

가쁜 숨을 내쉬는 그녀의 얼굴에는 불안감이 역력했다.

"너무 좋았어요."

불안해하는 그녀에게 장난치고 싶은 생각은 들지 않았다. 솔직한 대답에 그녀가 안도의 한숨을 내쉬었다.

"많이 아팠어요?"

스스로 물어 놓고도 얼굴이 간질거려서 마른세수를 한 번 했다.

"견딜 만했어요."

그런데 얼굴을 붉히며 종알거리는 그녀의 대답에 가슴이 벅차올라 버렸다.

돌겠네, 진짜.

온몸이 간질거려서 견딜 수가 없었다. 제우는 그녀를 품으로 꽉 당겨 안았다.

"윽, 숨 막혀요."

그녀가 답답하다며 제우의 가슴을 슬쩍 밀어 냈지만, 싫어하는 기색은 없었다.

"씻을까요?"

조심스러운 물음에 그녀가 고개를 끄덕거렸다. 생각해 보면 그녀와 이렇게 가까워지기 전에도 제우는 그녀에게 남다른 관심을 두었었다.

여자에게 같이 씻을 거냐고 물었던 건, 성시안이 처음이었다.

"잠깐만 기다려요."

제우는 그녀를 침대 위에 두고 욕실로 향했다. 뜨거운 물이 가득 담긴 욕조에서 그녀를 안고 느긋한 시간을 보내고 싶었다.

욕조에 물이 반 정도 채워졌을 때쯤, 그새를 못 참고 그녀가 욕실에 나타났다.

"너무 오래 걸리는 것 같아서요."

쭈뼛거리며 다가오는 그녀의 몸에는 하얀색 실크 슬립이 입혀져 있었다.

"물 받는 데 시간이 좀 걸려서요."

그녀가 살금살금 제우의 곁으로 다가왔다. 이제 반 조금 넘게 물이 채워졌으니, 아직 다 차려면 멀었다.

제우는 여전히 홀딱 벗은 상태였다. 그녀는 남편의 벗은 몸을 흘끗 보고는 얼굴을 붉혔다.

그녀가 욕실에 들어설 때부터 반쯤 곤두섰던 몸피가 무섭게 일어나기 시작했다. 그 모습을 발견한 그녀의 눈에 호기심이 가득했다.

뭐가 그렇게 궁금하실까?

그녀는 제우가 쳐다보는 줄도 모르고 그곳에 시선을 고정하고 있었다. 늦게 배운 도둑질에 날 새는 줄 모른다더니, 침까지 꼴깍 삼킨다.

"내가 해 봐도 돼요?"

"뭘?"

욕조에 물 받는 건 수도꼭지가 알아서 할 일이다.

"그러니까, 그거요. 내가."

그녀는 욕조 턱에 걸터앉아 있는 제우의 다리 사이로 들어와서 섰다. 목울대가 크게 일렁거릴 정도로 침이 넘어갔다.

"대체 뭘?"

그녀가 대리석 바닥에 무릎을 꿇었다.

이 여자가 지금 뭘 하려고 덤비는 거야?

제우의 심장이 터질 듯이 뛰어 댔다.

5화

TIMORÓSO

시안은 당황한 남편의 얼굴을 가만히 올려다보았다. 그는 시안을 안아서 일으켜야 하는지, 아니면 그대로 둬야 하는지 고민하는 눈치다.

"내가 해 보고 싶은 게 있어서 그래요."

"대체 뭐가 하고 싶은데, 그렇게 심각한 얼굴이야?"

그가 손끝으로 시안의 턱을 부드럽게 들어 올렸다. 살갗에 닿는 그의 손은 뜨거웠다.

갈색 눈동자를 품은 눈가가 붉었다. 그의 시선만으로 아까 침대에서 느꼈던 감각이 되살아나는 기분이다.

통증이 심했다. 지금도 몸속에 무언가 꽉 들어차 있는 것처럼 이물감이 느껴진다. 하지만 아프기만 한 것은 아니었다.

시안을 안고 어쩔 줄 몰라 하는 남편의 얼굴에 어렸던 환희는 절대 잊을 수 없을 것이다. 시안 역시도 그의 품에서 새로이 태어나는 것을 느꼈다.

서로가 있어야 완전해지는 관계. 이유를 설명할 수 없지만 이제 제 곁에 남편이 없는 것은 상상하기 어려울 것 같다.

그래서일까. 이 남자를 충분히 만족시켜 주고 싶은 바람이 생겨났다. 아직 남자에 관해 잘 모르고, 서툴지언정 노력하고 싶었다.

시안은 그의 다리 사이에 무릎을 꿇고 앉아서 또다시 무섭게 부풀어 오른 몸 피를 손에 쥐었다. 그다지 잘생긴 모양새는 아닌데, 촉감은 놀랍도록 부드러웠다. 마치 핏덩어리를 손에 쥐고 있는 것처럼 뜨거웠고, 묘하게 단단했다.

"장난해?"

살짝 쥐고만 있자, 그가 실소했다. 그의 도발에 놀란 시안은 저도 모르게 손아귀에 힘을 꽉 주었다.

"으음."

그가 신음하며 팔을 뒤로 뻗어서 욕조 난간을 잡고 고개를 젖혔다. 몸을 나른하게 젖힌 모습이 기가 막힐 정도로 섹시했다.

"그렇게 잡아서 터지겠어, 그게?"

아무래도 이건 너무 꽉 잡았나 보다. 시안은 힘을 조금 풀고, 손을 움직여 보았다.

"후우."

그가 천장을 향해 더운 숨을 내쉬었다. 그가 거친 숨을 내쉴 때마다 탄탄한 복직근이 오르락내리락했다. 넓고 매끄러운 가슴에 땀방울이 송골송골 맺히는 모습을 시안은 넋을 놓고 바라보았다.

손목이 조금 아팠지만, 이 정도는 견딜 수 있었다.

"아아!"

신음하는 그의 복근이 크게 일렁거렸다. 그에게서 거친 숨소리가 쉴 새 없이 터져 나왔다.

시안은 얼른 고개를 숙여서 살덩이를 입에 물었다. 키스하듯 움직이자, 그의 커다란 손이 시안의 머리카락을 움켜잡았다.

"성시안, 너 진짜!"

탁하게 쉰 목소리에서 절박한 애원이 느껴졌다. 계속하길 바라는 건지, 그만 두길 바라는 건지 모르겠다. 시안은 그만두지 않고 하던 짓을 계속했다. 분명한 것은 저로 인해 달아오르는 남자를 보는 게 무척이나 가슴 떨리는 일이라는 사실이다.

심장이 불안정하게 쿵쿵거렸다. 그가 신음할 때마다 체온이 1도씩 올라가는 듯한 착각이 일었다.

그가 쉿소리를 내며 숨을 들이켜고는 마침내 폭발했다.

시안은 천천히 고개를 들어 그를 올려다보았다. 그가 시안의 허리를 안아 들어서는 허벅지 위에 앉혔다. 부풀어 오른 입가를 그가 엄지로 조심스럽게 닦아 주었다. 그러고는 시안의 입에 가만히 입을 맞추었다.

키스는 따뜻하고 부드럽고 가벼웠다. 하지만 입 안에서 느껴지는 맛은 그 어느 때보다도 야했다. 그걸 그도 느꼈는지 흥분감이 어린 더운 숨을 시안의 뺨 위에 터뜨렸다.

"미치겠네, 정말."

그가 시안을 보고 웃었다. 아무런 의도도, 이유도 느껴지지 않는 순수한 웃음이었다.

"목, 안아요."

시안은 그가 시키는 대로 그의 목을 꽉 끌어안았다. 살갗이 그에게 닿는 기분이 좋았다. 그는 시안을 안아 든 채로 욕조를 가득 채운 더운물 안으로 들어갔다.

욕조 안에는 보글보글 거품이 일고 있었다. 어디선가 거세게 흘러나오는 물줄기가 허벅지를 끊임없이 훑어 댔다. 그에게 안겨서 다른 것이 주는 예민한 자극을 느끼려니 기분이 야릇했다.

"왜 그래?"

그가 시안의 표정을 보고 이상한 낌새를 알아차렸는지 조심스럽게 물었다.

"물줄기가 자꾸만 건드려서⋯⋯."

시안은 말끝을 흐렸다. 그는 손으로 물속을 한 번 휘젓고는 장난스럽게 웃었다.

"암튼 야해서."

그러고는 시안을 보며 짓궂게 눈을 흘겼다.

"내가 뭘 했다고 야해요?"

발끈해 묻고 나서야, 방금 무슨 짓을 하고 욕조 안으로 뛰어들었는지가 생각났다. 시안은 부끄러워져서 그에게 등을 돌리고 앉았다. 그가 허리를 꼭 끌어안으며 몸을 밀착했다.

"따뜻하다."

그가 귓가에 대고 속삭였다. 시안도 같은 생각을 하고 있었다.

따뜻하다.

더운물에 담그고 있는 몸뿐만 아니라, 가슴속에서도 몽글몽글 따뜻한 기운이 솟아나고 있었다.

처음 사랑을 나눈 이후로 2주가 흘렀다. 그중 절반 이상은 침대에서만 보냈던 것 같다.

"어떡할래요. 한국으로 갈래, 아니면 다른 데로 갈래?"

그는 시안이 가고 싶은 곳을 말하면 어디든 데리고 갈 것처럼 말했다.

"이제 한국으로 가도 좋을 것 같아요."

바닷가 산책도 충분히 했고, 세이셸에서 분위기가 좋다는 레스토랑은 다 가 본 것 같았다. 에덴의 섬이 지루해질 수도 있다는 사실을 시안은 슬슬 깨닫는 중이었다.

그리고 무엇보다 엄마가 보고 싶었다. 얼마나 회복했는지, 걷는 연습은 어떻게 되어 가고 있는지, 하나뿐인 딸내미가 곁에 없어서 외로운 건 아닌지, 걱정되고 궁금했다.

"근데 서울로 돌아가기 전에 가 보고 싶은 데가 있어요."

아직 엄마에게 줄 선물을 사지 못했다. 엄마는 비싼 선물보다 현지 냄새가 물씬 나는 작은 기념품을 더 좋아하실 거다.

"어디?"

"이 근처에 혹시 시장이 있을까요?"

시안의 물음에 그는 한번 알아보겠다며 고개를 끄덕거렸다. 마주 앉은 식탁에서 일어나는 그의 손을 시안이 붙잡았다.

"누구한테 물어보려고요?"

언제쯤 이런 바보 같은 생각을 멈추게 될까?

그가 다른 여자에게 연락해서 물어볼지도 모른다는 생각이 들어서 심장이 기분 나쁘게 뛰어 댔다. 그의 입에서 여자의 이름이 흘러나왔다.

"알렉사."

그건 또 어떤 년이야?

시안이 미간을 확 찡그리자, 응접실로 나간 그가 소리 높여 알렉사를 외치기 시작했다.

"알렉사!"

이게 지금 뭐 하는 짓이야?

시안은 눈을 휘둥그렇게 뜨고 그에게 다가갔다.

"Yes, I'm here."

어디선가 AI 스피커가 대답했다. 시안은 기가 막혀서 웃음을 터뜨리고 말았다. 그가 말한 알렉사는 AI 스피커였다.

"이제 AI도 질투할 거야? 쟤도 갖다 버릴까?"

시안은 웃음기를 머금은 채로 고개를 절레절레 내저었다.

"쟤가 당신한테 야한 영상 같은 것도 찾아 주고 그랬어요?"

시안이 장난스럽게 물었다.

"내가 그런 영상이 필요했겠어?"

그는 무심코 내뱉은 말이 실수였다고 생각하는지 얼른 입을 꾹 다물었다. 아직 두 사람은 맞춰 나갈 게 많아 보였다.

알렉사는 근처에 '써 셀윈 셀윈-클라크 마켓'이라는 시장이 있다며 알려 주었다.

"멀지 않네. 차로 15분? 얼른 준비해."

시안은 어느 때보다도 기분이 들떠서 서둘러 외출 준비를 마쳤다. 아무런 무늬가 없는 하얀 티셔츠에 짧은 청 반바지를 입었다. 머리를 정수리까지 올려 묶고 응접실로 나가자, 시안과 비슷한 복장을 한 남편이 눈에 들어온다.

그는 무늬가 없는 하얀 티셔츠에 청바지를 입고 있었다. 일부러 이렇게 입자고 한 것도 아닌데, 옷을 맞춰 입은 게 신기할 따름이다.

그가 미간을 찡그리며 시안의 곁으로 다가왔다. 아무래도 그는 시안과 생각이 다른 모양이다.

"왜요? 이상해요?"

"아니, 그건 아닌데."

그가 고개를 비스듬히 기울이며 시안의 뺨에 쪽 소리가 나도록 입을 맞췄다.

"심각하게 귀엽네."

그러고는 시안의 엉덩이를 장난스럽게 꽉 쥐었다가 놓았다.

"꺅!"

새된 비명을 지르자, 그는 아무 일도 없다는 듯이 현관으로 걸어 나갔다.

"얼른 나와요. 오늘도 침대 위에서만 뒹굴뒹굴하고 싶은 게 아니면."

무심하게 내뱉은 그의 말은 진심이었다. 뭉그적거리다가 침실에 갇혔던 날이 허다했다. 시안은 얼른 걸음을 재촉했다. 기회만 엿보이면 두 사람은 서로에게 달라붙었다. 그를 받아들이는 일이 계속될수록 조금씩 편해졌고, 말도 못 하게 좋아졌다.

하지만 한국으로 돌아가기 전에 기념품도 사야만 했다. 그는 시안이 왜 시장에 가고 싶어 하는지 굳이 묻지 않았다. 그냥 시안이 가고 싶다니까 데려가 준다고 했다.

파란 하늘과 쪽빛 바다는 언제나처럼 아름다웠다. 때때로 소나기가 내리곤 했지만, 비가 그치고 나면 언제 흐렸냐는 듯이 맑고 투명한 하늘로 되돌아왔다.

소나기에 흠뻑 젖었던 그의 차는 아직 정비소에 있었고, 두 사람은 다른 차를 이용해 섬을 돌아다녔다.

"여기 또 언제 올 수 있어요?"

시안이 열린 창틀에 턱을 기댄 채 물었다.

"당신이 오고 싶을 때."

그의 대답은 너무 쉬웠다. 그는 먹고살기 위해 아등바등할 필요가 없었고, 일에 얽매여 살지도 않았다. 어쩌면 그의 오만은 여유에서 비롯된 것일지도 모른다는 생각이 들었다.

써 셀윈 셀윈-클라크 마켓은 생각했던 것보다 훨씬 작은 시장이었다. 구경거리가 많지는 않았지만, 기념품 가게는 몇 개 있었다. 그리고 무질서한 만큼 주차장이 엉망이었다.

그는 놀라울 만큼 온순해졌다. 주차가 쉽지 않은데도 짜증을 내지 않는 걸 보면 대단한 변화다.

"가정 교육을 참 잘 받았네요."

시안이 웃으며 종알거렸다. 그가 또 무슨 장난을 치려고 그러는 거냐는 듯이 시안을 흘끗 보았다.

"주차장이 엉망인데도 짜증 한 번 안 내잖아요."

"속으로 욕을 천 번쯤 했어."

그가 지지 않고 받아쳤다. 그의 불만 가득한 대꾸에 웃음이 터져 나왔다. 그는 시안의 웃음소리가 듣기 좋다는 듯이 미소 지었다.

무심코 고개를 돌렸는데 아빠의 손을 꼭 잡은 여자아이의 모습이 눈에 들어왔다. 문득 어릴 때 아빠와 손잡고 시장에 갔던 일이 생각났다.

"왜 그래?"

그는 시안의 기분이 가라앉으면 귀신같이 알아차렸다.

"그냥 누가 생각나서요."

스산한 대답이 흘러나왔다. 그가 시동을 끄고 시안의 턱끝을 잡았다.

"누구?"

"아버지요."

아름다운 갈색 눈동자가 가느다랗게 떨렸다.

"아버지가 어떤 사람이었어요?"

그는 시안의 눈동자를 들여다보며 물었다. 진심으로 궁금한 것인지, 아니면 시안이 이야기를 꺼냈기 때문에 묻는 것인지 잘 모르겠다.

"아버지에 대한 당신 생각이 궁금한 거야."

그는 마치 시안의 속을 꿰뚫고 있는 것처럼 말했다.

"그리운지, 보고 싶은지."

그립다고 말하고, 보고 싶다고 말하면 아버지를 찾아 주기라도 할 것처럼 굴었다.

시안은 고개를 세차게 내저었다.

"안 그립고, 안 보고 싶어요. 그냥, 어릴 때 아버지 손을 붙잡고 이런 시장에 왔던 기억이 나서요. 그때는 정말 좋았거든요."

한숨이 저절로 흘러나왔다.

"근데 궁금하기는 해요. 도대체 어디서 뭘 하고 살아서, 아내랑 딸을 버리고 코빼기도 안 보이는 건지."

혹시 죽은 건 아닌지.

이 세상 사람이 아니어서 연락을 못 하는 것은 아닐까, 하는 생각도 하기는 했었다.

누군가 아버지에 관해 물을 때면, 시안은 방어적인 대답을 늘어놓았었다.

사업을 하다가 망해서 숨어 버렸다고.

시안은 자꾸만 생각이 어두워지려고 해서 숨을 크게 들이마셨다.

"내릴까요?"

그가 웃으며 고개를 끄덕거렸다. 차에서 내린 그는 얼른 조수석 쪽으로 다가와서 시안의 어깨를 감싸 안으며 차 문을 닫아 주었다.

"소매치기가 좀 있대. 조심해야 할 것 같아."

아무래도 관광객이 많이 몰리는 재래시장이어서 그런지 치안 상태가 좋지 않은 듯했다. 그는 누구든 시안의 곁에 다가오면 때려눕힐 것처럼 경계 태세를 갖추었다.

시안은 그의 허리에 오른팔을 두르며 당부했다.

"그래도 싸움은 절대 안 돼요."

그가 눈앞에서 또다시 유혈 사태를 벌이는 꼴은 두고 볼 수 없었다.

"응."

그는 믿음직한 미소를 보이고는 걸음을 옮기기 시작했다. 시장 안으로 들어서서 점포 서너 개를 지났을 때쯤이었다.

"나도 아버지가 그립지 않고, 보고 싶지도 않아."

그가 나직한 목소리로 중얼거렸다. 시안은 그의 솔직담백한 어조에 홀린 듯 바라보았다.

"그런데 그런 기분 알아? 집에서 바퀴벌레를 한 마리 발견했어. 근데 잡으려는 순간 사라져 버린 거야. 이게 대체 내 눈을 피해서 무슨 짓을 하고 있는 거지? 내가 한눈팔았을 때 나와서 내 집 안을 돌아다니면서 더러운 병균을 퍼뜨리면 어쩌지? 안 보이는 곳에 알을 잔뜩 까 놓은 거 아냐? 하는 생각이 드는 거."

그는 자신의 아버지를 바퀴벌레에 비유하고 있었다.

"눈에 안 보여서 궁금하기는 한데, 그게 긍정적인 관심은 아니라는 뜻이야."

시안은 그의 기분을 이해할 수 있었다.

"사람들이 아버지는 뭘 하시냐고 물어보면요. 사업한다고 했었어요."

시안은 기념품 상점 앞을 지나며 알록달록한 드림캐처가 걸려 있는 매대를 바라보았다. 어딜 가든 요즘에는 관광 기념품으로 아메리칸 원주민 장신구인 드림캐처가 걸려 있다.

"아버님이 무슨 일을 하셨는데?"

질문을 던지는 그의 목소리는 고저 없이 단순했다. 시안은 그가 자신에게 했던 말을 떠올렸다.

'내 아내는 나를 이렇게 저렇게 판단하고 계산할 사람이 아닌 것 같아서.'

시안도 같은 생각이었다. 가족사를 조금 털어놓는다고 해서 그가 시안을 얕잡아 보거나, 저열한 시선으로 판단하려 들지는 않을 것 같았다.

"아무것도요."

조용히 내뱉은 말에 그는 무슨 뜻인지 모르겠다는 듯이 눈썹을 치켜올렸다.

"술 먹고, 가끔 집에 들어와서 돈을 가져가고, 집에 가져갈 돈이 없으면 엄마를 때리고. 그거 말고는 아무것도 안 했어요."

"혹시."

그가 머뭇거렸다. 혹시 시안도 맞은 적 있는지 묻고 싶은 듯했다. 시안은 대답할 수 없었다. 맞지 않았다는 거짓말은 나오지 않았다.

"아버지가 완전히 집을 나가기 직전에 살던 집은 허름한 다세대주택 1층이었어요. 아버지가 현관문을 열고 들어오면, 나는 내 방 창문을 열고 밖으로 뛰어내렸어요. 창문 아래 몸을 웅크리고 숨어 있다가 아버지가 집을 나가면 다시 집 안으로 들어가곤 했어요."

날씨가 좋은 날에는 그래도 견딜 만했다. 하지만 눈이나 비가 오는 날이면, 두려움보다 더 무서운 추위 속에서 버텨야만 했다.

"어릴 때는 그래도 다정하고 좋은 아버지였어요. 그런데 실직하고, 복직이 되지 않아서 완전히 망가져 버린 거죠. 사업을 하겠다는 핑계로 집에서 야금야금 돈을 가져가고, 엄마 앞으로 대출을 받고, 사채도 쓰고. 아버지가 번듯한 사업체를 꾸렸던 적은, 내 기억엔 없어요."

시안의 말을 잠자코 듣고 있던 그는 무슨 말을 해 주고 싶은지 어깨가 들썩이도록 숨을 들이쉬었다가 입을 다물기를 반복했다. 위로를 건네고 싶어 하는 그의 표정만으로도 시안은 큰 위안을 얻은 것만 같았다.

"고마워요."

시안은 그의 허리를 꼭 끌어안으며 말했다.

"뭐가요?"

그가 짐짓 부끄러운 목소리로 물었다. 고개를 비스듬히 들어서 올려다보니 그의 목덜미가 붉었다.

"날 이렇게 멋진 곳에 데리고 와 줘서."

시안의 어깨를 끌어안은 그의 손에 바짝 힘이 들어갔다.

"이걸로 무승부?"

시안이 장난스럽게 그의 옆구리를 툭 건드리며 물었다.

"갑자기 무슨 무승부?"

"바다 수영이랑, 시장이랑. 무승부?"

그의 어머니의 죽음에 얽힌 바다와 시안의 아버지를 떠올리게 한 이야기를 무승부로 치자는 거였다. 그는 기가 막힌다는 듯이 실소했지만, 눈빛은 한결 부드러워졌다.

그리고 어제보다 더, 아까보다 더, 가까워진 기분이 들었다.

"나 이거 살래요."

시안은 아까부터 내내 흘끗거렸던 드림캐처를 손으로 가리켰다. 아니나 다를까 그가 눈살을 잔뜩 찌푸렸다.

"대체 저런 쓰레기를 사서 얻다 쓰게요?"

빨간색과 자주색이 섞인 실이 감겨 있는 드림캐처에는 파란색 깃털이 정신없이 달려 있었다. 다소 조악하기는 했지만, 화려한 모양새는 어머니가 좋아할 만한 디자인이었다.

"우리 엄마 드릴 건데요? 이거 딱 엄마 취향인데."

그가 실수했다 싶었는지 입을 꾹 다물고는 더는 아무런 말도 하지 않았다. 시안이 엄마에게 줄 드림캐처를 고르자, 그는 한술 더 떠서 플라스틱 크리스털과 분홍색 모조진주가 주렁주렁 달린 선캐처를 골랐다.

"이것도 어머니의 우아한 취향에 잘 어울릴 것 같은데?"

어머니의 취향을 얕잡아 봐서 미안하다는 듯이 그는 진지한 얼굴이다.

"그건 좀 촌스러운데."

시안이 신랄하게 말하며 미간을 모으자 그가 황당하다는 듯이 입을 벌렸다.

알록달록한 드림캐처나 분홍범벅인 선캐처나 뭐가 다르냐고 묻고 싶은 표정인데, 그러다 또 말실수하게 될까 봐 참는 얼굴이다. 성격대로 내지르지 못하고 한숨을 집어삼키며 참는 모습이 우스꽝스럽기도 하고, 근사하기도 하고, 멍청해 보이기도 하고, 귀엽기도 하고.

"그치만 올 엄마는 이런 촌스러운 것도 좋아하니까."

시안은 그의 손에 들린 선캐처를 냉큼 빼앗았다. 그가 눈을 가늘게 뜨며 시안을 한 번 흘겨보고는 기념품값을 치르려고 했다.

"잠깐만요."

시안이 점원과 남편 사이에 끼어들었다. 뭔가 더 살 게 있어서 시안이 주춤하고 있다는 것을 점원도 알아들을 수 없는 외국어지만 이해한 것처럼 보였다.

"왜 또 뭐 사게?"

시안은 진한 초록색 천에 금색 실로 기름 야자나무가 수놓아진 파우치를 손끝으로 가만히 만져 보았다.

"나 이거 사 줘요."

그는 미간을 구기지 않으려고 애쓰는 표정이다. 시안의 허름한 원피스를 보고 그가 황당하다는 듯이 외쳤던 소리가 귓가를 맴돌았다.

진심이야?

그렇게 외쳤던 것 같다. 지금도 똑같이 묻고 싶은 얼굴이다.

"그걸 뭐 하게요?"

"그냥, 화장품도 넣고. 이것저것 넣고 다니는 데 쓰려고요."

제우는 이것도 함께 계산해 달라며 점원에게 돈을 냈다. 그녀는 손바닥만 한 파우치를 든 채 함박웃음을 머금고 있었다.

뭐가 저렇게 좋은지.

얼마 걷지 않은 것 같은데 시장 끄트머리가 보였다. 과일 노점상에서 열대과일을 갈아 만들어 주는 주스를 한 잔씩 사 마셨다. 그녀는 시장 바닥에서 천원도 하지 않는 주스를 맛있게 홀짝였다.

"돈이 참 안 드는 타입이네."

제우가 혼잣말처럼 읊조렸다.

"잊었어요? 나 돈 되게 많이 드는 타입이야. 아버지 빚도 있었죠. 엄마 병원비도 들어갔죠."

그녀가 마치 남의 이야기를 하는 것처럼 떠들어 댔다. 이게 지금 웃으라고 하는 소린지, 아니면 진심으로 하는 소린지 헷갈린다.

제우가 잠자코 있자, 그녀가 대뜸 함박웃음을 머금는다. 제우도 그녀를 따라 헤벌쭉 웃었다.

그래, 무슨 헛소리를 지껄이든 네가 즐거우면 됐다.

제우는 그런 생각을 하는 자신이 너무 낯설게 느껴졌다.

"나도 뭐 하나 사 주고 싶어요."

그녀는 싸구려 파우치가 소중한 보물이라도 되는 것처럼 가슴 앞에 꼭 쥐고 있었다.

그냥 빨리 집에 돌아가서 침대로 뛰어들면 좋겠다는 생각만 간절했다. 그거면 충분할 거라는 말을 하려는데, 그녀가 가죽 공예 상점 앞에 멈춰 섰다.

아내가 이젤 위에 캔버스를 얹어 놓은 가죽 공예 열쇠고리를 들어 보였다.

"이거 어때요?"

화가인 남편에게 어울리는 물건이라고 생각하는 눈치였다. 주인 솜씨가 제법인지, 만듦새가 좋은 편이었다.

썩 내키지는 않았지만, 좋아하는 아내의 모습에 괜찮다고 고개를 끄덕여 주었다. 그녀는 열쇠고리값을 치르고 제우를 향해 손바닥을 내밀었다. 열쇠고리값을 달라는 이야긴가? 지갑을 꺼내려고 하자, 그녀가 고개를 절레절레 내저었다.

"그럼 뭘 달라고?"

"당신이 항상 몸에 지니고 다니는 거요. 예를 들면 차 키 같은 거?"

차 키에 열쇠고리 같은 걸 치렁치렁 달고 다니는 취미는 없었다. 차가 한 대도 아니고.

"그런 거 없어."

사실을 말했을 뿐인데, 그녀는 무심하다고 생각하는 눈치였다. 매혹적인 검은색 눈동자에 실망한 기색이 역력했다.

"그냥 열쇠고리만 따로 들고 다니죠, 뭐."

제우는 어서 내놓으라며 손을 내밀었다. 그녀가 어리둥절한 눈으로 제우를 올려다보았다.

가지고 다니겠다는데도 이런 반응이니, 대체 어쩌라는 건지?

"그냥 열쇠고리만 들고 다니겠다고요? 그런 게 어딨어요. 여기 뭐가 달려 있어야지."

"그런 법은 누가 만들었어요? 열쇠고리 하나만 들고 다니면 안 된다는 법도 있어요?"

"그건 아니지만."

반드시 제우가 소중하게 여기는 중요한 물건에 열쇠고리를 달아 줘야 한다는 듯이 비장한 표정이다.

"여기 아무것도 안 달려 있으면 들고 다닐 이유가 없잖아요. 열쇠고리만 달랑 들고 다니는 사람이 어딨어요?"

그녀의 말도 일리가 있기는 했다.

"거기 나한테 제일 중요한 걸 매달면 되죠."

그런 게 있냐며 그녀의 눈동자가 반짝 빛났다. 제우는 그녀가 쥐고 있던 열쇠고리를 제 손으로 옮겨 왔다. 은색 고리를 검지에 걸고 뱅글뱅글 돌리며 웃었다.

"날 걸고 다니면 되지. 나는 내가 세상에서 제일 중요하거든요."

아내의 눈이 동그래지는 순간, 아차 싶었다. 아내 앞에서 내뱉기에는 다소 어울리지 않는 말이라는 생각이 들었다.

기분이 상했으려나?

하지만 세상에서 아내가 제일 소중하다는 낯간지러운 소리를 할 깜냥은 아직 못 됐다. 그리고 세상에서 자신이 가장 중요하다는 말은 사실에 가까웠으니까.

"그런 거라면……."

무슨 말을 하려는지 그녀가 조심스럽게 운을 뗐다.

대체 뭔 생각을 하는데 얼굴이 저렇게 빨개졌을까?

제우는 흥미로운 시선으로 그녀를 내려다보았다.

"그 열쇠고리에 달린 중요한 거요. 나도 가끔 필요하면 써도 돼요?"

깜찍하고 야한 말을 눈 하나 깜짝 안 하고 떠들어 댄다.

"안 써 주면 서운할걸요?"

이걸로 열쇠고리에 대한 논란은 끝이다. 제우는 그녀가 사 준 열쇠고리를 청바지 주머니에 넣었다. 조그만 물건이 주머니에 들어차자 괜히 그곳으로 신경이 쏠렸다.

절대 잃어버리지 말아야지.

싸구려 열쇠고리를 소중하게 간직하겠다고 다짐한 순간, 그녀가 환하게 웃었다. 그녀의 품에는 여전히 조악한 파우치가 안겨 있었다.

인천 공항에서 내려서 서울 집까지 오는 내내 그녀는 차에서 꾸벅꾸벅 졸았다. 세이셸은 직항 노선이 없어서 비행기를 갈아타야 하는 수고로움이 있었고, 저택을 떠난 뒤 24시간이 훌쩍 넘어서야 서울에 도착할 수 있었다.

"다 왔어요."

두 사람이 탄 차는 이제 집 앞 진입로로 들어서고 있었다. 그녀가 무거운 눈꺼풀을 들어 올리며 주변을 두리번거렸다.

"벌써요?"

그녀는 등받이에 몸을 깊숙이 기대며 앓는 소리를 냈다. 어지간히 피곤한 눈치다. 제우는 그녀의 뺨을 손가락등으로 어루만지며 다시 눈을 감은 그녀를 깨웠다.

"이제 눈 떠요."

"내릴 때 뜰게요."

그녀는 차창 쪽에 기대고 있던 몸을 제우 쪽으로 기울였다. 팔을 끌어안으며 가슴에 얼굴을 비비는 여자는 생각보다 잠이 많았다.

알람 소리를 듣고 한 번에 눈을 뜨는 법이 없었고, 침대에서 10분만, 5분만, 3분만, 1분만을 끝도 없이 중얼거렸다. 하지만 그녀를 깨울 방법이 아예 없는 것은 아니었다.

제우는 손으로 그녀의 턱끝을 부드럽게 잡아 올렸다. 그녀의 입술에 가만히 입을 맞추자, 보드라운 입술에 웃음기가 감돈다. 제우가 그녀를 어떻게 깨우려고 하는지, 그녀도 알아차린 모양이다.

"알았어요. 일어난다고."

그녀가 상체를 세우고 기지개를 켰다. 제우는 그 틈을 놓치지 않고, 그녀의 허리를 와락 당겨 안았다. 새된 비명을 지르다 화들짝 놀란 그녀가 두 손으로 얼른 입을 가렸다.

운전기사는 뒷좌석에서 전쟁이 난다고 해도 돌아보지 않을 위인인데, 그녀는 다른 사람도 있는데 이러지 말라는 듯이 눈짓으로 주의를 줬다. 세이셸에서 시작된 그녀의 가정 교육은 한국에서도 계속될 모양이다.

차고에 차가 들어서자, 그녀가 새삼스럽게 긴장하는 모습을 보였다.

"짐은 알아서 올려 줄 거니까, 소지품만 챙겨요."

그녀는 휴대전화와 초록색 야자나무 파우치를 손에 들고 제우를 따라 차에서 내렸다. 저 파우치는 어딜 가나 그녀와 함께였다. 안에 뭐가 들어 있느냐고 물어보니, 립밤과 핸드크림, 비상용 여성용품 따위가 들어 있다고 했다.

차에서 내린 두 사람은 묵직한 돌계단을 천천히 올랐다. 무심하게 박아 놓은 듯 보이지만 공을 들여 복원한 것이었다. 계단참에 올라섰을 때, 촘촘한 서양 잔디가 심긴 작은 정원을 발견한 아내의 검은 눈동자가 반짝거렸다.

잔디 너머에는 붉은 벽돌로 지은 집이 그림처럼 우뚝 서 있었다. 디귿 자를 눕혀 놓은 구조의 2층 주택은 1, 2층 건물의 가운데 앞쪽에 고즈넉한 테라스가 자리했다.

정면에서 보았을 때 1층 왼쪽에는 부엌과 다이닝 룸, 티 룸과 멀티미디어 룸, 응접실이 있었고, 오른쪽에는 메인 침실 그리고 제우의 작업실이 위치했다.

2층 왼쪽에는 욕실이 딸린 침실이 세 개, 오른쪽에는 그녀를 위한 공간과 탁

트인 응접실이 있었다. 1층 현관에 들어선 그녀는 휘둥그레진 눈으로 집을 둘러보았다.

붉은 벽돌 주택은 1920년대 후반에 이곳에 정착한 프랑스인이 지은 집이었다. 제우가 이 집을 처음 발견했을 때만 해도 관리 상태가 엉망이었다.

소유 관계가 복잡하게 얽혀 있었고, 아무도 돌보지 않아서 폐허에 가까웠다. 하지만 구조와 주위 풍경은 훌륭한 집이었다. 이 집을 소개해 준 중개인은 집을 아예 허물고, 건물을 새로 지어서 월세 수익을 올리는 편이 좋을 거라는 조언을 했었다.

하지만 제우는 언젠가는 자신이 이곳에 들어와서 살게 되지 않을까, 생각하며 집을 고쳐 왔다.

복원 전문가와 건축가를 함께 고용해서 집이 원래의 아름다움을 되찾게 해 달라고 요구했다. 정원 계단이 완성되고, 잔디가 심기고, 파손된 벽돌을 교체하고.

건물이 제 모습을 갖춰 가는 걸 지켜보면서 제우는 제 안에서 무너졌던 무언가가 조금씩 일어서는 기분을 느꼈다.

"마음에 들어요?"

집을 새로 짓는 것보다 복원하는 게 더 어려운 일이라는 걸 이 집을 고치면서 알게 되었다.

"너무 마음에 들어요."

두 사람의 신혼집에는 처음 와 보는 그녀였다.

"되게 삭막하고 모델 하우스 같은 집에서 살게 될 거라고 생각했거든요? 솔직히 세이셸 그 저택도 무슨 외국 잡지에 나오는 집 같았어요. 그런데 여기는 정말 집 같아!"

그녀는 검은 눈을 반짝거리며 집 안 곳곳을 부산스럽게 돌아다녔다. 제우는 어린아이처럼 깡충거리는 아내를 웃으면서 따라다녔다.

다이닝 룸 벽지를 보고 그녀는 소녀처럼 비명을 질러 댔다. 연노랑 바탕에 작은 장미 무늬가 그려진 실크 벽지는 영국 요크셔에서 공수해 온 것이었다.

엔틱한 나무 식탁과 그릇장, 하얀 창틀이 멋스러운 창에 드리운 레이스 커튼을 보고 그녀는 또다시 소녀처럼 얼굴을 붉혔다.

"꼭 동화 속에서 밥 먹는 기분일 것 같아요."

마치 왕자와 공주가 행복하게 살았다는 동화의 결말을 본 아이처럼 그녀는 무구한 웃음을 지었다.

"보여 주고 싶은 데가 있어요."

제우가 조심스럽게 입을 열었다. 그녀에게 잘 보이려고 만든 공간은 아니었지만, 그녀가 마음에 들어 했으면 좋겠다는 생각이 들었다.

"어딘데요?"

그녀가 제우의 팔을 꼭 끌어안으며 예쁘게 웃었다. 제우는 그녀를 데리고 2층 응접실 한쪽에 자리한 방으로 가 문을 열었다.

"아……."

방문이 열리자마자, 시안을 할 말을 잃어버렸다. 위쪽은 민트색과 상아색이 뒤섞인 벽지로, 아래쪽은 상아색 웨인스코팅 장식으로 마감된 방 한가운데에는 하얀색 그랜드 피아노가 놓여 있었다.

오각형 모양의 방을 빙 둘러서 아래위로 기다란 직사각형 모양의 창이 여러 개 나 있었다. 사방에서 빛이 들어오는 예쁜 방에 시안만을 위한 피아노가 놓여 있는 거였다.

콧등이 맵고 눈물이 핑 돌았다. 시안은 태어나서 단 한 번도 자신의 피아노를 가져 본 적이 없었다. 음악교육을 전공하고, 피아노로 입시를 준비했으면서도 제 피아노는 없었다.

집 근처 피아노 학원에 학원비를 조금 더 내고 연습실 삼아서 다니곤 했었다. 그랜드 피아노는 언감생심 꿈도 꾸지 못했다.

"너무."

시안은 조심스럽게 피아노 앞으로 다가섰다.

"너무 좋아요. 이거 정말 내 거예요?"

쑥스러운 미소를 짓고 있는 남편에게 들뜬 목소리로 물었다.

"그럼 누구 거겠어요?"

삐뚜름하게 대답하는 모습이 근사했다. 시안은 폴짝 뛰어서 그의 목을 와락 끌어안았다. 맞닿은 그의 심장이 쿵쿵 뛰었다.

그는 시안의 허리에 커다란 손을 얹은 채로 입술에 부드럽게 입을 맞추었다. 시안은 그에게 매달리듯 안겨서 입을 열었다. 입 안으로 그의 달콤한 혀가 미끄러져 들어왔다.

혀가 얽히는 감각은 언제나처럼 황홀했다. 피아노가 있는 방을 집에 두는 것은 어릴 때부터 시안의 꿈이었다. 언제든 피아노를 둥당거릴 수 있는 아늑한 집에 대한 동경을 가슴속에 간직하고 살아왔었다.

"고마워요."

시안은 그의 입술에 대고 여러 번 고맙다는 말을 했다.

"대체 뭐가 그렇게 고마운지 모르겠네."

그는 이렇게까지 감동할 줄은 몰랐다는 듯이 시치미를 뚝 뗐다.

"한번 연주해 봐요."

그가 근사한 목소리로 중얼거렸다. 시안은 고개를 절레절레 내저으며 대꾸했다.

"나중에요. 신혼여행 동안 안 쳐서 손가락이 굳었어요. 연습해서 보여 줄게요. 근데 우리 침실은 어딨어요?"

그가 머뭇거렸다.

이런 야릇한 분위기를 풍겼으면 진작 시안의 몸을 둘러업고 침실로 향했어야 한다. 그런데 그는 못 들을 질문을 받기라도 한 것처럼 어색하게 굴었다.

"이 아래가 메인 침실이에요."

피곤해서 그런가. 집 구경이나 마저 해야겠다고, 그에게 고마움을 표시하는 부부만의 시간은 조금 나중에 가지면 된다고 생각했다.

"아, 이제 집 안 구조가 대강 파악되는 것 같아요. 여기 응접실이랑 피아노 방 아래가 우리 침실, 그리고 반대편 1층에는 다이닝 룸이랑 부엌 등등. 그럼 반대쪽 2층엔 뭐가 있어요?"

시안은 그는 메인 침실이라고 말했고, 자신은 우리 침실이라고 말했다는 사실은 미처 파악할 겨를이 없었다.

시안은 긴 복도를 지나가다 왼쪽으로 난 커다란 테라스 창을 보고 감탄했다.

"통유리창으로 할까 했는데, 안전상 좋지 않다고 해서."

유럽의 시골집에서 볼 수 있을 법한 하얀 창살이 무척이나 마음에 들었다. 그리고 창을 통해 한가득 들어오는 햇살이 나무 바닥에 그려 놓은 격자무늬 그림자조차도 사랑스러웠다.

볕이 잘 드는 복도에는 커다란 야자나무 토분과 극락 조화 등이 멋스럽게 배치되어 있었다.

아기자기한 유럽풍 인테리어와 눈을 즐겁게 하는 플랜테리어가 근사했다.

"2층 테라스 정원에는 장미가 심겨 있어요. 난간 가까운 곳에는 데이비드 오스틴 장미가 종류별로 심겨 있고, 안쪽으로는 키가 작은 향장미가 심겨 있고."

시안이 테라스 밖을 넋 놓고 바라보자, 그가 다정하고 상냥한 목소리로 설명을 이어 나갔다.

"꽃이 마음에 안 들면, 바꿔도 되고. 장미가 진딧물이 자주 생겨서 번거롭기도 하다고 들어서."

"안 바꿀래요. 내년에는 저기서 장미가 피었으면 좋겠어요."

남쪽에 면한 테라스로 들어오는 햇빛은 찬란했다.

"저 옆에는 튤립 구근이랑 히아신스 구근이 심겨 있어요. 올해 월동 잘하면 내년에 꽃을 볼 수 있을 거예요."

이제 겨울이 다가오고 있었다. 아내에게 내년에 피울 꽃을 보여 주기 위해 구근을 심어 놓았다는 남편의 말은 감동 그 자체였다.

"그럼 여긴 뭐 하는 곳이에요?"

시안은 들뜬 기분으로 테라스를 지나 부엌 2층에 자리한 공간으로 다가갔다. 그곳에는 똑같은 문 세 개가 서로 마주 보고 있었고, 가운데 작은 응접실이 자리했다.

방문을 열고 나서야 머뭇거리는 그의 목소리를 들었다.

"거긴."

그가 설명을 채 마치기도 전에 시안은 그곳이 어딘지 알아차렸다. 1인용 침대에는 하얀색 침구가 정갈하게 놓여 있었다. 그리고 화장대 위에는 여자 화장품과 빗 따위가 놓여 있었다.

"여기……."

시안은 말을 잇지 못했다.

"여기가 혹시."

눈물이 핑 돌았다.

"내 방이에요?"

스스로 듣기에도 소름 끼치도록 안쓰러운 목소리가 흘러나왔다. 뒤에 있던 그가 가까이 다가오는 게 느껴졌다.

갑자기 가슴속에 구멍이 뻥 뚫린 것 같은 기분이다. 정말 알다가도 모를 남자다. 아내를 위해 꽃을 심고, 피아노 방을 준비해 놓은 사람인데. 그 빌어먹을 친절함을 발휘해서 아내를 위한 침실도 따로 마련해 두었나 보다.

시안은 그의 손길을 피해 방 안으로 들어섰다. 그가 뒤따라 들어왔다. 방은 깔끔했다. 기역 자로 난 창문의 한쪽으로는 테라스 정원이 보였고, 다른 한쪽으로는 한강이 내려다보였다. 풍광이 기가 막히게 아름다웠다.

아까 피아노 방을 마주했을 때와는 다른 의미로 눈가가 따끔거렸다.

"피곤해요. 좀 쉬고 싶어요."

그가 다가와 시안의 허리를 감싸 안았다.

"이렇게 될 줄 몰랐어."

그는 당황한 기색이 역력했다.

"결혼 전에는 당연히 따로 방을 쓸 거라고 생각했어. 나는 일하는 시간이 일정치 않아서, 각자 방을 가지고 있는 게 나을 거라고 생각했거든."

"일리가 있는 말이기는 한데요. 그럼 최소한 서로의 침실이 가까이 있어야 하는 거 아녜요?"

시안은 돌아서서 그의 흔들리는 갈색 눈동자를 들여다보았다. 그의 얼굴에는 희미한 짜증과 난감한 기색이 공존했다. 지금 이 상황을 빨리 벗어나고 싶은 눈치였다.

"그래서 지금 생각은 어떤데요?"

시안이 다짜고짜 물었다. 심장이 쿵쿵 뛰었다. 결혼하자마자 각방을 쓰는 부부라니, 우스웠다.

하긴 이렇게 따져 묻는 것도 우습기는 마찬가지였다.

"당신만 괜찮다면 나는."

그가 무슨 말을 하기 전에 시안이 말을 가로챘다.

"맞다. 우리가 죽고 못 살아서. 헤어지기 아쉬워서 결혼한 부부는 아니잖아요? 따로 방을 쓰는 것도 나쁘지는 않겠어요."

속이 상해서 말이 제멋대로 흘러나왔다. 그가 만약 지금도 방을 따로 쓰고 싶어 한다면, 큰 상처가 될 것 같았다.

세이셸에서 보냈던 꿈같은 시간은 대체 뭐란 말인가?

집을 관리하는 사람이 따로 있는 것 같았다. 만약 시안과 같은 침실을 쓰고 싶었다면 그런 사람들에게 전화해서 짐을 메인 침실로 옮겨 놓으라고 말할 수도 있었다.

그런데 그는 시안의 물건을 2층 방에 그대로 두었다.

"진심으로 하는 말이야?"

그가 한쪽 눈썹을 치켜올리며 물었다.

뭘 잘했다고 저런 표정이지?

그의 목소리가 딱딱했다. 이제 난감해하는 기색은 완전히 사라지고, 짜증이 역력한 얼굴이다.

"여기가 원래 내 방인 거잖아요?"

시안은 솟구치는 눈물을 꿀꺽 삼키며 물었다.

"좋을 대로 해."

그가 방에서 나가 버렸다. 나무 계단을 내려가는 발소리가 쿵쿵 울렸다. 시안의 심장도 함께 쿵쿵거리기는 마찬가지였다.

시안은 잘 정리된 침구 위에 털썩 주저앉았다. 마음이 말도 못 하게 아팠다. 가슴이 따끔거리고, 울화가 치밀었다. 짜증도 나고, 신경질도 났다.

내가 너무 많은 걸 기대했나?

그가 신혼여행에서 막판에 보여 준 태도는 충실하고 다정한 남편의 모습이었다. 이 결혼이 생각과 달리 행복할지도 모른다는 상상을 했었다.

한국에 돌아와서도 그와 함께 시장을 거닐고, 분위기 좋은 레스토랑에서 식사를 하고, 사랑을 나누다 잠이 들 거라고 생각했다.

그런데 지금 이 순간 신혼부부의 단꿈은 에덴의 섬에 묻어 두고 온 것 같은 기분이 든다. 시안은 침대에 가만히 몸을 누였다. 마음이 한없이 초라해졌다.

"사모님, 저녁 식사 하세요."

누군가 시안을 흔들며 깨우는 소리에 눈을 떴다. 50대 중반쯤 되어 보이는 여자가 시안을 깨우고 있었다. 흠칫 놀라 침대에서 몸을 일으켰다. 밖이 어둑어둑했다. 피곤한 탓에 깜빡 잠이 들었나 보다.

"식사하시고 주무세요."

아주머니는 해사한 미소를 지으며 시안을 다이닝 룸으로 안내했다. 계단을 내려가면서 그녀는 자신이 집안일을 도와줄 거라고 말했다. 식사 준비와 세탁, 청소부터 시작해서 필요한 게 있거나, 먹고 싶은 게 있으면 언제든지 말하라고 했다.

다이닝 룸은 텅 비어 있었다. 식탁 위에는 두 사람분의 식사가 차려져 있지만, 그는 보이지 않았다.

"그 사람은요?"

시안이 아주머니를 향해 질문을 던졌을 때였다.

"나랑 밥도 따로 먹어야 하나?"

뾰족한 목소리가 뒤에서 들려왔다. 다이닝 룸으로 들어서는 그는 물감이 잔뜩 묻은 검은색 앞치마를 입고 있었다. 그는 앞치마를 벗어서 빈 의자에 아무렇게나 던졌다. 아주머니는 익숙한 일인 듯 앞치마를 주워서 들고 나갔다.

시안은 말없이 그와 마주 보고 앉았다. 식탁 위에 드리운 샹들리에에서는 따뜻한 오렌지빛 조명이 흘러내렸다.

그는 조용히 식사를 시작했다. 시안에게 말을 걸 생각도 하지 않았다. 음식이 목구멍으로 넘어갈 때마다 가시라도 걸린 것처럼 따끔거렸다. 소고기뭇국만 홀짝거리다가 도저히 넘길 수가 없어서 물잔을 움켜쥐었다.

"먹는 게 왜 그렇게 시원찮아?"

그가 성가시다는 듯이 물었다. 정말이지 종잡을 수 없는 사람이다. 갑자기 걱정스러운 말을 불쑥 내놓으면서도 짜증이니, 당황스럽기까지 했다. 기분이 좋을 때는 한없이 좋은 사람인 척 굴다가, 수틀리면 세상 이렇게 나쁜 놈이 따로 없다.

"그냥 입맛이 없어요."

어디가 아프다는 소리는 하기 싫었다. 겨울이 가까운데도 이불도 덮지 않고, 환기를 위해 열어 둔 창문을 닫지 않은 채로 잠이 들었었다. 긴 비행에 몸이 고단했던 까닭에, 피로와 몸살 기운이 겹친 듯했다.

환절기마다 목감기에 자주 걸려서 목에는 늘 스카프를 두르곤 했었는데. 따뜻한 나라에 있다가 와서 한국이 이렇게 추워진 줄도 모르고 있었다.

따뜻한 나라에서 추운 나라로 날아왔다는 것을 증명하듯 그의 태도는 냉랭했다. 침실 문제를 두고 다툰 이후로 그는 사과 한마디 하지 않았다. 별로 미안해하는 것 같지도 않고.

머리가 지끈지끈 아팠다. 식은땀이 나는 것도 같았고, 갑자기 눈앞이 핑그르르 돌았다.

오늘 밤에는 더는 그와 소모적인 기 싸움을 하고 싶지 않았다.

"그만 올라갈게요. 피곤해요."

시안은 간신히 말을 뱉어 내고는 자리에서 일어나 다이닝 룸을 빠져나왔다. 계단을 오르려는데, 다이닝 룸에서 무언가 와장창 깨지는 소리가 났다. 심장이 벌컥벌컥 뛰었다. 빗속에서 쌈박질하던 그의 모습이 생각나서 덜컥 겁이 나기도 했다.

시안은 그 소리를 애써 무시하고 그가 아내의 침실이라 명명해 둔 방으로 향했다.

식탁에 홀로 남겨진 제우는 처참한 기분을 가눌 수가 없었다. 말할 기회도 주지 않고 사람 기분을 거지 같게 만들어 버리는 재주가 아주 가상한 여자다. 분노가 턱 끝까지 차올랐다. 식탁 위에 오른 식기를 손으로 쓸어 버렸다. 와장 창 깨지는 소리가 났는데도 분이 풀리지 않는다.

제우는 자리를 박차고 일어나 성큼성큼 다이닝 룸을 벗어났다. 반박할 기회를 얻고 싶은 것인지, 아내를 끌어안고 보드라운 살결에 파묻히고 싶은 것인지 모를 엿같은 상태를 빨리 해소하고 싶었다.

결혼 전에는 당연히 각방을 쓸 거라고 생각했었다. 메인 침실을 함께 써야겠다는 생각은 단 한 번도 해 본 적이 없다. 제우는 여자와 침대를 공유하지 않았다. 그러니 그런 가정은 필요 없는 것이었다.

그런데 그녀는 이러한 상황 설명은 듣지도 않고 토라지기부터 했다. 물론 그녀의 마음을 이해하지 못하는 것은 아니다. 설명하기 전에 그녀가 먼저 발견하고 깨닫게 한 게 문제라면 문제였다.

인정하기 싫은 사실이지만, 두렵기도 했다. 만약 그녀가 자신과 침실을 함께 쓰고 싶지 않다고 하면 어쩌나 싶어서. 두 사람의 결혼은 정상적인 절차를 밟은 게 아니었다.

비겁하게 거절당하는 게 두려워서 입을 다문 것인지도 모른다. 그런데 이제 와서야 그게 잘못된 판단이었다는 생각이 든다. 피아노 방에서 좋아서 어쩔 줄 모르던 얼굴을 보면서 이야기했어야 했다.

사실 당신 방을 따로 마련해 두었는데, 이제는 침실을 같이 써도 상관없다고. 아니지, 또 말이 엿같이 나온다.

침실을 같이 쓰고 싶다고 말했어야 했다. 날마다 따뜻하고 보드라운 몸을 끌어안고 잠들고 싶다는 말을 했어야 했다.

제우는 꽉 닫힌 그녀의 방문을 두드렸다.

"누구세요?"

그녀가 힘없는 목소리로 물었다.

"이 집에서 이 방문을 두드리는 게 누구겠어?"

불퉁스러운 말이 툭 튀어나왔다. 제우는 욕지거리를 집어삼켰다. 이놈의 성질머리를 어떻게 고쳐먹어야 하는지 모르겠다. 자신의 더러운 성격을 고쳐먹어야 할지도 모른다고 생각하게 만든 유일한 여자가 방문을 열어 주지 않고 버텼다.

"피곤해요. 내일 이야기해요."

그녀가 닫힌 문 안쪽에서 대꾸했다.

"방문 열고 이야기해."

제우는 방문에 이마를 기댄 채로 중얼거렸다. 작은 몸을 끌어안기만 해도 답답증이 풀릴 것 같았다.

"내려가요."

그녀의 목소리는 차갑고 힘이 없었다.

"제발, 문 좀 열어."

꿈쩍도 하지 않는 문고리를 돌려 보았다. 마음 같아서는 문을 부수고라도 들어가고 싶었다.

"제발."

대신 애원의 말이 흘러나왔다. 아내의 방을 따로 만들었다가, 그 방 안에 문을 잠그고 들어앉은 아내에게 제발 문을 열어 달라고 비는 꼬락서니라니. 기가 막힐 노릇이었다.

안에서 무언가 움직이는 소리가 났다. 그녀가 방문가로 다가오고 있는 게 분명했다. 제우는 한숨을 몰아쉬고, 쥐어뜯어서 엉망이 된 머리카락을 손가락으로 빗어 내렸다. 매무새가 흐트러진 모습을 보이고 싶진 않았다.

"왜요?"

그녀가 벌컥 문을 열고 물었다. 문이 열리는 순간, 달콤한 바닐라 향이 훅 끼쳤다.

"내 얘기는 좀 들어 봐야 하는 거 아니야?"

제우의 목소리는 한결 누그러져 있었다. 그녀를 마주하고 있는 것만으로 제멋대로 날뛰던 짐승 같은 심장이 차분해지는 기분이다.

"내일 이야기해요. 머리가 너무 아파요."

지금 보니 그녀의 얼굴이 파리했다. 늘 붉게 빛나던 입술도 새하얗게 말라 있었다.

"어디 아파?"

제우가 그녀의 머리에 얼른 손을 가져다 댔다. 이런 식으로 사람 몸에 손을 대서 열을 재 본 기억은 없었다. 그런데도 그녀의 이마가 펄펄 끓고 있다는 것은 느낄 수 있었다. 제우는 얼른 그녀의 몸을 당겨 안았다.

"몸이 불덩이잖아!"

"소리 지르지 마요. 머리가 울린다고요."

그녀는 양쪽 관자놀이를 짚으며 어깨를 웅크렸다.

"병원 가자."

"약 먹고 쉬면 괜찮을 거예요."

고운 목소리도 쇳소리 비슷하게 쉬어 있었다.

"약 먹었어?"

이 집에 약이 어디 있는지도 모를 텐데? 멍청한 질문을 던질 만큼 제우는 패닉 상태였다.

"누워 있어. 약 가지고 올게. 목 아파? 목이 쉰 것 같은데."

그녀는 고개를 끄덕거렸다.

"해열제랑 목감기약이면 될 것 같아요."

해열제나 진통제는 집에 있을 것 같았지만, 목감기약이 있는지까지는 확신할 수 없었다.

제우는 그녀가 침대로 걸어가서 눕는 것을 확인하고는 얼른 상비약이 있는 응접실로 향했다. 손이 덜덜 떨렸다. 늘 생기 넘치던 여자가 시든 모습을 마주한 탓이다. 파리한 그녀의 얼굴이 어머니의 모습과 겹쳐지며 불안감이 증폭되었다.

나도 아버지와 똑같은 인간이 되려나?

다행히 목감기약과 해열제 모두 상비약 상자에 들어 있었다.

생수 한 병과 약을 챙겨 들고 그녀의 침실로 들어섰을 때, 그녀는 끙끙 앓는 소리를 내며 침대에 누워 있었다.

"약 먹고 다시 눕자. 응?"

그녀는 상체만 살짝 일으켜 약 세 알을 삼키고는 도로 누워서 눈을 감아 버렸다. 이 좁은 침실에 그녀를 혼자 둘 수 없겠다는 생각이 들었다. 애초에 이 방을 보게 두다니, 스스로가 너무 멍청해서 용서가 되지 않았다.

제우는 그녀의 목 뒤에 조심스럽게 손을 넣었다. 무릎 뒤에도 팔을 넣어서 그녀를 안고 내려갈 요량이었다.

"뭐 해요?"

그녀가 눈을 게슴츠레 뜨고 물었다.

"아래로 내려가려고."

제우가 기어들어 가는 목소리로 이야기했다.

"그 얘기는 나중에 했으면 좋겠어요."

"얘기는 나중에 하더라도……. 아픈데 여기서 혼자 잘 수는 없잖아."

그녀는 매몰차게 제우의 손을 밀어 내고는 돌아누웠다. 제우의 성깔도 지랄 맞기는 했지만, 성시안의 고집도 만만치 않았다.

그녀는 이불을 푹 뒤집어쓰고는 완전히 방어적인 자세를 취했다. 아픈 그녀와 아래로 내려가자고 말다툼을 벌일 수도 없는 일이다.

그녀를 안고 내려가지도 못하고, 그렇다고 혼자서 내려가지도 못하고. 제우는 어쩔 줄을 모르고 침대 모서리에 앉아 있었다.

"얼른 내려가요."

그녀가 잠긴 목소리로 중얼거렸다.

"나 진짜 내려가?"

제우가 힘없는 목소리로 물었다. 그녀가 이불을 확 걷어 젖히며 제우를 노려보았다. 붉어진 눈가에 눈물이 그렁그렁했다.

침대에서 우는 여자는 싫었다. 하지만 침대에서 제 몸 아래 깔려서 울부짖는 성시안은 좋았다. 근데 또 이런 식으로 침대 위에서 눈물을 보이는 건 싫다. 아니 죄스럽다.

"여기 있고 싶어."

제우가 조용한 목소리로 고백하듯 말을 건넸다. 검은 눈동자에 득실득실했던 노여움이 조금씩 가라앉는 것처럼 보였다.

"마음대로 해요. 여긴 당신 집이니까."

그녀가 퉁명스럽게 말하고는 도로 이불을 뒤집어썼다.

이 집은 내 집이 아닌, 우리 집이야.

말을 내뱉지 못하고 머뭇거렸다. 그녀는 노곤함에 약 기운이 더해진 탓인지 금세 잠이 들었다. 제우는 침대 끝에 모로 누워서 잠이 든 그녀의 얼굴을 밤새도록 바라보았다.

햇살이 눈을 찌르는 것만 같았다. 창문이 기역 자로 난 것까지는 좋은데, 아침 햇살이 유난히 눈이 부셨다. 커튼도 레이스 커튼이 전부여서 암막 기능이라고는 눈곱만큼도 없었다.

몸이 너무 무거웠다. 따뜻하게 잘 잔 것 같은데, 묵직한 무게감이 몸을 짓눌렀다. 고개를 내려 보니 그의 단단한 팔이 시안의 몸을 친친 감고 있었다.

어제 내려가라고 했더니 말을 듣지 않고 이곳에서 잔 모양이다. 하긴 그때 그가 정말로 내려가 버렸다면 더 화가 났을 것이다.

"으음."

시안이 꼼지락거리는 것을 느꼈는지, 그가 앓는 소리를 내며 잠에서 깨어나려고 했다. 시안은 얼른 눈을 감았다. 그와 어떤 얼굴로 마주해야 하는지 아직 판단이 서지 않은 상태다. 심장이 둥둥 울리기 시작했다.

상체를 감싸고 있던 무게감이 슬쩍 가벼워지는가 싶더니, 그의 손끝이 뺨에 닿았다. 달라붙은 머리카락을 쓸어 넘겨 주고 열이 나지 않는지 이마를 짚어

보는 그의 손길은 다정했다.

"그만 눈 떠요."

아직 잠기운이 가득한 그의 목소리가 조용히 울렸다.

"억지로 눈 감고 있는 거, 다 티 나."

당황한 나머지 눈꺼풀에 너무 힘을 주고 있었나 보다.

"내가 당신 자는 거랑 자는 척하는 것도 구분 못 할까 봐?"

그는 마치 시안을 잘 아는 것처럼 말했다.

"뭘 안다고 그래요?"

시안은 눈을 부릅뜨며 그를 노려보았다.

"자는 모습은 내가 제일 잘 알지 않을까요? 세이셸에서 매일 늦잠 잤잖아."

누가 밤마다 괴롭혀서 늦잠을 잔 거라는 말을 꺼낼 분위기는 아니었다. 그는 매번 시안보다 먼저 일어나서 아침 식사를 준비해 주곤 했었다. 맛있는 아침 식사뿐 아니라, 곤히 잘 자서 행복한 그의 얼굴을 아침마다 보는 것은 기분 좋은 일이었다.

그런데 지금은 기분이 좋아야 하는지, 나빠야 하는지 잘 모르겠다. 햇살 아래 밝게 빛나는 그의 잘생긴 얼굴을 보고 있으려니 어제 있었던 일이 아득히 먼 과거처럼 느껴진다. 화가 났었나, 싶은 생각이 들 만큼 마음이 몽글몽글해지려고 한다. 어제 일을 마무리 짓기는 해야 하는데 말이다.

"몸은 좀 어때요?"

그가 팔꿈치로 매트리스를 짚고 상체를 살짝 들어 시안을 내려다보며 물었다. 그 모습이 꼭 몸을 섞을 때의 포즈와 비슷해서 당황하는 바람에 얼굴에 열기가 올랐다.

"열이 아직 안 떨어진 건가?"

그가 시안의 뺨을 손으로 감싸고는 걱정스러운 목소리로 물었다.

"이제 괜찮아졌어요."

시안은 그의 손목을 잡아 내리며 시선을 피해 버렸다.

"아직도 화났어요?"

어제보다는 화가 누그러들기는 했지만, 상황이 나아진 것은 아니었다.

"내 얘기 좀 들어 줄래요?"

마음이 약해지게 만드는 목소리였다. 시안은 고개를 살짝 끄덕거렸다.

"듣기 싫은 이야기가 나올 수도 있어요."

그는 어느 때보다 조심스럽게 굴었다. 마치 밤새도록 할 말을 연습한 사람처럼 단어를 머릿속으로 헤아리고 있는 듯 보였다.

"그동안 다른 사람을 내 침실에 들였던 적이 없었어요. 다른 사람을 곁에 두고는 못 자. 그래서 당연히 결혼해서도 그럴 거라고 생각했어요."

그는 잘못을 저지른 어린아이처럼 주눅 든 얼굴이다.

"그래서 방을 따로 만들어 놓은 거였어. 그런데 이제는."

그가 망설였다.

"이제는?"

시안이 되물었다.

"이제는 내 아내 없이는 잠들 수가 없어."

6화

FURIOSO

햇빛을 받은 탓인지 그의 갈색 눈동자는 더욱 연한 빛을 냈다. 그의 눈빛에서 거짓은 읽을 수 없었다. 시안은 손을 뻗어서 남편의 매끈한 뺨을 부드럽게 어루만졌다.

그는 시안의 손길이 닿자마자 황홀한 미소를 머금으며 눈을 내리감았다.

"아내의 품에 안겨서 잠들 수 있는 영광을 허락해 주시겠습니까?"

연극적인 말투에 픽, 웃음이 터졌다.

"남편은 아내에게 다정하고 상냥하게 대해야 하는 의무가 있다며?"

그가 얼굴을 붉히며 시안이 신혼여행에서 했던 말을 되새겼다. 다정하게 굴어 놓고 민망해하는 모습이 귀엽다.

시안이 대답을 않자, 그의 커다란 손이 옆구리를 파고들었다. 그의 손길이 살갗을 스칠 때마다 와르르 웃음이 터져 나왔다.

"알았어요."

시안이 기어들어 가는 목소리로 대꾸했다.

"뭐라고?"

그가 시안의 옆구리를 한 번 더 간질였다.

"알았다고요!"

웃음 섞인 비명에 가까운 대답이었다. 일순 간지럼을 태우던 그의 손길이 멈췄다. 그는 아까보다 훨씬 깊어진 시선으로 시안을 내려다보고 있었다. 그의 큰 덩치가 햇살을 막아 주어서 더는 눈이 부시지 않았다.

그의 입술이 매끈한 이마에 살짝 닿았다가 떨어졌다. 입술이 부드럽게 미끄러져 내려와 시안의 콧잔등에 닿았다.

"걱정했어."

그가 조용히 읊조렸다.

"나 때문에 아픈 건가 싶어서."

죄스러웠다고 고백하는 남자의 목소리는 가슴이 뭉클할 만큼 사랑스러웠다.

사랑이라.

그를 알고 지낸 시간은 고작해야 두 달도 되지 않는다. 그 짧은 시간 동안 느낀 감정은 말로 다 할 수 없는 것들이었다. 설렘, 불안, 초조, 긴장, 분노, 짜증…… 이 모든 감정을 다 설명할 수 있는 것은 단 하나, 사랑뿐이었다.

시안은 고개를 살짝 들어 올려 그의 분홍빛 입술에 입을 맞추었다. 그의 입가에 어린 미소가 더욱 진해졌다.

"이제 우리 침실로 갈까?"

그가 나지막한 목소리로 물었다.

"일단 씻고, 아침부터 먹고요."

그러자며 고개를 끄덕이기는 했지만, 그의 얼굴에는 긴장의 빛이 감돌았다.

그의 뜻대로 지금 당장 메인 침실로 향할 수도 있었다. 하지만 그렇게 되면 또 화해했다는 생각에 감정적인 섹스를 하게 될 것 같았다.

지금까지 지켜본바, 그는 꽤 감정적인 사람이라는 판단이 섰다. 앞으로 어떤 일이든 그의 감정에 휘말려서 일을 그르치고 싶지 않았다. 한 사람이라도 이성적이어야 이 관계가 지속될 수 있을 거란 생각이 들었다.

약을 먹고 그의 품에 안겨서 잠든 탓인지, 몸이 땀에 절어 있었다. 찝찝해서 얼른 샤워부터 하고 싶었다. 그는 시안을 꼭 끌어안고 목 안쪽에 얼굴을 묻었다.

"씻고 싶어요."

"씻겨 줄까?"

시안은 고개를 내저었다. 그는 중간이라는 게 없는 사람이다. 불같이 싸우거나, 서로 붙어 몸을 섞거나. 두 사람의 상태는 늘 둘 중 하나였다.

"아니요. 내가 씻을래요."

화를 내지 않고, 몸을 섞지 않아도 서로에게 존재감 있는 상대가 될 수 있다는 것을 알려 주고 싶었다. 평범한 일상을 누리는 안온함을 만끽하는 것도 행복이라는 사실을 말이다.

"그래도 떨어지기 싫은데."

그가 침대에서 몸을 일으키는 시안의 손을 붙든 채로 앓는 소리를 해 댔다.

"제우 씨도 얼른 일어나서 씻어요. 아침 먹고, 침실 구경시켜 줘야죠."

시안이 생긋 웃으며 건넨 말에 그는 어린아이처럼 환한 미소를 머금으며 얼른 침대를 박차고 일어났다. 갑자기 또 왜 저렇게 기분이 좋은지 모르겠다.

이유를 묻고도 싶었지만, 지금은 그가 기분이 좋은 대로 그냥 두는 편이 나을 것 같았다.

샤워를 마치고 나와서 일을 도와주는 아주머니가 차려 놓은 식탁 앞에 앉아 아침밥을 먹었다. 세이셸에 있을 때는 몰랐는데, 어제저녁 식탁과 오늘 아침 식탁을 보니 그의 식습관을 조금은 알 것 같았다.

"따뜻한 국이 있어야 밥을 먹어요?"

시안의 물음에 그는 어깨를 으쓱거렸다.

"어릴 때부터 어머니가 한국 사람은 밥이랑 국을 먹어야 힘이 난다고 하셨거든."

그가 복잡한 감정을 뒤섞지 않고 과거 이야기를 꺼내서 조금 놀랐다.

"나도 양식보단 한식이 좋아요. 찌개보단 국이 더 좋고요."

별것도 아닌 시안의 대꾸에 그는 함박웃음을 머금었다. 오늘은 시안이 무슨 말을 할 때마다 웃어 주기로 했나 보다.

식사를 마치고 난 뒤 그의 손을 붙들고 다이닝 룸을 나섰다. 꼭 맞잡은 손에서 땀이 배어났다. 그는 침실을 보여 주기에 앞서 긴장한 눈치였다.

"또 당신 기분을 나쁘게 하는 일이 생길까 봐 걱정돼."

1층 테라스 앞 복도를 지나는데, 그가 먼저 입을 열었다. 묻지도 않았는데, 긴장의 이유를 답하는 남자의 목소리 끝이 파르르 떨렸다.

"괜찮아요. 그리고 서로 기분 상하는 일이 있더라도, 우리 둘이 잘 해결하면 되는 거예요."

그는 제 뜻대로 일이 풀리지 않으면 극단으로 치닫는 경향이 있었다. 그리고 관계에 위기가 다가오면 어쩔 줄 몰라 하며 두려워했다.

그는 한때 증권가에서 잘나가는 애널리스트였다. 사회생활에 전혀 무리가 없었던 사람이었지만, 깊은 관계를 맺는 것에는 어려움이 많아 보였다. 세상에 완벽한 사람은 없다지만, 그는 타인과의 관계 맺음에 있어서 비정상적으로 무지몽매해 보였다.

"당신이 화를 낼 것 같으면 어떻게 해야 할지 모르겠어. 화내는 사람 비위 맞춰 본 적이 없어서."

다행인 것은 그가 시안에게 그러한 감정을 말하는 데 있어서 조금 솔직해졌다는 점이다.

"그럼 상대가 화를 내면 보통 어떻게 했는데요?"

시안이 그를 돌아보며 물었다. 굵고 긴 목이 꿈틀하는 것을 보고, 그제야 그의 목에 못 보던 목걸이가 걸려 있는 것을 발견했다.

기다랗게 늘어진 가죽 줄은 그의 가슴 한가운데서 끝이 났다. 그리고 줄 끝에는 세이셸에서 시안이 사 준 이젤과 캔버스 모양의 가죽 장식이 달려 있다.

"열쇠고리를 몸에 달고 다닐 방법이 없어서. 고리는 빼고 목걸이로 만들었어."

시안의 시선을 느낀 그가 조심스럽게 설명을 보탰다.

"잘 어울려요."

함박웃음을 머금고 깡충 뛰어서 그의 뺨에 입을 맞췄다. 그는 키도 너무 커서 기습 키스를 하기도 쉽지 않았다. 시안은 남편 볼에 입을 맞춰 놓고는, 달려드는 꼴이 조금 우스꽝스러웠던 것 같아서 수줍게 얼굴을 붉혔다.

"준비됐어?"

그가 더 초조해하면서 물었다. 침실 볼 준비가 되었냐고 묻는 그의 얼굴은 발갛게 상기되어 있었다. 시안이 웃으며 고개를 끄덕거리자, 그가 잔뜩 굳은 얼굴로 침실 문을 열어젖혔다.

"어, 음. 그러니까."

침실 안에는 커다란 침대만 덩그러니 놓여 있었다. 침구는 칙칙한 회색이었고, 다른 가구는 하나도 배치되어 있지 않았다.

"일종의 인더스트리얼 인테리어 같은 건가요?"

분위기가 어색해질 것 같아서 일부러 가볍게 물으며 그를 올려다보았다.

"여기선 잠만 잔다고 생각해서, 특별히 꾸밀 생각을 못 했어."

시안의 피아노 방과 응접실, 부엌, 다이닝 룸, 시안이 혼자 쓸 거라고 생각했던 방을 정성 들여 꾸미고, 테라스 정원에는 데이비드 오스틴 장미와 향장미, 튤립 구근과 히아신스 구근까지 심어 놓은 사람이 메인 침실을 꾸밀 생각은 하지 못했다니.

"그럼 여기는 내가 꾸며도 돼요?"

그의 얼굴에 진한 미소가 번졌다.

"좋을 대로."

이 집 안에서 맡은 역할이 하나 생긴 것 같아서 기뻤다.

"당신이 침실을 마음에 들어 해서 기뻐."

그는 지금 이걸 농담이라고 하는 거였다. 안절부절못하는 그를 조금 짓궂게 놀려 주고 싶은 생각이 들었다.

"방을 꾸미기 전에요."

시안이 조용히 운을 뗐다. 일부러 심각한 표정을 지어서인지 그의 갈색 눈동자가 긴장한 듯 얼어붙었다.

"저 침대는 비싼 건가요?"

시안의 물음에서 뭔가 낌새를 알아차린 듯 갈색 눈동자에 아름다운 소용돌이가 치기 시작했다.

"그럼. 영국 왕실에 납품하는 매트리스야. 침대 헤드는 굳이 둘 필요 없어서 저렇게 프레임 위에 매트리스만 얹었지만. 헤드 보드는 마음에 드는 거로 설치해도 되는데, 매트리스는 굳이 바꿀 필요가……"

그는 진지한 설명을 이어 가면서 야릇하게 터지려는 웃음기를 참고 있는 듯했다.

"매트리스를 바꿀 필요가 있을지, 없을지는 한번 알아봐야겠네요."

시안이 그와 마주 서며 단단한 목덜미에 손을 얹었다. 그가 얕은 숨을 급하게 들이켜며 얼굴을 붉혔다.

새삼스럽게 부끄러워하는 남편이 귀여워서 미칠 노릇이었다. 갑자기 왜 이렇게 수줍어하는지 모르겠다.

"왜 그렇게 얼굴이 빨개요?"

"앞으로 계속 이 방을 함께 쓸 거라고 생각하니까."

그는 말끝을 흐리며 얼버무렸다.

"뭐라고요? 못 들었어요."

시안이 미간을 잔뜩 찡그리며 귀를 기울이는 시늉을 했다.

"좋아서."

키득거리는 웃음이 터져 나왔다. 두 입술 사이의 간격이 점점 좁혀졌다. 그는 고개를 내려 시안의 입술을 부드럽게 머금었다.

"흐음."

앓는 소리가 절로 흘러나왔다. 티셔츠가 머리 위로 벗겨졌다. 하얀색 몰드 속옷을 내려다보는 그의 눈동자가 반짝거렸다.

"여기서 보니까, 더 반갑네."

시안의 속옷을 의인화해서 친해졌다는 듯이 구는 그가 무척이나 귀여웠다.

그의 어깨에 손을 올리자, 더욱 봉긋하게 솟아오른 살갗 위로 그의 시선이 집중되었다.

그의 시선만으로 전신에 열기가 돌기 시작했다.

그의 입술이 목 안쪽을 파고들었다.

"흐음."

만족스러운 한숨이 흘러나왔다. 살갗에 닿는 그의 키스는 가슴을 떨리게도 했고, 안정적인 기분이 들게도 했다.

남편의 온전한 관심을 받고 있으며, 그가 아내에게 집중하고 있다는 느낌이 들게 만들었다. 그래서 그와의 접촉이 단순히 육체적인 쾌락을 얻기 위한 행위라는 생각은 들지 않았다.

부부간의 애정과 신뢰를 주고받는 애틋한 시간이었다.

그도 같은 생각을 하고 있겠지?

'이제는 내 아내 없는 잠들 수가 없어.'

진솔하게 고백하던 남편의 갈색 눈동자에 어린 온기가 시안의 심장을 달궜고, 그 위를 스치는 그의 손길은 몸을 데웠다.

"하아."

그의 입술이 목선을 따라 점점 아래로 내려갔다. 시안은 두 손으로 그의 얼굴을 잡아 올렸다. 뜨거워진 그의 붉은 입술을 얼른 머금었다.

"으음."

만족스러운 신음 소리가 시안의 입 안으로 쏟아졌다. 시안은 그에게 입술을 붙인 채로 속옷을 마저 벗어 버렸다. 다리를 흔들어 속옷을 털어 내자, 그가 가느다란 허리를 번쩍 안아 올렸다.

두 다리를 그의 허리에 감고 단단한 목덜미를 와락 끌어안았다. 금속 벨트 버클이 허벅지 안쪽에 닿아서 차가웠다.

그는 시안을 침대에 눕히고는 손을 뒤로 뻗어서 티셔츠를 벗어 던졌다. 조각조각 드러나는 그의 상체 근육을 보는데 마른침이 꿀꺽 넘어갔다.

그는 입맛을 다시는 시안을 귀엽다는 듯이 내려다보면서 바지와 속옷을 한꺼번에 끌어 내렸다.

"허억."

감탄 섞인 거친 숨이 터져 나왔다. 너무 흥분한 탓인 듯했다. 그가 안겨 줄 전율의 깊은 감동을 익히 알고 있는 심장은 아까부터 세차게 뛰어 댔다.

그가 기듯이 시안의 위에 올라탔다. 시안은 그의 잘생긴 얼굴을 올려다보며 베개에 똑바로 머리를 기댔다. 얕은 숨이 쉴 새 없이 흘러나왔다. 가벼운 터치만으로도 신음이 터져 나올 것처럼 몸이 달아오른 게 스스로도 느껴졌다.

그는 그런 시안을 놀리듯 느릿하고 가볍게 입을 맞추었다. 좀 더 깊어졌으면 하는 바람이 거세져서, 시안은 그의 뒷머리를 누르듯 끌어안았다.

"과격하네."

그가 시안의 뺨에 입술을 붙인 채로 중얼거렸다.

"흐읏."

뒤이어 은밀한 곳을 파고드는 감각이 생생했다. 등허리 아래로 그의 굵은 팔뚝이 들어왔다. 그는 시안의 상체를 꽉 끌어안은 채로 몸을 움직이기 시작했다.

"하응. 으으응."

이제 그와의 관계를 온전히 즐길 수 있는 경지에 이르렀다는 사실이 신기할 따름이다. 어느 지점에서 전율이 흐르는지, 어디서 그 전율이 폭발하는지도 분명히 알게 됐다.

시안은 근육이 다닥다닥 자리 잡은 그의 두꺼운 팔뚝을 부드럽게 쓸어내렸다.

"흐음."

시안의 손길이 매끄럽게 그를 어루만질 때마다, 그도 참지 못하고 신음성을 토해 냈다. 그를 흥분하게 만들고, 만족시킬 수 있다는 사실도 놀랍기는 마찬가지였다.

자신을 제대로 알고 상대의 쾌락까지 깊숙이 알아 가는 은밀한 과정은 부부만이 가질 수 있는 시간이라고 시안은 생각했다.

"무슨 생각 해?"

그가 딱딱한 가슴 끝에 입술을 대고 중얼거렸다. 그의 숨결이 닿는 얇은 살갗에선 따끔거릴 정도의 쾌감이 일었다.

"너무 좋다는 생각."

시안이 흐느적거리는 목소리로 대답하며 그의 목을 끌어안았다. 그가 만족스럽게 웃으며 속도를 높였다.

이제 아무런 생각도 할 수가 없다. 그의 움직임에 따라 세상이 흔들렸고, 그 세계에서 몸 속 가장 깊은 곳이 요동치기 시작했다.

"하으응."

그의 목 안쪽에 입술을 묻고 거친 신음을 내뱉었다. 그 역시도 시안의 살갗을 문 채로 모든 것을 터뜨렸다.

12월도 중순이 다 되어 가고 있었지만, 정원에 내리쬐는 빛이 따뜻했다. 시안은 정원 한쪽에 놓인 테이블 앞에 앉아서 노트북을 들여다보고 있었다.

"안 추워요?"

물감이 잔뜩 묻은 앞치마 주머니에 손을 찔러 넣은 그가 1층 테라스에 서서 물었다.

"덕분에 따뜻해요."

시안이 앉아 있는 의자 뒤에는 놀이공원에서나 볼 법한 멋스러운 야외 난로가 우뚝 서 있었다. 정원 테이블에서 오후 햇살을 즐기는 아내를 위해서 그가 얼마 전 설치해 준 것이었다.

"뭘 그렇게 열심히 하고 있어요?"

그는 노트북으로 도로 시선을 옮기는 시안의 행동이 마음에 들지 않는다는 듯이 삐뚜름하게 물었다. 테라스 난간에 걸터앉은 그의 눈동자는 내내 시안에게 고정되어 있었다.

시안은 남편을 흘끗 보고는 함박웃음을 머금었다. 딱딱하게 굳었던 그의 표정이 금세 풀어졌다. 그가 한 손으로 난간을 짚었다. 그러고는 붉은 벽돌을 엇갈려 쌓아서 클로버 무늬를 만들어 낸 테라스 난간을 훌쩍 뛰어넘었다.

"거기 문을 하나 만드는 게 좋겠어요."

시안이 미간을 살짝 찌푸리며 심각하게 말했다. 시안에게 다가오면서 그는 손에 묻은 먼지를 탁탁 털어 냈다.

"내가 겨우 저걸 넘다가 넘어지기라도 할까 봐 걱정돼요?"

그의 물음에 시안은 단호하게 고개를 내저었다.

"점잖지 않은 행동을 계속하도록 내버려 둘 수는 없잖아요."

그가 의자를 끌어와서는 옆에 바짝 붙어 앉았다.

"점잖지 않아서 마음에 안 들어?"

기다란 손가락이 시안의 머리카락을 귀 뒤로 부드럽게 쓸어 넘겼다. 물감이 묻은 그의 손은 무척이나 섹시했다.

"마음에 안 든다 뿐이겠어요?"

사실 그가 유려한 몸으로 불량스럽게 난간을 뛰어넘어서, 시안을 꿰뚫듯 한 시선으로 바라보며 다가올 때마다 심장이 터질 것 같았다. 불량기 넘치는 그의 얼굴과 생동감이 흐르는 그의 몸은 전율의 이유였다.

"그러다 버릇돼요."

"이미 버릇됐는데, 버르장머리를 고쳐 주기라도 할 건가?"

그가 시안의 관자놀이에 부드럽게 입을 맞췄다. 팔딱팔딱 맥박이 뛰는 곳에 그의 숨결이 닿는 느낌이 생생했다.

"나중에 우리 애들이 보고 배우면 어쩌려고 그래요?"

시안이 새침하게 읊조린 말에 그는 한숨을 내쉬며 시선을 돌렸다. 그가 밖으로 모습을 드러낸 이후, 처음으로 시안에게서 시선을 떼는 거였다. 기분이 묘했다. 그의 한숨 소리가 너무 깊었다.

"우리 애들은 없을 테니까, 그런 걱정 마요."

마우스로 다음 화면을 클릭하려던 시안의 손길이 멈칫했다. 그는 겨울 오후의 따뜻한 햇볕에 반짝거리는 한강을 바라보고 있었다. 그의 깊고 연한 갈색 눈동자에 얽힌 감정을 읽어 내기가 힘들었다.

결혼식 이후 벌써 석 달이 지났다. 이제 남편에 대해서 안다고 생각했는데, 또다시 모르는 사람처럼 느껴졌다.

"그게 무슨 말이에요? 우리 애들은 없다니……."

시안은 뜻 모를 불안감에 말끝을 흐렸다. 피임 도구를 매번 사용하는 걸 보면, 그가 불임인 것은 아니었다.

"결혼했다고 아이가 꼭 있어야 하는 건 아니잖아?"

그가 눈을 치뜨며 시안을 바라보았다. 따뜻한 카페라테 같았던 그의 눈동자가 어느새 산화된 원두로 짜낸 텁텁한 아이스아메리카노 같은 색으로 변해 있었다.

"진심이에요?"

시안이 미간을 찌푸리며 되물었다. 긴장한 탓에 어깨가 귀밑까지 올라붙었다. 그는 이견 조율을 할 때면 때때로 예민한 공격성을 드러내곤 했다. 내면의 깊은 상처와 충돌하는 일이면 특히 더 그랬다. 지금도 딱 그러한 듯 보였다.

그는 시안이 물은 말에 대꾸도 없이 자리에서 일어났다. 그러고는 시안의 정수리를 다정하게 쓰다듬었다. 마치 주인의 손길에 길든 말 잘 듣는 강아지라도 된 것처럼 어깨에 몰려 있던 긴장감이 스르륵 내려앉았다.

상체를 숙인 그가 시안의 뺨에 쪽, 소리가 나도록 입을 맞췄다. 삐거덕거리던 기분도 그의 입맞춤 한 번에 누그러들려고 했다.

"나는 성시안 하나로도 충분해."

그가 아이 논란에 마침표를 찍듯이 말했다. 하지만 시안은 그의 뜻에만 따르고 꼬리를 흔드는 강아지가 아니라, 그의 아내였다. 이런 식으로 가족계획을 일방적으로 정하는 것은 부당하다는 생각이 들었다.

그는 한강을 내려다보며 생각에 잠긴 듯했다. 가끔씩 그가 그림을 그리는 예술가라는 사실을 잊곤 한다. 하지만 이렇게 순식간에 자기 감정에 빠져 버릴 때면 그의 예술성이 도드라지는 느낌이다.

평범한 시안은 범접할 수 없는 높은 벽이 그를 둘러싸 버리고, 그는 그 안에 숨어서 고고하게 시안을 외면한다. 시안도 음악을 하기는 했지만, 그에게는 다른 무언가가 있었다.

"왜 아이를 갖고 싶지 않은 건데요?"

시안은 뾰족한 목소리를 내지 않으려 노력하며 물었다. 그의 과거 상처와 얽힌 일을 물을 때면 늘 조심스러워진다.

너무 다정한 목소리를 내면 그는 저를 불쌍하게 여기는 줄 알고 화를 냈다. 또 화가 난 목소리로 물으면 원치 않는 싸움으로 이어질 게 뻔했다.

그는 상처와 맞서서 싸울 생각은 없는 사람이었지만, 그 외의 것들을 굴복시키기 위해서는 분노를 참지 않았다. 앞으로의 결혼 생활을 위해서 그는 그걸 조절하는 법을 배워야 한다.

"복잡해."

그가 한숨을 내쉬며 성가시다는 듯이 대꾸했다. 부부의 미래를, 가족계획을 귀찮아하는 태도는 용납할 수가 없었다.

"뭐가 그렇게 복잡한데요?"

꾹 참고 있던 감정이 툭 튀어나왔다. 뾰족해진 시안의 목소리를 들은 그는 미간을 찡그리며 시안에게로 시선을 옮겼다.

"당신은 아버지가 원망스럽지 않아?"

"왜 화살이 나한테 날아오는 건데요?"

시안은 부정할 수 없었다. 아버지를 원망하는 마음만은 분명했으니까.

그가 한쪽 입꼬리를 들어 올리며 웃었다. 그의 미소에는 다 안다는 듯한 오만함이 깃들어 있었다. 평소였다면, 이제 익숙해진 그의 오만을 얼마든지 웃어넘겼을 것이다. 하지만 지금은 분위기 좋고, 기분도 좋은 '평상시'가 아니었다.

"경고하는데, 내가 내 가족을 어떻게 생각하는지, 함부로 판단하지 말아요."

조금 전까지 정원에 가득 내리쬐던 해가 구름에 가려져 그늘이 드리워졌다. 따뜻했던 정원에 삽시간에 한기가 돌기 시작했다. 그런데 몸이 부들부들 떨리는 이유가 추위 때문인지, 그의 편견 어린 시선으로 인한 분노 때문인지 모르겠다.

"내가 내 아버지를 원망하든, 미워하든 그건 내 감정이에요. 당신이 아무리 내 남편이라고 해도 그걸 넘겨짚고, 비겁하게 이견 조율의 핑곗거리로 삼을 수는 없어요."

"비겁하게?"

그가 눈살을 찌푸렸다.

"단어 하나 갖고 트집 잡지 말아요. 지금 중요한 건 그게 아니에요."

그가 가볍게 웃음 터뜨렸다.

"지금 나한테는 그게 더 중요한데? 아내가 나를 비겁하다고 비난하고 있잖아?"

"지금 뭐 하려는 건지 다 알아요. 말꼬리 잡고 늘어져서 문제를 회피하려는 거잖아요."

그의 얼굴에서 웃음기가 싹 가셨다. 귀찮고 성가시다는 기색이 역력한 얼굴이다. 그는 입김이 하얗게 퍼져 나오도록 한숨을 내쉬고는 허공을 향해 있던 시선을 도로 시안에게 돌렸다.

"그래서?"

유치한 싸움을 하고 있는 것 같아서 하마터면 실소가 터질 뻔했다.

그래서? 그런데? 어쩌라고?

상대의 전의를 꺾어 버리면서 분노는 임계치까지 오르게 하는 한국어가 아닐까?

"하던 이야기를 마저 끝내자고요!"

시안이 눈을 질끈 감으며 읊조렸다.

"나는 아버지가 원망스럽거든."

그가 스산한 겨울바람처럼 날카로운 목소리로 중얼거렸다.

"그래서 칼로 찔러 버리고 싶었을 만큼."

이어진 그의 말에 놀라서 눈을 떴다. 세이셸 저택의 장식장에 진열되어 있던 과도가 번뜩 떠올랐다.

'그거 아버지 유품이야. 내가 그걸로 아버지를 찔렀거든.'

그의 목소리와 표정이 머릿속에서 재구성되는 듯했다. 그는 진심이었다. 그때는 놀라서 그런 장난은 치지 말라고 그를 다그치느라 몰랐다. 아니, 그가 진심으로 하는 말이라는 것을 알면서도 피하고 싶었는지도 모른다.

그래서 아버지를 칼로 찔렀으면, 저 남자는 전과자라는 말인가?

진짜 아버지를 찔러 죽인 살인범이라도 된다는 거야?

아버지는 살아 있다고 했었는데? 그것도 거짓말인가?

아니면 살인 미수?

머릿속에서 시아버지의 망령이 떠도는 듯한 착각이 일 정도로 혼란스러웠다.

"부모를 원망하는 아이는 낳고 싶지 않아."

그가 이 이야기는 이제 여기서 끝내자는 듯이 나지막이 내뱉고는 돌아섰다. 시안은 얼른 자리에서 일어나 현관으로 빠르게 걸음을 옮기는 그를 뒤따랐다.

"세상 아이들이 전부 자기 부모를 원망하면서 살지는 않아요!"

"여기 당신이랑 나, 두 사람이 있어. 그런데 우리 둘 다 아버지에게 버림받았지."

"세상 모든 부모가 자기 아이를 버리지는 않는다고요."

시안은 그의 팔뚝을 잡아당겨 끌어안듯이 했다. 이러면 그는 언제나 삐거덕거리는 기분을 가라앉히곤 했다.

그게 통했는지 딱딱하게 굳어 있던 그의 턱선이 한결 부드러워지는 게 눈에 들어왔다.

"부모에게 버림받았던 기억이 있는 아이도 어른이 되어서 좋은 부모가 될 수 있어요."

그가 시안의 콧잔등에 가만히 입을 맞췄다. 가슴속에서 부지불식간에 희망이 싹트기 시작했다.

"나는 내 아내한테 좋은 남편이 되는 것도 버거워."

하지만 그가 논란을 종식해 버렸다. 더 이야기를 꺼냈다가는 그를 더 버겁게 만드는 나쁜 아내가 되어 버릴 것만 같았다.

시안의 품에서 팔을 빼낸 그가 가느다란 어깨를 당겨 안았다.

"노트북으로 뭘 그렇게 열심히 보고 있었어요?"

자상하게 묻는 그의 목소리는 다정했다.

"침실에 놓을 의자요."

그가 유쾌한 웃음을 터뜨렸다. 가슴속에서 탄산 거품이 보글보글 일어나는 것처럼 부드러운 웃음이었다. 마치 마법과도 같았다.

"나는 세상을 위험에 빠뜨릴 대단한 계획이라도 세우고 있는 줄 알았는데?"

정원에서 날마다 노트북을 끼고 있는 아내가 사랑스럽다는 듯이 그가 웃음기 섞인 목소리로 떠들어 댔다. 시안이 하는 일에 자상한 관심을 보이는 남편 덕분에 기분은 한결 나아졌다. 그의 장난기에 장단을 맞춰 주려고 팔꿈치로 옆구리를 쿡 찔렀다.

"디자인이 두 가지로 좁혀졌는데, 어떤 거로 해야 할지 모르겠어요."

"보여 줘요."

그가 진지하게 말했다. 결정에 도움을 주겠다는 듯이 구는 태도가 마음에 들었다. 아직은 의자 하나일 뿐이지만, 시간이 좀 더 지나면 가족에 관한 심각한 이야기도 더 깊이 나눌 수 있을지도 모른다는 희망을 품게 할 만큼.

"좋아요. 잠깐만 기다려요. 티 룸에 있어요! 작업실로 도로 들어가면 안 돼요!"

괜히 신이 난 시안은 폴짝폴짝 뛰어서 노트북을 집어 들고 냉큼 티 룸으로 향했다.

그는 멋스러운 나무 의자에 느슨하게 앉아서 누군가와 통화를 하고 있었다.

"아직 마음에 드는 작업물이 나오질 않아서."

통화 상대가 누군지 어렵지 않게 짐작할 수 있었다. 아마도 그는 아제딘과 통화를 하고 있는 모양이다.

시안이 티 룸 대리석 테이블 위에 조심스럽게 노트북을 내려놓자, 그가 눈짓으로 조금만 기다려 달라고 했다.

"아니야, 아제딘. 알잖아, 이렇게 신날 땐 작품이 나오질 않는다고."

그는 아제딘이 자신을 잘 알고 있는 것처럼 말했다. 그 말을 신경 쓰지 않는 척, 시안은 노트북 화면을 뚫어져라 응시했다.

"그만해, 아제딘. 작품이 나오지 않는다고 해서 내 기분을 더럽게 만들려고 노력하지는 말고."

그가 싱겁게 웃었다. 무거운 감정을 담지 않은 진솔한 웃음이었다. 그리고 아무리 소더비 관련 에이전트라고 해도 그가 저렇게 자신을 굽히며 앓는 소리를 하는 것은 처음 본다. 그는 시안과 싸우고 나서 화해할 때도 저렇게까지 본인을 굽힌 적은 없었다.

"알았어, 알았어. 나중에 이야기해."

그는 아제딘이 뭐라고 시끄럽게 떠드는 말을 한참 동안 듣고 있다가 통화를 마쳤다. 그동안 시안은 노트북 오른쪽 아래에 있는 시계를 초조하게 바라보기만 했다. 겨우 5분 남짓한 시간이었지만 다섯 시간을 꼼짝도 하지 않고 앉아 있었던 것처럼 몸이 불편했다.

"아제딘인가 봐요."

시안은 무심한 척 알은체를 했다.

"응. 날 부려 먹지 못해서 안달이야."

다른 여자가 남편 때문에 안달 나 있다는 소리는 정말이지 듣고 싶지 않았다. 불만의 한숨이 터져 나오려는 순간, 그의 휴대전화가 또 울리기 시작했다.

아제딘은 직성이 풀릴 때까지 전화하는 특징이 있었다. 그녀에게 아직 오늘 치 고집의 여분이 남아 있는 건지 전화가 끊임없이 울려 댔다.

"받아 봐요."

"받지 말라고 해도 받을 거야."

그가 시안을 놀리듯 중얼거리고는 휴대전화 화면을 스와이프했다.

"네, 장모님."

그의 입에서 흘러나온 호칭에 시안의 심장이 먼저 반응했다. 가슴이 뭉클해져 어깨를 잔뜩 움츠리고 그에게 시선을 옮겼다.

"네, 시안이요? 또 울 것 같은 얼굴로 저를 노려보고 있어요. 아니요, 싸우기는요. 장모님한테 전화만 오면 저래요. 아직 어른이 덜된 것 같아요."

그는 시안을 놀려 대는 말을 엄마에게 잘도 늘어놓았다.

"그러니까요. 아직 장모님 곁이 필요한가 봐요. 바꿔 드릴까요?"

그가 묻자, 엄마가 전화기 너머에서 뭐라고 하는 시끄러운 소리가 들려왔다.

"네, 그렇게 전할게요. 네, 장모님. 들어가세요."

시안과는 통화할 기회도 주지 않고 그가 전화를 끊어 버렸다.

"또 입 내밀고 앉아 있네."

"누가 입을 내밀고 앉아 있다는 거예요?"

시안이 톡 쏘듯이 물었다. 물리적으로 입이 튀어나올 정도는 아니었다.

"장모님이 장모님 걱정 좀 그만하라셔요. 어제부터 아쿠아 치료 시작하셨대. 물에서 걷는 게 훨씬 편하다고 하시네요. 연습하느라 바쁘니까 내일은 당신 오지 말라고도 하시고요."

엄마가 입원한 재활 병원은 집에서 멀지 않은 곳에 있었다. 세이셸에서 돌아온 이후, 이틀에 한 번꼴로 오후에는 그곳에 가서 시간을 보냈다.

"정말 엄마가 오지 말래요?"

"당신이 있으면 연습 시간이 줄어든다고. 직접 말하면 성시안 고집에 말 안 들어 처먹는다고, 남편인 내가 잘 달래서 말하라고 하셨어요."

"말을 안 들어 처먹는다고요?"

시안이 불퉁스럽게 되물었다.

이게 지금 달래면서 말하는 건가?

눈썹을 들썩거린 그가 미소를 머금고는 노트북 화면을 들여다보았다.

"나는 장모님이 하신 말씀을 전한 것뿐이에요."

만약 그의 말버릇을 욕하면, 엄마를 욕하는 꼴이 되는 거라는 뜻이었다. 정말 얄밉다.

"아제딘은 어떤 사람이에요?"

갑자기 질문이 왜 이쪽으로 튄 건지 모르겠지만, 내뱉은 말을 다시 주워 담을 수는 없는 노릇이었다.

"누구요?"

그가 노트북 화면을 가득 채운 의자를 들여다보다가 말고 되물었다.

"못 들었으면 됐어요."

그 질문을 굳이 다시 던질 필요는 없었다.

"그냥 오랜 친구예요."

그가 덤덤한 목소리로 이야기했다. 그의 입에서 나오기에는 다소 낯선 단어였다.

친구라, 그것도 오랜 친구.

수틀리면 세상 전부와 싸우려고 드는 남자에게 오랜 친구는 어떤 의미일까?

커다란 손이 시안의 머리통을 전부 감쌀 듯이 어루만졌다.

"신경 쓸 거, 없는데?"

그는 시안이 괜한 곳에 에너지를 쏟고 있다고 말하고 있었다. 남편이 이렇게 말하는데, 더 캐묻는 것은 자존심이 허락지 않았다.

어디까지나 아제딘은 그와 일로 엮인 사이였고, 시안은 그의 아내다.

"이 의자 어때요?"

시안이 양쪽에 등받이가 있는 형태의 긴 의자를 가리키며 물었다. 베드 벤치 끝에 폭이 좁은 방향으로 등받이가 연결되어 있는 것처럼 생긴 의자였다.

"뒤세스 브리제(Duchesse Brisee)네요."

가구의 이름을 읊조리는 그의 우아한 목소리, 선이 고운 얼굴, 아름다운 갈색 눈동자 전부 경탄스러웠다.

"뒤세스 브리제요?"

"피곤한 공작부인이라는 뜻이에요. 명화 속에 보면 이런 의자에 앉아 있는 귀부인들 많잖아요."

명화 속 귀부인의 낭만적인 모습이 시안의 머릿속을 스치고 지나갔다.

"이건 어때요?"

시안은 의자 하나를 그에게 더 보여 주었다. 안락의자에 오토만이 딸린 가구였다.

"리 드 르포(lit de repos), 휴식을 위한 침대라는 뜻이에요. 귀족들이 잠깐 낮잠을 자기도 했던 의자고."

그저 의자를 두 개 보여 줬을 뿐인데, 그는 18세기의 낭만성에 대한 설명을 한참이나 해 주었다. 유럽 귀족의 음악회나 연극 등의 살롱 모임 따위 귀에 하나도 들어오지 않지만, 시안은 열심히 고개를 끄덕였다.

아내에게 낮은 목소리로 차근차근 오래전 옛날의 낭만주의를 설명하는 남편에겐 그 자체로 낭만이 깃들어 있었다.

"듣고 있어요?"

"응."

시안은 웃으며 고개를 끄덕거렸다.

"내가 뭐라고 했는데요?"

"응?"

그가 던진 질문에 정신이 퍼뜩 들었다. 시안은 그의 잘생긴 얼굴과 지극한 목소리에 매혹되어 내용은 흘려듣고 있었다. 그걸 그가 눈치챈 모양이다.

"그러니까 의자는 섹스하기 편한 거로 고르라고요. 응?"

그의 눈동자에 장난기가 가득했다. 시안은 뺨뿐 아니라 귓불까지 빨갛게 달아오르는 것을 느꼈다. 얼른 노트북 화면으로 시선을 돌린 시안은 조그맣게 중얼거렸다.

"뒤세스 브리제로 해야겠어요. 지금 주문해도 3개월 넘게 걸린대요."

"어디서 오는 건데 그렇게 오래 걸려?"

"프랑스에서 직접 만들어서 보내는 거래요. 짧게 잡아야 3개월이지, 길면 6개월도 더 걸릴 수도 있대요."

제우는 심각하게 미간을 찌푸린 채 주문서의 빈칸을 채워 나가는 아내를 바라보았다.

침실을 꾸미라고 했더니 전 세계 가구상을 다 뒤지고 있나 보다.

얼굴은 새빨개져서는.

이미 다 본 사이에, 그녀는 야한 농담을 쑥스러워했다. 그 모습이 제우의 눈에는 한없이 사랑스러웠다. 제우는 발갛게 달아오른 그녀의 뺨에 쪽 소리가 나도록 입을 맞췄다.

진득하게 혀를 얽는 키스도 좋았지만, 무방비한 상태의 사랑스러운 아내에게 가볍게 입을 맞추는 것도 황홀할 정도로 좋다.

이렇게 짧게 입을 맞출 때마다, 그녀의 얼굴에는 아쉬워하는 기색이 희미하게 어렸다. 그걸 본인은 깨닫고 있는지 모르겠지만, 남편의 짧은 키스를 아쉬워하는 아내를 바라보는 것은 무척이나 즐거운 일이다. 그래서 그녀가 본인이 아쉬운 표정을 짓는다는 걸 평생 깨닫지 못했으면 좋겠다.

제우는 그 표정이 더 보고 싶어서, 이번에는 그녀의 목 안쪽에 가볍게 입을 맞췄다.

"방해하지 마요. 이거 너무 헷갈린단 말이에요."

그녀가 팔뚝으로 제우의 단단한 가슴을 슬쩍 밀어 냈다.

"내가 입력할까?"

제우의 나직한 물음에 그녀의 눈동자가 반짝 빛났다.

"대신 소원 들어주기."

팔꿈치를 테이블 위에 올리고 턱을 괴자, 그녀가 예쁜 눈을 흘기며 입술을 실룩거렸다.

"내가 할래요, 그냥."

그냥 소원을 들어주기로 하고, 야한 장난 좀 치게 해 주면 되는데.

인생을 쉽게 사는 방법에는 도무지 관심이 없는 아내가 주문서 하나를 채우기 위해 한 시간을 헤매는 동안, 제우는 사랑스러운 그녀의 변화무쌍한 표정을 즐기며 입을 맞출 뿐이었다.

의자를 주문하고 나서 한 달이 지났다. 뒤세스 브리제의 옆에 배치할 사이드 테이블이 마땅한 게 없어서 벌써 한 달째 헤매는 중이었다.

"라프레스쇠르(rafraîchisseur)의 변형이네요."

티 룸 테이블에 앉아서 노트북을 들여다보던 시안은 낯선 목소리에 화들짝 놀랐다. 고개를 돌려 등 뒤를 살피자, 웬 여자가 열린 문가에 서 있었다.

"누구세요?"

여자는 상앗빛 클로셰 모자를 쓰고, 연베이지색 코트를 입고 있었다. 모자 아래로는 컬이 굵은 웨이브 머리가 허리 근처까지 치렁거렸다.

얼굴색은 어젯밤 내린 함박눈처럼 희었고, 입술색은 피보다도 붉고 진했다.

이 집은 1920년대에 지어졌다고 했다. 혹시 망령을 보고 있는 것이 아닌가, 착각이 들 만큼 여자의 모습은 낯설고 이국적이었다.

"그 테이블은 원래 식탁 옆에 놓는 용도로 썼어요. 와인을 시원하게 담아 놓으려고 테이블에 아이스버킷을 달아 버린 거죠."

18세기 사이드 테이블을 설명하는 여자는 그림 속에서 툭 튀어나왔다고 해도 믿어질 만큼 아름다웠다.

내가 저 목소리를 어디서 들어 봤더라?

비명이라도 질러야 하나 싶은 순간, 집안일을 돌보는 아주머니가 마룻바닥을 급하게 걷는 소리가 들려왔다.

"아제딘! 세상에!"

아주머니가 반갑게 외친 이름을 듣자마자, 시안은 심장이 바닥으로 쿵 떨어지는 듯했다.

"이모, 잘 지내셨어요? 아픈 데는 없으시고요? 제가 사서 보내 드린 관절 영양제도 잘 드시고 계시죠?"

시안은 아주머니와 아직 데면데면한 사이였다. 아주머니가 은근히 선을 그어 놓아서 쉽게 친해질 수가 없었다. 집안일과 관련된 것 외에는 말을 섞는 일도 드물었다.

"그럼, 그럼. 잘 먹고 있지. 덕분에 내가 이 집에서 날아다니잖아."

그런데 아주머니와 아제딘은 허물없이 친해 보였다.

"대체 언제 온 거야? 연락도 없이. 응?"

"공항 도착하자마자 여기로 왔어요."

초인종을 누르는 소리도 듣지 못했고, 대문이 열려 있는 것도 아니었다.

그럼 저 여자는 어떻게 이 집에 들어왔지?

시안은 두 사람이 반갑게 인사하는 모습을 멍하니 바라보았다. 너무 갑작스러운 일의 연속이라 자신을 소개하고 이 집 주인 노릇을 해야 한다는 것도 잊고 있었다.

"아, 참. 인사는 했어?"

아주머니가 티 룸 안쪽을 눈짓하며 물었다.

"네, 대충요."

고개를 까딱까딱하며 장난스럽게 대꾸한 아제딘이 시안에게 고개를 돌렸다.

"내가 아제딘이에요. 그쪽은 성시안 씨, 맞죠?"

그녀는 등장할 때부터 주도권을 쥐고 있는 것처럼 보였다. 시안이 고개를 끄덕거릴 새도 없이 아제딘이 시선을 다른 곳으로 옮겼다.

"아, 피곤하다. 저 좀 잘게요. 제우는 집에 없나 봐요? 작업실에 없는 걸 보면."

남편의 이름을 친근하게 부르는 게 영 거슬렸다.

"응, 외출했어."

"갤러리에 나가 본다고 했어요."

시안이 문가로 다가서며 두 사람의 대화에 부드럽게 끼어들었다.

"갤러리?"

아제딘이 미간을 찌푸리며 되물었다. 마치 그의 일거수일투족을 알고 있다는 듯이, 자신이 놓친 약속은 없다는 듯이 거만한 눈빛이었다. 그런 아제딘의 표정이 묘하게 강제우와 닮아 보였다.

"아무튼, 전 올라가서 좀 쉴게요."

그녀가 아주머니와 진한 포옹을 나누고는 걸음을 옮겼다.

"방은 내가 안내할게요."

시안이 빠른 걸음으로 아제딘을 지나치며 말했다. 복도를 앞서 걷던 아주머니의 시선이 시안을 향했다. 뭔가 틀렸다고 말하는 것처럼 보였다.

"그러시죠."

등 뒤에서 아제딘이 여유롭게 대답했다. 톤이 높은 그녀의 목소리는 사람을 오싹하게 만드는 경향이 있었다. 시안에게만 그렇게 느껴지는 것일 수도 있지만.

시안은 앞서 계단을 오르기 시작했다.

"아직 집을 다 꾸미지 못했어요. 부족한 게 있어도 이해해 줘요. 아까는 부부 침실에 놓을 사이드 테이블을 고르고 있던 거였어요."

원래 수다스러운 편은 아니었지만, 아제딘에게 '부부' 침실이라는 말을 강조하고 싶은 마음이 들었다.

"침실을 같이 써요?"

아니나 다를까, 아제딘이 놀랍다는 듯이 물었다.

"그럼 부부가 침실을 따로 쓸까요?"

시안이 함박웃음을 지으며 2층 방이 모여 있는 곳 앞에서 멈춰 섰다.

"이 방을 쓰시면 될 것 같네요."

가운데 방을 가리키며 말하자 아제딘이 피식, 웃었다.

"미안한데, 내 방은 여기예요. 나는 해가 잘 드는 방은 안 좋아하거든요."

아제딘이 북쪽으로 창이 난 방을 턱짓했다.

"나는 항상 여기 묵었어요."

항상?

그는 이 집에 시안과 함께 살기 전에는 아무도 들인 적 없다고 했었다. 그리고 아제딘이 항상 묵었다고 한 방은 그가 시안의 방이라고 했던 침실과 마주보는 곳이었다.

"그래요? 그건 내가 미처 생각을 못 했네요. 그럼 편히 쉬세요."

시안은 당혹스러운 표정을 감추기 위해 얼른 돌아섰다.

"성시안 씨."

아제딘이 계단을 황급히 내려가는 시안을 붙잡아 세웠다.

"제우 집에 오면, 나 좀 깨워 줄래요?"

심장이 쿵쿵 날뛰었다. 이건 누가 아내고, 누가 친구고, 누가 집주인이고, 누가 에이전트인지 모르겠다. 시안이 대답할 틈도 주지 않고 아제딘이 손사래를 쳤다.

"아, 아니다. 됐어요. 내가 제우한테 메시지 남기죠, 뭐. 집에 오면 깨우라고."

남편이 저 여자가 잠든 침실 문을 두드리는 상상만으로 짜증이 치솟았다.

남편은 예상했던 것보다 훨씬 늦게 귀가했다. 저녁 먹기 전에는 들어올 거라고 해 놓고선, 밤 9시가 다 되어서야 대문 안으로 들어섰다.

"왜 나와 있어요? 추운데."

그가 말할 때마다 입김이 하얗게 퍼져 나왔다. 갤러리와의 기획 전시 회의를 마치고 막 출발했다는 그의 전화를 받자마자, 시안은 정원으로 나왔다.

"늦었네요. 저녁은 먹었어요?"

"응."

그는 가볍게 고개를 끄덕이고는 커다란 손으로 시안의 두 뺨을 감쌌다.

"뺨이 얼었잖아."

걱정스러운 목소리가 울림과 동시에 마른 입술에 그의 입술이 부드럽게 닿았다가 떨어졌다.

"저녁은 먹었고?"

그가 시안의 눈동자를 가만히 들여다보며 물었다.

"입맛이 없어서요."

"혹시 나 기다리느라 여태 안 먹은 거예요?"

미안한 표정을 짓는 남편의 얼굴을 마주하자 가슴이 꽉 막히는 것만 같았다. 갑갑함과 불안증의 원인이 대체 무엇인지 모르겠다.

그가 아제딘을 아내보다 아끼는 모습을 보게 될까 봐 두려운 걸까?

인간은 일어나지 않은 일을 걱정하며 사는 존재다. 미래를 향한 끊임없는 불안감이 인류의 발전을 이끌어 왔다고 해도 과언이 아니다.

하지만 지금 느끼는 불안감은 건전한 종류의 것이 아닌 듯해서 더 신경이 쓰인다.

나는 이 남자의 아내잖아.

시안은 애써 마음을 다잡으며 입을 열었다.

"실은요."

"말해 봐요."

그는 걱정스러운 눈으로 시안을 바라보고 있었다. 아내가 심각하게 할 말이 있을 거라고 예상한 눈치였다.

"당신 에이전트가 여기 와 있어요."

아제딘이라는 이름을 입에 올리고 싶지 않아서 에이전트라 칭했다. 사실 묻고 싶은 게 많았다. 그 여자가 어떻게 대문을 열고 들어올 수 있었는지, 왜 이 집에 그 여자의 침실이 있는지, 그리고 왜 자신의 침실이었던 방 맞은편이 하필 그 여자의 방인지.

내 불안감이 근거가 없는 건 아니구나.

시안은 새삼 깨달았다. 그는 이 집의 손님인 에이전트 아제딘과 이 집의 주인인 아내를 동일 선상에 배치해 둔 거였다. 지금은 상황이 달라졌다고 하더라도, 결혼 전만 해도 둘의 위치는 크게 다르지 않았다.

달라진 게 맞기는 한가?

시안은 스스로도 확신할 수 없는 물음을 던지며 마른침을 삼켰다.

"누가 와 있다고?"

그가 미간을 찡그리며 물었다.

"당신 에이전트요."

"아제딘?"

다정했던 그의 목소리가 튀어 올랐다. 시안은 가만히 고개를 끄덕거렸다.

"지금 어디 있는데?"

눈치를 보아 하니 아제딘은 그에게 연락하지 않은 듯했다.

"아제딘 침실이요."

시안이 고개를 살짝 숙이며 그의 눈을 피했다.

"이 집에 아제딘 침실이 어디 있는데?"

그가 시안에게 불퉁스러운 목소리로 물었다. 시안이 묻고 싶은 말이었다. 이 집에 대체 아제딘 침실이 왜 있냐고.

그는 짜증이 치미는 듯 이를 악물었다. 그러고는 거침없이 걸음을 옮기기 시작했다. 부부 침실을 제외한 다른 침실은 전부 2층에 있었기에 그는 고민 없이 계단을 올랐다. 시안은 초조한 마음으로 그의 뒤를 따랐다.

쾅, 소리가 나도록 문을 밀어젖힌 그가 실소했다.

"야, 일어나."

아제딘이 누워 있는 침대 프레임을 그가 발로 툭툭 차며 말했다. 그의 목소리는 위협적이었지만, 어조에서는 짓궂은 기색이 조금씩 묻어났다.

"일어나라고, 이 꼴통아."

그가 조금 전보다 더 세게 침대 프레임을 발로 찼다. 그래도 반응이 없자 참다못한 그가 어두운 침실 조명을 환히 밝혔다. 그제야 아제딘이 부스스한 머리를 쓸어 넘기며 몸을 일으켰다.

"왜 이렇게 난리야?"

아제딘의 목소리에 잠기운이 가득했다. 상체를 일으킨 여자의 몸에서 이불이 흘러내렸다. 새빨간 슬립을 입고 있는 여자의 모습은 지나치게 야했다.

"뭐 하러 왔어?"

남편의 시선이 여자에게 닿아 있었다. 아제딘은 눈도 뜨지 못하고 배시시 웃었다.

"보고 싶어서 왔지."

뻔히 이 집에 아내가 함께 있는 줄 알면서도, 야한 속옷을 입고 침대 위에서 저렇게 말하는 여자가 존재할 수 있다니 기가 막혔다.

"지랄하고 있네."

그가 어이없는 웃음을 터뜨리며 욕지거리를 내뱉었다.

"짐 싸서 나가. 호텔 두고 왜 남의 집에 와서 기웃거려?"

더는 할 말이 없다는 듯이 그가 방 밖으로 나가 버렸다.

"새삼스럽게 왜 쫓아내고 그래? 내가 한국 와서 언제 호텔에서 잤다고."

시안은 아제딘의 목소리를 뒤로한 채 남편을 따랐다.

"쟤 누가 문 열어 줬어요?"

그가 시안을 돌아보며 불만스럽게 물었다.

"지금 그런 종류의 질문을 누가 해야 하는 건지 당황스럽네요."

그는 골치가 아프다는 듯이 손끝으로 관자놀이를 꾹꾹 눌러 댔다. 지금 골치가 아파서 머리 싸매고 누워야 하는 것은 아내인 시안이 아닌가?

"제 발로 걸어 들어왔어요."

"이 집에?"

믿을 수 없다는 듯이 그가 목소리를 높였다. 부부 침실에 다다르자, 그는 시안의 손을 잡고는 침대로 이끌었다.

아직 부부 침실 의자가 도착하지 않아서, 두 사람이 앉을 수 있는 곳은 침대뿐이었다.

"다시 말해 봐요. 이 집에 제 발로 걸어 들어왔다고? 누가 문을 열어 준 것도 아닌데?"

시안은 눈을 한 번 깊게 감았다가 뜨고는 대꾸했다.

"그리고 자기 침실 가서 자야겠다고 하더라고요."

그는 머리를 쥐어뜯을 것처럼 짜증스럽게 쓸어 넘겼다.

"오해할까 봐 말해 두는데."

이미 오해는 하고도 남았다는 걸 그도 알 것이다.

"이 집에 쟤 방은 없어."

그는 고개를 절레절레 내젓기까지 했다.

"그래서 아까 표정이 그랬던 거예요? 저녁도 못 먹고, 쓰러질 것 같은 얼굴로 이 추운 날 밖에 나와 있었어요?"

남편이 시안의 허리를 번쩍 안아서 허벅지 위로 이끌었다. 시안의 목덜미에 얼굴을 묻은 그가 깊게 숨을 들이마셨다.

"일단 저녁부터 먹어요. 응?"

"괜찮아요. 별로 생각 없어요."

"생각 없다고 끼니 거르면, 몸 상해."

걱정스러운 목소리를 듣는데 괜히 콧등이 시큰거렸다. 아제딘이 나타난 이후로 내내 마음을 졸였던 상태에서 조금씩 놓여나는 기분이다.

"따뜻한 수프라도 빨리 만들어 달라고 할게. 그거라도 먹고 자요."

커다란 손이 시안의 이마를 부드럽게 쓸어 넘겼다. 그의 손길에 눈이 스르륵 감겼다. 마른 입술을 그가 촉촉하게 머금었다.

지금은 그저 이렇게 꼭 끌어안고만 있어도 좋을 것 같았지만, 그는 시안에게 무엇이든 먹이지 않으면 잠들지 않을 것처럼 보였다.

나는 왜 불안했을까?

세티아를 대할 때와는 완전히 다른 느낌이었다. 세티아가 했던 '아제딘이 진짜다' 라는 말 때문이 아니다.

그때는 없었고, 지금은 있는 것.

남편을 향해 돋아난 찬란한 감정 때문이었다. 그걸 잃을까 두려운 것이다. 그때는 없었고, 지금은 있는 남편을 향한 사랑 말이다.

수프가 완성되었다는 아주머니의 말에 그는 시안의 손을 꼭 붙들고 다이닝 룸으로 향했다. 식탁 앞에는 이미 아제딘이 앉아 있었다.

"너는 여기서 뭐 하는 거야?"

그가 아제딘을 발견하자마자 불퉁스럽게 쏘아붙였다.

"밥 먹자, 뭐 해."

"집주인이 허락도 안 했는데, 되게 뻔뻔하네? 밥 먹고 짐 싸서 호텔로 가."

그가 식탁 의자를 빼 주며 시안에게 앉으라고 눈짓했다. 언제 짜증을 부렸냐는 듯이 시안을 대하는 그의 눈빛은 황홀할 정도로 따뜻했다.

아주머니는 따뜻한 크림수프가 담긴 오목한 그릇을 시안의 앞에 놓아 주었다.

"어디 안 좋아요?"

상냥한 아주머니의 물음에 시안은 차분히 고개를 내저었다.

"입맛이 없어서요. 감사합니다. 귀찮으셨을 텐데……."

"귀찮기는. 갑자기 쳐들어온 객식구 밥도 차려 주는 마당에 수프 정도야 아무것도 아니지."

아주머니가 장난스럽게 내뱉은 말에 아제딘이 못마땅하다는 듯이 얼굴을 구겼다.

그는 아까부터 시안에게 시선을 고정하고 있었다. 시안이 숟가락을 들고, 수프를 떠서 입에 넣은 이후에도 그는 시선을 떼지 않았다.

시안은 실소하며 그를 향해 고개를 돌렸다.

"언제까지 그러고 있을 거예요?"

"음?"

그는 자신이 뭘 하고 있는지 전혀 깨닫지 못한 눈치였다. 연한 미소를 머금은 그가 시안의 뺨에 보드랍게 입을 맞췄다. 뽀뽀가 헤픈 남자의 미소에 가슴이 뭉클했다.

"내가 먹여 줄까요?"

그가 시안의 입술을 먹음직스럽다는 듯이 바라보며 물었다.

"내가 먹을게요."

"먹는 게 영 시원찮으니까 그러지."

"그렇다고 누가 먹여 줄 정도는 아니에요."

시안이 웃으며 거절하자, 아제딘이 한숨을 폭 내쉬었다.

"못 봐 주겠네, 진짜."

여자가 신경질 어린 목소리로 중얼거렸다.

"못 봐 주겠으면 꺼지라고."

그가 지지 않고 차갑게 쏘아붙였다. 서로를 노려보는 두 사람의 분위기에 시안은 괜한 주눅이 들었다. 마치 자신이 둘 사이에 낀 이물질인 것 같은 기분마저 들 정도로 지나치게 친밀한 말투와 시선이었다.

"시안 씨, 나 여기 있으면 불편해요? 나 재랑 일 얘기도 해야 하고, 논의해야 할 게 좀 있거든요."

그녀는 일 핑계를 대며 시안을 압박해 왔다. 당장 이 집에서 내보내고 싶었지만, 그렇게 되면 시안의 시야를 벗어난 곳에서 두 사람이 만날 것이다. 그건 더 싫다.

"일 마무리 지을 동안에는 여기 있어요."

시안의 상냥한 대꾸에 아제딘이 눈동자를 반짝거리며 웃었다. 남편에게선 한숨이 흘러나왔다.

"착해 빠져서."

그가 시안의 볼에 부드럽게 입을 맞대고는 비볐다. 시안이 간지럽다며 웃음을 터뜨렸다.

"제우 씨, 그만."

꼴도 보기 싫다는 듯이 다이닝 룸을 나서던 아제딘이 고개를 갸웃거리며 두 사람 곁으로 다가왔다.

"신후야."

아제딘이 부른 이름에 시안을 안은 그의 팔이 굳는 게 느껴졌다.

신후?

내내 시안에게 붙박여 있던 그의 시선이 아제딘을 향해 천천히 움직였다. 그의 갈색 눈동자에는 분노의 기색이 역력했다.

"아, 미안. 제우야."

아제딘은 자신이 대단한 실수를 했다는 듯이 죄스럽게 얼굴을 찡그리며 사과했다. 하지만 여자의 눈동자에는 미안한 기색과는 다른 즐거움 같은 게 어려 있었다.

그가 자리에서 느릿하게 일어났다. 다른 사람의 이름을 잘못 불렀을 수도 있다. 그가 '신후'라는 이름에 왜 이렇게 예민한 반응을 보이는지, 시안은 알 길이 없었다.

"잠깐만 기다려 줄래요?"

미소를 머금은 얼굴로 시안에게 양해를 구한 그가 아제딘에게 따라오라며 턱짓했다. 그가 성큼성큼 걸음을 옮기는 소리가 시안의 가슴을 둥둥 두드리는 듯했다.

"미안해, 제우야. 아직 모르는 거야?"

작업실 문을 열고 들어가는 건지, 아제딘의 목소리가 멀리서 들려왔다. 문이 쾅 닫히자, 시안은 저도 모르게 움찔했다. 아무도 저에게 뭐라고 한 사람이 없는데도, 괜한 주눅이 들었다.

아직 모르다니……. 뭘?

다이닝 룸에 혼자 남은 시안은 어떤 것을 더 기분 나빠해야 하는지 몰라서 난감했다.

아내는 모르는 무언가를 알고 있는 여자의 존재인지, 아니면 지금 그 여자와 단둘이 한방에 있는 남편인지.

7화

INDECISO

아제딘이 구제 불능이라는 것은 알고 있었다. 하지만 아내 앞에서 감히 그 이름을 입에 올리는 짓을 저지를 거라고는 상상조차 하지 못했다.

"진짜 아직도 모르는 거야?"

아제딘은 오히려 제우를 향해 화를 내려 했다. 어깨숨을 들썩거리며 배신당했다는 얼굴을 하고 있는 게 기가 막힌다.

"네가 상관할 일 아니야."

"어떻게 상관할 일이 아니야? 아직 혼인 신고도 안 했어?"

"결혼하고 혼인 신고를 미루는 경우는 많아."

일부러 미룬 것은 아니었다. 신혼여행이 길었고, 한국에 돌아와서는 서로에게 푹 빠져 있었다. 다른 데 신경 쓸 정신이 없을 정도로 둘은 서로만을 바라보았다.

"그래서 혼인 신고도 안 올리고, 부부놀이 중이시다?"

아제딘이 가슴 앞에서 팔짱을 끼며 턱을 치켜들었다.

"함부로 판단하려고 들지 마. 뭐, 부부놀이?"

제우가 낮은 목소리로 경고하듯 중얼거렸다. 아제딘은 그의 경고에도 아랑 곳하지 않고 입을 놀렸다.

"아내가 남편 진짜 이름도 몰라. 그게 말이 돼? 혼인 신고도 안 했어. 그게 부부놀이가 아니면 뭐야?"

제우는 머리를 쥐어뜯을 듯이 쓸어 넘겼다.

"한신후가 언제부터 내 진짜 이름이었지?"

날카로운 시선으로 아제딘을 노려보았다. 아제딘이 움찔하는 듯했지만, 그 뿐이었다.

"네가 아니라고 해도 네 주민등록증에 새겨진 이름이니까. 신혼여행 내내 감쪽같이 잘도 속였나 봐? 비행기도 여러 번 탔을 텐데, 들키지 않은 게 용하 네? 아니면 아내가 너한테 무심한 건가? 이름 따위 뭐든 돈만 대 주는 남자면 괜찮은 거……."

제우는 겁도 없이 입을 함부로 놀려 대는 아제딘의 곁으로 성큼성큼 다가갔 다. 놀란 아제딘이 뒷걸음질 치다가 바닥에 있던 화구통을 엎어서 방 안이 엉 망이 되었다.

제우는 커다란 손으로 아제딘의 턱을 으스러뜨릴 듯이 움켜잡았다.

"너."

머릿속에서 따져 물어야 할 말들이 어지럽게 돌아다녔다. 그리고 아제딘이 했던 말이 폐부를 깊이 찌르고 들어온 듯 숨이 막혔다.

'아니면 아내가 너한테 무심한 건가? 이름 따위 뭐든 돈만 대 주는 남자면 괜찮은 거…….'

한국에 돌아온 이후 살갑고 순한 아내의 마음을 의심했던 적은 없었다. 그녀 는 늘 따뜻한 시선으로 제우를 바라봐 주었고, 늘 남편의 곁을 지켰다. 부부 침 실에 놓을 가구 하나를 고르는 데 몇 주를 소비하며 행복해하는 그녀였다.

"왜, 나도 찔러 버리기라도 하게?"

오늘, 날을 잡았나?

아제딘이 겁도 없이 제우를 도발했다.

"여기 온 목적이 뭐야?"

"화가 강제우가 그림을 안 그리니까!"

에이전트로서 할 일을 하러 왔을 뿐이라고, 아제딘은 소리를 질러 댔다.

"나한테 작품 맡겨 놨어? 다른 데 가서 알아봐."

제우는 움켜쥐고 있던 아제딘의 턱을 무지막지하게 놓아 버렸다. 벽에 달라붙어 있던 아제딘의 몸이 휘청거렸다.

머리가 지끈거렸다. 손에 쥔 휴대전화가 또다시 징그럽게 진동하기 시작했다. 발신인을 확인하지 않아도 누가 전화를 걸어 대는지 짐작할 수 있었다.

한재헌, 제우에게 한신후라는 이름을 준 아버지라는 작자였다. 아버지가 연락해 온 것은 며칠 전의 일이었다.

결혼했다는 소식을 들었다, 신혼여행을 마치고 한국에 들어왔다는 소식도 들었다, 언제 며느리 얼굴을 보여 주겠니?

한재헌의 기가 막힌 질문에 제우는 개소리하지 말라며 전화를 끊어 버렸다. 화목한 가정의 가장인 척 구는 게 역겨웠다. 이후 한재헌은 끊임없이 제우에게 전화를 걸어 왔다. 제우는 며칠째 그의 전화를 받지 않고 무시했다.

하필 이런 개같은 순간에도 한재헌은 존재감을 드러내려고 안달이었다.

아버지라는 작자는 제우를 세상에 나오도록 만든 장본인이자, 살아 숨 쉬는 내내 날카롭게 제우를 찔러 대는 통증의 원흉이었다. 그 통증은 짜증과 신경질, 분노로 이어졌다.

"아버님이 계속 나한테도 전화하셨어. 한번 가 보라고 하셔서 온 거야."

끈질기게 울부짖는 전화의 발신인이 누군지 안다는 듯이 아제딘이 중얼거렸다.

"아제딘."

제우가 속삭이듯 서늘하게 그녀의 이름을 불렀다.

"왜 너는 항상 예외일 거라고 착각하는 거지?"

아제딘은 제우의 평온한 삶에 겁도 없이 끼어들어 놓고선 뻔뻔하기까지 하다.

"나는 네가 정말 걱정돼서 그래. 저 여자도 마찬가지고. 너는 이 결혼이 정상적이라고 생각해?"

제우는 실소했다. 그 어느 때보다 지금, 제우의 삶은 안정적이다. 보통의 인생을 살아갈 수도 있다는 희망적인 생각으로 하루하루를 채워 나가는 중이기도 하다.

그런데 누구보다 제우의 삶을 속속들이 잘 알고 있는 아제딘이 이건 정상적이지 않은 거라고 힐난했다.

"나가."

"정신 차려. 지금까지 네가 어울렸던 여자들은……. 그래, 한번 자고 말 사람들이었잖아? 그렇지만 결혼은 달라. 그건 네 인생뿐 아니라, 너랑 결혼한 사람의 인생도 달린 일이야!"

아제딘은 서슴없었다. 제우가 그녀의 인생을 망치고 있다고 말하고 있었다.

"그런 식으로 숨기고 결혼 생활을 하는 건."

"숨긴 거 없다고!"

제우는 고개를 가로저었다. 그 어느 때보다 감정에 솔직해졌다. 서류상의 이름 석 자와 법률적인 구속력 따위 하찮았다. 중요한 것은 오직 아내와 자신의 관계뿐이었다.

"너는 네 아내 눈을 가리고, 귀를 막고 속이고 있잖아. 그 여자가 가장 어려울 때, 인생을 구제해 준 것처럼 나타나서 네가 원하는 대로 구워삶고 있는 거잖아!"

아제딘의 말을 더 이상 들어 줄 수가 없었다. 그녀의 한마디, 한마디가 비수가 되어 꽂히는 듯했다.

"이건 모래 위에 지은 성이라고! 결혼은 신뢰를 바탕으로 서로를 책임져야 하는 거야. 네 어머니가 어떻게 돌아가셨는지!"

"그만해, 아제딘."

제우가 눈을 지그시 감으며 일갈했다.

"지금 네가 하는 짓은 네 아버지가 네 어머니한테 했던 짓과 다르지 않아.

네 어머니는 너희 아버지를 사랑하기라도 했지. 너는 돈으로 산 저 여자가 너를 진심으로 사랑한다고 생각해?"

제우는 스툴에 털썩 주저앉아서 바 테이블에 몸을 기댔다. 아제딘은 제우의 머릿속에 들어와서 잠들어 있는 망령들을 하나씩 끄집어내고 있는 듯했다. 무력감이 온몸을 휘감았다.

벽에 붙어 서 있던 아제딘이 제우의 혼란을 알아차린 듯 그가 앉아 있는 곳으로 조심스럽게 다가왔다.

"제우야."

그녀가 제우의 뺨을 만지려 손을 뻗었다가 이내 거둬들였다. 제우를 헤아리는 그녀의 목소리는 뱀의 비늘처럼 섬세했다.

"나는 항상 네 곁에 있을 거야. 내가 정말 작품 때문에 여기 왔겠어? 네가 걱정돼서 온 거야."

혼란스럽다. 아내에게 모든 것을 털어놔야 한다는 생각은 하지 않았다. 아니, 미처 하지 못했다.

이 집에서 두 사람의 삶은 언제나 평온할 거라고만 생각했다.

"제우야."

망설이는 듯하던 아제딘이 손을 뻗어 제우의 손을 잡으려고 했다. 아제딘의 손길이 닿지 않는데도 뿌리치고 싶은 생각이 든다. 제 몸에 아내가 아닌 다른 누군가가 손을 댄다고 생각하자 두드러기 같은 소름이 끼쳤다.

"하지 마."

제우가 조용히 경고했다. 아제딘은 피를 나눈 남매와도 같은 여자다. 이제껏 살면서 그나마 속을 터놓을 수 있는 상대는 이 여자뿐이었다. 세상 모두가 등을 돌려도 아제딘만은 제우의 곁에 남아 있을 거라는 확신은 아직도 유효했다.

하지만 아내를 향한 애정과는 분명히 결이 다른 것이었다. 아내는 세상이 전부 등을 돌린다고 해도 붙잡고 싶은 사람이었다. 곁에 남아 있을 사람이 아니라, 곁에 두고 싶은 간절한 사람 말이다.

제우가 혼란스러워하는 틈을 타 아제딘이 그의 손을 움켜잡았다.

"집중하자, 제우야. 응? 너답지 않은 일은 그만두고. 수습이 필요하면 내가 도와줄게."

제우는 아제딘의 손을 가볍게 뿌리쳤다. 지금껏 다른 여자, 사건, 사고를 정리했던 것처럼, 충동적으로 저지른 결혼도 그렇게 끝내면 된다고 아제딘은 말하고 있었다.

이 결혼을 수습한다고?

오금이 저릴 정도의 한기가 밀려들었다. 끝낸다는 말이 이토록 무서운 말인 줄 미처 몰랐다.

"제우 씨."

작업실 문을 단정하게 두드리는 소리와 함께 아내의 걱정스러운 목소리가 위태롭게 울렸다.

희미한 우려가 녹아 있는 아내의 목소리를 듣는 것만으로도 제우의 심장이 벌컥거렸다.

제우는 앞을 가로막고 서 있는 아제딘을 지나쳐 문으로 향했다. 대답하지 않고 문을 열자, 아내가 놀란 눈으로 그를 올려다보았다.

"이야기가 길어지는 것 같아서요. 차라도 준비해야 하는지 물어보려고……."

말끝을 흐리는 아내의 눈동자에는 불안한 기색이 역력했다.

이런 여자가 나를 사랑하지 않는다고?

돈을 대 주는 남자면 누구든 괜찮은 거 아니냐고?

제우는 자신의 불안을 저울질했던 자문을 심연으로 밀어 넣었다. 아제딘이 끄집어낸 망령도 무덤으로 돌아갈 시간이다.

"막 나가려고 했어요."

아내를 향해 연한 미소를 머금자 마음이 놀랍도록 평온해졌다. 등 뒤에 있는 아제딘의 존재 따위는 안중에도 없었다.

"수프는 다 먹었어요?"

제우가 걱정스러운 목소리로 아내를 향해 물었다. 그녀 역시 제우와 비슷한

272

미소를 지으며 고개를 끄덕거렸다.

모래 위에 지은 성이라고?

금세 무너질지도 모른다고?

무너지기 전에 모래를 더 넓게 쌓아서 방비하면 된다. 무너진다 하더라도 다시 지으면 된다.

제우는 아내의 어깨를 품에 당겨 안으며 작업실과 마주한 침실 문을 열었다. 당장 개소리를 나불거린 아제딘을 쫓아내고 싶었지만, 아내 앞에서 골치 아픈 싸움을 벌이고 싶지 않았다.

지금은 불안해하는 아내의 마음을 돌보는 게 우선이다. 아니, 불안해했던 제 마음을 돌보는 일인지도 모르겠다.

"이제 좀 어때요?"

그녀의 표정은 한결 평온해졌지만, 검은 눈동자에 어린 불안감은 여전했다.

"많이, 괜찮아졌어요. 이야기는 잘 했어요?"

아제딘과 제우가 어떤 이야기를 나눴는지 궁금한 눈치였다.

"일 얘기였어요."

제우는 그녀의 이마에 달라붙은 잔머리를 손가락 끝으로 쓸어 넘기며 대답했다. 조금 전까지 아제딘과 진 빠지는 말다툼을 벌였다는 게 믿어지지 않을 만큼 머릿속이 말끔해졌다.

"더 이야기해야 해요?"

아내는 아제딘을 경계하고 있었다.

왜 아닐까.

아제딘은 지나치게 눈치가 빨랐고, 상대의 빈틈을 파고들어서 원하는 걸 얻어 내는 데 능숙했다. 거기에 죄책감을 느끼는 성격도 아니었다.

아내의 물음에 제우는 고개를 내저었다.

"내일 나가라고 할 거예요."

그녀가 애써 웃으며 고개를 끄덕거렸지만, 안심한 표정은 아니었다.

"아제딘은 상대가 어떻게 하면 상처받는지 잘 아는 사람이야."

남매 같은 친구를 이따위로밖에 설명할 수 없는 상황이 엿같았지만 어쩔 수 없다. 아내의 마음을 편안하게 만들어 주기 위해서라면 해야 하는 말이었다.

'너는 네 아내 눈을 가리고, 귀를 막고 속이고 있잖아. 그 여자가 가장 어려울 때, 인생을 구제해 준 것처럼 나타나서 네가 원하는 대로 구원삼고 있는 거잖아!'

아제딘의 비난이 머릿속에서 메아리쳤다. 속인 것 없다. 한신후는 제 삶을 대변하는 이름이 아니다. 죽도록 버리고 싶은 이름이다.

"대문이 살짝 열려 있었나 봐요. 일하는 사람들한테 문단속에 주의하라고 말해 놨어요. 일정 시간 이상 대문이 열려 있으면 경보장치가 울려야 하는데, 문제가 좀 생겼나 봐요. 경비업체 불러서 점검해야겠어요."

제우의 말에 아내는 고개를 끄덕거렸다.

"내 말 무슨 뜻인지 알아요?"

제우가 확인하듯 물었다. 왜 이런 말을 하는지 알지만, 다 이해하지는 못한 눈치다.

"내 아내의 허락 없이 아제딘이 이 집에 함부로 들어올 수는 없다는 뜻이야."

아내의 표정이 한결 부드러워졌다.

"그리고 아까도 말했지만, 이 집에 아제딘 방은 없어. 침실이 여러 개라고 생각해서 지레짐작했을 거야."

"나랑 결혼하기 전에는 어땠어요?"

그녀가 제우의 허를 찔렀다.

"결혼 전에는 내가 살던 아파트에서 지내곤 했어."

아내는 알아들었다는 듯이 고개를 끄덕거렸다.

"그때는 결혼 전이었고, 당신을 알기도 전이야."

"혹시."

그녀가 선뜻 질문하지 못하고 망설였다.

"아제딘하고도 잤냐고?"

직설적으로 질문을 끄집어내자 그녀의 눈동자에 혼란이 어렸다.

"아니. 안 잤어."

거짓이 아니었다. 제우는 사실을 말하고 있었다. 안심할 만한 이야기를 했는데도, 아내의 표정은 한층 더 어두워졌다.

거짓말을 하고 있다고 생각하는 건가.

아내의 얼굴에 그늘이 드리울 때마다 제우의 심장은 기분 나쁜 불안감에 휩싸인 채 내달렸다.

"못 믿겠어?"

"아니요. 믿어요."

시안은 힘없는 목소리로 중얼거렸다. 이로써 확실해졌다. 남편에게 아제딘은 다른 여자들과는 명백하게 다른 존재였다.

하룻밤 자고 치워 버릴 여자가 아니라는 의미다. 단지 외롭고 지루한 밤, 침대를 데우기 위해 취한 여자가 아니었다.

남편에게 아제딘은 특별한 의미가 있는 사람이었다.

"씻을래요?"

그의 따뜻한 손이 시안의 뺨을 부드럽게 어루만졌다. 그 손길이 너무도 애틋해서 시안의 눈꺼풀이 저절로 내려앉았다.

"응."

시안은 조용히 대꾸했다. 지금은 남편에게만 집중하고 싶다. 아니, 남편이 자신에게만 집중했으면 좋겠다. 자신을 안심시키기 위해 아제딘에게 특별할 게 없다고 변명할수록, 그 여자가 남편에게 남다른 존재라는 사실이 각인되었다.

세티아라면 아마 두 사람의 신혼집이 서울 어디에 붙어 있는지도 몰랐을 것이다. 시안에게 제 침실이 여기 있다면서 어깃장을 놓지도 않았을 것이다.

얼마나 깊이 다른 건데?

남편이 시안을 안심시키려 들수록 조바심이 났다.

"몸이 좀 노곤해요. 욕조에 들어가고 싶어."

시안은 평소라면 하지 않았을 유혹적인 투정을 늘어놓았다. 그의 갈색 눈동자가 부드럽게 요동쳤다.

"조금만 기다려요. 물 받고 부를게."

시안의 요구에 그는 아까보다 한결 가벼워진 미소를 보이고는 침실에 딸린 욕실로 향했다.

매끈한 욕조에는 크림 같은 거품이 넘실거렸다. 시안은 남편이 부르기 전에 뜨거운 김이 서린 욕실로 들어섰다.

"지금 막 부르려고 했는데."

기척을 느꼈는지 욕조 턱에 걸터앉아 있던 그가 돌아섰다. 시안을 발견한 그의 입이 놀라움으로 살짝 벌어졌다.

"이상해요?"

시안이 남편의 곁으로 다가가며 물었다. 속이 훤히 비치는 시폰 슬립 하나만 입은 시안은 수줍게 얼굴을 붉혔다.

오늘 밤은 남편이 자신에게만 집중하기를 바랐다. 불청객에 관한 생각은 단 한 톨도 허용하고 싶지 않았다.

가까이 다가가자, 그가 시안의 허리를 낚아채듯 안아서 허벅지 위에 앉혔다.

새된 비명이 흘러나왔다. 본래 시안의 성격대로라면 집 안에 손님이 있는 밤에 야한 비명을 지르는 짓은 안 했을 것이다. 하지만 오늘 밤에는 시안이 그의 품에서 흠뻑 젖어서 울부짖는 소리를 그 여자가 들었으면 좋겠다.

그의 커다란 손이 시안의 어깨를 뒤덮듯이 감쌌다. 뜨거운 손바닥이 어깨선을 따라서 매끄럽게 미끄러지자 슬립 끈이 딸려 내려갔다.

그는 어김없이 시안의 목 앞쪽에 입술을 묻었다. 깊게 숨을 들이마시는 그의 어깨가 크게 들썩거렸다. 아내의 탐스러운 향을 통해 생명을 들이마시는 것처럼 그의 몸피가 무섭게 부풀었다.

"옷을 너무 많이 입고 있는 거 아녜요?"

시안은 느릿하게 속눈썹을 살랑거리며 물었다. 그는 시안을 홀린 듯 바라보며 니트를 벗어 던졌다.

"그래도 많은데."

남편의 눈가에 붉은 열기가 고일수록 시안은 점점 더 대범해졌다. 바지 버클에 조심스럽게 손을 올리자, 그가 몸에서 느슨하게 힘을 뺐다.

신혼여행 때 그의 바지 버클에 손을 댔다가 그가 불같이 화를 낸 적이 있었다. 불현듯 그때가 생각나서 머뭇거리자, 그가 따뜻한 손으로 시안의 뺨을 어루만졌다. 계속해도 된다는 허락과 응원의 의미 같았다.

바지 버클을 풀고, 탄탄한 복근과 흉근을 따라 시선을 올렸다.

"더는 못 하겠어요."

부끄러운 듯 읊조리자 그가 더운 숨을 내쉬며 웃었다. 그러고는 시안을 먼저 일으켜 세웠다. 그가 마주 보고 선 채로 옷을 전부 벗었다. 시안이 입고 있던 시폰 슬립도 대리석 타일 바닥 위로 떨어졌다.

단단한 팔이 시안의 허리에 감겼다. 크림 같은 거품 위로 두 사람의 몸이 살포시 내려앉았다. 따뜻한 물은 황홀할 정도로 안온하게 두 사람을 감싸 안았다.

"너무 좋아요."

시안이 그의 목을 끌어안으며 중얼거렸다.

"여기 계속 있자는 거야, 말자는 거야?"

그가 미간을 찡그리며 날카로운 콧날로 시안의 뺨을 긁어내렸다.

"흐응."

부드러운 자극과 함께 그의 따뜻한 숨결이 뺨에 닿았을 뿐인데, 야한 신음이 흘러나왔다.

"성시안."

이름을 읊조리는 그의 목소리는 취한 듯 몽롱했다. 취한 기분이 드는 것은 시안도 마찬가지였다. 그의 입술이 목덜미를 따라 천천히 아래로 내려갔다.

그의 날렵한 턱에 욕조 안 거품이 관능적으로 달라붙었다. 시안이 그의 턱에 묻은 거품을 쓸어내리자, 그가 단단한 가슴 끝을 입에 물었다.

"흐으응."

신음이 절로 흘러나왔다. 그가 살갗을 이로 문 상태로 중얼거렸다.

"흥분한 거, 너무 예뻐."

등허리를 받치고 있던 그의 손이 점점 아래로 내려갔다. 물속에서 매끄럽게 움직이는 그의 손을 따라 열감이 치솟았다.

시안은 그의 허벅지 위에 제대로 자리를 잡고 앉았다. 욕조를 가득 채운 물은 숨이 턱 막힐 정도로 뜨거웠지만, 그보다 은밀하게 맞닿은 곳이 더 뜨겁게 느껴졌다.

'제우야, 어디 가지 말고 여기서 기다려.'

엄마는 제우의 손에 돈 몇 푼을 쥐어 주고는 황급히 발길을 돌렸다. 제우는 구멍가게 앞 평상에 앉아서 아이스크림을 먹으며 기다렸다.

오랜만에 비싼 아이스크림을 하나 다 먹었더니 배가 아픈 것도 같았다. 화장실에 가고 싶었지만, 엄마와 한 약속을 어길 수는 없었다.

제우는 고집스럽게 자리를 지켰다. 그런데 아무리 기다려도 엄마는 오지 않았다. 제우는 자석에 이끌리듯 바다로 나아갔다.

휴가철이 아닌 바다는 한산했다.

또 이 꿈이야?

제우는 엄마가 죽었던 그날의 악몽을 되풀이하는 게 지겨웠다. 이제 바닷물에 발을 담그면 물귀신에게 붙들리기라도 한 듯 숨이 막혀 올 것이다.

안 돼, 싫어. 보고 싶지 않아!

스스로 목숨을 끊기 위해 물속에 매여 있는 엄마의 주검을 보고 싶지 않았다. 그토록 사랑했던 하나뿐인 아들을 외면하고 눈을 꼭 감은 엄마의 차가운 얼굴이 정말 싫었다.

어린 제우는 아무것도 모르고 물속으로 뛰어들었다.

안 돼, 가지 마! 물속으로 들어가지 말라고!

어린 남자애가 물속에 머리를 집어넣었을 때, 눈을 꼭 감은 여자가 눈에 들어왔다.

그런데 생김새가 엄마와 달랐다.

뭐야, 저건 또 누구야?

제우는 녹슨 닻에 발이 묶인 여자 곁으로 다가갔다.

차가운 얼굴로 눈을 꼭 감고 제우를 외면하는 여자는 성시안이었다.

"안 돼! 안 된다고!"

남편이 내지른 비명에 시안은 놀라서 눈을 떴다. 무슨 큰일이 난 건가 싶어서 심장이 벌컥거렸다.

"안 돼, 가지 마…… 나만 두고 가지 마."

그가 눈을 꼭 감은 채 어둠 속에서 울부짖었다. 시안은 남편의 몸을 흔들어 깨웠다.

"일어나요. 제우 씨. 응? 일어나요."

마치 가위에라도 눌린 것처럼 그는 꿈쩍도 하지 못했다. 이마에 땀이 흥건했다. 그는 온몸을 부들부들 떨며 연신 비명을 질러 댔다.

"일어나라고요!"

시안이 버럭 소리를 지른 순간, 그가 눈을 떴다. 그리고 침실 문이 벌컥 열렸다.

"왜 그래? 무슨 일이야?"

아제딘이 제멋대로 침실 조명을 밝히고 걸어 들어왔다. 그는 멍한 표정으로 천장을 올려다보고 있었다. 그의 붉은 눈꼬리를 따라서 눈물이 흘러내렸다.

시안은 얼른 이불을 끌어다가 헐벗은 제 몸과 남편의 몸을 가렸다.

"나가."

남편이 조용히 읊조렸다. 심장이 무섭게 뛰어 댔다.

"또 악몽을 꾼 거야?"

아제딘은 그가 꾸는 악몽의 정체를 안다는 듯이 물었다. 시안은 여태껏 그가 비명을 지르며 괴로워할 정도로 악몽에 시달리는 모습을 본 적이 없었다.

"잠깐 자리 좀 비켜 줄래요?"

아제딘이 심각하게 물으며 시안을 바라보았다. 마치 둘만의 비밀이라도 이야기할 것처럼 단호한 목소리엔 거리감이 뚜렷했다.

"나가라고!"

그가 버럭 소리를 질렀다.

"나가 달라고요!"

아제딘도 그를 따라서 시안에게 소리를 질러 댔다.

"너 나가라고, 아제딘! 여기가 어딘 줄 알고 감히 네 멋대로 들어와서 행패야?"

시안이 아제딘에게 뭐라고 대꾸할 새도 없이 남편이 분노를 터뜨렸다. 아제딘은 황당하다는 듯이 실소했다.

"악몽은 언제부터 다시 꾼 거야?"

아제딘은 나가라는 그의 말에도 아랑곳하지 않고 부부 침대 쪽으로 다가오며 물었다.

"네가 신경 쓸 일 아니니까, 나가라고."

그는 이미 상체를 일으켜 앉아 있었다. 이불 속에서 맞닿은 그의 몸이 파르르 떨렸다. 시안은 그의 곁으로 바짝 다가가 앉았다. 그가 시안을 돌아보며 엷게 웃었다. 그의 짠한 미소에는 안도의 한숨이 뒤섞여 흘렀다.

시안을 안심시키듯 웃어 보인 그는 서릿발 같은 눈으로 돌변해서 아제딘을 쏘아보았다.

"너하고는 전혀 상관없는 일이니까, 제발 나가라고 좀!"

아제딘은 기가 막힌다는 듯이 몇 번 입을 벙긋거리다가 침실 밖으로 나가 버렸다. 침실 문을 쾅 닫는 소리가 온 집 안을 부술 듯이 울려 댔다.

그는 아제딘이 나가자마자 침실 조도를 낮추고 침대로 돌아왔다.

"안 좋은 꿈 꿨어요?"

시안이 그의 기분을 살피며 조심스럽게 물었다. 그는 눕자마자 시안을 품으로 당겨 안았다.

"응."

빈틈없이 시안을 끌어안은 그의 팔에서 불안한 힘이 느껴졌다.

"무슨 꿈인지 물어봐도 돼요? 대답하기 싫으면 안 해도 돼요."

시안이 그의 등허리를 끌어안고는 다독였다. 그가 깊게 한숨을 몰아쉬었다.

"엄마가 죽는 꿈을 자주 꿨어."

어린아이로 돌아가서 살려 낼 수 없는 모친의 주검을 마주하는 꿈이 반복된다고 했다.

"근데 이번에는 물속에 잠긴 사람이 엄마가 아니었어."

그가 괴롭게 중얼거렸다. 시안은 이미 바닥에 닿아 있던 심장이 더 깊이 내려앉는 것만 같았다.

"혹시 그게 나였어요?"

그의 절박한 포옹을 통해 대상이 누구로 바뀌었는지 쉽게 알아차릴 수 있었다.

"응."

그가 그런 일은 절대 있어서는 안 된다는 듯이 실의에 찬 목소리로 대꾸했다.

"나 그럼 되게 오래 살 건가 봐요. 꿈에서 죽으면 오래 산다잖아요. 꿈은 현실의 반대라고들 하니까."

시안이 부드러운 목소리로 그를 달랬다. 맞닿은 가슴에서 느껴지는 그의 심장은 겁먹은 듯 빠르게 내달리고 있었다.

시안은 고개를 내밀어 그의 마른 입술을 부드럽게 머금었다.

"나 여기 있잖아요."

남편을 위로하고 싶은데 어떻게 해야 할지 모르겠다. 그는 마치 아내를 정말 잃기라도 할 것처럼 두려움에 떨었다.

"응."

시안이 그의 입 안을 부드럽게 파고들었다. 부부가 서로의 존재를 확인하는 방법 중에 이것보다 더 좋은 건 없을 거라는 생각이 들었다.

등허리를 안고 있던 손을 내려서 그의 옆구리를 훑어 올렸다.

"흐음."

그의 입에서 시안의 입으로 안도의 신음이 넘어왔다. 시안은 위무하듯 그의 몸을 어루만졌다. 그리고 부드럽고 따뜻한 제 몸으로 남편의 긴장한 몸을 안아 주었다.

자연스럽게 그가 시안의 위에 올라탔다. 시안은 매트리스에 등을 똑바로 기대고 누웠다. 흠뻑 젖은 물길을 따라 그가 들어왔다.

"흐읏."

시안은 그의 단단한 어깨에 입술을 붙이며 신음했다. 섹스에서 서글픈 맛이 났다. 언젠가 그와 다투고 나서 감정적인 섹스는 싫다고 했던 적이 있었다.

이런 감정이라면 나눠도 되지 않을까?

싸우고 나서 몸을 섞고 문제를 흐지부지하게 해결하는 섹스가 아닌, 상대의 아픔을 달래 주고 제 존재를 확인시켜 주는 일은 감정적인 행위가 아닌 사랑의 일종이라는 생각이 들었다.

"흐으읏."

그가 평소보다 거칠게 시안의 몸을 탐했다. 그가 아귀에 잔뜩 힘을 주고 보드라운 살갗을 어루만졌다. 아픔이 느껴질 정도로 소유욕이 배어나는 손길이었다. 시안은 제 살갗을 움켜쥔 그의 손을 잡아서 손깍지를 꼈다.

"하아."

그는 한숨을 몰아쉬며 손가락이 으스러질 듯이 꽉 쥐었다.

"괜찮아요."

괜찮다고 말하는 시안의 목소리에서 울음기가 배어났다.

"미안."

그는 시안의 목소리를 듣고 불쑥 사과의 말을 건넸다.

"제어가 안 돼."

이어진 그의 말은 안타깝기도 하고, 짜릿하기도 했다. 이토록 자신을 원하는 남자를 어떻게 사랑하지 않을 수 있을까.

시안은 눈을 꼭 감으며 그를 온전히 받아들였다.

밤이 깊어질수록 몸피를 적시는 열기도 깊어졌다.

"알잖니. 아제딘한테도 네가 필요해. 너는 결혼해서 아내가 있지만, 아제딘이 세상에서 믿는 사람이라고는 너밖에 없어. 네가 그렇게 굴면 그 아이는 정말 마음 둘 곳이 없단다."

부엌에서 조곤조곤 들려오는 목소리는 아주머니의 것이었다. 아제딘과 아주머니가 반갑게 인사를 나누었을 때만 해도 그저 그의 집에 자주 들락거린 사람이어서 안면이 있다고만 생각했었다.

그런데 다이닝 룸에서 들려오는 이야기는 예상과 달랐다. 아주머니는 남편뿐만 아니라 아제딘에 대해서도 잘 알고 있는 것처럼 보였다.

"알겠어요."

그가 어쩔 수 없다는 듯이 대꾸했다. 짐작했던 것처럼 그와 아제딘 사이는 표면적으로 드러난 것보다 조금 더 특별한 듯했다.

"여기서 뭐 해요?"

아제딘이 시안의 어깨를 톡톡 두드렸다. 아제딘은 시안보다 5cm 정도 키가 작았다. 160cm가 될까 말까 한 여자는 시안보다 나이가 많은데도 어려 보였다.

"막 들어가려고 했어요."

아제딘이 한쪽 입꼬리를 들어 올리며 웃었다. 남편과 아주머니가 하는 이야기를 엿듣고 있는 걸 다 봤다는 듯이 사특한 미소였다.

남편과 어떤 특별한 추억이 있는지는 모르겠지만, 저런 식으로 이 집 안에서 시안보다 우위를 차지하려고 구는 건 그냥 두고 볼 수가 없다.

"일부러 센 척하면 본인이 세 보이는 것 같아요?"

시안이 어린아이를 다루듯 물었다. 아제딘이 한쪽 눈썹을 치켜세우며 실소했다.

"그런 거요. 그런 거 하면 본인이 세 보인다고 생각해요?"

아제딘이 시안의 앞으로 바짝 다가왔다.

"그렇게 생각 있는 척하는 거, 위선 아닌가? 강제우 돈 보고 붙어 있는 사람이?"

그녀는 시안의 대꾸는 들을 생각이 없다는 듯이 다이닝 룸으로 쏙 들어가 버렸다.

"어, 아제딘. 잘 잤어?"

아주머니가 아제딘을 반갑게 맞았다. 시안이 뒤따라 들어갔지만, 아주머니 눈에는 아제딘만 보이는 듯했다. 시안의 표정이 좋지 않은 것을 발견한 그가 그녀의 손을 잡아끌었다. 그는 복잡 미묘한 시선으로 시안을 바라보고 있었다.

아침 식사 시간은 무난하게 흘러갔다. 아제딘은 아주머니와 친분을 과시하기 위해 열을 올리는 것처럼 보였고, 남편은 그러거나 말거나 시안에게만 집중하려고 애쓰는 것처럼 보였다.

"피곤하죠?"

그가 시안에게만 들릴 정도의 작은 목소리로 물었다. 시안이 고개를 살짝 끄덕이며 웃고는 그의 귀에 속삭였다.

"죽을 것 같아요."

어젯밤도 쉽지 않았다. 다시 깨어난 이후로 난폭하게 몸을 섞다가 잠이 들었다. 그가 터져 나오려는 웃음을 감추려는 듯 아랫입술을 한 번 말아 물었다가 놓았다.

"죽을 것 같다면서, 귓바퀴에 대고 그렇게 헐떡거리면 쓰나?"

그가 시안이 했던 것처럼 똑같이 낮은 목소리로 읊조리며 작게 숨을 몰아쉬었다. 시안이 테이블 아래서 그의 다리를 발로 툭 찼다.

그러자 남편이 눈을 휘둥그렇게 뜨며 다시 귓속말을 해 왔다.

"안 되겠네. 아침 먹고 다시 침대로 가야겠네."

"그러다 죽어요."

시안이 조용히 키득거리며 읊조린 순간, 맞은편에 앉아 있는 아제딘과 눈이 마주쳤다. 남편이 아제딘과 얼굴을 마주 보고 앉는 게 싫어서 일부러 여기 앉은 거였다. 그런데 이런 식으로 눈이 마주치니 기분이 영 좋지 않았다.

"밥상머리 예절은 좀 지켰으면 좋겠네."

아제딘이 속닥거리는 두 사람을 노려보며 투덜거렸다. 그가 뭐라고 한마디 하려고 입을 벙긋거렸다. 시안이 얼른 그를 제지하려 허벅지를 움켜잡았다.

남편이 아제딘에게 한 소리 하고, 아주머니가 아제딘의 존재를 그에게 일깨우고. 그런 순서를 또 밟는 꼴은 보고 싶지 않았다.

아까 아침 식사 자리가 무난하게 흘러갔다고 했던가? 아니다. 이제는 총성 없는 전쟁터나 다름없다.

"남의 집에 약속도 없이 찾아온 사람이 할 말은 아닌 것 같네요."

시안이 은은한 미소를 머금으며 말하자, 그가 옆에서 웃음을 참느라 큭큭거렸다. 아제딘의 얼굴은 순식간에 새빨갛게 달아올랐다.

"여기가 당신 집은 아니잖아?"

아제딘이 유치하게 덤볐다. 시안은 옆에 앉은 남편에게 시선을 주었다. 그는 하고 싶은 말을 얼마든지 해도 된다는 듯이 시안을 바라보고 있었다.

"나는 강제우 씨랑 결혼했어요. 부부는 결혼과 동시에 동등한 권리를 가져요. 그리고 여긴 내가 사는 집이고."

"아, 강제우 씨랑 결혼을 하셨어요?"

아제딘이 빈정거렸다. 시안의 입가에 웃음기가 진해졌다. 하찮아서 못 봐 주겠다는 웃음이었다. 세티아가 술집에 그를 두고 가라고 했을 때보다 더 기가 막혔다.

넌 좀 빠지라는 말을 이번에는 우아하게 전해야 할 필요가 있어 보인다.

"나도 이제 참을 만큼 참은 것 같아요. 아무리 에이전트고, 그동안 친분이 있었던 사이라고 해도. 아제딘이 이 집에 있는 건 내가 조금 불편하네요. 미안하지만 오늘 호텔로 옮겨 줬으면 좋겠어요."

"어제는 내가 여기 있어도 된다고 하지 않았나?"

"그건 당신이 한밤중에 부부 침실 문을 열고 들이닥치기 전에 한 말이죠."

시안이 내뱉은 말에 분주하게 움직이는 척 세 사람을 주시하고 있던 아주머니가 끼어들었다.

"아제딘! 너 무슨 짓을 했다고?"

아주머니는 마치 자식을 혼내는 어미처럼 굴었다.

"누가 들어도 이상한 짓이었다는 거, 이제 알겠어요?"

시안의 물음에 아제딘은 당황한 듯 눈을 빠르게 깜빡거렸다.

"나는 제우가 걱정되어서!"

"쓸데없는 걱정이라는 거 모르겠어요? 부부 침실에서 일어난 일은 부부끼리 해결해야 할 일이에요."

그가 식탁 의자에 느슨하게 몸을 기대며 시안의 의자 등받이에 손을 올렸다. 가벼운 몸짓 하나에 부부간의 연대가 두터워지는 기분이다.

아제딘의 시선이 시안을 감싸고 있는 그의 팔을 향해 있었다. 분노로 붉어터진 얼굴을 봐서는 금방 화를 낼 것 같았다.

"알았어요. 호텔로 가지, 뭐. 짐도 싸야 하고, 시간 좀 줘요. 오늘 안에는 나갈 테니까."

그는 작게 실소하며 고개를 절레절레 내저었다. 그러고는 시안을 향해 조용히 물었다.

"다 먹었어요?"

시안이 웃으며 고개를 끄덕거리자, 그가 먼저 자리에서 일어났다. 시안은 그가 내민 손을 붙잡고 일어나 다이닝 룸을 빠져나왔다.

"그래서 사이드 테이블은 골랐고? 의자는 출발했대요?"

제우는 아내의 신경을 다른 데로 돌리기 위해 물었다. 한번 신경이 날카로워지면 뭐 하나 찔러야 직성이 풀리는 것처럼 굴 때가 있는 아내다.

오늘 아침 그 상대는 아제딘이었다. 아제딘이 선을 넘었고, 아내가 못 할 말을 한 것도 아니어서 제우는 그냥 지켜보기만 했다.

하지만 아내의 날카로워진 신경을 그대로 둘 수는 없었다. 보드라운 아내의 웃음을 마주하는 게 제우에게는 요즘 삶의 낙이었다.

"아! 맞다! 의자 제작 들어갔다고 했는데, 아직 사진을 못 받아 봤어요. 이메일을 다시 보내 봐야겠어요. 일 처리가 얼마나 느린지 모른다니까요."

오늘 오전에는 아내가 제 곁에 쭉 붙어 있기를 바랐건만, 아내는 또다시 노트북을 끼고 앉았다. 다행인 것은 아내가 침대에 몸을 반쯤 눕힌 채로 노트북 키보드를 두드리고 있다는 점이다.

제우는 그녀의 곁에 몸을 바짝 붙여 앉았다. 그녀의 몸에서는 달착지근한 바닐라 향이 났다. 제우는 고개를 숙여 보드라운 목 안쪽에 얼굴을 묻었다.

향긋한 체향이 가슴을 간질였다. 그녀는 미간을 잔뜩 찡그린 채로 키보드에 온 화를 다 풀어 내고 있는 것처럼 보였다.

저러다 키보드 하나 부서지지.

제우는 그녀의 오른손을 끌어다가 손가락 끝에 입을 맞췄다.

"잠깐만요. 이메일 좀 쓰고."

그녀는 제우의 손을 가볍게 털어 내고는 도로 키보드를 두드리기 시작했다. 이제는 노트북이 미워지려고 한다. 아니, 빌어먹을 의자는 그냥 가구점 가서 사면 되는 거 아냐? 애초에 방을 꾸미라고 말한 게 화근이었나?

의외로 끈질긴 구석이 있는 성격이다. 장모님이 말한 '은근히 센 고집'이 이런 거겠지.

그녀가 몰입할수록 유치하게 방해하고 싶어진다. 기분이 풀어지길 바랐던 건 자신을 봐 주길 원해서였지, 다른 것에 집중하라는 의도가 아니었다.

제우는 그녀의 허벅지 위에 올라 있던 노트북을 들고 무릎걸음으로 달아났다. 침대 끝에 다다라 손을 높이 올리자, 그녀가 황당하다는 듯이 제우를 쏘아보았다.

"이리 줘요."

"필요하면 가져가."

어깃장을 놓자 그녀가 제우처럼 무릎걸음으로 바짝 다가왔다. 아내가 아무리 손을 뻗는다고 해도 노트북에 닿을 리가 없었다.

"이리 달라고요!"

그녀가 무릎을 펴고 일어나려는 순간, 제우는 노트북을 카펫 위에 던져 버렸다. 그러고는 그녀의 몸을 덮치듯 눕혔다.

그녀가 새된 비명을 지르며 발버둥을 쳐 댔다. 비명에 웃음기가 섞여 들기 시작했다.

"좋다는 거야, 싫다는 거야?"

제 몸 아래 깔려서 바르작거리는 아내를 향해 물었다. 싫다는 대답은 듣기 싫어서 얼른 그녀의 입술을 물어 삼켰다.

"흐음."

달콤한 입술을 머금자마자, 제우의 입에서 신음이 흘러나왔다. 맞닿은 그녀의 입가에는 웃음기가 남아 있었다. 티셔츠 안으로 불쑥 손을 넣어서 속옷을 잡아 내리고는 부드러운 살덩이를 움켜잡았다.

"으음."

서로의 신음이 입 안에서 뒤섞였다. 옷도 제대로 벗지 않은 채로 탐했다. 그녀는 얼굴을 붉힌 채로 숨을 헐떡거리며 제우의 목을 있는 힘껏 끌어안았다.

애틋하게 매달리는 아내의 손짓이 좋아서 머릿속이 아득해졌다.

이대로면 된다. 아무런 변화도 필요 없다. 어두운 바닥을 굳이 파헤쳐서 망령을 되살려 낼 이유도 없다.

포근한 눈 속에서 겨울잠을 자는 동물처럼 그녀를 끌어안은 채로 잠들어 두 사람만의 봄을 기다리면 된다.

깜빡 잠이 들었다. 옷이 반쯤 벗겨져 있었고, 납작한 배를 그가 베개 삼아 베고 있었다. 햇살이 침실 안으로 길게 늘어진 것을 보면 정오가 갓 지난 듯했다. 어디선가 휴대전화 울리는 소리가 끊임없이 이어졌다.

"제우 씨. 일어나 봐요. 전화 오는 것 같아. 응?"

시안의 휴대전화는 협탁 위에 얌전히 놓여 있었다. 그가 한쪽 눈만 겨우 뜨며 고개를 들어 올렸다. 까치집을 진 헤어스타일이 귀여워서 피식 웃음이 새어 나왔다.

그는 바닥에 떨어져 있는 팬츠 주머니에서 휴대전화를 꺼내며 구시렁거렸다.

"대체 핸드폰 진동 소리는 어떻게 듣는 거야?"

그는 발신인을 보고는 미간을 확 구겼다. 통화 거부 버튼을 누르는 동작에는 망설임이 없었다.

"누구예요?"

"스팸."

제우는 아버지를 스팸 취급 해 버렸다. 곧이어 짧은 진동과 함께 메시지가 들어왔다.

진짜 갑자기 왜 이래? 내가 결혼했다고 부자 사이가 급진전할 거라는 희망이라도 품은 거야, 진심으로?

메시지를 보지 않고 삭제하려는데, 끔찍한 내용이 눈에 들어와 버렸다.

[집 앞이다. 아비가 들어갈까? 아니면 네가 나오련?]

제우는 아내를 뒤로하고 침실을 빠져나왔다. 아버지에게 전화를 걸었다. 신호 한 번이 채 울리기도 전에 역겨운 목소리가 들려온다.

— 응, 아비다.

"여길 어떻게 알고 왔어요?"

등 뒤의 작업실 문을 닫아 버렸다. 아내가 아버지와의 통화 내용을 듣는 것은 원치 않았다. 그녀와의 삶에 과거가 끼어드는 꼴은 보고 싶지 않다. 두 사람에게는 보송보송한 미래만이 함께할 뿐이다.

— 아제딘이 알려 줬다.

이게 미쳤나?

제우는 욕지거리를 집어삼켰다.

— 며느리 얼굴이 좀 보고 싶은데, 네가 기회를 통 만들지를 않으니 말이다. 착한 사람이라고 들었다.

아제딘은 한시라도 그 주둥아리를 놀리지 않으면 억울해서 죽을 것 같나 보다.

"기다려요. 내가 나갈 테니까."

"잠깐 나갔다 올게요."

누군가와 전화 통화를 마친 남편의 얼굴이 어두웠다. 그는 상대가 누구인지, 왜 나가는지 물어볼 틈도 주지 않으려고 했다.

"무슨 일 있어요?"

시안이 드레스 룸에서 짜증스럽게 외투를 뒤적이는 그를 향해 물었다. 검은색 코트에 팔을 끼워 넣던 그가 시안을 서늘하게 바라보았다. 뒷덜미에 냉기가 끼칠 만큼 차갑게 얼어붙은 눈빛이었다.

"없어요. 잠깐이면 돼요."

그의 입가에 미소가 고였지만, 건조한 웃음이 눈가까지 미치지는 못했다. 그는 혼이 나간 것처럼 보였고, 눈빛도 지나치게 방어적이었다.

구석에 몰린 쥐는 방어력이 한계로 떨어지는 순간 고양이를 공격해 버린다. 그는 마치 구석에 몰린 쥐처럼 보였다. 방어력이 떨어진 그의 공격력이 누구에게든 향할 수 있다는 듯 서슬 퍼런 얼굴이다. 시안은 더 묻지 않고 입을 꾹 다물었다.

그는 누군가에게 쫓기듯 집에서 나가 버렸다. 남편이 외출했을 뿐인데 가슴에 한기가 드는 기분이다.

"제우 나갔어요?"

아, 아제딘이 아직 있었구나.

분노가 차가울 수도 있다는 사실을 일깨워 주려는 듯, 아제딘이 빈정거렸다. 그녀는 올 때 들고 왔던 캐리어와 가방을 바리바리 들고 있었다.

"네, 방금 나갔어요."

"호텔까지 태워다 달라고 하려고 했더니."

그의 배웅을 당연하게 여기는 아제딘의 태도가 시안은 기막혔다.

"이제 집에 들일 줄 알았는데, 역시 벽을 세우시네."

아제딘이 가죽 장갑을 손에 끼우며 뭔가 알고 있다는 듯이 밑밥을 던졌다.

시안이 아무런 반응도 보이지 않자, 오히려 아제딘이 더욱 초조해하는 것 같았다.

"잘 가요. 배웅은 안 할게요."

시안은 아제딘을 일별하고는 티 룸 쪽으로 돌아섰다.

"잠깐만."

아제딘이 시안을 붙잡아 세웠다. 여자의 손이 팔뚝에 닿자마자 소름이 와르르 돋아났다.

"그냥 넘어가려고 했는데, 안 되겠네요. 같은 여자로서 너무 안쓰러워서요."

가증스러운 표정을 짓고 있는 아제딘의 눈동자에 위선이 어렸다. 시안은 아무런 대꾸 없이 여자를 쏘아보았다. 호시탐탐 기회를 노리며 남편과 시안의 사이에 틈이 생기길 바라는 여자가 뭐라고 지껄일지 하나도 궁금하지 않았다.

"강제우한테 속고 있는 거예요. 쟤는 사람한테 마음 준 적 없어요. 그러는 척 이용하는 거라면 모를까."

"말 다 했어요?"

시안이 서늘한 목소리로 물었다.

"아니요. 다 못 한 게 아니라, 내 말 아직 안 끝났어요."

아제딘은 제 의지로 얼마든지 떠들 수 있다는 듯이 오만하게 굴었다.

"강제우는 기분을 한계까지 끌어올렸다가 나락으로 떨어뜨리는 걸 즐기는 미친놈이야. 근데 그거 알아요? 화가 강제우는 그렇게 비참한 기분일 때 가장 큰 퍼포먼스를 내요."

시안이 미간을 찡그리며 돌아섰다. 아제딘이 보는 그의 예술적 감수성이라든가, 작업 스타일에 관한 평가 따위 듣고 싶지 않았다.

"강제우는 그걸 즐겨요. 날아올랐다가 떨어지는 기분을."

세상에 그런 엿같은 기분을 즐기는 사람은 없을 것이다. 그런데 왜 아제딘의 말을 완전히 무시할 수는 없는 건지 모르겠다. 시안은 누가 제 발을 녹슨 닻에 묶어 놓은 것도 아닌데, 걸음을 떼지 못하고 있었다.

순간 남편과 아제딘의 통화 내용이 머릿속에 떠올랐다.

'이렇게 신날 땐 작품이 나오질 않는다고. 작품이 나오지 않는다고 해서 내 기분을 더럽게 만들려고 노력하지는 말고.'

아제딘이 그 통화 내용을 복기하는 것일 수도 있다.

"지금 강제우는 당신과 함께 날아오르는 중이야. 그런데 언젠가는 떨어질 거야. 그럼 강제우는 화가로서 퍼포먼스를 내기 위해 몰두하겠지. 그때 당신, 성시안 씨는 어떻게 될까요?"

"말조심해요."

시안이 조용한 목소리로 경고했다.

"당신은 무사하지 않을 수도 있어요. 조심해요. 강제우한테 목매다가 나가 떨어지는 여자를 내가 몇 명이나 봤을 것 같아요?"

"나는."

시안이 아제딘을 향해 돌아섰다. 의외로 아제딘의 시선은 정직했다. 시안은 잠시 할 말을 잃고 머뭇거렸다. 그저 두 사람 사이에 낀 이물질이라고만 여겼는데, 아제딘은 진심 어린 경고를 하고 있다는 듯이 굴고 있었다.

남편은 아제딘이 상대의 빈틈을 파고들어서 원하는 걸 얻는 데 익숙한 사람이라고 했다. 시안은 얼른 정신을 차리고 말을 이었다.

"나는 그 사람하고 결혼한 아내예요."

"남편 본명도 모르는 아내가 있어요?"

시안은 눈썹을 치켜올리며 잠시 멍해지려는 시야를 다잡았다.

"혼인 신고도 아직 안 하지 않았나? 신분증은 본인이 들고 다닐 테니까, 그놈 여권이라도 찾아보든지."

아제딘은 고개를 절레절레 내저었다. 혹시 실수로 불렀던 이름, 신후가 그의 본명이냐고 묻고 싶었다.

"강제우는 필명이야. 죽은 강제우 엄마가 준 이름이기도 하고."

"말이 되는 소리를 해요. 그 사람은 강제우라는 이름으로 나랑 결혼식까지 치렀어."

그는 늘 무언가를 숨기고 있는 것처럼 굴었다. 하지만 중요하지 않다고 생각했다. 누구나 치부는 있는 법이니까. 치부에 조금 예민하게 반응하는 거라고 여겼다. 아니, 어쩌면 평온한 일상을 깨고 싶지 않아서, 시안은 그의 이상한 점을 외면하고 정당화하려 애썼는지도 모른다.

"결혼식에는 그 남자를 화가 강제우로 더 잘 아는 사람만 모였을 거야. 증권가에서 유명했다고는 하지만, 강제우는 처음 금융계에 발을 들일 때를 빼곤, 애널리스트로 제 능력을 발휘하면서부터 영어 예명을 썼어. 미국이나 홍콩, 상하이 같은 외국 클라이언트랑 일하기 편하다는 핑계를 대면서. 애석하게도 그 남자를 아는 사람 중에 본명을 아는 사람은 많지 않아. 강제우는 신비주의 화가잖아? 뱅크시 알지? 신원을 밝히지 않고 활동하는 영국 화가. 내가 화가 강제우의 롤 모델로 삼은 사람이 뱅크시거든. 대신 잘생긴 얼굴은 좀 보여 주는 게 마케팅에도 좋을 것 같아서 나중에 그러자고 했지. 까탈스러운 성격에 절대 얼굴은 안 드러낼 거라고 생각했는데."

아제딘은 거침없이 말을 쏟아 냈다.

"강제우가 제 얼굴을 세상에 밝힌 이유는 아버지 때문이야. 어머니가 준 이름을 널리 알리면서, 아버지의 존재는 부정하는 거지. 결혼식도 치렀으니, 거짓말을 안 했다고? 세상에 그럼 사기 결혼이 없게?"

시안은 아제딘이 거짓말을 하고 있다고 생각하고 싶었지만, 근거가 부족했다. 문득 결혼식 초대 명단이 머릿속에 떠올랐다. 화가 강제우에게 호감을 느끼는 사람들만 모아 놓은 것 같았던 하객 명단 말이다.

"내가 남편 기본 정보도 안 찾아봤을 것 같아?"

시안은 발악 같은 질문을 던졌다.

"순진하게 인터넷 검색창 좀 두드려 봤다고, 전부를 안다고 생각하는 건 아니지? 검색 엔진의 주 수입원은 광고야. 거긴 일종의 광고 대행업체인 거지. 그러니까 거긴 사람들에게 보여 주고 싶은 정보만 있는 거야. 중요한 정보가 무료로 인터넷에 떠다닐 거라고 생각해? 에이전트인 내가, 화가인 강제우가 보여 주고 싶은 정보만 거기에 있다는 거야."

시안은 아랫입술이 파르르 떨리려고 해서 얼른 말아 물었다.

"화가 강제우의 본명이 한신후라는 걸 아는 사람은 몇 없어. 좀 너무하기는 했지? 아내한테도 숨긴 건. 그래도 자책하지 마요. 당신이 멍청하거나 아둔한 탓이 아니야. 강제우가 지독한 거지. 걔는 수틀리면 자기 아버지도 칼로 찌를 수 있는 놈이거든. 이런 끔찍한 일을 감쪽같이 벌여 놓고도 죄책감을 못 느낀다는 뜻이에요."

허벅지 옆에서 움켜쥔 주먹도 파르르 떨렸다.

"누군가를 끊임없이 인격적으로 깔아뭉개지 않으면 못 사는 사람이야. 그게 그 사람이 가진 예술적 감수성의 원동력이고. 아마 당신 속이면서 꽤 즐겼을지도 모르지. 그리고 제 바닥이 어디쯤 되나 가늠해 봤을 수도 있고."

"그걸 다 알면서 당신은 왜 그 사람 옆에 붙어 있어요?"

시안은 거꾸로 아제딘에게 질문을 던졌다. 아제딘은 웃음 없이 대답했다.

"나랑 강제우는 역사가 꽤 깊거든요."

아제딘은 이제 할 말을 다 했다고 생각했는지, 캐리어 손잡이를 움켜잡았다.

"택시 왔네요."

그녀는 작별 인사도 하지 않고 떠났다. 조금 전까지 아제딘이 이곳에 서서 자신과 이야기를 나누었다는 사실이 믿기지 않을 만큼, 집 안이 적막했다.

티 룸으로 향하려던 시안은 침실 쪽으로 발길을 돌렸다. 무의식적으로 귀중품과 여권, 주요 서류가 들어 있는 금고문을 열었다.

그의 여권을 집어 든 손이 부들부들 떨렸다.

한신후, 그의 여권에 새겨진 이름은 한신후였다.

"신후야."

아버지라는 작자는 집에서 멀지 않은 카페에서 제우를 기다리고 있었다.

"그 이름을 한 번만 더 입에 담으면 내가 어떻게 할지 잘 알 텐데요."

경고가 무색할 만큼 친부는 순하게 웃었다. 한 여자의 인생을 나락으로 떨어뜨려 놓고도 저리도 순한 웃음을 짓는 걸 보면, 세상에서 가장 사악한 존재가 인간이지 싶다.

"무슨 일로 왔어요?"

제우의 입에서 말이 곱게 나올 리 없었다.

"나는."

친부가 긴장한 듯 말을 멈추고는 차를 한 모금 들이켰다. 찻잔을 쥔 손이 파르르 떨렸다. 저러다 찻잔이 미끄러지는 게 아닌가 싶을 만큼 손 떨림이 심했다.

한재헌 화백이 수전증 때문에 아예 붓을 못 잡을 지경이 되었다는 소문이 미술계에 돌고 있었다. 친부는 재벌가 서재마다 걸려 있는 호랑이 민화에 낙관을 남긴 화가였다.

"그저 네가 잘 사는지 궁금해서."

기가 막혀서 실소만 터져 나왔다.

"다시는 찾아오지 마요. 나는 그쪽하고 할 이야기 없어요."

"나는 네가 아제딘하고 살 줄 알았다. 그 아이가 참 싹싹해. 결혼했다는 소식은 들었다만, 통 연락이 되어야 말이지. 아제딘이 아니었다면 아들이 어디 사는지도 영영 모를 뻔했다."

영영 몰랐다면 더 좋았을 것이다.

"그 아이가 널 가장 잘 알잖니."

"무슨 말이 하고 싶어서 온 거예요?"

"며느리가 보고 싶구나."

"그게 가능하다고 생각해요?"

제우는 진저리를 쳐 댔다.

"지금의 넌 내가 젊었을 때랑 똑같다."

뻔뻔하게 지껄이는 말에 욕지거리가 튀어나왔다.

"나도 건후 엄마를 두고 네 엄마랑 도망쳤을 때, 딱 너 같았어. 아제딘이 걱정하더구나. 며늘아기가 너에 대해 통 모르는 것 같다고."

순간 뒤통수를 한 대 얻어맞은 것 같은 기분이 들었다. 친부가 집으로 들이닥친다는 생각에 짜증이 나서 정신이 나가 버렸다. 그 바람에 아내를 시한폭탄

295

과 같은 아제딘과 같이 집에 남겨 두었다.

"내 말을 잘 들어주는 착한 여자만 있으면 된다고 생각했지. 그게 세상 전부라고. 섬마을 단칸방에서 둘만 있으면 된다고 생각했다. 너도 그러고 있니? 그 집이 네 섬이라고 생각해? 돈으로 사 온 아가씨라서 말도 잘 듣고, 그 평화가 오래오래 계속될 거라고?"

"그만하세요!"

패를 완전히 읽힌 기분이다. 하지만 그게 전부는 아니다. 친부와 자신은 분명히 다르다고, 제우는 확신할 수 있었다.

"내 아들이 나와 같은 실수를 하게 될까 봐, 나 때문에 어미를 잃은 네가 애먼 사람을 또 잃게 될까 봐 걱정이 되는구나."

"재수 없는 소리 하지 말고, 다시는 찾아오지 마세요. 그럼 그렇게 될 일도 없으니까."

제우는 자리를 박차고 일어나 카페를 벗어났다. 숨이 턱 끝까지 차오르도록 집으로 내달렸다.

아제딘, 그 악마 같은 계집애가 모든 일을 꾸민 게 분명했다. 별로 중요한 이야기가 아니라고 생각했다. 때가 되면 이야기하려고 했다. 당장은 안온함을 만끽하고 싶었다. 그때가 되면 그녀는 자신의 이야기를 듣고 다 이해해 줄 거라고 생각했다.

현관을 박차고 들어가자, 제우의 표정을 본 아주머니가 눈짓으로 침실을 가리켰다. 거친 숨을 고르며 침실 문을 열었다.

그녀가 멍한 눈빛으로 침대 위에 놓인 여권을 내려다보고 있었다.

8화

Lacrimoso

필요하다면 무릎이라도 꿇으려고 했다. 애원하며 매달리려고 했다.

사정이 있었다고. 제발 제 얘기를 들어 달라고.

그런데 무슨 사정?

넋이 나간 듯 보이는 그녀의 얼굴을 마주한 순간, 제우는 스스로를 향한 비소가 터져 나오려는 것을 꾹 참았다.

외로웠다. 그건 분명한 사실이다. 하지만 제우의 주변을 둘러싼 사람들은 전부 아제딘이나 아버지 혹은 세티아 같은 사람들뿐이었다.

아제딘은 제우를 본인 입맛대로 주물러서 이용하였고, 아버지는 허울뿐인 혈육이라는 핑계를 대며 이제 와서 화목한 가족인 척 굴었다. 그리고 세티아 같은 여자는 널리고 널렸다.

제우가 어떤 생각을 하는지, 무엇을 위해 살고 있는지 궁금해하는 사람은 아무도 없었다. 그들은 단지 제우에게 편견의 잣대만 들이댔을 뿐이다.

모친의 죽음을 목격하고 오갈 곳 없는 외톨이가 되어 가혹한 인생을 살아온 친구, 불륜으로 낳아서 숨기고 싶었던 혼외자, 그저 하룻밤 즐길 상대. 사람들에게 각인된 제우의 존재는 그따위 것들이었다.

완전히 다른 관계를 원했다.

과거에 무슨 일을 겪었든, 어떤 이름으로 살았든, 왜 이름이 바뀌었든, 어떤 상처가 있든.

그런 건 전부 모르는 사람이길 바랐다. 그래서 편견 없이 제우를 좋은 사람으로 받아들여 주는 따뜻한 시선을 가진 사람을 곁에 두고 싶었다.

새로운 사람과 새 인생, 자신을 오롯이 바라봐 줄 사람이 필요했다. 사랑이 아니어도 좋았다. 한 번도 되어 본 적 없는 좋은 사람이 되고 싶었다.

지금 사는 삶이 엿같다고 다시 태어날 수는 없는 노릇이다. 그러니 살고 싶은 삶을 만들면 그만이라고 생각했다.

아내는 착한 사람이다. 그녀는 어머니 수술비를 대 주고, 아버지의 빚을 갚아 준 제우를 절대적인 구원자로 여기는 눈치였다. 흡족했다. 누군가의 삶을 망치고 태어난 혼외자가 아니라, 한 사람의 인생을 구원해 줄 수 있는 존재가 된 것 같아서 무척 황홀했다.

아내는 강한 사람이다. 제우가 성깔을 부렸다고 단숨에 돌아서는 하룻밤짜리 관계의 여자들과는 완전히 달랐다. 그녀는 세티아나 아제딘 같은 상대를 어떻게 다뤄야 하는지 본능적으로 아는 사람 같았다.

아내는 따뜻하다. 악몽 끝에 의식을 되찾았을 때, 그녀를 품에 안을 수 있다는 사실만으로 평생의 불안증이 가라앉았다.

착하고, 강하고, 따뜻한 그녀는 그동안 편견 없이 제우를 바라봐 주었다.

'나 여기 있잖아요.'

아내가 죽는 악몽을 꾸었을 때, 그녀는 제우를 따뜻하게 안아 주며 말했었다.

여기 있다고.

아무 데도 가지 않고, 제우의 곁을 지킬 것처럼 말했다.

무슨 일이 일어난다고 하더라도 말이다.

그런 생각이 들자 펄떡거리던 제우의 심장이 조금씩 잠잠해지기 시작했다.

"뭘 그렇게 보고 있어요?"

제우는 평상시와 같은 목소리로 물었다.

아제딘은 분명히 아내를 무너뜨릴 만한 이야기를 늘어놓고 갔을 것이다. 눈치 빠른 아제딘은 제우가 아내에게 얼마나 푹 빠져 있는지 알아차렸을 것이다.

이 결혼이 무너져서 제우가 나락으로 떨어지기를 바라겠지.

아제딘은 언제나처럼 무너져 내린 제우를 위로할 것이다. 지금의 아픔과 상처가 예술적 감수성의 원동력이 된다는 허세에 찌든 개소리를 지껄이면서, 세상은 원래 그런 거라는 냉소적인 방어막으로 제우를 둘러치려 하겠지.

이제껏 왜 몰랐을까?

아제딘은 제우가 힘들어할 때마다, 두 사람의 관계에서 지배력을 높여 갔다. 당연히 지배자는 아제딘이었다. 피지배자가 자신인 줄도 모르고, 제우는 그 여자를 진실된 친구라 여겼다.

"당신 여권이요."

아내가 침잠된 목소리로 대답했다. 남매 같은 친구 좋아하네. 진짜 친구라면 이 관계에 제멋대로 끼어들어서 망쳐 버릴 생각은 하지 않았을 것이다.

"그걸 왜 보고 있는데?"

제우는 아무렇지 않게 다가가 여권을 집어 들려고 손을 뻗었다. 그런 제우의 손을 그녀가 덥석 붙잡았다. 맞닿은 아내의 손이 파르르 떨렸다.

"당신 이름이 왜 강제우가 아니고, 한신후인지 말해 줄 수 있어요?"

그녀는 제우를 쳐다보지 않고 물었다. 시선을 피한 게 마음에 들지 않았다. 차라리 화를 내고, 소리를 지르는 편이 낫겠다는 생각이 든다. 자신에게 그걸 물을 권리조차 없다는 듯이 구는 그녀의 태도가 신경에 거슬렸다.

물러선 거다, 제우에게서.

"강제우는 어머니가 지어 준 이름이야. 어머니 성을 따른 거고. 한신후는 아버지가 강제로 덮어씌운 이름이고."

그녀는 알아들었다는 듯이 고개를 끄덕거렸다.

대체 뭘 알아들었는데?

제우는 아내의 곁으로 더 가까이 다가가 침대 끝에 걸터앉았다.

"어머니가 돌아가시고, 난 위탁 가정 비슷한 곳에서 살았어. 열두 살 때 그 집에 들어가서 그 집을 떠나는 열일곱 살이 될 때까지 별의별 사고를 다 쳤고. 열일곱에 아버지가 날 찾으러 왔거든. 그때 생긴 이름이 한신후야."

제우는 안정된 어조로 설명했다. 하지만 제우의 손을 잡고 있는 아내의 손은 여전히 파르르 떨렸다.

"그게 다야."

별것 아니라는 듯이 말하자, 내내 여권을 바라보던 그녀의 시선이 제우를 향했다.

"그게 다라고요?"

누군가 스위치를 꺼 버린 것처럼, 그녀의 검은 눈동자에서 생명력이 사라졌다. 목소리도 스산하기는 마찬가지였다.

"응, 그게 다야."

제우는 다시 한번 강조하듯 대답했다.

"그래서 혼인 신고를 안 한 거였어요?"

건조한 목소리가 폐부를 찌르는 듯했다.

"당신이 나한테 한 거짓말을 들킬까 봐?"

그녀가 조심스럽게 물었다.

"아니야."

제우는 고개를 내저었다.

"나한테 사실대로 말할 생각은 있었어요?"

글쎄. 처음엔 없었다고 보는 게 맞다. 하지만 시간이 지날수록 그녀에게 모든 것을 털어놓고 싶어졌다. 그러면서도 한편으론 이대로 안온한 상태를 유지하고 싶기도 했다.

하지만 제우는 그녀가 원하는 대답을 하기 위해 고개를 끄덕거렸다.

"언제 말할 생각이었어요?"

"때가 되면."

그녀가 한숨을 몰아쉬었다. 체념한 듯한 얼굴이다.

대체 뭘 체념한 걸까? 거짓 결혼을? 아니면 거짓말을 한 남자를?

화를 내고, 울부짖고, 꼬치꼬치 따지고 들었더라면 더 쉬웠을 것이다. 변명하고, 달래고, 사과하고, 할 수 있는 모든 짓을 다 했을 것이다.

조금 전 아내가 입을 열기 전까지만 해도 달라질 게 없을 거라는 오만한 생각을 했었다. 악몽이 지나간 후에 그랬던 것처럼 아내는 제우의 곁에 있을 거라고 여겼다.

그런데 그녀는 여기 있지만, 여기 없는 사람처럼 보였다. 빈 껍데기만 남은 듯이 황량했다. 제우를 위해 화를 낼 필요조차 없다는 듯이 미지근했다. 지난밤처럼 뜨겁지도 않았고, 배신감에 휩싸여 차가워지지도 않았다.

확인하고 싶어졌다. 지금은 그저 놀란 것일 뿐, 남편을 향한 그녀의 마음은 변함없다는 것을 확인해야만 했다.

위무하듯 부드럽게 끌어안아 주는 그녀의 손길을 느끼고 싶었다. 제우의 몸짓에 따라 달아오른 그녀가 내지르는 신음을 듣고 싶었다. 온전히 하나가 되었을 때의 안온함, 그 결속이 사라지지 않았다는 사실을 분명히 하고 싶었다.

내가 그녀를 잃지 않았다는 것을…….

제우는 손을 뻗어 그녀의 뺨을 부드럽게 어루만졌다. 차라리 울면서 무너져 내린다면 좋겠다. 충격에 빠져서 약해진 그녀를 안고 또 안아서 달래는 게 더 쉬울 것 같다.

하지만 그녀는 눈물을 흘리지도, 무너져 내리지도 않았다. 제우의 가슴을 긁어내리는 깊은 한숨만 내쉴 뿐이었다.

"아무것도 아니야."

제우는 조용히 속삭였다. 아제딘이 자신을 위로할 때 자주 써먹던 말을 내뱉는 게 역겨웠지만, 이런 거 말고는 어떻게 사람을 위로해야 하는지 모른다.

"그냥 이름일 뿐이잖아."

시안은 눈을 꼭 감았다. 눈물조차 흐르지 않는 상황이 억울하고 가슴 아팠다.

아제딘이 한 말이 다 들어맞은 셈이었다.

'자책하지 마요. 당신이 멍청하거나 아둔한 탓이 아니야. 강제우가 지독한 거지……. 이런 끔찍한 일을 감쪽같이 벌여 놓고도 죄책감을 못 느낀다는 뜻이에요.'

그는 아무런 거리낌도 없다는 듯이 사과의 말조차 건네지 않았다. 뺨에 닿은 그의 손길은 여전히 부드러웠다. 달라진 것은 없다는 듯이 말하는 남편은 아직 나락으로 떨어질 생각이 없는 듯했다.

그는 평상시와 변함없이 굴었다. 그의 입술이 시안의 입술을 부드럽게 머금었다. 입술 새를 가르고 들어오는 혀는 여전히 뜨거웠다.

육중한 몸이 시안을 깔아뭉개듯 침대 위에 눕혔다. 몸이 자연스레 뒤로 넘어갔다.

그의 입술이 목 안쪽을 타고 내려갔다. 깊게 숨을 들이마신 뒤 따뜻한 숨결을 내뱉으며 깃털처럼 부드럽게 입을 맞췄다.

"나는."

그가 속삭였다.

"너밖에 없어, 시안아."

이름을 부르는 목소리가 다정했다. 원피스가 머리 위로 벗겨졌다. 그는 성물을 대하듯 조심스러운 손길로 시안의 몸을 어루만지고, 살갗에 입을 맞췄다.

"하아."

익숙한 열기가 피어오르고, 더운 숨이 흘러나왔다. 그는 만족스러운 듯이 웃으며 젖은 틈을 파고들었다. 끔찍하도록 황홀한 감각이었다.

하지만 그보다 더 끔찍한 것은, 지금 이 순간만큼은 자신도 이 남자를 원하고 있다는 점이다.

모든 것이 엉망진창이다. 뒤죽박죽된 삶을 어디서부터 수습해야 하는지 모르겠다.

"흐훗."

다른 사람의 목소리 같은 신음이 흘러나왔다. 콧잔등에 입을 맞춘 남자가 꿈결 같은 목소리로 속삭였다.

"사랑해."

차가운 공기 사이로 가느다란 담배 연기가 피어올랐다.

'사랑해.'

그 순간이 떠오르자 제우는 눈을 질끈 감았다. 피우지 않을 담배를 손가락에 끼워 놓고 청승을 떠는 것만큼이나 안쓰러운 목소리였다. 1층 테라스 테이블 위에 놓인 재떨이에 담배를 비벼 껐다. 피우지도 않는 담배를 태워서 여기저기 버려 놓는다며 아주머니가 가져다 놓은 것이었다.

담배는 진작 끊었다. 몸에 해로운 건 난잡한 섹스만으로 충분하다는 생각이 들어서 금연했었다. 그런데 요즘 들어서 담배 생각이 부쩍 간절해졌다. 몸이 텅비어 버린 듯 허허로워서 뿌연 연기로라도 채우고 싶었다.

하지만 온갖 유해한 화학물질을 빨아들인 입으로 아내에게 키스할 수는 없었다. 그녀를 더럽히는 게 제 입이라고 할지라도 용납이 되지 않았다.

제우는 담배를 들고 있던 손을 털어 내며 정원 테이블 앞에 앉아 있는 아내에게 다가갔다. 난간을 훌쩍 뛰어넘었는데도, 그녀의 시선은 여전히 노트북을 향해 있다.

"난로는 왜 안 켜고?"

"날씨가 많이 풀려서요."

벌써 2월 말이다. 아제딘이 미국으로 돌아간 뒤, 두 사람은 폭설 때문에 오도 가도 못하고 갇힌 사람들처럼 지냈다.

안온한 집 안에서 서로의 몸을 탐하고, 외부의 소식은 전부 차단했다. 세상이 두 사람을 외면한 건지, 두 사람이 세상을 외면한 건지 모를 일이다.

크리스마스에도 특별한 이벤트는 없었고, 새해 첫날에도 호들갑을 떨지 않았다.

그런데 지금 그녀가 분주히 손을 움직이며 노트북을 조작하는 게 눈에 들어

온다.

"뭘 그렇게 보고 있어?"

"다 했어요."

그녀는 제우가 보지 못하도록 모니터에 띄워 놨던 창을 전부 닫아 버렸다. 침실에 놓을 의자 하나를 고르면서도 고민을 늘어놓았던 여자였다. 물론 그 의자는 아직도 프랑스 어느 가구공이 제작 중이라고 한다.

그랬던 그녀가 제우에게 무언가를 감추려 드는 게 영 석연찮다. 그날 이후 두 사람의 관계는 크게 달라지지 않았다. 그녀는 여전히 착하고, 강하고, 따뜻한 아내였다. 표면적으로는 그랬다.

그래, 늘 겉과 속이 다른 게 문제였다. 제우는 그날부터 시작된 불안증이 몸집을 키워 가는 것을 생생하게 느끼고 있었다. 망자를 위해서 향을 피우듯, 망령 같은 불안증을 달래기 위해 입에 대지도 않을 담배에 불을 붙이는 거였다.

아내의 속마음을 알 수 없어서.

제우는 그녀의 노트북을 제 앞으로 당겨 왔다. 그녀가 뭘 찾아보고 있었는지 궁금해서 인터넷 창을 열었다.

검색 기록을 누르자, 그녀가 흠칫한다.

성인용 기저귀, 환자 영양 간식, 공기압 다리 마사지기 따위가 최근 검색어로 열거되었다.

"내일 엄마한테 다녀오려고 해요. 이제 퇴원하셔서 집으로 가시니까, 제가 가 봐야 할 것 같아서요."

그렇지, 장모님의 퇴원이 내일이었다. 재활 치료를 위해 더 입원해 계셔도 된다고 했지만, 장모가 병원 생활에 질린 것 같다며 그녀는 퇴원을 서둘렀다.

집도 따로 마련해 주고 싶었지만, 익숙한 곳에서 지내는 게 더 마음이 편하다며 예전에 살던 임대 아파트로 들어간다고 했다.

"같이 갈까?"

남편으로서 당연히 물을 수 있는 말이었다. 그녀는 해사한 웃음을 지으며 고개를 내저었다.

"엄마가 불편해하실 거예요."

제우는 장모가 저를 불편해한다는 말이 썩 달갑지는 않았다.

"사위는 백년손님이라잖아요."

하지만 그녀가 덧붙인 말에 딱딱하게 굳으려면 마음이 봄날 눈 녹듯 풀어졌다. '사위'라는 단어는 그녀가 자신의 아내라는 사실을 다시 한번 확인시켜 주었다.

"그래. 조심히 다녀와. 필요한 거 있으면 말하고."

가만히 고개를 끄덕인 시안은 그가 1층 현관 안으로 들어가고 나서야 안도의 한숨을 작게 내쉬었다.

내일을 위해서 그동안 얼마나 마음을 졸여 왔는지 모른다. 그는 자신의 거짓이 밝혀진 이후, 무서울 정도로 아무렇지 않게 행동했다. 하지만 달라진 것은 분명히 있었다.

그날 이후 시안은 홀로 이 집 밖으로 나가지 못했다. 외출을 할 때면 늘 그가 동행했기에 어딜 가든 그와 함께였다.

그는 집 안에서도 시안의 일거수일투족을 좇았다. 10분 이상 혼자 남겨지는 법이 없었고, 누군가와 전화 통화를 하기도 쉽지 않았다. 그가 작업에 몰두할 때면 아주머니가 수시로 시안을 확인했다.

아주머니는 자신이 비정상적인 감시의 일원이 되어 있다는 것을 알아차린 듯했지만, 시안에게 도움을 주려는 기색은 없었다. 오히려 시안이 도움을 요청하기라도 할까 봐 경계하는 눈치였다.

이런 생활이 얼마나 지속될 수 있을까?

그는 어떤 거짓말을 더 숨기고 있을까?

두려운 생각이 들 때마다 그의 안쓰러운 목소리가 시안을 주저앉혔다.

'사랑해.'

사랑한다는 말은 그날 밤이 처음이자 마지막이었다. 그 찰나가 영혼에 새겨지기라도 한 듯 머릿속을 떠나지 않았다.

그날 밤 이후, 시안은 이야기를 나눌 누군가가 절실했다. 속아서 결혼했다고

울며 달려갈 친정도 없었고, 갑자기 유명한 화가와 결혼한 시안의 사정을 궁금해하는 친구들에게 말해서 입방아에 오르고 싶지도 않았다.

그가 유명 화가라는 사실이 시안의 발목을 잡았다. 잘못하면 결혼의 우스운 사정이 알려져서 세상의 손가락질을 받을 처지였다. 확인되지 않은 한 줄짜리 헤드라인이 기정사실로 되는 세상이었다.

얼마나 씹고 뜯기 좋은 이슈인가?

돈에 몸을 팔듯 결혼한 여자가 남자의 거짓말에 속았다고 억울함을 토로한다면? 자기 팔자 자기가 꼰 거 아니냐며 혀를 끌끌 차는 소리만 들려올 것이다.

불특정 다수에게 험한 말을 듣고, 그걸 변명하기 위해 화제의 중심에 서고 싶은 생각은 눈곱만큼도 없었다.

그럼 그냥 이렇게 사는 게 제일 나은 선택인가?

한숨이 흘러나왔다.

그가 제 몸 안에 온전히 들어와 있을 때면, 이 삶이 나아질 수도 있다는 희망마저 함께 품기도 했다. 하지만 그의 곁에서 멀어지고 나면 어떤 거짓이 도사리고 있을지 모른다는 생각에 몸을 떨었다.

아버지를 칼로 찔렀다는 말은 그도 했었고, 아제딘도 했었다. 하지만 두 사람 모두에게 그 진위에 관해 물을 수가 없었다. 이쪽이든, 저쪽이든 신뢰가 떨어지기는 마찬가지였다.

답답했다. 이런 일도 다 있었다고 속 시원히 이야기를 나눌 사람이라도 있었으면 좋겠다는 생각은 날이 갈수록 간절해졌다.

안부 전화를 돌리는 척, 시안은 주변 사람들에게 연락을 시도해 보았다.

시안이 제일 먼저 떠올린 사람은 명품 대여점 대표였다. 이모 같았던 그녀는 오랜만에 연락한 시안에게 믿기 힘든 이야기를 늘어놓았다.

— 시안 씨 남편 너무 좋은 사람이더라. 그동안 시안 씨 잘 챙겨 줘서 고맙다면서, 강 화백이 유럽 현지에서 일하는 매장 셀러들 여럿 소개해 줬어. 그 덕에 좋은 물건 구하기가 훨씬 수월해졌다니까. 언제 남편이랑 들러. 응?

이런 인사를 건네는 사람에게 속을 털어놓을 수는 없었다. 시안에게 선 자리를 주선한 대표가 그에 관해 무언가를 알고 있지는 않을까, 연락해 보기도 했었다.

— 강 화백이랑 성시안 씨 결혼한 이후로 내가 일이 많아졌어요. 사례는 강 화백이 충분히 했으니까, 나한테 고맙다는 인사는 따로 안 해도 되고. 나중에 돌잔치 같은 거나 하면 불러요. 금반지 사 들고 갈 테니까.

잉꼬부부라는 소문이 돌고 있다며, 결혼 정보업체를 통한 결혼 중에서 손에 꼽히는 성공 사례라는 말을 한다고들 했다. 성혼을 돈으로 생각하는 결혼 정보업체 대표도 시안에게 별 도움이 되지 않았다.

정말 혹시나 하는 마음에 결혼식에 왔던 친구에게도 전화를 걸어 보았다.

— 성시안 팔자 폈다고 소문 파다해. 근데 집들이는 안 해? 화가 집은 어떻게 꾸며 놨을지 궁금하다. 한번 초대 좀 해.

신혼부부의 깨소금 쏟아지는 일상을 논하는 친구에게는 더더욱 말을 꺼내기가 어려웠다.

그때 깨달았어야 했다. 지금 이야기를 나누고, 확 터뜨려 버려야 하는 상대는 집 밖에 있는 사람이 아니라 남편이라는 것을 말이다.

그러던 어느 날, 남편이 작업에 몰두하고, 아주머니가 분리수거 쓰레기를 버리러 간 사이 틈이 생겼다.

시안은 마지막으로 낯선 번호 하나를 끄집어냈다. 필요하면 연락하라고 했던 여자의 야한 음성이 머릿속에 맴돌았다.

이국의 통화 연결음은 무뚝뚝한 인상을 주었다.

— 누구야, 이 시간에.

한국 번호가 뜨는지 상대는 잠기운이 가득한 목소리로 전화를 받았다. 그곳은 이른 시간이긴 할 테지만, 전화를 못 받을 정도는 아니었다.

'나예요. 성시안.'

— 누구요?

'강제우랑 결혼한······.'

— 아!

수화기 너머에서 몸을 일으키는 듯한 기척이 이어졌다.

'잘 지내요?'

시안의 말끝이 파르르 떨렸다. 아랫입술을 꽉 깨물어 보았지만 소용없었다.

— 무슨 일 있나 본데?

시안은 그간 있었던 일에 관해 간략하게 털어놓았다. 어떻게 결혼하게 되었는지, 아제딘이 왔다 간 후로 무슨 일이 있었는지 등에 관한 아주 간략한 이야기였다.

— 그래서 이걸 말할 사람이 없어서 나한테 전화한 거야?

세티아의 음성에서 비난하는 기색은 느껴지지 않았다. 담배에 불을 붙이는 듯 라이터 소리가 이어졌다.

— 딱하게 됐네. 그래서 어떻게 하고 싶은데요?

그와 몸을 섞었던 여자와 통화하면서 위안을 받을 줄은 꿈에도 몰랐다.

'잘 모르겠어요.'

— 번호 하나 받아 적어요.

세티아가 대뜸 휴대전화 번호 하나를 불러 주었다.

'이게 누구 번호인데요?'

휴대전화 너머에서 세티아가 안쓰럽게 웃었다.

— 나보다 더 도움이 될 사람.

그 이후로 틈이 날 때마다 세티아와 통화를 했다.

— 내가 한국에서 이혼할 때, 날 도와줬던 변호사 번호야.

'이혼이요?'

시안이 놀라서 되묻자, 세티아가 황량한 웃음소리를 흘렸다.

— 내가 생각 없이 외국을 떠도는 사람으로 보였어?

남편의 거짓말에 속아서 전 재산을 탕진하고 쫓기듯 외국으로 나갔다가 세이셸에서 자리를 잡았다고 했다.

— 그래서 내 이름이 세티아야.

그녀가 처음 머물렀던 인도네시아에서 지은 이름이라고 했다.

— 진실된, 의리 있는, 충실한. 내가 결혼을 통해 얻지 못한 모든 게 이 이름에 다 있더라고.

또다시 허허롭게 울리는 세티아의 웃음소리를 들으며 시안도 쓰게 웃었다.

— 강제우를 상대하려면 쉽지 않을 거야. 잘 생각하고 덤벼.

세티아가 건넨 충고가 고마우면서도 달갑지 않다는 게 아이러니했다. 다른 여자가 남편의 성향을 파악하고 있다는 사실에 아직도 기분이 나쁘다는 점이 그저 놀라웠다.

그 후 세티아가 소개해 준 변호사와 약속을 잡았다. 그녀는 이혼과 가사 소송을 전문으로 하는 변호사였다. 같은 여성이라는 점에서 마음이 놓이기도 했다.

그리고 내일이 바로 그 변호사와 만나기로 한 날이다. 그가 의심하지 못하도록 엄마의 퇴원 날짜에 맞춰 약속을 잡기 위해 얼마나 애를 썼는지 모른다.

그러는 동안 시안은 피가 바짝바짝 마르는 것만 같았다. 혹여 그가 몰래 휴대전화를 들여다볼지도 모른다는 생각에 통화 내역과 문자 메시지를 선별해서 삭제했다.

아까 남편이 시안의 노트북에서 인터넷 검색창을 확인했을 때는 심장이 멎는 줄 알았다. 그가 테라스 문을 열고 나와서 담배에 불을 붙일 때부터, 시안은 검색 기록, 쿠키 기록, 인터넷 사용 내역을 전부 삭제했다. 그러곤 일부러 엄마의 간병 용품을 검색한 흔적을 남겨 두었다.

미처 지우지 못한 사실혼 이혼 등의 검색 기록이 남아 있는 것은 아닌지, 가슴이 조마조마했다. 남편과 시안은 아직 혼인 신고를 올리지 않았다. 그러니 법적인 이혼 절차는 필요 없었다.

하지만 결혼을 전제 조건으로 그가 시안에게 베푼 금전적 이득을 시안이 위자료로 지급해야 할 수도 있었다. 변호사가 더 자세히 설명해 주겠지만, 시안은 그 전에 먼저 알아볼 만큼 알아보고 싶었다.

그러면서 끊임없이 자문했다.

내가 진짜로 원하는 게 무엇인지.

그날 밤 저녁 식사 자리, 남편은 평상시보다 훨씬 기분이 좋아 보였다.

"내일 장모님 병원은 몇 시까지 가야 한다고요?"

그가 다정한 갈색 눈으로 시안을 바라보며 물었다.

"아침 10시쯤 가면 될 것 같아요."

"한 30분 정도만 늦게 가면 어떨까요?"

그가 테이블 위에 놓인 시안의 손을 커다란 손으로 따스하게 덮으며 물었다. 그의 손은 시안의 손을 다 덮고도 남을 만큼 컸다. 어릴 때부터 피아노를 쳐서 손가락이 긴 편인데도, 덩치 차에서 오는 간극은 매우 컸다.

"왜요?"

시안이 조심스럽게 물었다. 재활 병원에 연락해 두는 것은 어려운 일이 아니었지만, 그 이유가 궁금했다. 그가 근사한 웃음을 머금더니 테이블 위에 남색 가죽 상자를 올려놓았다.

"이게 뭐예요?"

시안이 멀뚱멀뚱한 시선으로 남편을 바라보았다.

"열어 봐요."

묵직한 상자를 여는 시안의 손끝이 파르르 떨렸다. 상자 안에는 다이아몬드로 장식된 여성용 시계가 들어 있었다. 마치 크리스털 사파이어 글래스 안에서 다이아몬드가 굴러다니는 것 같은 디자인의 시계였다. 시계 다이얼을 빙 둘러서도 다이아몬드가 촘촘히 박혀 있었다.

"앞으로 성시안의 시간은 나와 함께 찬란히 빛났으면 좋겠어."

그의 고백에 심장이 세차게 뛰었다. 좋아서 뛰는 건지, 아니면 그 반대인지 잘 모르겠다. 시안은 그를 신뢰하지 못하는 만큼, 그를 사랑했다. 사랑과 불신이 뒤섞여서 가슴을 조였다.

"내일 장모님 병원에 가기 전에 혼인 신고부터 하러 가자."

그가 내뱉은 말에 시안은 잠시 머릿속이 정지되는 것 같았다. 시한부 환자의 숨통이 끊어져서 바이탈 사인이 멈춘 신호음이 귓바퀴에서 맴도는 듯했다.

"혼인 신고를, 갑자기요?"

당황스러웠다. 좋은데 두렵고, 두려운데 좋은 양가감정이 첨예하게 맞섰다.

"반응이 왜 그래? 싫어?"

그가 시안의 반응이 마음에 영 들지 않는다는 듯이 냉랭한 목소리를 냈다. 내내 희망찬 안온함이 감돌던 그의 눈동자가 얼어붙은 것처럼 날카롭게 변했다.

"아뇨, 나는……."

시안은 어떤 말을 해야 할지 몰라서 망설였다.

"내가 너무 받기만 하는 것 같아서요. 나는 아무것도 준비 못 했는데."

마음에도 없는 소리가 술술 흘러나왔다. 그에게 받은 것을 전부 돌려주고 달아날 준비를 하고 있는지도 모를 아내에게서 나온 말은 제대로 위선적이었다. 시안은 투명한 사파이어 글래스 사이에 낀 다이아몬드 조각에 시선을 고정했다.

유리벽 사이에서만 자유로이 움직일 수 있는 보석의 처지가 어쩐지 기구해 보였다.

"그런 말이 어딨어."

나무라는 그의 목소리에 다시금 온기가 돌았다.

"대신 당신은 나한테 당신을 전부 줬잖아. 무슨 일이 있어도, 내 곁에 항상 있을 거잖아."

그가 내뱉는 조심스러운 말 한마디, 한마디가 시안의 심장을 찌르고 들어왔다.

"내가 어릴 때 생긴 트라우마 때문에 악몽에 절절매는 모자란 놈이어도, 거짓말이 나쁜 줄 모르는 이기적인 놈이어도."

반짝거리는 시계 베젤을 향해 있던 시안의 시선이 남편에게로 옮겨 갔다. 그가 시계를 집어서 시안의 왼쪽 손목에 채워 주었다. 지금 막 케이스에서 꺼낸 화이트 골드 시곗줄은 지나치게 차가워서 손목을 타고 올라온 소름이 목덜미까지 끼쳤다.

시안은 저도 모르게 몸서리를 한 번 쳤다.

"왜 그래?"

그가 걱정스러운 눈으로 시안을 바라보았다. 우려가 담긴 그의 갈색 눈동자에는 또 다른 감정도 뒤섞여 있었다. 자신이 의도하지 않은 반응을 향한 의심과 집착이었다.

"시곗줄이 좀 차가워서 놀랐어요."

"그랬어?"

그가 거기까지는 생각 못 했다는 듯이 흠칫 놀랐다. 그러더니 시안의 왼쪽 손목을 들어 올려서 맥박이 뛰는 자리에 깃털처럼 부드럽게 입을 맞추었다. 뒤이어 따뜻한 입김이 살갗 위를 타고 흘렀다.

그는 턱을 당기고 눈을 그윽하게 치뜨며 시안의 얼굴을 살폈다. 한 번, 두 번, 입김이 닿을 때마다 뺨이 붉어지고, 귓불이 달아올랐다.

"이제 괜찮아요."

시안이 손을 빼려고 하자, 남편이 그녀의 입술에 입을 맞췄다. 부드럽게 머금는 그의 입술에는 웃음기가 퍼지고 있었다. 두툼한 혀가 입 안을 가르고 들어오자, 고개가 살짝 젖혀졌다.

그가 입술을 붙인 채로 자리에서 일어났다. 시안에게 다가온 그는 그녀의 옆구리를 잡아 안고 번쩍 들어 올렸다.

"하아."

잠시 타이밍이 흐트러져 입술이 떨어졌다. 더운 숨을 내뱉자, 그마저도 아쉬운 듯 그가 급하게 시안의 입술을 들이마셨다.

숨이 턱 밑까지 차올랐다. 가슴은 익숙한 열기에 휩싸였다. 등허리를 한쪽 팔로 감싸 안은 그가 다른 쪽 팔로 시안의 허벅지를 제 몸에 감아올렸다.

시안은 그의 목을 끌어안으며 매달린 상태가 되었다. 남편은 시안을 안은 채로 걸음을 옮겼다. 복도에서 아주머니의 기척이 느껴졌지만 금세 사라졌다.

침실에 들어서자 날 선 긴장감이 아랫배를 압박했다. 안온함을 느끼고 싶다는 바람이 간절해졌다. 그를 품고 있으면 아무 일도 일어나지 않는 것처럼, 아무 일도 일어나지 않을 것처럼 평온했다.

마음 한쪽이 무너지는 줄도 모르고 시안은 남편의 몸이 주는 황홀한 안정에 중독되어 갔다. 마치 진정제를 맞은 것처럼 그를 몸에 들이고 나면 고요한 평화가 찾아들었다.

이래도 되나?

내일 변호사를 만나러 갈 거면서, 그 전에는 혼인 신고를 하러 가야 한다고?

머릿속이 복잡해졌지만, 몸은 더할 나위 없이 달아올라 있었다.

"어디 불편해?"

제우가 낮게 쉰 음성으로 물었다. 그날 이후 늘 이런 느낌이다.

아내는 가까이 있었지만 다른 데 자리한 것처럼 멀게 느껴졌다. 몸을 내어 주는 행위는 뜨거웠으나, 그녀의 아름다운 검은 눈동자는 멍했다.

예전처럼 밝게 빛나는 법이 없었다. 그나마 침대 위에서는 아내가 제우를 갈구한다는 게 위안이 되었다.

무언가 텅 빈 욕구임을 알았다. 하지만 자신을 욕망하는 아내를 보는 일은 얼마든지 기꺼웠다. 그런 아내에게 자신을 밀어 넣으면, 텅 빈 무언가도 채울 수 있을 거라고 생각했다. 중독이다. 아내 없이는 견딜 수가 없다.

제우는 조심스럽게 젖은 틈을 밀고 들어갔다.

"흐읏."

아내가 골반을 들썩거리며 더운 숨을 내쉬었다. 미간에 잡힌 미세한 주름마저도 예뻤다. 열기에 젖어 눈을 찡그린 채 아랫입술을 말아 무는 모습도 사랑스럽기는 마찬가지였다.

제우는 상체를 내려서 그녀의 몸을 빈틈없이 끌어안았다. 입술 아래를 혀로 핥고, 그녀의 입 안에 들어갔던 도톰한 아랫입술을 빨아 삼켰다.

"으응."

입 안으로 넘어오는 신음성이 황홀했다.

제우는 입술을 붙인 채로 속삭였다.

"행복하게 해 줄게."

상기된 뺨으로 입술을 옮겨 가며 덧붙였다.

"내 곁에서 평생."

취한 듯 몽롱한 표정의 그녀는 아무런 대꾸도 하지 않았다. 제우는 크게 몸을 움직이며 그녀의 안으로 더욱 깊숙이 파고들었다.

"아아!"

질끈 눈을 감은 그녀의 눈꼬리를 타고 충족의 눈물이 흘러내렸다. 대답 따위 필요 없었다. 남편을 느끼는 아내의 반응만으로 충분했다.

아내는 온 힘을 다해서 제우를 끌어안았다. 어깨에 매달렸다가, 살갗에 흐르는 땀 때문에 손이 미끄러지자 등허리에 손톱을 박아 넣기까지 했다.

"흐흐응, 아아!"

그녀가 내뱉은 관능 어린 신음은 애절한 흐느낌이 되었고, 마침내 절정에 다다라서는 울음으로 번져 갔다.

발갛게 젖은 눈이 아름다웠다. 욕망으로 점철되어 남편을 올려다보는 아내는 미치도록 사랑스러웠다. 제우는 눈물에 젖은 그녀의 뺨에 여러 번 입을 맞추었다. 입술 새로 스며드는 눈물 맛조차도 달콤했다.

"너무 좋아요."

그녀가 제우의 어깨에 입술을 묻은 채로 중얼거렸다. 작게 속삭인 탓에 귓속으로 흘러든 어여쁜 목소리가 그녀의 것이 맞는지 의심스러울 지경이었다.

"뭐라고?"

제우는 움직임을 멈추고 상체를 들어 올려 그녀를 내려다보았다. 그녀는 마치 빨던 사탕을 빼앗긴 어린아이처럼 허허롭고, 불안하고, 희미한 짜증이 스민 눈빛으로 제우를 올려다보았다.

"멈추지 마요. 계속해 줘요."

붉은 눈초리를 타고 달콤한 애원의 눈물이 쪼르륵 흘러내렸다. 평생토록 아내의 이런 모습을 보면서 살아갈 수 있다면 악마의 발톱이라도 핥을 수 있을 것 같았다.

제우는 그녀를 내려다보며 몸을 크게 움직였다.

"하으응."

신음성을 내뱉은 그녀가 손을 뻗어 올렸다. 안아 달라고 조르는 모습이 기꺼 웠다. 제우는 얼른 몸을 내려 그녀와 빈틈없이 밀착했다. 부드럽게 뭉개지는 여 체는 미치도록 황홀했다.

"사랑해……. 사랑해, 시안아. 정말 행복하게 해 줄게."

바람이 다짐이 되어 흘러나왔다. 아내의 안온한 속을 파고들며 끊임없이 속 삭였다.

"고마워."

"흐읏."

연신 신음만 내뱉는 그녀를 향해 고백을 이어 갔다.

"내 아내가 되어 줘서, 정말 고마워."

세상 누구도 제게 성시안 같은 마음을 내어 준 사람은 없었다. 어미마저 생 때같은 아들을 놓고 세상을 등졌고, 아비는 위선과 가식으로 똘똘 뭉친 무책임 한 인간이었다.

여자들은 제멋대로인 제우의 성격을 못 견뎌 했고, 아제딘은 제우의 트라우 마를 이용해 그의 마음과 의지를 지배하려 들었다.

하지만 아내가 된 여자, 성시안은 달랐다. 제멋대로인 제우를 달래기 위해 세티아와 맞섰고, 남편을 좌지우지하려는 아제딘을 경계했고, 정신 나간 남자 의 트라우마를 그대로 받아들여 주었다.

그녀는 제우의 트라우마를 호들갑스럽게 걱정하며 신경을 건드리지도 않았 고, 아버지와 관련한 속 깊은 사정에 관해서도 묻지 않았다. 마치 제우가 마음 의 준비가 되면 털어놓아도 된다는 듯이 기다리고 있었다.

평상시와 같이 웃었고, 침대 위에서는 남편을 더욱 갈구했다.

아마도 아내가 너무 멀리 있다고, 그녀가 허허로워 보인다고 느낀 건 제우의 착각일 것이다. 그녀가 웃음 뒤에 다른 감정을 숨기고 있지는 않을까, 하는 불 안감이 빚어낸 망령일 것이다.

"날 용서해 줘서."

제우는 남편이 선사하는 쾌락에 흥건히 젖은 아내를 내려다보며 말을 이었다.

"날 이해해 줘서."

그녀가 제우의 목을 더욱 꽉 끌어안았다.

"날 있는 그대로 받아들여 줘서 고마워."

옥죄어 오는 감각을 느끼며 제우는 모든 것이 해소되는 극치를 경험했다.

결합을 풀지 않은 채로 숨을 헐떡이는 아내를 끌어안고 몸을 돌려 누웠다. 탄탄한 가슴에 얼굴을 기댄 아내는 가쁜 숨을 고르느라 여념이 없었다.

제 위에 누워서 숨 쉬는 아내의 생동감을 가늠하듯 척추뼈를 하나하나 더듬어 내려갔다.

"흐응."

간지러운지 그녀가 어깨를 옹송그리며 신음했다. 이러다 아내를 또 울리는 일이 생길 것 같아서, 제우는 아내의 몸을 제 옆에 눕히려고 움직였다.

그러자 아내가 싫다는 듯이 도리질을 쳤다.

"응?"

제우는 고개를 빼서 아내의 얼굴을 들여다보았다. 정염이 붉게 피어난 얼굴은 어느 때보다 아름다웠다.

"그냥 이렇게 있고 싶어요."

몸이 떨어지면 큰일이라도 날 것처럼 안쓰러운 얼굴이다. 아내의 불안에 전염이라도 된 듯 심장이 조여 왔다.

"그럼 얌전히 있어야 할 것 같은데요."

제우가 조용히 중얼거리곤 그녀의 이마에 입을 맞추었다. 입을 맞추는 순간, 맞닿은 곳이 확 조여 왔다.

"흐음."

한숨을 집어삼키자, 아내의 따뜻한 숨결이 가슴 위로 흘러내렸다.

"난 괜찮아요."

그렇다고 속을 파고들 수도 없는데, 그녀는 왼쪽 가슴에 얼굴을 비비며 부끄러워했다.

"이러면 내일 힘들 거야."

제우가 경고하듯 낮게 읊조렸지만, 이미 몸피는 거의 다 곤두선 상태였다.

"괜찮아요……."

대체 뭐가 괜찮다는 건지.

아내는 무언가에 홀린 듯 황홀한 목소리로 같은 말을 중얼거렸다. 제우는 그녀를 옆에 눕히며 마주 보았다. 결합은 그대로였고, 오히려 편안한 자세였다.

천천히 몸을 움직이기 시작하자, 그녀의 입이 야하게 벌어졌다. 틈을 주지 않고 그녀의 입 안을 파고들었다. 다디단 숨결이 쏟아져 들어오는 느낌이 생생했다.

행복하게 해 줘야지.

그동안 누군가의 행복을 위해 살아 본 적이 없었다. 타인의 인생이 제우에게 주어진 인생을 살아가는 이유가 될 줄은 꿈에도 몰랐다.

하지만 이제 성시안은 강제우의 삶을 정의할 수 있는 유일(唯一)이다.

어렴풋이 세상이 밝아지는 시간이 되고 나서야 잠이 들었다. 묽은 어둠 속에서 지쳐 잠든 아내의 얼굴을 한없이 바라보다가 잠이 든 것이다.

그리고 지금은 아내가 깨어나기를 기다리는 중이다. 누군가 잠을 자는 모습을 가만히 들여다보는 것은 실로 오랜만이다.

어릴 적 엄마가 잠든 모습을 가만히 들여다봤던 기억이 있다. 늘 생활에 찌들어 살던 엄마가 자는 모습은 전설 속의 인어만큼이나 아름답고 신비로워 보였다.

그녀의 잠든 모습은 죽은 모친에게 미안하다는 생각이 들 만큼, 그 누구와도 비할 수 없이 아름다웠다. 무의식 상태의 그녀는 지극히 평온해 보였다.

타인에게 잠자리를 내어 준다는 것은 삶의 가장 무방비한 순간을 함께한다는 뜻이다. 섹스만이 아니라, 수면을 공유하는 상대는 그래서 더 특별하다.

아무런 방비도 하지 않은 알몸으로 서로의 품에 안겨 잠드는 시간은 서로에게 자신을 온전히 내어 주는 순간이 아닐까.

그녀가 잠에서 깨어나려는지 숨을 한 번 크게 몰아쉬었다. 파르르 눈꺼풀이 떨리고, 동그랗고 까만 눈이 제우를 향했다. 무의식 반 의식 반, 잠기운이 묻어나는 그녀의 얼굴에 미소가 어린다. 일어나자마자 거짓 웃음을 지을 리 없으니, 어느 때보다 흡족한 기분이 들게 하는 아내의 미소다.

"잘 잤어요?"

제우의 물음에 작게 기지개를 켜던 그녀가 앓는 소리를 냈다.

"잘 못 잤어요. 죽을 것 같아요."

그녀는 밝은 실내를 둘러보며 상체를 일으켰다. 이불이 그녀의 몸을 타고 매혹적으로 흘러내렸다.

가슴께를 간신히 가린 이불자락을 끌어 내리고 싶은 충동이 일었지만, 그녀의 외출을 방해하지 않으려면 참아야 했다.

"지금 몇 시지?"

그녀가 시계를 보느라 고개를 쭉 빼냈다.

"9시 43분."

제우가 대신 대답하자, 화들짝 놀란 그녀가 침대에서 얼른 뛰어내렸다.

"알람이 왜 안 울렸지?"

"울렸는데, 내가 껐지."

"왜요?"

눈을 흡뜬 아내가 고개를 갸웃하며 물었다.

"피곤할 텐데 더 자라고요. 새벽까지 못 잤는데."

헐벗고 서 있는 걸 아는지, 모르는지. 제우는 즐거운 마음으로 아침 빛을 받고 있는 아내의 몸을 훑어보았다.

"그럼 오늘 아침에 하자고 했던……."

말끝을 흐린 그녀의 물음이 조심스러웠다. 혼인 신고를 말하는 거였다.

오늘 하자고 했는데, 늦잠을 자서 못 하는 바람에 불안해진 걸까?

320

"내일 하면 되지."

다정하게 대꾸하자, 그녀가 가만가만 고개를 끄덕거렸다.

"그런데 거기 계속 그러고 서 있으면 장모님 퇴원 시간 맞추기도 쉽지 않을 텐데?"

제우가 턱짓으로 제 아랫도리를 가리키며 겁을 주었다. 무겁게 부푼 몸피를 본 그녀가 얼굴을 붉히며 허둥지둥 욕실 안으로 도망갔다.

욕구가 충만한 남편을 침대 위에 두고 아내가 달아나는데도 웃음이 났다.

앞으로의 삶은 늘 이렇게 웃는 일만 가득할 것만 같은 아침이었다.

욕실에 들어온 시안은 문에 기대서서 거친 숨을 골랐다. 어제 그가 했던 말들이 머릿속을 헤집어 댔다. 침대 위에서 그를 원할 때만큼은 진심이었다.

하지만 아침에 혼인 신고를 하러 가자는 말을 어떻게 받아들여야 하는지 난감했다. 그는 생각했던 것보다 훨씬 충동적이고 즉흥적인 사람이었다.

그의 충동과 즉흥을 감당할 수 있을까?

여태 혼인 신고를 미루고 있다가 갑자기 뜬금없이 시계를 채워 주며 건넨 프러포즈가 당황스럽지 않을 리 없었다. 물론 두 사람은 결혼식을 올리고 함께 사는 부부다. 하지만 만에 하나, 시안이 그와 헤어지겠다는 결심을 하게 되는 순간이 온다면, 혼인 신고가 복잡한 걸림돌이 될 게 분명했다.

아직 시안은 그와의 관계를 어떻게 이어 나가야 할지 결정을 내리지 못한 상태다. 하지만 남편은 모든 일이 순조롭게 돌아가는 것처럼 희망찬 미래를 약속하며 사랑 넘치는 관계로 시안을 묶어 버리려 들었다.

마른 뺨을 타고 눈물이 흘러내렸다.

어떡하지. 나는 어떻게 해야 하지.

문득 가정을 파탄 낸 아버지가 원망스러웠고, 그런 아버지와 결혼해서 저를 낳은 엄마조차 미워졌다. 이런 미련한 책임을 지고 있는 스스로에게 화가 났다.

그를 사랑하지만, 감당하기 버겁다. 결정이 어려운 순간이 오자 비겁하게 돌아서고 싶어진다.

도망가고 싶다. 모두에게서 벗어나고 싶다.

그런 생각이 들기 시작하자, 무서운 깨달음 하나가 머릿속을 스쳤다.

남편도 자신을 옭아맨 과거로부터 자유로워지고 싶었던 것은 아닐까.

시안은 그의 복잡한 의중을 괜히 넘겨짚어서 결정을 그르치지 말자며 고개를 내저었다. 일단 오늘은 변호사와의 상담 약속을 이행하는 게 맞다.

아무것도 모르는 상태에서 발만 동동 구르며 인생이 어디를 향해 가고 있는지도 모르고 바보처럼 살기는 싫다. 지금 자신이 탄 배가 유토피아를 향해 나아가는 중인지, 시시각각 천 길 낭떠러지에 가까워지는데도 모르고 흘러가는 것인지.

누구도 답을 알 수 없는 게 인생사라고 하지만, 그렇다고 손 놓고 멍하니 있을 수만은 없었다. 조건부 결혼을 했을지언정, 주체성을 잃고 싶지는 않았다.

생각해 보니 시안은 결혼 이후 너무 많은 삶의 요소를 내려놓았다. 인형처럼 굴지 말라고 했지만, 시안은 말 잘 듣는 그의 아내 말고는 아무것도 아니었다.

결혼 전, 경제적으로 힘들기는 했어도 삶이 살아 숨 쉬고 있다고 느꼈다. 싱그럽게 만개한 장미꽃처럼 화려한 인생은 아니었지만, 잡초 같은 생동감이 흘러넘쳤다. 악착같이 살았던 날들의 추억이 폐부를 쿡쿡 찌르고 들어왔다. 여기서 이러고 있지 말고 정신 차리라는 듯이 말이다.

시작부터 잘못된 결혼, 삶이 그릇된 방향으로 흘러가고 있다는 것을 알면서도 그에게 응했다. 시간이 흐를수록 건강하지 못한 관계로 인한 상처는 썩어 문드러질 것이다.

아버지는 돈을 핑계로 가족을 속이고, 끝내 도망쳐 버렸다. 아버지가 사라지고 난 뒤, 드러난 빚의 규모는 예상했던 것보다 훨씬 컸다.

언제나 드러난 거짓은 빙산의 일각일 뿐이다.

그가 수면 밑에 숨기고 있을 진실을 감당할 자신이 있나?

자문해도 답은 나오지 않았다. 아버지가 모녀를 버렸을 때는 속수무책으로 당했다.

만약 강제우가 추락하고 홀로 바닥에 버려지는 일이 발생한다면, 나는 어떻게 해야 하지?

어젯밤 새삼스러운 프러포즈를 건네던 남자는 한없이 행복해 보였다. 끝도 없이 날아오르는 듯 보였다.

예술가로서 종잡을 수 없는 성격을 가진 그가 만약 추락을 결심한다면, 온몸이 부서지고 깨어지는 것은 누굴까?

홀로 부서지지 않으려면 대비를 해야만 한다. 그게 변호사와의 약속을 잡아두었던 이유다.

시안은 얼른 샤워를 마치고 욕실 밖으로 나갔다. 엄마의 퇴원 수속을 빨리 처리하고, 집으로 모셔다드린 뒤에 변호사 사무실로 향하려면 서둘러야 했다.

"병원까지 데려다줄게요."

몸에 잘 맞는 베이지색 니트에 청바지를 막 입었을 때였다. 그가 드레스 룸으로 들어서며 다정하게 웃었다.

"장모님 불편하시지 않게, 데려다주고만 올게요."

그는 더없이 자상한 남편처럼 굴었다. 그의 다정함과 자상함을 의심하지 않을 수 있으면 좋으련만, 있는 그대로 받아들일 수 없는 현실에 애가 탔다.

"그래요. 고마워요."

시안은 얼른 서둘러 대답을 건넸다. 상념에 정신이 팔려서 대답이 늦으면 의심을 살 게 분명했다. 그는 자상한 남편의 얼굴을 하고 있었지만, 날카로운 빛을 내는 갈색 눈동자는 기민하게 움직였다.

일거수일투족을 감시하다가 잠시 제 시야 밖으로 벗어나는 상황이 못마땅한 것일지도 모른다.

시안은 코트를 꺼내 입고, 간단한 소지품이 들어 있는 핸드백을 챙겨 들었다. 드레스 룸을 나서려는데, 그가 시안의 핸드백 스트랩 쪽으로 손을 뻗었다.

흠칫 놀란 시안이 그를 비스듬히 올려다보았다.

"왜 그렇게 놀라요? 가방 들어 주려고."

"괜찮아요. 무겁지도 않은데……."

제우는 괜히 손이 머쓱해져서 물러났다.

핸드백을 들어 준다고 나선 건 너무 어색했나?

잘해 주려고 마음먹고 나니 무엇부터 해야 하는지 감이 오질 않았다. 예전 같았으면 심심한 니트에 학생 같은 청바지를 입은 아내의 복장을 타박했을지도 모른다.

그런데 오늘은 얇은 캐시미어 니트에 보드랍게 감싸인 그녀의 풍만한 상체를 보는 순간, 숨이 턱 막혔다. 그녀가 입은 청바지도 풍만한 골반 라인을 유려하게 드러냈다.

장모님 퇴원만 아니면 침실에 가뒀을 것이다.

아, 아니지. 잘해 주기로 해 놓고 침실에 가두는 나쁜 짓을 하면 안 되지?

침실을 떠올리자, 어젯밤 제우의 품에 안겨서 앙앙거리던 아내의 야한 음성이 생각나 버렸다. 얼굴이 벌겋게 달아오르며 단전 아래가 반응했다.

그저 상상만으로 이럴 수도 있다니, 개과천선과 발정 간에 상관관계가 있나?

제우는 엉뚱한 생각을 하며 앞서 걷는 아내의 뒤를 조용히 따랐다. 자꾸만 열기가 차올라서 한숨을 폭 내쉰 순간, 아내의 어깨가 움찔 떨렸다.

걱정 마, 차고에서는 안 잡아먹어.

아니다, 장담할 수는 없다. 오늘은 장모님의 퇴원 날이기 때문에 여러 가지 제약이 따르는 것뿐이지, 만약 취소해도 되는 약속이었다면 차고에서도 얼마든지 아내를 물고 늘어질 수도 있다.

"타요."

제우는 조수석 문을 열어 주며 싱긋 웃었다. 아내도 제우를 향해 예쁘게 웃어 주고는 조수석에 올랐다.

결혼 한 달 전부터 장모님은 병원에 있었다. 그러니 딸을 시집보내고 처음으로 병원 밖으로 나오는 것이다. 물론 결혼식에 참석하기는 했지만, 아주 잠깐의 외출이었을 뿐이다.

아무래도 장모님을 홀로 친정에 모시는 게 아내의 신경을 예민하게 만든 눈치다.

"당분간은 장모님이 필요하다고 하실 때마다, 자주 가 봐요."

물론 장모님이 불편해하지 않는 선에서, 제우는 그녀의 친정 방문에 동행할 생각이다. 요즘은 한시라도 그녀가 눈에 보이지 않으면 불안증이 도졌다.

그리고 아무리 친모라고 한들, 그녀가 병구완 때문에 힘들어하는 모습은 보고 싶지 않았다. 힘써야 하고, 더러운 것에 손대야 하는 일들을 전부 대신 해 주고 싶다.

"고마워요."

제우는 사소한 것에도 고맙다는 인사를 전하는 그녀의 마음 씀씀이가 더 고마웠다.

재활 병원을 왜 이렇게 가까운 곳으로 잡았을까.

집에서 출발한 지 15분도 채 되지 않아서 병원에 도착했다. 병원 정문 앞에 임시 정차 한 제우는 조수석에 앉은 그녀를 최대한 불쌍한 눈으로 응시했다.

"나도 같이 갈까요? 짐꾼 안 필요해요?"

오랜 병원 생활 끝에 퇴원하는 것이니, 당연히 짐이 많을 터였다.

"아니에요. 괜찮아요. 굳이 그런 모습 엄마가 보여 주고 싶어 하지 않으실 거예요."

퇴원 길에 오르는 초췌한 얼굴을 사위에게 보이고 싶은 장모는 세상에 없을 것이다.

"그래요. 장모님께 안부 전해 드리고요."

시안은 고개를 끄덕거리고 차에서 내렸다. 그의 차를 벗어나자 안도의 한숨이 흘러나왔다. 병원 입구로 들어가는데도 뒤에서 차가 출발하는 소리가 들리지 않았다.

천천히 돌아보자, 남편이 목을 길게 뺀 채 시안을 바라보고 있었다. 심장이 두근거렸다. 좋아서 그러는 건지, 아니면 다른 복잡한 감정이 끼어든 건지 헷갈린다.

시안은 어서 가라며 남편을 향해 손을 흔들었다. 그는 입을 크게 벌리며 '얼른 들어가요!' 하고 말했다.

시안은 알았다며 고개를 끄덕이고는 걸음을 재촉했다. 한숨이 흘러나왔다. 그에게서 온전히 벗어났다는 생각이 들자, 마음이 무섭도록 빠르게 가라앉았다.

애초에 정상적이지 않은 결혼이었다. 그렇게 시작한 삶이 정상적이길 바랐던 게 욕심이었나.

애꿎은 생각이 마음을 어지럽히는 게 싫어서 시안은 서둘러 엄마의 병실로 향했다.

"벌써 짐을 다 싸 놓으셨어?"

어떤 일에든 솜씨가 야무진 엄마는 깔끔하게 정리한 짐 가방을 환우용 침대 위에 올려놓고, 시안을 기다리고 있었다.

"내가 정리할 틈도 없었어. 우리 이모가 다 해 줘서."

엄마가 말하는 이모는 혈육을 향한 호칭이 아닌, 간병인을 일컫는 거였다.

시안은 오랫동안 어머니의 병구완에 애써 준 간병인에게 감사 인사를 하고 또 했다.

"그만해요. 우리 언니 같은 환자만 있으면 내가 일이 편하겠어. 사위도 그렇고, 딸도 그렇고 어쩜 이렇게 마음 씀씀이들이 좋은지. 어머니가 마음이 좋으셔서 복이 많으신가 봐."

간병인은 남편이 수시로 자신과 통화하며 엄마의 상태를 살폈다고 했다. 그리고 내일부터 당분간은 집에서 엄마의 거동을 도울 거라는 말도 했다.

"아휴, 집에서는 나 혼자서도 괜찮다니까, 이제. 강 서방이 나 혼자 있으면 큰일이라도 나는 줄 알아. 장모를 아주 어린애 취급 한다니까."

엄마는 깔깔거리고 웃으며 기분 좋아했다.

"그게 다 예쁜 딸 둔 덕이죠. 마누라가 예쁘면 처가 말뚝 보고도 절한다고 하잖아요. 장모한테 이렇게 잘하니, 자기 사람한테는 얼마나 잘할까."

간병인은 시안 때문에 병원에 신혼 깨가 쏟아지는 냄새가 진동한다며 너스레를 떨었다.

시안은 그저 웃으며 고개를 끄덕거렸다. 퇴원 절차를 마치고, 집으로 향하는 택시에 오르자 심장이 불규칙적으로 두근거렸다.

엄마가 긴 병원 생활을 마치고 집에 돌아가는 길인데도 기분이 착잡했다. 엄마는 오랜만에 바깥바람을 쐬서 기분이 좋은지 택시기사와 세상 돌아가는 이야기를 하며 웃었다. 대화의 상당 부분이 은근한 사위 자랑이었다.

친정집 현관을 열고 들어가는데, 기분이 이상했다. 결혼 전까지 살던 집이었는데, 마치 남의 집 같은 느낌이 들었다.

엄마의 체취가 뒤섞인 집 안 냄새도, 몇 년을 보고 살았던 격자무늬 벽지도, 나뭇결무늬 장판도 모두 다 예전 같지 않았다.

"아이고, 애썼다."

엄마는 때 묻은 소파에 털썩 앉으며 한숨을 몰아쉬었다. 의족은 영 불편하고, 목발을 짚을 때마다 손목이 시큰거린다고 했다.

"시안아."

한참 동안 병원 생활이 얼마나 불편했는지 늘어놓던 엄마가 딸의 이름을 조용히 불렀다.

"응, 엄마."

시안은 엄마한테 드릴 사과를 깎으며 대꾸했다.

"무슨 일 있니?"

엄마의 나직한 물음에 왈칵 뜨거운 기운이 솟구쳤다. 별스러운 말도 아니었는데, 콧등이 매워지려고 했다.

누구에게도 말 못 할 사정을 안고 있는 사람에게 무슨 일이 있냐고 묻는다면 누구나 울컥할 것이다. 그 상대가 엄마라면 말할 것도 없다.

감출 새도 없이 눈가에 눈물이 가득 고였다. 눈시울이 따끔거리는 게 느껴졌고, 코끝이 찡했다. 엄마도 여태 밝은 척하며 타이밍을 엿본 눈치였다. 시안을 바라보는 엄마의 눈빛이 지나치게 깊었다.

"엄마."

울음기가 섞인 부름이 툭 튀어나왔다. 시안을 가장 잘 아는 엄마에게 쏟아내고 싶은 말들이 목구멍까지 치밀어 올랐다.

시안은 젖은 말 덩어리를 꿀꺽 삼켰다.

"그냥 걱정돼서."

이제 막 퇴원한 엄마에게 딸이 건넬 수 있는 일반적인 걱정들을 늘어놓기로 했다. 엄마한테 부부 사이에 있었던 일을 털어놓을 수는 없을 것 같다.

부부 싸움을 하자마자 친정으로 쪼르르 달려와 미주알고주알 일러바칠 수 있는 성격이었다면, 애초에 그런 미련한 결혼에 자신을 내던지지도 않았을 것이다.

그리고 결혼 정보업체에 시안의 프로필을 들이민 사람은 엄마였다. 좋은 사람이 있으면 딸에게 소개해 달라고 한 장본인이 바로 눈앞에 앉아 있는 모친이다.

모친은 월간 미술 잡지에 게재되었던 두 사람의 결혼 사연을 철석같이 믿었다.

만약 모든 것을 털어놓으면 엄마는 시안의 불행한 결혼 생활이 당신 탓이라는 자책감에 괴로워할 것이다. 시안에게 그건 더더욱 못 할 짓이었다.

"뭐가 그렇게 걱정되는데 말을 하다가 말아."

시안은 한숨을 한 번 내쉬고는 입을 뗐다.

"엄마 혼자 여기서 지내셔야 하잖아. 몸도 불편한데, 나도 없고."

손가락등으로 눈물을 찍어 내곤, 보통의 딸이 꺼낼 수 있는 걱정을 늘어놓았다.

엄마는 짠한 미소를 지으며 애정이 어린 손길로 시안의 **뺨**을 부드럽게 쓸어내렸다.

"우리 딸이 이렇게 잘 사는데. 좋은 남편 만나서 엄마 병구완도 다 해 주고. 내일이면 듬직한 사위가 보내 준 간병인도 오고. 엄마 혼자 있는 거 아니야. 엄마 이제 친구들도 만나고, 이모도 자주 보고 그래."

엄마는 걱정할 거 하나도 없다며 해사하게 웃었다. 마치 물에 내놓은 어린아이가 수영하는 법을 안다며 떠들어 대는 말 같아서 마음이 싱숭생숭했다.

엄마가 언제 이렇게 늙어 버린 걸까.

주름진 눈가가 시안처럼 붉어졌다.

"남편 복은 없어도, 딸 복 있고, 사위 복 터졌고. 얼마나 좋아? 네 아빠 그렇게 되고, 엄마 솔직히 고됐지, 고됐어. 그래도 너 하나 바라보고 버틴 거잖아. 엄마라고 왜 도망가고 싶지 않았겠어. 엄마라고 왜 포기하고 싶지 않았겠니."

지난날을 회상하는 엄마의 눈가 주름이 오늘따라 더욱 깊어 보였다. 그리고 생때같은 아들을 홀로 남겨 두고 스스로 목숨을 끊은 그의 친모가 생각나서 가슴이 시큰거렸다.

"네가 밟혀서 도망도 못 가고, 악착같이 살았는데."

그의 모친은 아들의 안위를 걱정할 수 없을 만큼 힘들었을까. 친모한테마저 버림받았다는 사실이 그를 얼마나 비참하게 만들었을까.

내가 그를 온전히 이해하고 받아들일 수 있을까?

"너 하나만은 고생하지 말고 잘 살게 해 달라고 날마다 빌었는데……. 엄마는 이제 원이 없다. 네가 이렇게 잘 사는데."

시안은 엷게 웃었다.

"강 서방은 뭐 좋아하니? 음식은 안 가려? 이제 엄마도 퇴원했고, 처가에서 밥이라도 한 끼 해 먹여야 하는데."

"밥 먹을 때 국이 꼭 있어야 하더라고."

시안은 남편을 위해 손수 밥상을 차려 본 적이 없었다. 집안일은 전부 아주머니의 몫이었다. 몸이 편해서 상념이 깊어지는 것인가.

"시안아."

이번에는 엄마가 무슨 할 말이 있는 것처럼 보였다.

"응, 엄마."

시안은 눈물을 보여서 엄마에게 걱정을 끼쳤다는 생각에 일부러 밝게 대꾸했다.

"실은 엄마 다 알아."

심장이 쿵 내려앉았다. 시야가 떨리는 게 눈에 들어올 정도로 불안감이 엄습했다.

"뭐, 뭘?"

설마 그의 거짓말을 알고 있다는 것인가? 그가 엄마한테 무슨 이야기라도 한 걸까? 그래서 딸을 설득해 달라고 부탁이라도 했나?

가슴속에서 차가운 분노가 일기 시작했다.

"엄마는 바보같이 그 잡지에 나온 이야기를 다 믿어 버렸지, 뭐야. 음악회에서 우연히 만나서 결혼했다는 기사 말이야."

시안은 당황스러워서 눈을 빠르게 깜빡거렸다.

"실은 그 결혼 정보업체 대표한테서 너 결혼하고 나서 전화가 왔었어."

병원은 모녀가 속을 터놓고 이야기를 나눌 수 있는 곳이 못 되었다. 그러니 이런 이야기는 처음이다.

"엄마가 얼마나 죄스럽고 미안하던지. 엄마 그날 속상해서 많이 울었다? 근데 그다음 날 강 서방이 그걸 알고 전화를 했더라고. 너희 신혼여행 갔을 때 말이야. 그 전에도 가끔 통화를 하기는 했어. 부모님이 안 계시다고 해서 영 짠했거든."

시안은 듣고 있다는 듯이 가만가만 고개를 끄덕거리기만 했다.

"부모가 못나서 하나밖에 없는 딸내미 돈에 팔려 가듯 시집보낸 것 같아서."

엄마의 목소리가 파르르 떨렸다. 시안은 엄마의 손을 꼭 잡았다.

"근데 강 서방이 그러더라고. 음악회에서 너한테 한눈에 반해서 청혼한 거 맞다고. 다른 사람이 나왔으면 결혼 서두르지 않았을 거라고. 장모님 안심하시라고 그러더라."

그가 결혼 초에 그런 말을 했다는 게 믿기지 않았다.

"정말?"

시안이 눈을 치뜨며 물었다.

"응, 정말. 우리 사위가 우리 딸내미 정말 많이 아끼는구나 싶더라. 그래도 엄마가 미안해, 시안아."

엄마가 맞잡은 손아귀에 힘을 주며 눈물을 머금었다.

"뭐가 또."

모녀가 마주 앉아 청승맞게 눈물 바람인 게 싫어서 살짝 신경질을 부렸다.

"우리 딸내미한테 짐스러운 부모라서 미안해."

"그런 말씀 말아요. 도망치지 않고, 나쁜 생각 안 하고, 엄마가 내 옆에 있는 것만으로도 고마우니까."

마음이 더욱 복잡해졌다. 그가 엄마한테 첫눈에 반했다는 말을 했다는 사실이 계속 마음에 얹힌 듯했다.

"잘 살아라, 내 딸."

시안은 고개를 끄덕거렸다. 함께 점심을 먹고 엄마가 낮잠이 드는 것을 본 뒤 집을 나섰다.

변호사와의 약속은 오후 3시로 잡혀 있었다. 서둘러 움직였는데도 변호사 사무실에 도착하니 오후 3시 15분이 넘어서 있었다.

변호사는 50대 초반의 여성이었다. 칼 단발에 냉랭한 인상이었지만, 음성만큼은 따뜻했다.

"아직 남편하고 혼인 신고는 하지 않았다고요? 결혼식을 올린 지는 얼마나 되셨어요?"

"결혼식은 작년 가을에 했어요. 5개월 조금 넘었어요."

"사실혼 관계는 법적인 제약이 없는 거 알고 계시죠? 일방적인 종료도 가능할 텐데, 마음에 걸리시는 게 있나요?"

변호사는 여러 가지 질문을 던졌다. 시안은 그간 있었던 일을 간략하게 설명했다.

"남편이 거짓말을 했다고요? 아, 상담 내용은 전부 비밀로 지켜지니까 걱정하지 마시고 말씀하세요."

시안은 고개를 끄덕거리고는 대답했다.

"결혼하고 나서 한동안 남편의 진짜 이름을 몰랐어요."

"어떻게 알게 됐어요? 본인이 이야기했나요?"

"아니요. 다른 사람한테 들었어요."

"혹시 내연녀?"

"내연녀는… 아닌 것 같아요."

변호사는 숨을 한 번 들이켜고는 시안의 말을 정리했다.

"내연녀라는 증거가 없다는 거군요."

증거재판주의에 근거해 시안의 이야기를 판단하는 듯했다.

"그럼 남편이 정체를 숨긴 것 때문에 성시안 씨가 입은 피해는요? 혹시 남편이 폭행을 가했다거나, 남편이 사회에 물의를 일으킬 만한 사기 행각을 벌여서 금전적 피해를 입었다거나. 그래서 소송을 원하는 건가요?"

시안은 고개를 내저었다. 욱하는 성질이기는 했지만, 그가 시안에게 폭력을 행사한 적은 없었다.

"그럼 정신적인 피해는요? 정신과 진료 기록이나, 진단서가 있을까요?"

그것도 없었다. 변호사는 난감해하는 눈치였다.

"결혼하면서 남편이 친정 빚을 갚아 줬어요. 엄마 병원비도 내줬고……. 제가 금전적인 도움을 받았어요. 혹시 나중에 이게 문제가 될까요?"

"만약 그게 결혼 유지를 조건으로 준 거라면, 위자료로 내줘야 할 수도 있어요. 물론 그렇게 될 가능성을 낮추는 게 내가 할 일이죠."

그녀는 시안의 사정을 업신여기는 기색 없이 부드럽게 대꾸했다. 결국, 물어 줘야 할 돈 때문에 변호사를 찾아온 거냐는 식의 말을 듣게 될까 봐 걱정했었다.

"그것 외에 다른 질문은요?"

시안은 당장에 생각나는 게 없어서 고개를 내저었다. 제 삶에서 걱정이 되는 사항은 모두 돈과 관련되어 있다는 사실이 서글펐다.

"성시안 씨."

"네."

"남편과의 사실혼 관계를 끝낼 의지는 확고한가요?"

변호사는 시안의 의중을 간파한 듯 물었다. 멍청한 대답 같았지만, 솔직히 내뱉을 수밖에 없었다. 이런 순간에 저를 속이고 거짓 대답을 했다가 일을 그르치고 싶지는 않았다.

"아직 잘 모르겠어요."

"그럴 수 있어요. 저를 찾아오는 모든 사람이 확신에 차 있는 건 아니에요. 사람 일이 언제나 칼로 무 자르듯 명확하지는 않거든요."

시안은 동의한다는 듯이 고개를 끄덕거렸다.

"저는 변호인이지, 판사도 아니고, 성시안 씨의 결정을 대신 내려 줄 수 있는 사람도 아녜요. 본인 마음부터 정확히 하는 게 좋을 것 같네요."

변호사가 할 말을 다 전했다는 듯이 웃었다. 하지만 시안은 허탈해서 일어설 수가 없었다. 그러자 변호사가 다른 방안을 제시했다.

"이런 방법도 있어요. 증거가 없으면 앞으로 증거를 수집하면 돼요."

증거 수집이라는 말에 시안이 바짝 긴장했다. 평범한 삶을 사는 일반인이 법적 증거를 모으기 위해 애쓰는 일에 익숙할 리 없다.

"나는 법리적인 측면에서 증거 수집이라고 한 거지, 성시안 씨의 현재 결혼 생활 측면에서 본다면……. 개선 노력이라고 보시면 돼요."

"개선 노력이요?"

변호사는 차근차근 여러 가지 이야기를 해 주었다.

"개선의 여지가 없다고 판단된다면 그때는 수집된 증거를 바탕으로 혼인 관계를 종료하면 됩니다."

변호사의 설명은 지나치게 깔끔해서 허무할 정도였다.

분명한 것은 상황이 복잡하다는 것뿐이었다. 남편을 향한 아내의 불신은 불안을 가중했고, 시도 때도 없는 그의 상냥한 고백도 혼란스럽기는 마찬가지였다.

그 어느 때보다 스스로가 불완전하게 느껴졌다. 아무것도 모르는 백치 아내처럼 남편을 따라야 하는지, 주도면밀하게 혼인 종료를 위한 증거물을 수집해야 하는지.

이리저리 부딪쳐 난파된 배가 표류하는 것처럼 막막하고 고단했다.

변호사 사무실을 나서는 길, 남편에게서 귀신같이 전화가 걸려 왔다.

— 어디예요?

남편의 목소리가 자상하게 울렸다.

"아파트 공동 현관 앞이에요. 이제 막 나왔어요. 택시 기다리고 있어요."

— 어디, 라고요?

되묻는 남편의 목소리가 나직하게 가라앉았다.

"이제 막 택시 탔어요. 방금 아파트 빠져나왔어요."

휴대전화 너머에서 아무런 대답도 들려오지 않았다.

제우는 병원 안으로 걸어 들어가는 아내의 뒷모습을 하염없이 바라보았다. 그녀를 쫓아 들어가지 않기 위해 두 손으로 핸들을 꽉 틀어쥐어야만 했다.

아리따운 뒷모습이 시야에서 완전히 사라지고 나자 기분이 말도 못 하게 가라앉았다. 아내가 멀리 떠난 것도 아니고, 장모님의 퇴원을 도운 뒤 저녁이면 집으로 돌아올 터였다.

겨우 한나절일 뿐인데.

병원 앞에서 그녀를 기다릴까 생각도 해 보았다. 일 때문에 전화 통화 하느라 차를 대 놓고 있었다고 핑계를 대 볼까, 아니면 걱정이 되어서 발길이 떨어지지 않았다고 솔직히 이야기해 볼까.

제우는 아내와 떨어지기 싫어서 온갖 불안증이 다 도지는 듯했다. 이유 없이 짜증이 밀려들고, 신경이 잔뜩 곤두섰다. 아내의 얼굴을 마주하고 달콤한 체취를 맡으면 다 해결될 텐데 그럴 수 없어서 미칠 것만 같았다.

겨우 한나절일 뿐이라고.

제우는 스스로를 달래며 긴 한숨을 내쉬었다. 장모님이 불편해하실 거라는 말을 들었는데도 여기서 버티는 못난 짓을 해서는 안 됐다.

언제부터 남의 말을 그렇게 잘 들었다고?

제우는 다른 사람을 위해 행동을 제어하는 자신이 놀라울 따름이었다. 누군가의 눈 밖에 날까 봐 두려워서 하고 싶은 짓을 참거나 그만두었던 적은 없었다. 그런데 아내는 제우를 그렇게 만들었다.

변화가 짜증 나기도 하고, 두렵기도 하고, 신기하기도 하고……. 아무튼 결론은 성시안이 보고 싶다.

아내를 병원 앞에 내려 주고 뭉그적거리던 제우는 끝내 집으로 차를 몰았다. 차를 모는 동안에는 아내에게 듬직한 남편 노릇을 했다는 생각에 뿌듯했다.

그런데 아내가 없는 집에 들어선 순간 기분이 널을 뛰어 댔다. 늘 집 안에 따뜻한 바닐라 향을 풍기고 다니던 아내의 모습이 보이지 않자, 붉은 벽돌의 고택은 무덤가처럼 을씨년스러워 보이기까지 했다.

"잘 다녀왔어?"

현관 앞에 멍하니 서 있는 제우에게 아주머니가 조심스럽게 말을 걸었다.

"네, 잘 다녀왔어요."

"근데 얼굴이 왜 그래? 꼭 귀신이라도 본 사람처럼."

아주머니의 얼굴에 걱정이 어렸다. 어릴 때는 이모라는 호칭으로 불렸지만, 머리가 굵어지고 나서는 혈육도 아닌데 그런 호칭을 쓰는 게 이상해서 그만두었다. 하지만 아제딘은 여전히 아주머니를 이모라고 불렀다.

하긴 어릴 때 아제딘은 아주머니를 엄마라고 불렀었지.

엄밀히 말하면 아제딘의 호칭에도 변화가 있기는 한 거였다.

"아제딘하고는 통화해 봤어?"

"귀신이 따로 있는 게 아니라, 아주머니 같네요."

아제딘을 떠올리고 있는 걸 알아차린 것은 아닐 테지만, 아주머니의 물음이 놀랍기는 했다.

"아제딘이 나쁜 뜻으로 그런 건 아닐 거야. 애가 어릴 때부터 너를 많이 아꼈잖니."

아주머니는 아제딘과 제우를 남매처럼 돌봐 주셨다. 그러니 둘 사이가 틀어질 것을 염려하는 듯한 눈치다. 어려울 때 함께 자란 아이들이 성인이 되어서도 사이좋게 지내길 바라는 마음은 이해가 갔다.

"통화해 볼게요."

제우의 순순한 대답에 아주머니는 어서 지금 전화해 보라는 듯이 눈을 치떴다. 제우는 하는 수 없이 휴대전화를 집어 들었다.

아제딘이 한국에 다녀간 이후 첫 통화였다.

— 이게 누구야?

신호가 채 한 번도 울리기 전에 아제딘의 목소리가 들려왔다. 고까운 기색이 역력한 어조였다.

"반성은 좀 했어?"

제우도 기껍지 않은 목소리로 물었다. 아주머니가 그러지 말라며 눈살을 찌푸리고는 부엌 쪽으로 돌아섰다.

— 내가 대체 뭘 반성해야 하는데?

아제딘은 말 같지도 않은 소리를 들었다는 듯이 펄쩍 뛰었다. 그녀의 반응은 신선할 것도 없었다.

"함부로 입 놀린 거."

— 그러고도 여전히 그 여자랑 살아? 그 여자 돈이 되게 좋은가 봐? 자존심도 없대? 본명도 숨기고 자기한테 사기 친 남자한테 여전히 붙어 있는 걸 보면 알 만하네.

아제딘은 독설을 거침없이 쏟아 냈다.

"괜히 전화했다."

— 내가 미안하다고 빌기라도 할 줄 알았어?

아제딘이 짜증스럽게 쏘아붙였다.

"적어도 반성은 했을 거라고 생각했지. 너는 정말 한결같구나."

— 강제우로 사시는 한신후 씨는 그간의 삶을 전부 반성하고 개과천선이라도 하기로 마음먹었나 보지?

아제딘이 빈정거렸다. 제우는 눈을 내리감으며 크게 숨을 들이켰다.

— 한재헌 화백을 관 속에 담글 뻔했던 일도 반성한 거야?

막 나가려고 마음먹으면 근본 없는 나쁜 년처럼 구는 데 이골이 난 아제딘이다. 그건 제우도 마찬가지였다. 악당같이 구는 게 익숙했지만, 이젠 그런 식으로 살고 싶지가 않았다.

"말이 심하네."

— 뭐? 말이 심하다고?

아제딘이 폭소를 터뜨렸다.

— 잘해 봐. 나중에 울고불고 엉겨 붙지 말고.

아쉬울 게 없다는 듯이 먼저 전화를 끊어 버리는 아제딘의 태도에서 그녀가 얼마나 삐뚤어졌는지 느껴졌다.

"통화는 잘했어?"

아주머니가 부엌 입구에 서서 앞치마에 젖은 손을 닦으며 물었다. 두 사람이 철천지원수라도 될까 봐 염려하는 모습은 여인의 마음 씀씀이가 깊다는 방증일 뿐이었다.

"통화는 했는데, 잘했는지는 모르겠네요."

제우는 가볍게 대꾸하고는 돌아섰다.

"제우야."

아주머니가 다가와 제우를 붙들었다. 주름진 눈가에 걱정이 가득 고여 있다.

"아제딘하고 화해하라는 말씀이시면, 그만하셨으면 좋겠어요."

알아들었다는 듯이 아주머니는 고개를 끄덕거리고는 조심스럽게 입을 뗐다.

"나는, 그냥."

"말씀하세요."

머뭇거리는 아주머니를 향해 엷은 미소를 머금었다.

"요즘 참 보기 좋다는 생각이 들더라고. 좋은 색시 만나 결혼해서 사는 거. 그래서 아제딘도 걱정이 돼서 그랬어. 늙은이가 노파심에……. 바라는 것도 많지."

아주머니는 제우가 아제딘과 좀 더 각별하게 평생토록 함께하기를 오랫동안 바랐다. 아제딘을 아껴 온 마음이 더 커서인지, 아내에게 거리를 두고 있다는 것도 어렴풋이 알고 있었다.

"이모님."

제우는 오랜만에 그녀를 이모라고 불렀다. 아주머니의 눈이 휘둥그레졌다.

"저 결혼 생활 잘하고 싶어요. 이모님 말씀처럼 제 아내, 좋은 사람이고, 착한 사람이에요. 예전처럼 살고 싶지 않아요."

여인의 눈시울이 붉게 물드는가 싶더니 눈물이 왈칵 고였다. 제우는 다정하게 아주머니의 어깨를 당겨 안았다.

"어휴, 우리 제우가 장가가더니 철이 다 들었네."

"그러니까 그 사람한테 좀 따뜻하게 대해 주세요. 이모님 따뜻한 분이시잖아요."

모두가 제우의 결혼을 의심했다. 올바르지 못했던 행실이 낳은 결과였다.

하지만 이제는 달라지고 싶다. 어떻게 달라져야 하는지, 무엇을 먼저 해야 하는지 잘 모르겠지만, 결혼 생활을 잘 이어 나가고 싶은 바람만큼은 분명했다.

그러려면 가장 가까운 곳에서 제우의 결혼을 의심하는 사람의 신뢰부터 얻어야 했다.

"그래, 그러마."

아주머니가 앞치마로 눈가를 찍어 내며 고개를 끄덕거렸다.

우는 사람을 달래는 것은 여전히 어색하다. 인색한 삶을 살아가는 게 아직은 훨씬 더 편하기 때문이다.

노력해야지. 성시안을 위해서.

아내의 얼굴을 떠올린 순간, 그리움이 사무쳤다. 병원에 내려 주고 온 지 겨우 한 시간가량 됐는데, 1년도 더 된 것처럼 아득하게 느껴진다.

누군가를 지루하게 기다리는 것은 딱 질색이다. 어머니가 그 자리에서 기다리라고 해 놓고 오지 않은 이후로 제우에게 기다림은 불신과도 같은 말이 되었다.

만약 과거에 누가 제우에게 이런 기다림을 강요했다면 술이나 퍼마시고 잠을 청했을 것이다.

맨정신으로 그리운 사람을 기다리는 것은 고역이다. 제우는 마음을 가다듬으며 작업실로 향했다. 텅 빈 캔버스 앞에 앉아도 봤다가, 과거 작업물 중에 손볼 것은 없는지도 들여다보며, 작업에 몰두하려고 했지만 쉽지 않았다.

그녀가 집에 있을 때도 작업실에서 혼자 그림을 그리기는 했지만, 아내가 집에 없다고 생각하니 마음이 붕 떠 버렸다.

마음이 싱숭생숭해 점심을 먹는 둥 마는 둥 했다. 집 안에서 그녀가 즐겨 찾는 장소를 괜히 한 번씩 들러 보았다. 1층 정원의 테이블, 티 룸, 그리고 2층 테라스 정원까지. 생각해 보니 그녀는 2층 피아노 방에는 좀처럼 들어가질 않았다.

이따 집에 오면 왜 저 방에는 들어가지 않는지 물어봐야겠다.

버티려고 했다. 시곗바늘에 추를 매달아 놓은 듯 느릿하게 시간이 가는 것을 견뎌 내려고 했다.

하지만 사람 본성이 어디 쉽게 변하나?

정신을 차린 순간, 제우는 처가 아파트 주차장에 차를 대고 있었다.

"어디예요?"

― 아파트 공동 현관 앞이에요. 이제 막 나왔어요. 택시 기다리고 있어요.

제우는 휴대전화를 붙들고 아파트 공동 현관 앞에 서 있었다. 아내는커녕 개미 새끼 한 마리 눈에 들어오지 않았다.

서둘러 통화를 마치는 아내의 목소리가 영 수상쩍었다. 이제 집으로 출발하는 택시에 올랐다는 아내의 말에 제우도 다시 차를 몰아 집으로 향했다.

저 멀리 그녀가 탄 모범택시가 집 앞에서 멈춰 서는 모습이 눈에 들어왔다.

제우는 차에서 내려 그녀가 내린 택시를 붙잡아 세웠다.

"어디까지 가세요?"

뒷좌석에 오른 제우는 지갑에 든 현금을 전부 꺼내서 그중 반을 기사에게 건네며 물었다.

"방금 내려 준 여자, 어디서 오는 겁니까?"

센터페시아 거치대에 놓인 기사의 휴대전화에서 호출 메시지가 끊임없이 울렸다.

"테헤란로요."

"정확히 테헤란로 어디요? 대답해 주시면 나머지 반도 드릴게요."

제우가 현금을 흔들어 보였다.

"송우 법무법인이라고. 거기 구연승 변호사가 호출했어요."

기사에게 돈을 쥐여 주고 택시에서 내린 제우는 변호사의 이름을 검색해 보았다.

이혼 및 가사 소송 전문 변호사?

분노해야 하는지, 걱정해야 하는지 모르겠다. 분명한 것은 좋은 놈이 되겠다고 억지로 이어 붙여 놓은 정상적인 퓨즈가 끊어진 듯한 느낌이 들었다는 것이다.

9화

PAVENTÓSO

남편은 집에 없었다. 휴대전화 너머에서 들려오던 그의 나직한 목소리가 귓가를 끊임없이 맴돌았다.

"길이 엇갈렸나 보네. 제우가 데리러 간다고 했는데."

아주머니가 평상시와 달리 상냥한 목소리를 내며 다가왔다. 시안은 가슴이 철렁 내려앉는 듯했다.

"저를 데리러 간다고 했다고요?"

해사한 미소를 머금은 아주머니가 고개를 끄덕거렸다.

"응. 처가에 다녀온다고 했는데, 못 만났어? 오지 말라고 하는데 가는 거라고 눈치 보는 것 같던데, 제우가 전화도 안 했나 보네."

아주머니가 별일이 다 있다며 웃었다.

"그 녀석이 그렇게 남 비위 맞추고 그러는 성격이 아닌데. 참 신기해. 그래서 옛말 그른 거 없다고들 하나 봐요. 장가가서 철든 거 보면."

아주머니의 눈빛에서는 여전히 거리감이 느껴졌지만, 오늘따라 시안에게 잘해 주려고 애를 쓰는 것처럼 보였다.

"네, 감사합니다."

하지만 아주머니와 희희낙락 수다를 떨 정신이 없었다. 만약 남편이 친정에 갔던 거라면? 그래서 자신이 없는 걸 발견하고 전화한 거라면?

그의 눈을 피해 다른 곳에 다녀온 걸 들킬지도 모른다. 침실로 뛰어들다시피 한 시안은 서둘러 엄마에게 전화를 걸었다.

— 응, 딸. 잘 들어갔어?

"어, 엄마. 혹시 강 서방, 거기 갔었어?"

— 강 서방? 아니.

그게 무슨 자다가 봉창 두드리는 소리냐며 어머니가 말끝을 높였다.

"아냐, 엄마. 내가 착각했나 봐. 쉬세요."

시안은 아무렇지 않은 척 인사를 건네고 전화를 끊었다. 맥박이 뛰는 것처럼 관자놀이가 쿵쿵거리며 통증이 느껴졌다. 안심하기엔 일렀다. 그가 친정집엔 들르지 않고 밖에서 시안을 기다렸을 가능성도 배제할 수는 없었다.

코트도 벗지 못하고 침실 안을 불안하게 서성이는데 밖에서 기척이 들려왔다. 그가 집으로 돌아온 모양이었다.

마음의 준비를 할 새도 없이 불쑥 침실 문이 열렸다. 시안은 흠칫 놀라서 문쪽을 바라보았다.

"왜 그렇게 놀라?"

그가 한쪽 입꼬리를 비스듬히 들어 올리며 물었다.

"아, 아니에요. 다른 생각 하다가."

"무슨 생각?"

그가 드레스 룸으로 향하며 질문을 흘리듯 던졌다. 시안은 벗어 든 코트를 들고 자연스레 그의 뒤를 따랐다.

"그냥 잡생각이요."

차가운 손길이 다가와 시안의 코트를 손에서 가져갔다. 그는 아무렇지도 않다는 듯이 겉옷을 의류 관리기에 집어넣고 있었다.

"장모님은 어떠셔?"

"좋으세요."

최대한 평상시와 같은 목소리를 내기 위해서 노력했다. 가까이 선 그에게서 꽃샘추위의 한기가 전해졌다.

"다행이네요. 여태 장모님이랑 같이 있었어?"

"그, 그랬죠."

그는 고개를 끄덕거리고는 침실 밖으로 나가 버렸다. 야트막한 숨이 아슬아슬하게 터져 나왔다.

그에게 어딜 갔다 왔느냐는 질문이라도 건넸어야 했다는 생각이 그제야 들었다.

저녁 식사가 준비되기 전까지 그는 작업실에 틀어박혀서 꼼짝도 하지 않았다.

"제우 불러서 저녁 들어요."

티 룸으로 찾아온 아주머니의 말에 시안은 고개를 끄덕이고는 작업실로 향했다. 작업실 문을 두드리는데, 꼭 쥔 손이 바들바들 떨렸다.

대답도 없이 그가 문을 벌컥 열고 나왔다. 작업에 몰두한 탓인지 그의 눈시울이 새빨갛게 달아올라 있었다.

"왜요?"

물음이 차가웠다.

"식사하라고요."

그는 시안의 대답이 채 끝나기도 전에 부엌으로 향했다. 그가 시안의 외출에 다른 목적이 있었다는 것을 알아차린 게 분명했다.

심장이 쿵쿵거렸다. 그는 수틀리면 폭력을 행사하는 데도 거리낌이 없는 사람이었다. 세이셸 유리장에 아버지를 찌른 칼을 보관하는 남자였고, 신혼여행지에서 시비가 붙어 경찰이 출동한 적도 있었다.

두려움에 손끝이 바들바들 떨렸다. 그러면서도 앞서가는 남편의 등이 너무 쓸쓸해 보여서 눈물이 핑 돌았다.

그를 두려워하는 마음과 그를 염려하는 마음이 첨예하게 대립했다. 태어나서 처음 사랑한 남자를, 결혼한 남편을 두려워해야 한다는 사실이 너무 서글펐다.

그는 말없이 식탁 의자를 빼고 앉아서 숟가락을 집어 들었지만, 한숨만 내쉴 뿐 음식을 넘기지 못했다.

무슨 일이냐는 질문은 감히 던질 수가 없었다.

"어디 갔다 왔어?"

끝내 숟가락을 내려놓은 그가 나직하게 물었다. 무슨 말을 하는지 모르겠다는 뻔뻔한 대꾸는 나오지 않았다.

"약속이 좀 있었어요."

"누구랑?"

긴장감에 목구멍이 부어올라서 마른침조차 삼킬 수가 없었다. 손끝이 덜덜 떨렸다. 무의식중에 물만 마셨는지, 물잔이 텅 비어 있었다.

시안은 물잔을 집어 들고 자리에서 일어났다.

"누구랑 무슨 약속이 있었냐고 묻잖아!"

그가 버럭 소리를 질렀다. 허공을 쨍하고 가르는 듯한 날카로운 음성이었다.

"친구요."

시안은 기어들어 가는 목소리로 대꾸했다. 눈이 질끈 감겼다. 지금에 와서 거짓말해 봐야 소용없다는 것을 알았지만, 사실을 털어놓을 수도 없는 노릇이었다.

"친구? 어떤 친구?"

아주머니는 분명 그가 시안을 데리러 나갔다고 했었다. 아까 전화 통화에서 아파트 공동 현관이라고 답했을 때부터다. 그의 목소리는 그때부터 어두워지기 시작했다. 그가 친정집의 공동 현관 앞에서 전화를 걸었을 거라는 생각이 들었다.

시안은 조금 대범해지기로 했다. 1, 2분 사이에 길이 엇갈린 거라고 두루뭉술 넘어갈 수도 있을 것이다.

웃어야 한다. 그가 흥분을 가라앉히도록, 차분하게 굴어야 한다.

"그냥 고등학교 친구예요. 우연히 동네에서 만나서 커피 한잔했어요."

시안은 애써 웃음을 머금었다. 손끝이 파르르 떨려서 물잔을 세게 움켜쥐었다.

"송우 법무법인."

그가 낮게 읊조리기 시작했다.

"구연승 변호사가 당신 친구야?"

질문을 마쳤을 때 그의 목소리는 비명에 가까웠다.

시안은 입도 뻥끗하지 못하고 그 자리에서 얼어붙었다. 입술 끝만 파르르 떨릴 뿐이었다.

"대답해 봐. 이혼 및 가사 소송을 전문으로 하는 송우 법무법인의 구연승 대표 변호사가 당신 고등학교 친구냐고 묻잖아!"

그가 자리에서 일어났다. 두려움에 목이 죄이는 기분이 들었다. 눈꺼풀도 파르르 떨렸다. 콧등이 매울 새도 없이 눈가에 눈물이 가득 고였다.

그는 시안이 갔던 곳을 정확히 알고 있었다. 심지어 만났던 변호사의 이름까지 알았다. 숨이 턱 막혀 왔다. 심장이 걷잡을 수 없이 빠르게 뛰었다.

눈시울을 가득 메운 눈물이 뺨을 타고 후드득 떨어졌다.

"울어?"

그가 기막히다는 듯이 시안을 쏘아보며 물었다.

"지금 울고 싶은 건 난데? 성시안, 네가 왜 울어? 네가 감히 울 자격이 있다고 생각해?"

그는 울분을 토해 내고 있었다. 그의 눈시울이 빨갰던 이유가 작업에 집중한 탓이 아니었다.

"어떻게 알았어요?"

그가 설마 미행을 붙인 것은 아닐까, 하는 생각이 들자 두려움이 극에 달했다.

아주머니는 어디 계시지?

지푸라기라도 잡고 싶은 심정이었다. 물잔을 들고 일어날 게 아니라, 식탁 위에 올려 둔 핸드폰을 집어 들고 일어났어야 했다.

"어떻게 알았는지가 중요해?"

그가 천장을 올려다보며 웃음을 터뜨렸다. 울음이 가득한 얼굴로 웃는 그의 목소리가 기괴하게 울려 퍼졌다.

"침대에선 영혼이라도 줄 것처럼 굴고! 내 앞에선 그렇게 사랑하는 척, 생각해 주는 척, 위하는 척 굴어 놓고!"

그는 짐승처럼 울부짖었다.

"뒤에선 변호사를 만나서 날 버릴 준비를 했던 거야?"

"그건 아니에요."

"아니긴 뭐가 아니야!"

사랑하는데 두려웠다는 말을 그가 이해할 수 있을까?

가끔은 스스로도 이해되지 않는 날 선 감정의 파편을 그에게 전한다 한들 소용이 있을까?

울음 속에서 딸꾹질이 흘러나왔다. 그가 미간을 찡그리며 괴롭다는 듯이 물었다.

"왜 그래? 어디 안 좋아?"

분노한 눈빛으로 쏘아보면서도 그의 얼굴엔 걱정의 기색이 어렸다. 시안은 빠르게 고개를 내저었다.

"이것 봐. 나는 너한테 배신당한 지금도 널 걱정해. 알아? 결국, 기다림 끝에서 날 맞는 건 도망친 인간의 빈자리뿐인데도."

그가 자리에 털썩 주저앉았다. 그의 어깨가 안쓰럽게 떨렸다. 다가가서 안아 주고 싶지만 두려웠다.

"방법을 찾고 싶었어요."

"어떤 방법? 나한테서 합법적으로 멀어지는 방법? 법적으로 날 확실히 떼 놓을 방법? 내가 널 친친 감아서 묶어 놓기라도 했어?"

그의 얼굴이 괴로움에 일그러졌다. 그러고는 무언가 깨달았다는 듯이 입을 벌렸다.

"아, 어젯밤에도 그래서 그렇게 여우처럼 매달렸던 거야?"

시안이 어젯밤 그를 원했던 건 몸을 깊숙이 섞었을 때만 얻을 수 있는 안정감에서 기인한 것이었다. 그런데 그는 그걸 다른 의미로 해석하고 있었다.

"오늘 아침에 혼인 신고 하자는 말에 놀라서! 그러고 싶지 않아서! 밤새도록 그렇게 신음하면서 매달렸던 거냐고!"

그의 분노가 점진적으로 폭발하는 게 눈에 들어올 정도였다. 그는 격한 감정에 취한 듯 동공마저 풀려 버렸다.

"아니야, 그런 거 아니에요. 조, 좋아서 그랬어요. 나도 당신이 좋아서."

"좋아서?"

그가 싸느랗게 웃으며 다가오기 시작했다.

"그 좋은 짓 지금 여기서 해 줄까?"

"그러지 마요."

시안은 무서운 얼굴로 겁박하는 그를 향해 애원하듯 읊조렸다.

"이것 봐! 지금은 싫잖아! 다 거짓말이잖아!"

그가 사이드 테이블 위에 놓인 화병을 집어 던졌다. 파편이 사방으로 튀었다.

격노했던 그의 얼굴에서 핏기가 가셨다. 그의 시선이 시안의 다리를 향했다. 잘생긴 얼굴이 고통스럽게 일그러졌다.

시안은 천천히 고개를 내렸다. 화병의 파편이 시안의 면 원피스를 뚫고 허벅지 안쪽에 박혔다. 피가 뚝뚝 흘러내렸다. 그런데도 아픔이 전혀 느껴지지 않았다.

통증이 느껴지는 곳은 오직 가슴 한구석뿐이었다.

"이게 무슨 짓이야!"

아주머니가 다이닝 룸으로 뛰어 들어왔다. 눈물 때문에 시야가 흐려져서 그가 어떤 얼굴을 하고 있는지 보이지 않았다.

아주머니는 입고 있던 앞치마를 얼른 벗어서 시안의 허벅지에 둘러맸다.

"강제우, 너 지금 이게 뭐 하는 짓이야? 너 낮에 나한테 한 소리는 벌써 잊은 거야?"

그가 아주머니에게 무슨 말을 했을지 가늠조차 되지 않았다. 눈물방울이 후
드득 떨어지자, 그제야 망연자실한 그의 얼굴이 눈에 들어왔다. 그가 이쪽으로
한 발짝 다가오자, 아주머니가 시안의 앞을 막아섰다.

"이럴 의도는 아니었어요."

그는 패닉에 빠진 것처럼 보였다. 아름다운 갈색 눈동자도, 잘생긴 얼굴도,
나직한 목소리도 모두 공허했다.

"그냥 화가 나서…… 아니, 내가 왜 그랬는지. 그러니까."

횡설수설하는 그가 머리카락을 쥐어뜯을 듯이 쓸어 넘겼다.

"날 버리려고 하잖아!"

그가 화병 조각이 널린 바닥에 쓰러지듯 주저앉으며 흐느꼈다.

"내가 얼마나 애를 쓰고 있는데."

통곡보다도 더 처절한 소리가 을씨년스럽게 울렸다.

"내가 내 아내를 지키고 싶어서 얼마나……."

시안은 손을 뻗어서 헝클어진 그의 머리를 어루만져 주고 싶었다.

당신이 나한테 한 거짓말 때문에 화가 나고 무서워서 판단력이 흐려졌던 거
라고.

인간은 확증 편향을 지니고 있다. 자신의 뜻과 맞으면 받아들이고, 그렇지
않으면 틀렸다고 생각하는 그릇된 사고를 하곤 한다.

변호사를 찾아갔던 것도 그런 확증 편향의 하나였을지도 모른다. 아내를 속
인 남자는 나쁜 남편이 될 수밖에 없다는 신념 쪽으로 사고가 기울었을 것이다.

그의 거짓말 때문에, 그가 보이는 애정 어린 행동은 전부 색안경을 끼고 보
았을 것이다.

하지만 이런 식으로 살 수는 없는 노릇이었다. 자신의 잘못을 아무렇지 않게
넘기고, 일말의 죄책감도 느끼지 못하는 남자를 어떻게 온전히 받아들일 수 있
을까?

결혼이라는 장기판 위에서 감정의 졸(卒)이 된 기분이 들었다. 뒤로는 물러설

수 없고, 앞이나 옆으로 겨우 한 칸씩만 움직일 수 있는 장기짝처럼 근시안적인 눈으로 미래를 보았고, 얕은수로 현재를 살폈다.

"일단 병원부터 가야겠네."

아주머니가 시안의 팔을 꽉 붙잡았다.

"피가 너무 많이 나잖아요. 정신 차려. 걸을 수는 있어요?"

그제야 상념에서 벗어난 시안이 힘없이 고개를 끄덕거렸다.

"내가 안고 갈게요."

"거기서 한 걸음도 움직이지 마!"

아주머니가 버럭 소리를 질렀다. 누군가에게 직접적인 적대감을 드러내는 아주머니의 모습은 처음이다.

시안은 아주머니의 부축을 받아서 겨우 걸음을 옮겼다. 한 발짝 뗄 때마다 다리가 욱신거리며 피가 솟구쳤다.

"119 불러야겠다. 병원 가다가 쓰러지겠어!"

현기증이 일어서 복도 바닥에 주저앉았다.

모든 게 엉망이 되어 버렸다.

구급차가 떠나는 모습을 제우는 멍하니 바라보았다. 끝도 없이 분노를 터뜨릴 때만 해도 일이 이렇게까지 될 줄은 몰랐다.

아무리 화를 낸다고 해도, 그저 부부 싸움으로 끝날 거라고 생각했다. 떠나려고 발버둥 쳐도 보내지 않을 작정이었다. 강제로라도 내일 아침에 혼인 신고부터 해야겠다고 마음먹기도 했었다.

헤어질 결심을 했다고 해서 반드시 그 끝이 이별인 경우는 없다며, 그녀의 마음을 되돌릴 수 있을 거라고 자신했다.

장모님을 모시고 살자고 할까?

아이를 갖자고 할까?

제우는 그 순간에도 병신같이 그녀를 옭아맬 수 있는 약점을 떠올리고 있었다.

허벅지에서 피를 뚝뚝 흘리며 서 있는 아내의 잿빛 얼굴을 마주한 순간 절망이 다가왔다.

모든 게 엉망이 되어 버렸다.

진료를 마치고 나온 시안은 병원에서 제공한 휠체어에 앉아 있었다. 파편이 생각보다 깊이 박힌 탓에 꿰매는 데 시간이 오래 걸렸다. 출혈이 심해서 현기증이 일기는 했지만, 위험한 정도는 아니었다.

입원이 필요한 상태는 아니니, 집으로 돌아가서 안정을 취하라고 의사는 말했다. 아주머니는 하루라도 병원에 머물면 안 되냐고 의사에게 사정했지만, 과잉 진료를 할 수는 없다며 의사는 고개를 내저었다.

"아프지도 않은 정치인들이나 그룹 회장님들은 툭하면 병원에 잘만 드러눕더니만."

원무과에서 계산을 마친 아주머니가 시안이 앉아 있는 휠체어 쪽으로 다가올 때였다. 경찰 두 명이 아주머니의 뒤를 따르고 있었다. 시안의 시선을 따라 아주머니도 뒤를 돌아보았다. 이상하게 경찰의 시선이 시안을 향해 있는 것처럼 보였다.

"성시안 씨?"

시안의 이름을 부른 사람은 여자 경관이었다.

"네, 그런데요."

심장이 쿵쿵 울렸다. 죄를 지은 것도 아닌데, 경찰이 저를 찾아왔다는 사실에 긴장감이 밀려들었다.

혹시 집 나간 아버지가 무슨 사고라도 쳤나? 그래서 경찰이 자신을 찾아온 건가? 왜 하필 지금?

온갖 부정적인 망상이 머릿속을 잠식했다.

"가정 폭력 신고가 들어와서요. 혹시 잠깐 이야기 좀 나눌 수 있을까요?"

"가정 폭력이요?"

시안이 떨리는 목소리로 되물었다. 아주머니는 경관과 시안의 눈치를 살펴며 안절부절못했다.

설마 아주머니가 신고하셨나?

시안은 입 안쪽 말랑한 살점을 꾹 깨물었다. 아주머니가 도와준 것은 고마웠지만, 경찰까지 끌어들인 것은 일을 너무 복잡하게 만드는 거였다.

"무슨 말씀이신지 잘 모르겠는데요."

시안은 애써 연한 미소를 머금으며 말했다.

"허벅지 안쪽에 부상을 입고 병원으로 오셨다고요? 구급대원이 출동했을 때, 집에 함께 계시던 남자분과는 어떤 관계인가요?"

경찰에 신고한 사람은 아무래도 구급대원인 것 같았다.

"의사 말을 들어 보니, 입원이 필요한 상태가 아닌데도, 병원에 하루만이라도 있게 해 달라고 하셨다고요?"

"아니, 사모님이 피를 너무 많이 흘리셔서 제가 걱정이 돼서 그랬어요. 늙은이가 주책이지."

아주머니가 초조한 목소리로 덧붙였다.

"어떻게 다치신 건지 설명해 주실 수 있을까요?"

경관이 다정한 목소리로 물었다.

"제가 화병을 옮기다가 손이 미끄러졌어요. 바닥에 떨어져서 깨졌는데, 그 파편이 튄 거예요."

시안이 거짓말하는 것을 알아차린 눈치였다. 하지만 증거가 없으니 경관은 더 캐물을 수 없을 것이다. 물증 없이 심증만으로 움직이지는 않을 테니까.

"성시안 씨가 다쳤을 때, 함께 계셨나요?"

아주머니는 고개를 내저었다.

"아니요. 저는 다른 데 있다가 뭐가 깨지는 소리가 나서 가 봤죠."

경관이 고개를 끄덕거렸다.

"같이 계시던 남자분과의 관계는요?"

"남편이에요."

"남편분은 왜 병원에 같이 안 오셨죠? 아내분이 이렇게 다치셨는데요."

시안은 얕은 숨을 한 번 몰아쉬고는 대꾸했다.

"남편이 헤모포비아(Hemophobia: 혈액 혹은 출혈 공포증)가 있어요. 아마 많이 놀랐을 거예요."

고등학교 때 채혈을 하자마자 기절해 버린 친구가 한 명 있었다. 생리 때도 비슷한 증상을 겪어서 힘들어하는 친구였었다. 그때의 기억을 끄집어내서 거짓말을 둘러댔다.

"그러셨군요. 시간 내 주셔서 감사합니다. 가정 폭력 의심 신고가 들어와서 그냥 넘어갈 수는 없었습니다. 기분 나쁘셨다면 죄송합니다."

죄 없고 성실한 경찰이 고개를 한 번 숙여 보이고는 돌아섰다. 시안은 안도의 한숨을 숨겼다. 아주머니도 고맙다는 듯이 시안을 내려다보았다.

"집으로 가기는 좀 그렇죠?"

조심스러운 아주머니의 질문에 시안은 아무런 대꾸도 할 수 없었다.

"오늘은 우리 집으로 갈까요? 하루라도 안정을 좀 취하고. 응?"

아주머니는 당장 시안과 그가 마주하는 게 두려운 눈치였다.

"호텔로 갈게요."

"호텔은 무슨. 혼자 있다가 뭔 일 나면 어쩌려고."

괜한 폐를 끼치고 싶지 않아서 한사코 거절하는 시안을 데리고 아주머니는 자신의 집으로 향했다.

집으로 향하는 택시 안에서 내내 뭔가 말하고 싶은 눈치였지만, 아주머니는 쉽사리 입을 열지 못했다.

피가 덕지덕지 묻은 원피스 위에 코트를 걸친 시안의 꼴은 말이 아니었다. 이런 여자를 집으로 데리고 가면 아주머니의 가족들이 놀랄 게 분명했다.

"아주머니, 저 호텔로 가도 돼요."

"아니에요. 그게 아니라."

아주머니가 한숨을 한 번 내쉬고는 말을 이었다.

"우리 집에 애들이 좀 있어요. 보고 놀라지 말라고. 내가 예전부터 돌보던 아이들이에요."

긴 설명을 할 시간은 없다는 듯이 아주머니가 빠르게 말을 마쳤다. 시안은 그녀를 따라 낡은 단독주택 대문 안으로 들어섰다.

"1층은 내가 살고, 2층엔 세를 줬어요."

현관 안으로 들어서자, 대여섯 살쯤 되어 보이는 남자아이가 쪼르르 달려 나왔다.

"이모!"

아주머니는 해사한 미소를 지으며 아이를 안아 주었다. 뒤이어 비슷한 또래의 아이 두 명과 10대로 보이는 아이 서너 명이 다녀오셨느냐는 인사를 했다.

시안이 천천히 집 안을 둘러보았다. 낡았지만 깔끔하게 정돈된 실내가 눈에 들어왔다.

아이들은 시안에게 꾸벅 인사만 할 뿐, 누구냐고 묻지도 않았다. 아이들이 뿔뿔이 흩어지자 아주머니가 조용히 말을 꺼냈다.

"오갈 데 없는 아이들이 우리 집을 거쳐 가요. 그중에서 우리 집에 제일 오래 있었던 아이가 제우였어요. 일단 이쪽으로 들어와요."

아주머니는 멍한 표정으로 서 있는 시안을 작은 방으로 안내했다. 며칠 전까지 이 방을 쓰던 아이는 부모가 찾아와서 집으로 돌아갔다고 했다.

시안은 작은 침대에 몸을 기대고 앉았다. 난생처음 와 보는 집인데도 이유 모를 편안함이 느껴졌다. 안도의 한숨이 이제야 제대로 흘러나왔다.

"제우 씨도 여기 있었다고요?"

시안의 물음에 아주머니는 고개를 끄덕거렸다.

"잠깐만. 나 애들 좀 챙기고 올게요."

아주머니는 아이들에게 숙제는 했는지 묻고, 저녁 설거지 해 놓은 것을 보고 잘했다고 칭찬도 해 주고, 양치질하라는 잔소리까지 하고 나서야 다시 시안이 있는 방으로 돌아왔다.

"제우가 여기 온 게 열두 살 때였어요. 엄마 죽고, 장례는 읍사무소에서 2일 만엔가 치르고. 그 섬에서 구멍가게를 하던 할마씨가 내 먼 친척이었거든."

말투에서 경상도 억양이 살짝 묻어났다. 평소엔 사투리를 쓰지 않는데, 집에 와서 옛일을 더듬다 보니 본래 말투가 나오는 것 같았다.

"영 불쌍한 애 하나 있다고, 다른 데 보내기는 걱정되니까. 나한테 데리고 있이문 안 되겠냐고. 하필 그때 딴 데서 데려온 아가 민정이, 아니 아제딘이었고."

강제우랑 자신은 역사가 깊다던 아제딘의 말이 이제야 이해가 갔다.

"이런 것까지는 몰랐지요? 누가 말을 해 주는 것도 아니고. 몰랐을 끼다."

"네, 몰랐어요."

"둘이 남매처럼 오순도순 잘 컸지. 둘 다 상처가 많은 아들이라, 걱정이 많았거든. 한 2년쯤 있다가 아제딘은 내가 다니던 교회 목사님이 소개를 해 줘가 미국으로 입양을 갔고. 제우는 즈그 아배가 찾으로 올 때까정 여 있었지."

그의 아버지라는 말에 심장이 철렁 내려앉았다. 아버지의 존재를 모르고 살던 그는 방황을 많이 했다고 했다.

어머니가 죽었을 때, 그의 아버지는 뭘 하고 있었을까?

얼굴도 모르는 사람을 향한 원망이 슬쩍 피어올랐다. 시안도 이런데, 그는 오죽했을까 싶은 마음도 들었다.

"상처가 많소."

아주머니는 더 자세한 이야기는 그에게 직접 듣는 게 좋겠다는 듯이 말을 마무리 지었다.

"고마워요, 이모님."

아주머니가 싱긋 웃었다. 드물게 화사한 웃음이었다.

"암튼 눈치가 빨라. 우리 집 아들이 나를 이모라고 부르는 건 금세 알아 가지고."

어디선가 휴대전화 진동음이 들려왔다.

"이모님, 전화 오는 것 같아요."

"구신 같네. 이걸 다 듣고."

주머니에서 휴대전화를 꺼낸 아주머니의 얼굴에 걱정의 기색이 어렸다.

"제우다."

크게 한숨을 들이쉰 그녀는 다정한 목소리로 전화를 받았다.

"응, 제우야. 잘 있다. 걱정하지 마라."

그가 하는 말을 한참 듣던 아주머니는 그저 응, 응하고 통화를 마쳤다.

"제우가 온다는데."

그 사람이 온다는 걸 막을 수는 없을 것 같다며 아주머니가 걱정스레 시안을 바라보았다. 시안은 가만가만 고개를 끄덕거렸다.

아주머니가 갈아입을 옷이라도 찾아보겠다며 방 밖으로 나갔다. 아까 아주머니에게 반가운 인사를 제일 먼저 건넸던 남자아이가 열린 방문 틈으로 빼꼼히 고개를 집어넣었다.

"누나."

나이 차가 많이 나는데도 이 집에서는 으레 그러는 탓인지, 아이는 시안을 누나라고 불렀다.

"안녕."

시안은 살갑게 인사를 건넸다. 아이가 방문 고리를 잡고 늘어지며 시안을 빤히 보았다. 뭔가 물어보고 싶은 표정이다. 갑자기 들이닥친 낯선 사람을 향한 경계보다는 누군가를 향한 그리움이 가득 고인 눈빛이 안쓰럽다.

"누나도 엄마 없어?"

아이가 건넨 질문에 시안은 저도 모르게 쓰게 웃었다. 그러자 아이가 긍정의 뜻으로 받아들였는지, 환한 미소를 지으며 방 안으로 들어섰다. 시안과 유대감을 느끼는 듯했다.

"나도 엄마 없어. 아빠도 없고. 나도 이모만 있어. 가끔 삼촌도 왔었는데, 요즘 삼촌이 바빠서 못 온대."

아이는 이 집이 얼마나 좋은지 설명을 이어 나갔다. 먹을 것도 많고, 형 누나들도 다 저를 예뻐해 주고, 장난감도 여러 개 가지고 놀 수 있다며 눈을 반짝반짝 빛냈다.

"그러니까 누나 여기서 울지 마. 여기 좋아. 누나가 울면 이모가 슬퍼."

아이는 시안의 얼굴에 남아 있는 눈물과 상처의 흔적을 읽은 듯했다. 이름도 모르는 아이가 건네는 위로에 눈시울이 뜨거워졌다.

"너는 이름이 뭐야?"

"김담헌."

"이름 멋지다."

"누나는 이름이 뭐야?"

"누나 이름은 성시안."

아이가 배시시 웃었다.

"누나도 이름 멋지다."

그 후로 아이는 좁은 방 안을 돌아다니며 아이다운 말을 해 댔다.

아주머니는 아이들 뒤치다꺼리를 하느라 여념이 없는 듯 보였다. 시안이 침대 헤드 보드에 등을 기대며 한숨을 몰아쉴 때였다.

"이모님, 저 왔어요."

멀지 않은 곳에서 그의 목소리가 들려왔다. 아이는 갑자기 화들짝 놀란 듯 눈을 동그랗게 뜨더니, 이내 함박웃음을 지으며 밖으로 뛰쳐나갔다.

"삼초온!"

아이가 말한 요즘은 오지 않는다던 삼촌이 남편이었나 보다. 그는 아이들 한명, 한 명에게 인사를 건넨 뒤 시안이 있는 방으로 들어왔다.

그의 얼굴은 조심스러웠다. 시안은 처음 보는 표정이라 낯선 기분이 들었다. 마치 가면이 벗겨진 것처럼 그는 무방비한 상태 같았다.

"왔어요?"

시안이 먼저 입을 열었다. 그는 가만히 고개를 끄덕이고는, 방문을 닫고 침대 아래 방바닥에 앉았다. 그는 시안의 얼굴에서 눈을 떼지 못했다.

"어때?"

질문을 던진 그의 시선이 허벅지 중간쯤 피 묻은 원피스를 향해 있었다.

"꿰매고 바로 귀가할 수 있는 정도요."

시안은 병원 진료에 관한 사실을 언급할 뿐이었다. 그는 말없이 고개만 끄덕거렸다. 침묵이 흘렀다. 무슨 말을 해야 할지 모르는 것처럼 그는 멍한 눈빛을 하고 있었다.

머릿속에서 정리되지 않은 채 부유했던 생각들이 차곡차곡 쌓이기 시작했다. 이해할 수 없었던 것들도 이제는 조금씩 정리가 되었다.

정신없이 병원에 갔다가, 낯선 장소에 와 있는데도 마음은 놀랍도록 차분했다.

"아주머니께 대충 이야기 들었어요. 여기서 자랐다고요."

그는 짐짓 놀라는 듯싶다가 이내 고개를 끄덕였다.

"집에 가서 이야기할까?"

그가 순하게 물었지만, 시안은 고개를 내저었다.

"내가 갑자기 가 버리면 아이들이 이상하게 생각할 거예요."

깊은 뜻을 가지고 대꾸한 말은 아니었다. 그저 지금은 집으로 돌아가고 싶지 않았다. 그는 이해한다는 듯이 고개를 끄덕거렸다.

"결혼 전에는 여기 자주 왔었어요?"

"가끔."

그에게는 고향 같고, 본가 같은 집인 듯했다.

"담헌이라는 남자애가 그러더라고요. 삼촌이 자주 왔었는데, 요즘은 안 온다고."

"엄마 없냐고 물어보는 애?"

시안이 고개를 끄덕거렸다. 그가 쓰게 웃었다.

'세상 모든 부모가 자기 아이를 버리지는 않는다고요.'

아이 문제에 관한 이야기가 나왔을 때, 시안이 그를 이해할 수 없다는 듯이 내뱉었던 말이 떠올랐다. 이제 그를 이해할 수 있었다. 그의 세상에는 행복한 아이보다 부모에게 버려진 아이들이 훨씬 많았다.

상황은 극악했지만, 그에게 한 발짝 가까이 다가간 기분이 들었다.

"물어보고 싶은 게 있어요."

그는 눈을 한 번 지그시 감았다가 떴다.

"아버지를 칼로 찔렀다는 말, 사실이에요?"

시안의 물음에 그는 약간 움찔했다. 그의 폭력성을 탓하자고 묻는 말이 아니라, 그를 이해하기 위해 묻는 말이었다. 하지만 그 의도를 군이 내뱉지는 않았다. 화가 날 때마다 제멋대로 폭발하는 성격도 뜯어고치기는 해야 하니까.

"응."

"왜 그랬어요?"

그는 천장을 올려다보며 앓는 소리가 묻어나는 한숨을 내뱉었다. 아직도 그는 혼란스러운 눈치였다. 어른 남자의 커다란 몸속에는 엄마의 주검을 목격한 열두 살 어린 남자아이와 아버지를 칼로 찔렀던 어느 시점의 그가 여전히 남아 있었다.

"아버지가 우리 엄마를 만났을 땐, 가정이 있는 사람이었어. 근데 바람이 나서 엄마를 데리고 도망을 친 거지. 그 둘 사이에서 내가 태어났고. 아버지는 민화를 그렸고, 엄마는 문하생이었어."

시안은 가만히 듣기만 했다.

"집에서 들고나온 돈이 떨어지고, 살길이 막막하니까 아버지는 금방 온다는 말을 하고는 나랑 엄마를 두고 떠났대. 나는 너무 어려서 아버지에 대한 기억이 없었고. 엄마는 닥치는 대로 일하면서 나를 키우다가 바닷가에서 자살했고."

그는 괴로운 듯 미간을 찡그렸다. 그의 곁으로 가고 싶었지만, 상처 때문에 바닥에 앉을 수가 없었다. 시안은 옆자리를 툭툭 치며 그에게 올라오라는 시늉을 했다.

미약한 웃음이 번진 얼굴로 그가 시안의 곁에 다가앉았다.

"여기서 5년쯤 지냈을 무렵, 아버지라는 사람이 찾아왔어. 오랫동안 찾았다면서 나를 안고 우는데, 나는 반갑다기보다 화가 나더라고. 아버지는 너무 멀쩡하고 잘난 얼굴이었거든."

시안은 떨리는 그의 손을 조심스럽게 잡았다.

"남편이 밖에서 낳아 온 자식이 반가운 여자가 어딨어? 근데 아버지 본부인은 나를 친아들 반기듯이 살갑게 대했어. 자기 자식이 셋이나 있는데도, 나를 반기는 착한 여자였어. 그것도 화가 나더라고. 어렸던 나는 우리 엄마가 세상에서 제일 착하고, 살가운 사람이어야 한다는 생각을 했어."

그의 혼란스러움이 조금은 이해 갔다.

"어머니 장례식에도 나타나지 않았던 아버지라는 작자는 세상에서 가장 좋은 사람인 척 굴었어. 억울하고, 화가 나고, 삐뚤어질 대로 삐뚤어진 나는 아버지가 살아 있는 게 불공평하다는 생각에 식탁 위에 있던 과도로 아버지를 찔렀어."

그의 몸까지 바들바들 떨렸다.

"그냥 사고였다고 하면서, 아버지는 내 잘못을 숨겼어. 차라리 그때 벌을 받았어야 해."

흐느낌이 시안에게까지 전해졌다. 자책감과 자괴감으로 똘똘 뭉친 그는 한없이 무너져 내렸다.

"그랬으면 오늘 같은 일도 없었을 텐데. 내가 너를 다치게 하는 일도 없었을 텐데."

그가 젖은 눈으로 시안을 바라보았다.

"네가 나처럼 괴물 같은 놈을 만나지도 않았을 텐데."

그는 아이들이 들을까 봐 신경이 쓰이는지 소리를 죽인 채 통곡했다.

"미안해. 미안해요."

울음 속에서 그토록 듣고 싶었던 사과의 말이 묻어 나왔다. 가엽고 안쓰러웠다. 이대로 그를 안고 집으로 돌아가서 아무 일도 없었던 것처럼 살아가고 싶었다. 그에게서 한시도 떨어지고 싶지 않았다.

그럼 또 오늘과 같은 일이 반복되겠지?

시안은 한 번만 마음을 독하게 먹자고 다짐했다.

"일단 오늘은 집으로 돌아가요."

"그래, 얼른 가자."

그가 젖은 얼굴을 손바닥으로 쓸어내리고는 안심한 듯 웃었다.

"아니요. 제우 씨 혼자 가요. 나는 오늘 여기 있을 거예요."

그의 눈동자에 당황한 기색이 어렸다. 같이 가지 않겠다는 말을 극단적으로 받아들인 듯 또다시 무너져 내리려는 눈치였다.

"나도 갈 거예요, 집으로. 근데 오늘은 아니에요."

체념한 듯 고개를 끄덕이는 그의 얼굴이 안쓰러웠다. 당장에 그를 따라가고 싶다고, 아무렇지 않은 척 굴고 싶은 마음도 굴뚝같다고 말하고 싶었다. 하지만 그럴 수 없었다.

시안은 고개를 쭉 빼서 그의 이마에 조심스럽게 입을 맞췄다.

이 정도는 괜찮겠지?

시안의 마음이 조금 약해진 틈을 타 그가 기민하게 시안의 입술을 머금었다. 그의 입술에서는 눈물 맛이 났다. 입술이 따뜻하게 서로를 머금고 천천히 움직였다. 입 안으로 밀려들어 오는 혀의 느낌은 놀랍도록 부드러웠다. 마치 입술과 혀로 서로의 영혼을 어루만지는 것처럼 감미로운 키스였다.

커다란 손이 시안의 등허리를 조심스럽게 끌어안았다. 그의 품에 안기고 나자 놀랍도록 평온한 기분이 들었다. 이대로 밤새도록 안겨 있고 싶은 마음마저 들었다.

불안정한 것은 이 남자뿐만이 아니었다. 관계가 이 지경으로 악화된 데는 시안의 잘못도 있었다. 지옥 같은 빚의 굴레에서 구제해 주고, 새로운 삶을 선사해 준 그가 곁에서 사라지는 게 두려웠던 것이다.

그를 사랑하고, 두려워하고, 욕망하고, 의심하고. 불안정한 것은 시안도 마찬가지였다. 그럴 때마다 시안은 그의 품을 파고들며 불안함을 달래려 애를 썼다.

하지만 이제 시안은 허울뿐인 안온함에 취하지 말자며 그를 밀어냈다.

"하아."

그가 아쉬움이 묻어나는 더운 숨을 몰아쉬었다.

"그만 돌아가는 게 좋겠어요. 아이들이 이상하게 생각할 거예요. 우리 좀 있다가 다시 이야기해요."

"얼마나?"

그는 조바심이 나는 얼굴로 물었다.

"오래 걸리지 않을 거예요. 생각할 시간을 줘요."

쓴웃음이 그의 입가에 맴돌았다.

"결국, 끝낼 생각이구나."

그는 원하는 것을 얻는 법을 잘 아는 사람이었다. 지금 시안의 어느 부분이 약해져 있는지, 어떻게 시안을 설득할 수 있을지, 파악이 빠르다는 의미다.

"그럴 생각 없어요."

시안이 단호하게 고개를 내저었다. 그가 의외로 강건하게 행동하는 시안을 놀란 눈으로 바라보았다.

"그러니까 오늘은 그만 돌아가요."

"불쌍한 척 그만해야겠네, 이제."

그가 한결 가벼워진 목소리로 중얼거렸다. 지나치게 강제우다운 발언이어서 실소가 터져 나왔다.

"한 번만 안아 보고 가도 돼?"

그가 시안의 눈치를 살피며 물었다. 이런 모습은 또 너무 강제우 같지 않아서 낯설다. 시안이 고개를 끄덕거리자, 그가 조심스럽게 그녀를 당겨 안았다.

"내일 다시 올게."

"나 내일 오후에 병원 가야 해요. 그때 와요. 병원 데려다줘요."

그는 대단한 임무라도 받은 것처럼 믿음직스럽게 웃으며 아주머니의 집을 나섰다.

긴 하루가 마침내 끝이 났다. 병원에서 시작해서 병원에서 끝마친 다행스럽고도 처참한 하루였다.

낡은 단독주택 앞에 차를 세운 제우는 그녀가 나올 때까지 기다려야 하는지, 아니면 들어가서 그녀를 안고 나와야 하는지 망설였다.

이제는 별것이 다 눈치가 보인다. 그녀에게 전화를 걸어 볼까, 했는데 안타깝게도 아내의 휴대전화는 제우에게 있었다.

제우는 하는 수 없이 아주머니에게 전화를 걸었다. 아주머니에게는 오늘 집에 오지 마시라는 말을 미리 해 두었다. 곁에서 그녀를 돌봐 달라는 말이었지만, 달리 말하면 어디 도망치지는 않는지 상황을 주시해 달라는 애원과도 같았다.

통화 연결음이 울리고도 한참 만에야 아주머니의 '응, 제우야.' 하는 음성이 들려왔다.

"네, 이모님. 저 집 앞에 와 있는데요."

— 들어오지 않고. 기다리는 눈치인데.

제우는 휴대전화를 붙든 채로 집 안으로 뛰어 들어갔다.

"어휴, 언제 철들래?"

아주머니는 제우를 나무라며 웃었다. 아이들은 전부 유치원, 학교 등으로 뿔뿔이 흩어졌는지 집 안은 적막했다.

"왔어요?"

그녀가 조심스럽게 한 발짝씩 떼며 현관으로 다가왔다. 누구의 옷인지 모를 헐렁한 청바지에 후드 티셔츠를 입고 있었다. 그녀의 옷을 챙겨 오는 세심함을 발휘하지 못했다는 생각에 한숨을 삼켰다.

"준비 다 됐으면 갈까요?"

제우가 조심스럽게 묻자, 그녀가 고개를 끄덕거렸다. 대문을 나서서 차에 오르는 모습을 아주머니는 은근한 눈길로 바라보았다.

"옷이 좀 이상하죠? 예전에 여기 살던 학생이 입던 옷이라는데."

제우가 그녀의 행색을 살피는 것을 알아차렸다는 듯이 조심스러운 말투였다.

"괜찮아요. 잘 어울려."

평상시 같았으면 거적때기 같은 옷을 입었다고 독설했을 것이다. 물론 험한 말을 하지 않았다고 해서 그녀가 거적때기를 입었다는 사실이 변하는 것은 아니었다.

뭐 그렇다고 치고.

제우는 그녀를 조수석에 태웠다는 사실만으로 가슴이 벅차올랐다. 병원에서 진료를 마치고 나면, 함께 집으로 돌아갈 수 있을 것이다.

어젯밤 홀로 아무도 없는 집에 누워 있는데 얼마나 무섭던지.

다시는 혼자 남고 싶지 않았다. 하지만 제우는 아무 말 없이 차를 몰았다.

어젯밤 그녀의 단호한 태도를 보고 알아차렸다. 이제 불쌍한 척은 통하지 않는다는 것을 말이다. 상처 많은 불쌍한 놈이 벌인 패악질을 이해해 달라고 징징거리는 것을, 그녀는 두고 볼 생각이 없는 것 같았다.

병원 진료는 비교적 간단했지만, 나중에 흉터가 남을 거라는 의사의 말에 가슴이 철렁 내려앉았다. 그녀의 몸에 제가 남긴 자상(刺傷)이 남는다고 하니 기분이 이상했다.

성형외과 수술로 없앨 수도 있지만, 대개 흉터는 몸에 영원한 흔적으로 남는다. 그녀에게 제 흔적이 남았다는 사실에 끔찍한 희열이 밀려들었다.

진짜 미친 새끼가 따로 없네.

제우는 고개를 얼른 내저어 괴물 같은 생각을 털어 버렸다.

"가기 전에 차라도 한잔할까요?"

차창으로 스며드는 햇볕이 따뜻한 오후였다. 이제 조금 있으면 꽃이 피어나는 봄이 다가올 것이다.

"그럴까? 어디 가고 싶은 데 있어?"

"그냥 조용한 카페면 좋을 것 같아요."

그녀의 대답에 제우는 일부러 집에서 가까운 카페 밀집 지역으로 차를 몰았다.

평일 오후의 카페는 비교적 한산했다. 두 사람은 각각 따뜻한 커피와 허브차를 한 잔씩 앞에 두고 마주 앉았다.

차를 한 모금 홀짝이는 입술을, 옆얼굴에 흘러내린 머리카락을 귀 뒤로 넘기는 손가락을, 유리창 밖을 가만히 내다보는 까만 눈동자를, 제우는 가만히 관찰했다. 어디 하나 못난 구석 없이 예뻤다.

"당분간 아주머니 댁에서 지낼 생각이에요."

하지만 그녀가 내뱉은 말은 썩 마음에 들지 않았다.

"뭐?"

제우는 약간 얼이 빠진 듯이 물었다. 자세한 설명이 필요했다.

"나는 정말 편하게 살고 싶었어요. 단 하루만이라도 빚 걱정, 이자 걱정, 관리비 걱정 같은 거 안 하고. 남한테 싫은 소리 들어 가면서 밥도 거르고 시간에 쫓겨서 일하지 않고."

그녀가 잔잔한 목소리로 내뱉는 말을 제우는 가만히 듣고 있을 수밖에 없었다.

"정말 죽어 버려야 하나, 싶은 순간에 제우 씨가 나타난 거예요. 꼭 누가 내 소원을 들어준 것처럼 모든 게 정말 편안해졌어요."

제우는 자신 덕에 그녀가 편안해졌다는 사실에 일면 안도했다.

"그런데, 그래서……."

뒤이은 그녀의 말은 그리 좋지 못한 것일 듯했다.

"내가 제우 씨한테 너무 많이 의지하려고 했나 봐요. 이건 아니라는 생각이 드는데도, 괜찮을 거라고 스스로 설득하면서요."

"하고 싶은 말이 뭐예요?"

속이 갑갑해지기 시작한 제우가 참지 못하고 물었다.

"끝까지 들어 줘요."

그녀는 제우의 속을 터뜨려 버릴 작정인지 느긋하게 차 한 모금을 들이켜고는 말을 이었다. 성질 같았으면 찻잔을 또 벽에 집어 던졌을지도 모른다.

그녀가 사람이 많은 카페를 택해서 이런 이야기를 꺼낸 이유가 되겠지.

"나는 거의 평생 피아노를 쳐 왔는데, 나중에는 그 좋아하던 피아노가 그냥 돈벌이가 되어 버렸거든요. 그래서 그랬는지 당신이 사 준 피아노도 좀처럼 칠 마음이 생기질 않더라고요. 이제 돈에 급급해서 저걸 두드리지 않아도 된다고 생각하니까 홀가분하기도 하고, 아쉽기도 하고 그랬어요."

제우는 한숨을 숨기려 애썼다. 어제와 같은 일을 겪고도 분통을 터뜨린다면 그녀는 제게서 멀어질 게 분명했다.

"내 말은 우리가 이렇게 된 데에 제우 씨 잘못만 있는 게 아니란 뜻이에요. 내 탓도 커요. 손바닥은 부딪쳐야 소리가 나요. 한쪽 잘못일 수만은 없죠."

"그래서?"

묻는 목소리가 제법 냉랭했다. 그녀가 사람들 틈바구니에서 끝을 예고할 것만 같아서 불안해졌다. 집으로 돌아오겠다던 어제의 말은 또 거짓말이었나?

심장이 불안하게 날뛰었다.

"우리가 장모님을 모시고 사는 건 어떨까? 아이는? 하나는 너무 외로울 것 같고, 둘이 좋겠지?"

다급한 마음에 머릿속에 불쑥 떠오른 말이 쉽 없이 튀어나왔다. 제우의 말이 계속될수록 그녀의 표정이 시시각각 어두워졌다. 또 뭔가 잘못된 분위기다.

"우리 엄마나 아이 문제를 그런 식으로 끌어오지 마요. 장모와 아직 태어나지도 않은 아이가 우리 상황을 해결해 줄 수는 없어요."

그녀는 너무 단호해서 냉혹하게 느껴지기까지 했다. 물론 예민해진 제우가 보기에 그렇다는 뜻이다. 그녀의 말투는 여전히 차분했고, 제우를 바라보는 눈에는 애정이 담겨 있었지만, 그것만으로 만족하기엔 턱없이 부족했다.

"우리 문제는 우리가 해결해야 해요."

제우는 어쩔 수 없이 고개를 끄덕거렸다.

"나는 나 나름대로 당신한테 맹목적으로 의지하지 않기 위해서 노력할 거예요."

맹목적으로 기대도 좋다고 말하고 싶었다. 하지만 그녀의 맹목 앞에서 제우가 보여 준 것은 비정상적인 괴물의 모습이었다.

"제우 씨도 나름대로 노력해 줘요."

"어떤, 노력?"

뭘 어떻게 해야 하는지 감이 잡히지 않았다.

"우리가 평생 함께할 수 있도록."

"그럴 수 있도록?"

그녀의 말꼬리를 붙들고 물어보는 수밖에는 달리 도리가 없었다.

"치료를 받았으면 좋겠어요."

제우의 입이 슬쩍 벌어졌다. 뒤통수를 얻어맞은 듯 얼이 빠진 기분이다.

"트라우마를 계속 안고 살 수는 없어요. 심리 치료든 뭐든 해서 고치려고 노력했으면 좋겠어요. 그러지 않으면 어제와 같은 일이 또 벌어질지도 몰라요."

"어제는 당신이 날 떠날 것 같아서."

그녀가 제우의 말을 막듯이 손을 들어 보였다.

"그런 상황에서 모든 사람이 물건을 때려 부수지는 않아요."

반박의 여지가 없었다.

"그래, 치료."

제우는 가만히 고개를 끄덕거렸다. 아버지와 그의 부인조차도 감히 제우에게 치료를 강요하지 못했었다. 하긴 그들은 선한 얼굴을 하고 남 보기에 좋은 일만 했었다. 그 위선이 싫어서, 본모습을 드러내라고 칼을 들이댔었다.

"그리고 또 하나."

제우는 말해 보라는 듯이 고개를 끄덕거렸다.

"내 남편 이야기를 다른 사람에게서 듣고 싶지 않아요."

아제던 이야기였다. 정상적인 사람이었다면 그때 어떻게 대처했을까?

아내에게 사과하고, 잘못을 인정하고, 앞으로는 어떻게 해야 할지 고백을 늘어놓으며, 미래를 축원했을까?

방법을 알면서도 제우는 그렇게 하지 못했다. 아무 일도 아닌 것처럼 넘어가면 무마될 거라고 생각했다. 제우의 몸 안에서 자라난 괴물은 여태껏 인생을 그렇게 살아왔다.

"아무것도 아닌 일이라고 회피하지 말고, 우리 인생을 위해서 맞서 줘요. 나도 그렇게 할게요."

그녀가 용기를 그러모으듯 찻잔을 쥔 손에 힘을 주었다. 작은 몸의 그녀가 오늘은 유달리 강해 보였다.

"누나는 피아노 누구한테 배웠어?"

"선생님께 배웠지."

"누나같이 예쁜 선생님?"

초목이 바람에 나부끼는 5월, 시안은 아주머니 댁 거실에 놓인 낡은 업라이트 피아노 앞에 앉았다.

담헌은 궁금한 게 많은 만큼 영특했다. 다만 처음 보는 사람에게 '엄마 없어?' 하고 묻는 버릇은 아직 고치지 못했다.

얼마 전부터 이 집에 머무는 아이들을 상대로 심리 치료를 시작했다. 남편이 제안한 일이었다.

'내가 그동안 너한테 신세 진 게 얼만데, 그걸 또 어떻게 받아. 됐다, 됐어.'

아주머니가 신혼집에 와서 집안일을 해 줬던 건 남편이 매달 건네는 목돈 때문이었다고 했다. 그는 여전히 아이들을 돌보는 아주머니에게 보탬이 되고 싶어서 신경을 많이 쓰는 눈치였다. 마치 동생을 챙기는 큰오빠나, 큰형 같은 느낌이기도 했다.

'저 버리지 않고 키워 주셨잖아요.'

그가 아주머니를 신뢰하는 가장 큰 이유였다. 아주머니는 그가 잘 살기를 바라는 마음이 커서 신혼집 살림을 자처했다고도 했다. 불같은 성질 때문에 결혼 생활을 엉망으로 만들면 어쩌나 했는데 기어이 일이 터지고 말았다고 혀를 끌끌 찼다.

"누나, 4분이 아닌데 왜 4분음표야?"

담헌이 동요 악보를 보고 질문을 던졌을 때였다.

"담헌아."

환기를 위해 열어 둔 현관문 밖에서 남편의 목소리가 들려왔다.

"어? 삼촌이다!"

언제 피아노에 관심을 두었냐는 듯이 담헌이 밖으로 뛰쳐나갔다. 그의 손에는 선물이 한 아름 들려 있었다.

그는 이따금 아이들을 보러 온다는 핑계로 아주머니 댁에 들렀다. 3개월이 못 되는 사이, 그의 얼굴은 훨씬 편안해져 있었다. 담헌은 그가 가져온 선물 꾸러미를 헤집어 보고 싶어 하는 눈치였지만, 형 누나들이 다 모이는 저녁까지 꾹 참을 거라며 의젓하게 굴었다.

"아, 맞다! 나 태권도 가야 하는데!"

시안은 담헌이 집 앞에서 태권도장 셔틀버스를 타는 것을 묵묵히 도와주었다. 시끌벅적한 담헌이 사라지고 나자, 집 안에는 두 사람만이 남았다.

적막하고, 고요하고, 어색했다.

기분 탓인지 모르겠지만, 그가 치료를 받기 시작하면서 조금씩 멀어지는 것 같았다. 전에 없이 안정적인 그의 모습은 반가웠지만, 섣불리 다가설 수 없는 견고함도 있었다.

"잘 지냈어?"

가끔 통화하고 메시지도 주고받았지만, 서로의 일거수일투족을 쫓지는 않았다. 상대가 두려워할 정도로 집착하지 말라는 의사의 말을 그는 성실히 이행하고 있었다.

"네, 잘 지냈어요. 제우 씨는요?"

"바빴어. 이번 주말에는 벨기에에 가야 하거든. 아마 앞으로 한 2주간은 못 올 거야."

"아, 그 시인이랑 재즈 아티스트랑 함께 한다는 전시회 때문이에요?"

그는 불안을 좀먹고 예술적 감수성을 키워 온 사람이라고 아제딘이 말했었다. 그런데 치료가 효과를 보이기 시작한 이후, 아제딘의 말을 반박하듯 그는 활발한 활동을 시작했다.

"잘됐네요. 잘하고 와요."

그가 웃으며 고개를 끄덕거렸다. 커다란 손이 시안의 정수리를 부드럽게 어루만졌다. 볼 것, 못 볼 것 다 본 사이인데, 가벼운 접촉에 가슴이 떨렸다.

마치 짝사랑에 빠진 것처럼, 새로운 연애를 시작하기라도 한 것처럼, 심장이 두근거렸다. 그가 가만히 고개를 숙이며 다가왔다.

"해도 돼?"

입술이 닿기 전에 그가 물었다. 시안이 대답 대신 눈을 살짝 내리감았다. 그의 입술이 시안의 입술을 천천히 빨아 삼켰다.

"으음."

어색하다지만, 그가 가르쳐 준 열기의 흔적은 여전히 몸 안 구석구석에 남아 있었다. 시안은 손을 뻗어서 그의 가슴팍을 살짝 움켜잡았다.

얕은 키스에 감질이 났다. 조금 더 깊이 들어오면 좋으련만, 그는 지나치게 조심스러웠다. 계속 이렇게 할 거냐고 다그치고 싶은 마음이 굴뚝같았지만, 기다려야 했다.

어디까지가 적정선인지 가늠하고 있는 그의 판단력이 올바로 회복되기를, 시안은 잠자코 기다릴 생각이었다.

아쉽도록 가벼운 키스 끝에 입술이 떨어졌다.

"벨기에서 돌아오면 연락할게. 일정이 좀 늘어질 수도 있을 것 같아."

시안은 가만가만 고개를 끄덕거렸다.

그가 없는 동안 시곗바늘에 추를 묶어 놓은 듯 시간은 지루하게 흘러갔다. 아주머니를 도와 아이들을 돌보면서 시안은 일을 다시 시작했다. 음악 영재원 진학을 위한 입시 수업이 아닌, 동네 피아노 학원 선생님이었다.

학교가 끝나면, 땀을 삐질삐질 흘리는 아이들이 그 나이 또래 특유의 비린내를 풍기며 학원으로 몰려들었다.

"선생님, 얘가 나 방해해요!"

"안 그랬어요! 내가 먼저 6호실 쓰고 있는데, 얘가 들어와서 자기 차례라고 우겼어요."

아이들은 날마다 다퉜고, 피아노 실력은 더디게 늘었고, 웃음소리는 가슴이 설렐 만큼 명랑했다.

엄마한테는 남편과의 관계를 잠시 숨겼다. 처음엔 딸의 아픔을 알고 슬퍼할까 봐 말하지 못했고, 나중에는 더더욱 입을 뗄 수가 없었다.

그가 벨기에로 떠나고 계절이 바뀌었다. 일이 일을 낳는 것인지, 그는 벨기에에서 프랑스로, 프랑스에서 영국으로, 영국에서 독일로 일정을 이어 나가며 귀국이 늦어지고 있었다.

시차는 자연스러운 거리감으로 발현되었다. 통화가 줄었고, 가끔 메시지로 나누던 우스갯소리도 사라졌다. 그는 시안이 염려할까 봐 그랬는지, 유럽 현지에서도 의사와 상담을 이어 가고 있다는 말을 전했다.

성실하게 자신만의 삶을 구축해 나가는 그의 모습은 멀리서도 반짝반짝 빛이 났다.

"성 선생님! 우리 오늘 회식! 오랜만에 소고기 먹는다네요. 다 성 선생님 덕분이야. 우리 동네에서 전국 콩쿨 수상자가 두 명이나 나왔잖아."

아이들이 잘한 거라며 얌전을 피웠지만, 시안은 아이들을 가르치는 제 실력에 확고한 신념을 가지고 있었다.

꽃등심이 회식 메뉴로 오른 것은 처음이라며 같이 일하는 선생들이 혀를 내둘렀다. 기분이 좋아서 술에 거나하게 취한 원장이 시안의 어깨를 툭툭 두드리며 물었다.

"성 선생, 요즘 입시 문의가 많아. 어떡하는 게 좋을까? 성 선생이 좀 맡아 줄 수 있을까?"

50대 중반의 원장은 강요할 생각은 없다고 했지만, 애들을 간판 좋은 대학에만 보내 주면 보너스를 두둑이 챙겨 주겠다는 말도 했다.

지긋지긋한 입시 지옥으로 다시 걸어 들어가고 싶지 않았으나, 이번에는 뭔가 다르게 느껴졌다. 제 도움이 필요한 재능 있는 아이들의 삶을 응원하는 따뜻하고 평범한 선생님이 되고 싶었다.

해 보겠다고 대답을 하려는데, 원장이 눈짓으로 테이블 위를 가리켰다. 시안의 휴대전화가 끊임없이 진동하고 있었다. 요즘에는 휴대전화 진동 소리에도 예민하지 않아서 전화가 오는 줄 모르는 경우가 많았다.

발신지가 외국이었다. 시안은 잠시 실례한다는 인사를 건네고 식당 밖으로 나왔다.

"여보세요?"

떨리는 목소리가 흘러나왔다.

— 저녁은 먹었어요?

무려 일주일 만에 듣는 그의 자상한 목소리였다.

반가운 마음에 눈물이 핑 돌 것만 같았다.

"지금 학원 선생님들이랑 회식 중이에요. 내가 가르치던 애들이 두 명이나 전국 콩쿠르에서 상 탔거든요. 그래서 꽃등심 먹고 있어요."

휴대전화 너머에서 낮게 울리는 웃음소리가 듣기 좋다. 시안은 얼른 통화 녹음을 시작했다. 그의 목소리가 간절해서 저지른 충동적인 짓이었다.

— 다음 주에 한국 들어갈 거야.

쿵쿵 뛰어 대는 심장이 입 밖으로 튀어나오려고 했다. 아무런 대꾸도 흘러나오지 않았다.

— 뭐야, 반가워하지도 않아요? 나 안 보고 싶어?

"보, 보고 싶어요."

바보같이 말까지 더듬어 댔다. 그가 또다시 기분 좋게 웃었다.

— 나도 보, 보고 싶어요.

시안의 말투를 따라 하는 것은 조금 얄미웠지만, 계절이 바뀌는 동안 느껴졌던 거리감이 확 좁혀지는 기분이 드는 것은 만족스러웠다.

— 근데 이번에 들어가도 오래는 못 있어요.

"또 어디 가요?"

그는 지금 협업 중인 팀과 함께 뉴욕으로 간다고 했다. 뉴욕이라. 한동안 평온했던 심장이 불안하게 날뛰었다. 뉴욕에는 아제딘이 있었다.

— 괜한 걱정 말고. 아제딘 안 만나.

그는 마치 시안의 마음속을 읽은 듯이 말했다. 이제는 그가 지극히 정상이고, 시안이 불안증을 안고 사는 사람처럼 느껴졌다.

"그런 생각 안 했어요."

— 거짓말.

그가 건강한 질투는 괜찮다며 놀려 댔다.

— 그렇게 걱정되면 같이 갈래요?

그가 조심스럽게 제안했다. 하지만 시안에게는 이제 나름의 삶이 있었다.

"나 거기 가면 우리 애들은 누가 가르쳐요? 못 가요."

— 우리한테 애들이 있었어요? 몇 명이나?

그가 말꼬리를 붙들고 장난을 쳤다. 가슴에서 몽글몽글 거품이 피어오르는 것처럼 간지러웠다. 그의 웃음소리를 따라서 시안도 작게 웃었다.

— 시안아.

이름을 부르는 그의 목소리가 너무 감미로워서 눈이 저절로 감겼다. 눈을 감고 그의 목소리를 들으니, 그가 아주 가까이에 있는 것처럼 느껴졌다.

"한 번만 더 불러 봐요."

— 성시안.

그가 딱딱하게 성까지 붙여서 불러 댔다.

"아니, 그렇게 말고."

— 시안아.

시안이 원하는 대로 그가 다정하게 이름을 불러 주었다.

— 보고 싶어.

너무 달콤해서 귀가 녹아내릴 것만 같았다.

— 하고 싶기도 하고.

뒤이은 그의 말에 아랫배가 왈칵 조였다. 야한 말을 아무렇지 않게 내뱉는 그의 어조는 지나치게 뇌쇄적이었다.

"뭐 그런 말을."

— 내가 뭐가 하고 싶은 줄 알고?

또 놀려 댄다.

— 너무 보고 싶다, 성시안.

"나도 제우 씨 많이 보고 싶어요."

건강한 애정이 느껴지는 것 같아서 뿌듯해졌다.

— 나랑 하고 싶지는 않고?

건강하기는 하지만, 건전하지는 않은 것 같다.

"그만 좀 해요."

시안이 정색하자, 그가 까르르 웃어 댔다. 이제껏 여러 번 전화 통화를 했지만 그가 저렇게 유쾌하게 웃는 소리는 처음 듣는다.

모든 게 원래 있어야 할 자리로 돌아가는 듯한 신호처럼 기분 좋은 웃음이었다.

오전에만 휴대전화 화면 확인을 백 번 이상 한 것 같다. 오늘 아침에 인천 공항에 도착한다던 그에게선 여전히 연락이 없었다.

차라리 도착 시각을 모르고 있는 편이 더 나았을 것 같다. 기다리는 시간이 너무 더디게 흘러갔다.

"그러다 핸드폰 닳겠다."

아주머니가 부드럽게 나무라며 커피가 담긴 머그잔을 시안에게 건넸다.

"감사합니다."

그를 오늘 만난다는 생각에 지난밤 잠을 설쳤다.

"시간이 너무 안 가네요."

시안이 하소연하듯 한숨을 내쉬었다.

"자네가 그러니, 우리 제우는 얼마나 힘들었겠나."

아주머니는 가끔 시어머니 같은 소리를 하곤 했는데, 지금이 딱 그런 경우다.

"우리 제우는 기다리는 걸 세상에서 제일 못하는 성미인데, 자네가 보고 싶어서 얼마나 기다렸겠어."

듣기 좋기도 하고, 그의 역성만 드는 아주머니가 야속하기도 했다.

"이제 그 사람 아무렇지도 않아 보이던데요? 전화도 일주일에 두세 번 할까 말까. 얼마나 얄밉게 구는데요."

시안이 커피를 한 모금 들이켜며 한숨을 내쉬었다.

"올여름에는 얼마나 더우려고 벌써 푹푹 찌나."

아주머니가 현관문을 열어젖히며 중얼거렸다. 현관을 등지고 앉아서 휴대전화를 다시 확인했다. 아까 확인한 시간에서 겨우 7분이 지나 있었다.

"시간 진짜 안 가네."

"시간이 왜 안 가? 누구 기다려?"

휴대전화 화면을 보고 투덜거리느라 인기척을 전혀 느끼지 못했다. 고개를 홱 돌리자 등 뒤에 그가 서 있었다. 젖은 숨이 턱 끝까지 왈칵왈칵 차올랐다. 심장이 터질 듯이 빠르게 뛰었다.

"언제 왔어요? 전화를 하지. 왜 연락을 안 해요! 무슨 일 있는 줄 알고 걱정 했잖아!"

눈물이 뺨을 타고 후드득 흘러내렸다.

"핸드폰 배터리가 없어서 꺼져 버렸어. 그냥 여기로 빨리 오는 편이 나을 것 같아서."

시안은 폴짝 뛰어서 그의 목을 와락 끌어안았다. 그가 당황한 듯 웃었다.

"걱정했다고요."

"미안."

사과의 말을 전하는 그의 목소리가 자연스러웠다. 오히려 시안이 너무 징징 거리는 것 같아서 팔의 힘을 풀려고 할 때였다.

그가 시안의 귀 아래쪽에 얼굴을 묻으며 등허리를 바짝 끌어안았다. 크게 숨을 들이마시는 그의 단단한 가슴팍이 부풀어 오르는 게 여실히 느껴졌다.

"너무 좋다, 성시안 냄새."

좋으면 빨리 올 것이지.

아쉬운 소리는 마음속에 담아 두고 그를 끌어안은 팔에 힘을 주었다.

"으흠."

아주머니의 헛기침 소리가 들려오자, 시안은 얼른 그에게서 팔을 거뒀다. 하지만 그는 시안을 끌어안은 팔을 풀지 않은 채로 아주머니를 돌아보았다.

"아, 이모. 눈치 좀."

그가 앓는 소리를 해 대자, 아주머니가 한술 더 떴다.

"너도 눈치 좀. 이모 혼자 된 지 30년이다."

아주머니는 젊은 나이에 남편을 잃고, 아이마저 유산한 뒤 홀로 지냈다고 했다. 적적해서 동네 아이들을 돌보기 시작하다가, 하나둘 집에 모여들었던 아이들이 셀 수도 없다고 했다.

"어여들 나가. 애들 학교에서 올 시간까지 쭉쭉거리지 말고."

아주머니는 남사스럽다며 두 사람을 쫓아냈지만, 얼굴에는 웃음기가 가득했다.

"어디서 묵어요?"

시안은 그의 묵직한 캐리어를 내려다보며 물었다.

"이 여자 야한 것 좀 봐."

뜬금없이 야하다고 말하는 남자를 황당한 눈으로 올려다보았다.

"그 말을 야하게 듣는 게 이상한 거죠. 캐리어는 어디 둬야 할 거 아냐."

두 사람이 살던 붉은 벽돌집은 부분 공사 중이었다. 집에 아무도 없을 때 꽃샘추위가 찾아들었고 수도관이 동파된 것도 모르고 오랫동안 내버려 둔 탓에 집 안이 엉망이 되어 버렸다.

"호텔에서 묵으려고. 아무래도 이건 호텔에 갖다 둬야겠지?"

그의 말을 순진하게 받아들인 시안이 순순히 고개를 끄덕거렸다. 그가 시안을 야하다고 타박했을 때부터 알아봤어야 했다.

호텔 프런트에 캐리어를 맡겨도 될 일인데, 그는 긴 비행 때문에 찝찝해서 간단히 샤워라도 하고 싶다고 했다.

결국, 시안은 그를 따라서 객실까지 올라왔다. 그가 샤워하는 동안 시안은 하릴없이 멀뚱히 앉아 있었다.

그가 씻고 나오면 어딜 가자고 할까, 일단 점심부터 먹어야 하나. 뉴욕에는 언제 가느냐고 물어봐야지.

그러다 문득 머릿속에 의문이 떠올랐다.

우리는 지금 어디까지 와 있는 거지?

이제는 같이 사는 것도 아니어서 사실혼이라고 보기에도 어려웠다. 혼인 신고를 한 것도 아니어서 법적인 구속력도 없었다.

우리는 계속 이렇게 살게 될까? 서로의 삶을 멀리서 바라보면서? 언제까지?

괜한 생각에 마음이 조금씩 가라앉을 무렵, 그가 욕실 밖으로 나왔다. 그는 허리춤에 커다란 배스타월 하나만 묶은 채였다.

벗은 몸을 너무 오랜만에 보는 탓인지 화끈 열기가 치솟았다. 시안은 고개를 애먼 방향으로 돌린 채, 캐리어를 열고 옷을 뒤지는 그를 흘끗거렸다.

"훔쳐보면 재미있어?"

그가 티셔츠를 탁탁 털어서 펼치며 물었다.

"내가 뭘 훔쳐봤다고 그래요?"

시안이 고개를 돌리며 물은 순간, 그가 허리춤에 묶여 있던 배스타월을 풀어 버렸다.

턱에서 힘이 빠지는 게 느껴졌다. 시안은 완벽히 발가벗은 남편의 몸을 넋 놓고 바라보았다.

"그 표정, 되게 마음에 드네."

그가 야하게 웃으며 시안에게 다가왔다. 관계 회복에 집중하고, 서로의 마음 상태를 살피느라 잠시 잊고 있었다. 이 남자가 얼마나 섹시한 몸을 가졌는지 말이다.

시안이 그의 몸에서 시선을 떼려고 애쓰자, 그가 성큼성큼 다가왔다. 눈길을 복부 아래로 내리지 않으려고 노력했지만 소용이 없었다.

"나는 성시안 표정이 마음에 들고, 성시안은 얘가 마음에 드는 눈치네. 인사 해. 오랜만이잖아."

시안은 미간을 팍 구기며 그의 얼굴을 올려다보았다. 그가 장난스럽게 웃으며 상체를 내려서 시안의 목 안쪽에 얼굴을 묻었다.

키스할 줄 알았는데, 그의 입술이 다른 데로 가 버려서 조금 신경질이 나려고 했다.

"나도 보고 싶어. 내 눈에 제일 예쁜 성시안 몸."

목 안쪽을 빨아들이는 감촉이 부드러웠다. 턱선을 따라 올라온 입술이 마침내 시안의 입술에 닿았다.

아랫배가 확 조여들었다. 다리가 저절로 오므라들 정도로 열기가 치솟았다. 너무 오랜만에 느끼는 그의 몸이었다. 그를 얼마나 그리워했는지 새삼 실감이 났다.

그가 시안을 번쩍 안아 들었다. 시안은 자연스럽게 두 다리로 그의 허리를 휘감았다. 목덜미를 끌어안고 그의 입술을 탐했다. 입 안 깊숙이 들어오는 느낌이 너무 황홀해서 정신이 나가 버릴 것만 같았다.

"하아."

입술이 잠시 떨어졌다. 시안의 몸이 침대에 눕혀지고 있었다. 그가 원피스 지퍼를 찾지 못해서 헤맸다. 시안이 작게 웃음을 터뜨리며 옆구리를 가리켰다.

"이게 왜 여기 붙어 있어. 찾기 어렵게."

오랜만에 짜증을 내는 그가 반가울 지경이었다. 그는 지난 몇 달 동안 마치 교과서에나 나오는 자상한 인물처럼 굴었다. 짜증을 내는 법도, 신경질을 부리는 법도 없었다.

작게 웃던 시안의 웃음소리가 진해졌다.

"왜 웃어?"

그가 원피스를 아래로 확 잡아당기며 물었다.

"되게 인간적이어서요."

시안의 평가에 그는 말도 안 되는 소리를 한다는 듯이 들은 척도 안 했다.

"그래요. 이게 당신 매력이죠."

그가 속옷을 벗기다가 말고 고개를 바짝 쳐들었다.

"뭐라고?"

고개를 비스듬히 기울이는 그의 미간에 짜증이 고여 있었다. 목덜미와 귓불이 붉게 물든 그는 아내의 말에 귀를 기울이며 흥분을 늦추느라 죽을 맛이라는 표정이었다.

"가끔 내 말은 들은 척도 안 하고, 오만하게 자기 할 일 하는 거요."

그가 어이가 없다는 듯이 상체를 일으키더니 천장을 올려다보며 웃었다.

"너무 착하게만 구니까, 재미없더라."

시안이 그를 놀리듯 덧붙인 말에 그는 더욱 기막혀했다.

"성시안."

다시 시안에게 돌아온 그의 눈동자는 붉게 보일 정도로 달아올라 있었다.

"때와 장소를 가리지 않고 시비를 거는 도전 정신은 내가 높이 샀어, 예전부터."

시안도 기막힌 웃음을 터뜨렸다.

"한동안 안 덤벼서 내가 얼마나 지루했는지 알아?"

그가 갑자기 몸을 확 숙였다. 코끝이 맞닿은 거리에서 그가 웃고 있었다. 입술이 천천히 맞물렸다. 맞물린 입술 사이로 끊임없이 웃음이 새어 나왔다.

우리는 어디까지 와 있는 걸까?

이제 어떻게 되는 걸까?

시안은 두 사람의 관계가 어느 지점까지 와 있는지 조바심이 났다. 하지만 그와 얼굴을 마주하고 웃는 순간 깨달았다.

중요한 것은 우리가 어디까지 왔는지가 아니었다. 어느 방향으로 나아가고 있는지, 얼마나 긍정적인 관계 개선을 경험하고 있는지였다.

욕심일지 모르지만, 그의 변화를 바라면서도 그가 가진 매력은 잃지 않기를 바랐다. 시안의 바람이 이루어지고 있는 듯 그는 매력 있고 자상한 남자가 되어 가고 있었다. 시안도 그의 뉴욕 동행 제안을 거절할 만큼 그를 지나치게 의지하지 않는 독립적인 마음을 길러 냈다.

이 정도면 충분하다고 시안은 제 품을 거칠게 파고드는 남자를 느끼며 생각했다.

아무래도 오늘 호텔방을 벗어나기는 글러 먹은 것 같다.

그는 뉴욕에서의 복합 전시를 성공적으로 마친 뒤 워싱턴으로 향하고 있었다. 벨기에 전시가 유럽 순회로 이어지더니, 이제는 미대륙을 횡단하기라도 할 건가 보다.

주요 도시만 2주씩 돈다고 해도, 족히 수개월은 걸릴 터였다. 그가 바쁘게 지낼수록 시안은 건강한 자극을 받았다.

나도 열심히 살아야지.

빚 없이 홀가분한 인생은 그가 시안에게 준 선물이나 다름없는 것이었다. 아이들을 가르치는 일을 진정으로 즐길 수 있다는 점에서 고마웠다.

그리고 그가 만들어 준 인연이 시안의 인생에서 새로이 자리 잡아 갔다. 시안은 틈이 날 때마다 아주머니 댁 아이들에게 피아노를 가르쳐 주었다.

그중에는 아주머니 댁에 오기 전 오랫동안 피아노를 쳤다는 아이도 있었다. 이제 열세 살이 된 아이는 아주머니가 다니는 교회 목사의 후원으로 차이콥스키 모스크바 국립음악원 중앙음악학교 진학을 목표로 시안에게 지도를 받고 있었다.

"저는 선생님이 세상에서 제일 좋아요. 선생님하고만 피아노 치고 싶은데, 차이콥스키 학교도 너무 가 보고 싶어요."

아이는 시안에게서 새 삶을 선물받은 것처럼 기뻐했다.

불과 1년 전만 하더라도 시안은 제 인생조차 감당하지 못하는 사람이었다. 그런데 이제는 어려움에 부닥친 아이들의 인생에 새로운 기회를 쥐여 줄 수 있다는 사실이 신기했다.

더 열심히 해야지. 더 많이 가르쳐 줘야지.

그런 생각이 들 때마다 그가 그리웠다. 그리고 그가 마냥 부정적인 영향만 받으며 어른이 된 것은 아니라는 생각이 들었다.

"이모."

이제 아주머니와는 예전보다 훨씬 편한 사이가 되었다. 걱정하실까 봐 엄마에게는 늘어놓지 못하는 이야기가 아주머니 앞에서는 술술 흘러나왔다.

"제우 씨 바르게 키워 주셔서 감사해요."

아주머니가 그에게 전해 준 선한 영향력이 시안에게 닿았고, 시안도 아이들을 도와줄 수 있는 거란 생각에 건넨 말이었다.

"자네 지금 누구 놀리나?"

얼굴이 벌게진 아주머니가 팩 성을 냈다. 갑자기 신경질을 부리는 그의 성격 중 일부도 아주머니에게서 온 것은 아닐까, 하는 생각도 가끔 들었다. 하지만 그걸 군이 입 밖으로 내지는 않았다.

아주머니의 신경질은 귀엽고 재미있었다.

"진짜예요. 제우 씨 이번에는 워싱턴 가서 전시한대요. 멋지죠? 그 사람 그림으로 도배가 된 전시 홀에서, 시인이 한국어로 된 시를 낭송하고, 그 옆에서는 재즈 밴드가 아리랑을 연주한대요. 이거 보셨어요? 어제 타임지 인터뷰도 했대요. 세계에서 가장 영향력 있는 젊은 예술가 50인에 들어서요."

아주머니는 시안의 휴대전화를 들여다보다 말고, 시안의 등을 철썩 내리쳤다.

"아야."

갑자기 등짝을 얻어맞은 시안은 머릿속이 멍해졌다.

"그래서 워싱턴에서 시작해서 미국 일주라도 할 거래?"

시안은 그의 다음 계획까지 묻지는 않았다.

"어휴. 착하고 순한 것도 정도가 있지. 니도 참 속없다."

아주머니가 뭘 나무라는지 알 것 같았다. 시안은 그저 배시시 웃었다. 아주머니는 두 사람이 빨리 혼인 신고도 하고, 아이도 낳고 오순도순 함께 살기를 바라는 눈치였다.

"서방 이역만리 타국에 보내 놓고 웃음이 나오나?"

꼭 이런 말을 할 때는 맛깔나는 사투리 조다.

"내사마 니만 보문 속이 터질라 칸다. 서방 바짓가랑이 부여잡고 주저앉히라. 와, 이제 우리 제우랑 같이 살기 싫나?"

시안은 손사래를 치며 웃었다.

"아입미더!"

아주머니를 따라서 사투리를 써 대자, 서울 여시가 사투리 쓰는 꼴 보기 싫다며 치를 떨었다. 시안을 미워하는 투는 아니어서 아주머니의 모습이 귀엽기까지 했다.

남들 눈에 답답해 보여도 어쩌겠는가, 이게 우리인데.

날이 무척 더웠다. 여름 방학이 시작되었고, 본격적인 휴가철이 가까워 오고 있었다. 그는 여전히 미국에 있었다. 지금은 재즈의 본고장인 뉴올리언스에 있다고 했다.

그와 일주일에 두세 번 통화했고, 아주 가끔 문자 메시지를 주고받았다. 시안이 먼저 메시지를 보내고 답을 못 받을 때도 있었고, 그가 보낸 문자 메시지를 늦게 확인하는 일도 허다했다.

몸이 떨어지면 마음이 멀어진다고들 하는데, 시안은 어쩐지 그와 끊어 낼 수 없는 실로 묶인 듯한 연대감을 느꼈다.

나 혼자만 이렇게 생각하는 걸까?

여름휴가가 다가오는데도 한국에 잠깐 들를 생각도 하지 않는 그가 조금 야속하기는 했다.

시안이 속으로 자기 욕을 하고 있다는 것을 알았는지, 귀신같이 휴대전화가 울려 댔다.

"여보세요?"

— 나야. 오랜만이네?

앞자리 번호 00만 보고 외국에서 걸려 온 번호니까 당연히 그라고 생각했다.

그런데 휴대전화 너머에서 들려오는 목소리는 세티아였다.

"세티아?"

시안이 놀라서 되물었다. 일이 그렇게 된 이후에도 세티아와 가끔 통화를 하기는 했지만, 늘 먼저 전화를 거는 쪽은 시안이었다.

— 뭘 그렇게 놀라? 내가 뭐 잘못했어?

세티아가 살갑게 물었다.

"아니. 너무 오랜만이라. 잘 지냈어?"

나이는 세티아가 더 많았지만, 시안은 그녀와 말을 놓고 지냈다.

— 잘 지냈지. 여름휴가는 언제야? 그때 뭐 해?

세티아는 화가 강제우가 한국을 떠나 있다는 사실도 아는 눈치였다.

"휴가는 다다음 주. 별다른 계획은 없고."

— 목소리에 힘이 하나도 없네. 우리 집으로 놀러 와.

무슨 홍대에서 합정 넘어가듯이 말한다. 시안이 있는 대한민국에서 세티아가 있는 세이셸까지 가려면 족히 24시간은 잡아야 했다.

— 나 결혼한단 말이야. 하객이 없어. 그러니까 꼭 와.

"진심으로 하는 소리야?"

시안이 자세를 고쳐 앉으며 물었다. 장난인지, 진심인지 구별이 되지 않았다.

— 그래. 둘이 하도 재밌게 살아서 나도 결혼한다고. 그런데 웨딩 베일 붙잡아 줄 사람도 없고, 헤어스타일도 어떻게 해야 할지 모르겠어. 그러니까 와. 무조건 와. 강제우랑 잘 풀리게 하는 데, 내 역할도 컸다?

그 덕에 험한 과정을 거치기는 했지만, 틀린 말은 아니었다. 두 사람에게는 감정을 터뜨릴 계기가 필요했었다. 그 계기를 마련해 준 게 세티아가 소개해 준 변호사였는지도 모른다.

"여름 휴가철에 비행깃값이 얼만데."

— 내가 보내 줄게. 우리 남편이 비행기 티켓 사 준대. 아, 남편 이야기를 안 했네. 나 앨런이랑 결혼해.

앨런은 세티아가 바 매니저로 일하는 레스토랑의 사장이었다. 세티아보다 다섯 살이 어렸고, 그녀가 일을 시작했을 때부터 쫓아다녔다고 했다.

— 와라, 응? 나 친정엄마도 안 계시고. 한국에서 부를 사람이 없어, 정말. 응?

곁에 아무도 없다는 세티아의 앓는 소리에 마음이 약해져 버렸다.

"그래, 간다 가!"

그와 신혼여행 갔던 에덴의 섬에 혼자 가게 생겼다.

10화

Fantasie

세이셸 국제공항에 비행기가 착륙하자마자 비가 억수같이 퍼붓기 시작했다. 오랜 비행이 고된 와중에 비행기가 착륙도 못 하고 선회하는 것은 아닌가 걱정스러웠더랬다.

다행스럽게도 공항에 내렸는데, 휴대전화 전원을 켜자마자 영사관 여행안내 문자가 다 수신되기도 전에 세티아가 전화를 걸어 왔다.

— 어디야? 도착했어? 왜 안 나와?

"짐 기다려."

— 빨리 나와! 지금 웨딩드레스 입어 보러 가야 한단 말이야.

정말 세티아 성깔도 보통이 아니다. 한국에서 아프리카 섬까지 날아온 시안에게 늦게 나온다며 타박을 해 대다니.

세상에서 제일 예민한 사람은 결혼을 앞둔 신부라는 말을 어디서 들은 적 있다. 그러니까 시안은 지금 성깔 드러운 세티아가 세상에서 제일 예민해진 순간을 함께하려고 여기까지 온 거다.

세이셸은 신혼여행의 추억으로 남겨 뒀어야 하는 건데.

커다란 캐리어를 찾아서 입국장을 빠져나가자, 형광색에 가까운 주황색 튜브톱 원피스를 입은 세티아가 번쩍 손을 들고 흔들어 댔다. 저 손에 걸레만 쥐여 주면 창문도 아주 잘 닦일 것이다.

"뭐야? 환영단은 어디 가고, 혼자 나와 있어?"

시안이 장난스럽게 쏘아붙였다.

"아, 맞다!"

그러자 세티아가 가방에서 다 구겨진 종이 쪼가리를 펼쳐 들며 열렬히 웃어 젖혔다. 커피 자국인지, 술 얼룩인지가 말라붙은 종이 위에는 이렇게 적혀 있었다.

[내 남편 건들면 죽는다, 성시안!]

요란한 하트를 그려 놓고 써넣은 문구가 저따위다.

"내가 너냐?"

시안이 어이없는 웃음을 지으며 물었다.

"우리 앨런이 좀 잘났어야지."

"우리 강제우도 잘났거든."

"잘나면 뭐 해? 와이프 맨날 혼자 두는데."

"와, 방금 나 상처받았어. 결혼식에서 행패 부려야겠어. 신부가 내 남편 넘본 적 있다고."

시안이 왼쪽 가슴을 누르며 앓는 소리를 하자 세티아가 한술 더 떴다.

"말은 바로 해야지. 강제우를 먼저 알고 지낸 건 나야."

시안이 킥킥 웃음을 터뜨리자, 세티아도 함께 웃었다. 예전에 봤을 때는 몰랐는데, 세티아는 장난스러운 웃음이 매력적인 여자였다.

순백의 웨딩드레스를 입은 세티아는 눈부시게 아름다웠다. 풍만한 몸매를 드러내는 머메이드라인의 드레스 핏은 감탄이 절로 흘러나올 정도였다. 성당 안을 다 뒤덮어 버리겠다며, 세티아는 매장에서 가장 긴 베일을 골랐다.

웨딩드레스부터 부케, 성당 장식 꽃, 파티에 쓰일 술에 이르기까지 세티아는 시안의 의견을 시시콜콜하게 물어보며 수많은 것을 결정했다.

"누가 보면 나랑 결혼하는 줄 알겠다."

시안의 우스갯소리에 세티아는 징그러운 소리 하지 말라며 정색했다.

"나 부탁 하나만 더 해도 돼?"

"이렇게 부려 먹고 또?"

"피아노 잘 친다며. 나 축가 하나만 쳐 주라. 신부 입장곡이랑 행진곡은 성당에서 알아서 한다는데. 응? 축가 한 곡만. 응? 나 한국에서 피아니스트 친구 온다고 자랑도 잔뜩 했어. 꼭 해야 해. 응?"

안 되는 일을 되게 만드는 고집은 세티아가 세이셸에서 최고일 것이다.

등 떠밀려 피아노 앞에 앉게 되었지만, 연주는 제대로 하고 싶었다. 엄격한 성당 혼배 미사에서 축가를 연주하게 둘 수는 없다는 신부님의 반대로 시안은 피로연이 진행되는 앨런의 레스토랑에서 연주하기로 했다.

피아노 앞에 앉자 긴장감이 바짝 몰려왔다. 세티아는 앨런의 품에 안겨서 황홀한 미소를 머금은 채 시안을 바라보고 있었다.

시안은 건반을 어루만지듯이 연주를 시작했다. 시안이 고른 곡은 쇼팽의 즉흥환상곡이었다. Allegro agitato, 곡의 도입부는 빠르고 격렬했다. 시안과 그의 결혼도 그랬다. 모든 것이 빠르고 격렬했었다. 도입부를 지나고 나면 곡은 사랑하는 사람을 어루만지듯 온화해진다.

Moderato cantabile, 보통의 빠르기로 노래하듯이 연주하라는 지시처럼 지금 두 사람의 삶은 보통 사람들처럼 온화하고 부드러웠다.

쇼팽은 연인 조르주 상드와 싸우고 화해하고 난 뒤에 이 곡을 작곡했다고 한다. 그래서 그런지 즉흥환상곡을 떠올릴 때면 그가 떠올랐다.

즉흥적이고 환상적인 남자가.

남편이었던, 지금도 남편인지는 모를 남자를 떠올리며 연주하는 시안의 즉흥환상곡에는 행복한 결혼 생활을 축원하는 진심이 담겨 있었다.

연주를 마치고 나자 귀가 쩌렁쩌렁 울릴 듯한 박수와 환성이 터졌다. 시안이 세티아가 서 있는 곳을 향해 눈인사를 건넸을 때였다.

"Mademoiselle."

나직한 음성으로 시안을 부르는 소리가 들려왔다. 내뱉은 말은 프랑스어였지만, 누구의 목소리인지 분명히 알아들을 수 있었다.

돌아보니 그 남자, 강제우가 서 있었다. 눈물이 핑 돌았다.

"못 온다더니!"

시안이 버럭 소리를 지르며 그의 목을 와락 끌어안았다. 눈물이 왈칵 터져 나왔다.

연주하는 내내 그가 보고 싶어서, 가슴속에 그리움이 켜켜이 쌓인 상태였다. 세티아의 결혼식을 준비하면서 그와의 결혼식을 떠올려 보았고, 그때는 미처 준비하지 못해서 아쉬웠던 것들이 생각나서 괜한 속앓이를 하기도 했었다.

이제는 이 남자를 남편이라고 불러야 할지, 말아야 할지도 고민했었다.

"피아노를 이렇게 잘 치는 줄 알았으면, 전시에 성시안을 캐스팅하는 거였는데."

그가 시안의 목 안쪽에 얼굴을 묻으며 중얼거렸다. 그가 시안의 체취를 맡으려고 코를 비빌 때마다 아랫배가 아찔하게 조이는 느낌이 좋았다.

"언제 왔어요?"

"계속 여기 있을 거야?"

둘은 동시에 물었고, 함께 웃음을 터뜨렸다. 피로연에 흠뻑 취해 있는 세티아 부부를 뒤로하고 살금살금 레스토랑을 빠져나왔다.

그는 시안의 허리를 붙들어 안은 채로 관자놀이, 이마, 뺨, 목덜미, 입술에 수시로 입을 맞추며 걸음을 옮겼다.

유리 저택은 여전히 바다가 내려다보이는 절벽 위에 당당히 서 있었다.

"불편하면 호텔로 갈래?"

그가 조심스럽게 묻는 말에 시안이 고개를 내저었다. 저택 안으로 들어서자 그가 아무렇게나 팽개쳐 놓은 캐리어가 눈에 들어왔다.

"못 온다더니 어떻게 왔어요?"

시안이 그의 목을 끌어안으며 물었다. 그가 시안의 허리를 바짝 당겨 안았다. 배 위에 닿는 그의 몸피는 이미 거대했다.

"세티아가 이걸 나한테 보냈더라고."

그가 시안에게 휴대전화 화면을 보여 주었다. 그 안에는 시안이 지금 입고 있는 드레스를 시착해 보는 사진이 담겨 있었다.

한쪽 어깨에만 끈이 있는 형태의 드레스는 시안의 몸에 착 달라붙었고, 왼쪽 허벅지 중간부터 트임이 있어서 다리선이 여실히 드러났다.

"이걸 입고 결혼식 파티에 혼자 참석한다는데, 내가 눈이 안 뒤집혀?"

"눈이 뒤집힌 것치고 뉴올리언스에서 세이셸까지 잘 찾아왔네요."

시안이 키득거렸다.

"내 눈이 멀어도 성시안은 찾아야지."

그가 진지하게 대꾸하고는 시안의 입술을 부드럽게 머금었다. 부부가 되어서 처음 하룻밤을 보냈던 곳에 도착하고 나니 감회가 새로웠다.

이곳에서 처음 그의 품에 안겼고, 이곳에서 처음 그와 싸웠고, 이곳에서 처음 그를 두려워했었고, 이곳에서 처음 이 남자를 사랑하게 될지도 모른다는 가능성을 발견했었다.

그런 장소에 이제는 부부인지도 아닌지도 모호한 사이가 되어서 와 보니 기분이 묘했다.

"하아."

입술이 떨어지자 잘게 떨리는 더운 숨이 흘러나왔다.

"시안아."

"응."

그가 진지하게 시안의 이름을 머금었다.

"다시 시작하자는 진부한 말은 안 할게. 그냥 변함없이 지금처럼 사랑하자."

눈물이 또다시 왈칵 솟구쳤다.

이대로 멀리서 서로를 바라보며 가끔 애틋한 만남으로 사랑을 확인하자는 의미일까?

시안이 의문 어린 눈빛으로 그를 올려다보았다. 그는 시안의 의문을 읽은 듯이 대답했다.

"집 공사가 끝났고, 침실에 놓을 뒤세스 브리제가 다음 주에 집으로 배송된대."

"그 의자가 아직도 안 왔어요?"

그렇게 의자에 목을 맸었는데, 까마득히 잊고 있었다는 사실이 놀라웠다.

"나는 이제 공사가 끝난 집으로 돌아가고 싶어."

눈물이 뺨을 타고 쪼르륵 흘러내렸다.

"그리고 그 집에는 내 아내 성시안이 함께였으면 좋겠어."

시안이 고개를 세차게 끄덕거리자, 눈시울에 새로이 고인 눈물이 후드득 떨어졌다. 부드럽게 스치던 입술이 깊게 맞물렸다.

애써 골랐던 드레스가 찢기듯 벗겨졌다. 시안도 알레그로 아지타토의 속도로 빠르고 격렬하게 그의 옷을 벗겨 냈다.

침대로 갈 겨를도 없이 소파에서 몸이 뒤엉켰다. 몸 안으로 온전히 들어온 그를 느끼는 순간, 그가 물었다.

"밖에서 보일지도 몰라."

거실 통유리창을 그가 가리키며 물었다.

"누가, 본다고."

시안이 신음 섞인 목소리로 재촉했다. 처음 이 집에 왔을 때 하늘로 향한 통유리창이 버거워서 샤워조차 못 했던 시안이었다.

그가 시안의 콧잔등을 살짝 깨물며 센 척한다고 놀려 댔다. 결합은 깊었고, 깊은 만큼 감동적이었고, 감동적인 만큼 사랑이 밀려들었다.

완전한 새 출발이라고 할 수는 없지만, 새로운 결혼 생활을 예고하듯 그는 시안을 다정하고 따뜻하게 안아 주었다.

누구나 결혼에 관한 환상을 하나씩은 품고 결혼식을 올린다. 살다 보면 여러 가지의 형태로 그 환상은 깨지기 마련이다.

하지만 빠르고 격렬한 부분과 우아하고 아름다운 연주가 반복되는 즉흥환상곡처럼 삶은 고저를 오르내리며 수없이 변화한다. 그 속에서 새로운 환상을 품을 수도 있고, 그래서 더 황홀한 장면을 마주하기도 한다.

처음의 환상이 깨진다고 하더라도, 그들의 결혼이 아름다운 이유다.

에필로그

FINALE

"치료를 결심하게 된 특별한 계기가 있을까요?"

햇살이 가득 드리운 창을 암막 블라인드로 꽁꽁 막아 놓은 진료실, 의사는 창문을 등지고 앉아 있었다.

"햇살."

제우는 의사의 책상 위에 기다랗게 드리운 햇살 한 줄기를 내려다보며 말을 이었다.

"햇살 때문에요."

의사는 의아하다는 기색도 없이 PC 모니터에 시선을 고정한 채, 열심히 키보드를 두드려 댔다. 의사가 자신을 얼마나 모자란 놈으로 기록하고 있는지 궁금했지만, 제우는 한숨을 집어삼킬 뿐이었다.

"햇살이라면 사람을 지칭하는 걸까요, 아니면 어떤 사건을 의미하는 걸까요?"

의사가 무표정한 얼굴로 물었다. 무정한 표정은 아니었지만, 그렇다고 다정하지도 않았다.

"햇살은……."

제우는 잠시 말을 멈췄다. 어쩐지 낯이 간지러워서 멈칫했다.

'아무것도 아닌 일이라고 회피하지 말고, 우리 인생을 위해서 맞서 줘요. 나도 그렇게 할게요.'

아내가 했던 말이 끊임없이 귓가에 맴돌았다. 그녀의 진심 어린 말 한마디, 따뜻한 손길 한 번이 제우의 몸속에 살아 숨 쉬던 괴물을 잠재우기 시작했다.

하지만 시작이 완성을 의미하지는 않는다.

창문을 가린 암막 블라인드 틈으로 꾸역꾸역 들어오는 햇살처럼 아내는 제우의 삶을 비추었다. 이제껏 세상과 제우의 삶을 왜곡했던 블라인드를 걷어 내고 온몸으로 햇살을 맞이하려면 맞서야 했다.

그 햇살에 눈이 부셔서 눈을 감아 버리지 않도록.

너무 버겁고 성가시다는 생각이 들어서 다시 블라인드를 치고 어둠 속에 숨어 버리고 싶은 충동이 생기지 않도록.

삶에 깃든 가녀린 축복이나마 온전히 지켜 낼 수 있도록.

"제 아내입니다."

제우는 낮은 목소리로 대꾸했다. 의사는 고개를 끄덕거리더니 엷은 미소를 머금었다.

이윽고 의사는 귀찮고, 성가신 질문을 쏟아부었다. 제우는 나름의 성의를 발휘해 대답하며 의사가 자신을 불쌍히 여기고 있지 않다는 자기 최면을 끊임없이 걸어야만 했다.

안 그러면 자리를 박차고 일어나 빌어먹을 모니터 뒤에 앉아서 제우의 머릿속을 해부하려고 드는 의사의 턱주가리를 날려 버리는 불상사가 일어날지도 모른다.

참기 힘든 순간이 올 때마다 성시안의 얼굴을 떠올렸다. 울먹이면서도 끝내는 미소를 보여 주던 아내의 햇살 같은 모습을.

"치료 목적은 단 하나입니다."

제우는 제법 단호한 목소리를 냈다.

"제 아내와 남은 삶을 함께하고 싶어서……. 그게 제가 여기 앉아 있는 이유입니다."

6개월 넘게 상담 치료와 약물 치료를 병행했다. 상태가 좋은 날에는 덜 힘들었고, 상태가 나쁜 날에는 제멋대로 굴지 않으려고 평상시보다 훨씬 더 애를 써야만 했다.

그러면서 제우는 나름의 방법을 터득했다. 우울감에 빠질 것 같으면 산책에 나섰고, 기분이 바닥으로 곤두박질치려고 할 때는 작업실 근처에 얼씬도 하지 않았다.

이제껏 그림을 그리면서 크게 착각했었다. 우울감과 몰입감을 혼동한 것이다.

분노가 극에 달하면 일순 평온이 찾아오는 순간이 있다. 격노는 삶을 무의미하게 만들고, 사람을 차갑게 식히곤 했다. 그때의 차분한 우울감이 집중력을 향상하는 데 도움이 될 때가 많았다.

그래서 제우의 예술적 감수성은 전부 우울감과 맞닿아 있었다. 그러다 몹쓸 감정에 휘둘리는 작업 상태가 악습으로 자리 잡아 버리고 만 것이다.

우울하지 않으면 몰입할 수 없었고, 몰입하지 못하면 그림이 나오지 않았다. 하지만 작품을 완성하고 난 뒤 느끼는 그 희열은 피폐한 삶에 비뚤어진 충만을 선사했다.

외로운 제우는 삶을 좀먹는 충만함에 익숙해졌고, 그로 인해 자신이 얼마나 황폐해져 가는지 미처 깨닫지 못했다.

적어도 성시안을 만나기 전까지는 말이다. 우울하지 않은 상태일지라도, 다른 대상을 통해서 만족을 얻을 수 있다는 사실을 아내가 알려 준 것이다.

치료의 유일한 목적이 아내와의 삶이었던 제우에겐 만족의 대상도 유일했다.

티 룸 테이블 앞에 앉아서 심각하게 미간을 모으고 있는 사랑스러운 아내 말이다.

"침대 헤드가 이게 좋을지, 아니면 이게 좋을지. 모르겠어요."

하지만 아무리 유일무이한 만족의 대상이자, 삶의 목적이 되어 버린 아내라고 할지라도 가끔은 짜증 나게 굴 때가 있는 법이다. 이 집에서 다시 함께 지내기 시작한 지도 벌써 두 달이 넘었는데, 그녀는 여태 침대 헤드 보드를 고르지 못하고 있다.

사람 본성은 쉽게 변하지 않는다. 다만 성숙한 삶을 위해 변하려고 노력할 뿐이다.

"나는 둘 다 좋아 보이는데?"

제우는 그녀의 옆에 앉아서 노트북 화면을 함께 들여다보며 다정하게 대답하려고 애썼다.

프랑스에서 만든 의자를 살 때부터 알아봤어야 했다. 성시안은 가끔 무언가에 꽂히면 대충 하는 법이 없다. 하긴 그래서 제우를 포기하지 않고 집요하게 변화를 끌어냈을 것이다.

"아니야! 우리 뒤세스 브리제에 있는 장미 무늬에 진녹색이 많이 들어가 있잖아요? 그러니까 이 진녹색 헤드가 더 잘 어울릴 것 같아요."

그녀는 진녹색 침대 헤드를 주문하려다가 말고 또다시 울상을 짓는다. 벌써 가을인데, 아무래도 올해가 가기 전에 헤드 보드가 있는 침대에서는 섹스하는 건 글러 먹은 것 같다.

"왜 또?"

제우는 제가 보기엔 하찮기 그지없는 일에 머리를 싸매고 있는 아내의 마음을 이해하기 위해 노력하며……. 아니, 이해하는 척하기 위해 노력하며……. 아니, 짜증을 내지 않기 위해 노력하며 물었다.

그녀가 고른 다른 헤드 보드는 금빛 문양이 휘황한 물건이었다. 마치 태양왕 루이 14세가 쓰던 것처럼 호화찬란했다.

"침대가 금색이면 남편이 잘된다고 해서."

명치끝에서 희미하게 부풀어 오르던 짜증이 쏙 내려간다. 그러니까 그녀의 고민은 이런 거다. 인테리어 조화를 따지자면 진녹색이 좋은데, 남편이 잘된다는 미신 때문에 금색이 눈에 밟히는 것.

"난 충분히 잘나가고 있잖아."

오만함을 숨기려고 노력했지만, 이번만큼은 실패다. 그녀가 믿지 않은 눈빛으로 제우를 노려보았다.

"예쁜 눈."

아내의 눈꼬리에 입을 맞추고, 고개를 숙여 귀밑에 얼굴을 묻었다. 혀를 내밀어 목덜미를 할짝거리자, 아내가 가느다란 어깨를 움츠리며 키득거린다.

"아니이."

말꼬리를 길게 늘이는 애교 섞인 목소리가 듣기 좋다.

"침실에 금색이 있으면 금슬도 좋아진다고 하고오."

"여기서 더?"

제우는 눈을 휘둥그렇게 뜨고 앙큼한 말을 내뱉은 아내를 들여다보았다. 겨우 저런 말을 해 놓고 수줍어서 얼굴을 붉힌다. 대범할 때는 사람 기함하게 만들면서, 소심해질 때는 말 한마디에도 파르르 떠는 게 사람을 미치게 한다.

"부부 사이가 좋으면 좋을수록 좋은 거죠, 뭐."

그녀가 변명하듯 꿍얼거리더니 마침내 주문 버튼을 클릭했다. 그러고는 이내 한숨을 쉬고 망설인다.

"성시안도 참 답 없지."

제우는 오른손 검지로 그녀의 긴 머리카락을 뱅글뱅글 돌리며 장난을 쳐 댔다. 손가락에 휘감기는 머리카락의 간질거리는 감촉만으로도 아랫배가 당겼다.

"내가 왜 답이 없어요?"

아내가 발끈하며 따지고 들었다.

"그냥 대충 골라요. 나는 둘 다 좋은데, 왜 그렇게 집요하게 따져. 침대 헤드보드 고르다가 성격 버리겠네."

급기야 입술을 가늘게 맞문 그녀가 눈을 부릅뜨고 제우를 노려보았다. 하나도 안 무섭다고 말해 주고 싶지만, 아내가 저렇게 나오면 제우는 뜨끔한다. 세상 전부인 존재가 저를 미워하는 것만큼 끔찍한 건 없다.

그런데도 놀려 먹고 싶은 건, 놀림당하는 성시안이 사랑스러운 탓이지 절대 제 탓이 아니라고 제우는 생각했다.

"내가 이렇게 꼼꼼하게 비교하고, 뭐가 어울릴지 고민해서 신중하게 결정하고! 집요하게 구는 성격이라 강제우 씨랑 살아 주는 줄 알아요."

아내가 내뱉은 대찬 말에 제우는 헛웃음이 터지고 말았다.

"뭐라고요?"

"나나 되니까 당신이랑 살아 주는 거라고요. 그냥 대충, 고민 없는 인생이 좋았으면 진작 이 집 나갔지. 안 그래요?"

제우가 대꾸할 틈조차 주지 않고 그녀가 말을 이었다.

"나처럼 뭐가 문제인지, 뭐가 더 나은 선택인지, 끊임없이 고민하고 집요하게 생각하는 사람이니까 당신이랑 사는 거야. 그런데도 나는 강제우가 세상에서 제일 어려운 문제예요. 알아요?"

제우는 눈썹을 들썩거리며 이걸 좋게 받아들여야 하는지, 화를 내야 하는지 망설였다.

"내 인생의 가장 큰 골칫덩어리야. 그래서 매일 생각하고, 매일 고민해야 해요. 아침에는 뭘 먹는 게 좋을까. 저 사람 기분은 지금 어떤가. 차 한잔하자고 하면 방해가 되려나. 지금 키스해 달라고 하면 싫어할까."

"아니."

제우가 대뜸 대꾸했다. 아내가 입을 벙긋거리다가 말고 제우를 바라보았다.

"안 싫어요. 그런 건 언제든지 졸라도 돼요."

웃음이 새어 나왔다. 절대 화를 낼 상황이 아니었다. 아내의 머릿속은 온통 제우에 관한 생각으로 가득 차 있다는 고백에 화를 내는 병신 짓을 해서는 안 된다.

성시안도 참 대단하지.

사람을 쥐었다가, 폈다가. 손바닥 위에 올려놓고 갖고 노는 것도 아니고, 모호한 말로 사람 홀리는 재주가 탁월하다.

"그럼, 해 줘요."

"뭘?"

제우가 시치미를 뚝 떼고 물었다.

"키스해 달라고."

아내의 두 뺨이 맛있게 붉다. 너무 예뻐서 어떻게 만져야 할지 고민될 정도다.

이런 얼굴로 시도 때도 없이 남편에게 키스를 조르도록 홀려 버려야지.

제우는 아내의 도톰한 입술을 부드럽게 머금었다.

아내의 입술은 달다. 입술이 닿을 때마다 늘 처음인 듯 어금니가 간질거렸다. 입술 안쪽의 말랑말랑한 살은 얼마나 매끄러운지 혀를 살짝 갖다 대기만 해도 안으로 쑥 미끄러져 들어갔다.

"으응……."

제우는 그녀의 목덜미를 커다란 손으로 감쌌다. 그녀가 자연스레 턱을 내밀며 고개를 기울였다. 입술이 맞물리는 깊이가 더욱 그윽해졌다.

입 안이 쫙 달라붙은 것처럼 진득한 키스가 이어질수록 숨결이 거칠어졌다.

"하아."

잠시 입술이 떨어지자마자 급하게 숨을 내뱉었다. 그리고 다시금 서로의 입술을 들이마셨다. 마셔도 마셔도 갈증이 났고, 빈틈없이 달라붙어 있어도 허기가 진다.

허전함을 달랠 방법은 하나밖에 없다는 듯이 그녀가 입술을 붙인 채로 자리에서 천천히 일어섰다.

제우는 그녀의 목덜미를 잡고 있던 손을 등허리로 미끄러뜨렸다. 양손으로 가느다란 허리를 감싸자, 그녀가 제우의 단단한 허벅지 위에 앉으려고 했다.

제우는 그녀의 허리를 번쩍 안아서 테이블 위에 앉혔다. 입술이 잠시 떨어졌다.

"흐으……."

달뜬 숨을 흘리는 그녀의 턱선을 따라 입을 맞췄다. 목 안쪽에 입술을 들이밀자, 자연스레 그녀의 고개가 젖혀졌다.

잘게 떨리는 어깨를 손바닥으로 슬쩍 밀어서 테이블 위에 눕혔다. 아내는 노트북을 집어서 의자 위에 잽싸게 내려놓고는 테이블에 등을 기댔다.

기민하게 야한 그녀의 행동에 웃음이 터졌다.

"왜 웃어요?"

발끈하고 싶은데, 열기를 이기지 못한 그녀의 목소리는 안쓰럽게 떨렸다.

"귀여워서."

제우의 솔직한 대꾸에 그녀는 팔뚝으로 두 눈을 가리며 신음했다. 제우의 손이 막 그녀의 원피스 자락을 들치고 허벅지를 더듬던 참이었다.

"흐웃."

그저 손만 닿았을 뿐인데도 골반을 뒤틀며 느끼는 아내의 모습은 숨이 턱 막힐 정도로 야하다. 제우는 옷을 더 들추고 고개를 내렸다.

손끝에 오돌토돌한 상처가 닿자 기분이 가라앉는다. 제우가 집어 던진 꽃병 파편이 튀어서 남긴 흉터였다.

"이제 안 아파."

제 흉터로 인해 남편의 기분이 가라앉고 있다는 것을 알아차렸다는 듯이 아내가 속삭였다. 제우는 조심스럽게 흉터에 입을 맞췄다.

"병원 가서 없애자."

소름이 인 살갗에 입술을 붙인 채로 속삭였다.

"싫어요."

아내는 이상한 부분에서 고집을 부리곤 하는데, 지금이 딱 그런 경우다. 굳이 왜 이 흉터를 간직하려고 하는 것인지 이유를 모르겠다.

"왜 싫은데?"

오늘은 그 이유를 밝혀야겠다고 생각하며 제우는 넌지시 물었다.

"내 몸에 당신 말고 다른 사람 손이 닿는 거 싫어요."

신혼여행지에서 불량한 무리가 그녀에게 캣콜링을 해 눈이 뒤집혔던 적이 있었다. 혹시 그런 일이 또 일어날까 봐 걱정하는 걸까.

"왜 내가 의사를 때려눕히기라도 할까 봐?"

그러자 그녀가 실소하며 상체를 일으켰다. 작은 손이 제우의 얼굴을 감싸 위로 들어 올렸다. 제우는 그녀의 다리 사이에 자리를 잡고 서서 아름다운 얼굴을 내려다보았다.

"진짜로. 내 몸에 다른 사람 손이 닿는 게 싫어서 그래요."

아내가 제우의 손을 끌어다 허벅지 안쪽에 올렸다.

"여긴 당신만 만질 수 있어."

예쁜 말만 골라서 하기로 작정을 한 것인지, 그녀의 입에서는 시도 때도 없이 달콤한 말이 쏟아져 나왔다.

제우는 흉터 위에 한 번 더 입을 맞추고는 그녀의 속옷을 끌어 내렸다.

"흐응……."

그저 옷을 벗겼을 뿐인데도 그녀는 유혹적인 소리를 내며 달뜬 눈으로 제우를 올려다보았다. 바지와 속옷을 급하게 내리자, 아내의 따스한 손이 제우의 목덜미를 부드럽게 감싸 쥐었다.

제우는 그녀의 왼쪽 다리를 제 오른팔에 걸었다. 몸을 바짝 끌어당기며 파고들자, 아내는 목덜미를 끌어안은 채로 고개를 젖혔다.

파르르 떨리는 눈꺼풀을 내려다보며 완전한 결합이 주는 충일감을 잠시 만끽했다. 움직이지 않고 그저 맞닿아 있는 순간조차도 머리가 저릿할 정도로 좋았다.

"으응."

아내의 속을 차지한 채로 가만히 서 있는 남편을 채근하듯 그녀가 아양을 떨었다.

제우는 그녀의 왼쪽 다리를 허리에 감으며 몸을 움직였다.

"아아…… 으응. 흐으읏."

옷도 다 벗지 못했다. 집 안 어디에서든 서로를 탐했고, 시도 때도 없이 서로에게 매달렸다. 아내는 힘들다고 앓는 소리를 하기도 했지만, 때론 그녀가 먼저 얼굴을 붉히며 다가오기도 했다.

서로가 없으면 죽을 것처럼 끌어안았다가도, 각자의 자리로 돌아갈 때는 차분해졌다. 물론 그녀가 걱정할까 봐 차분한 척할 때도 있기는 했다.

아내는 여전히 학원에서 아이들을 가르쳤고, 제우는 그 시간 동안 작업실에 있었다.

각자의 공간에서 건설적인 시간을 보내는 일이 가능해졌고, 그녀를 원하는 만큼 존중하는 법도 배웠다.

"흐으응. 아아. 너무 좋아."

아내가 제우의 가슴에 얼굴을 묻으며 신음했다. 제우는 몸을 쥐어짜듯 조여 오는 감각을 느끼며 아내에게 모든 것을 쏟아 냈다.

거친 숨결과 정사의 야한 내음이 티 룸을 가득 채웠다. 조금 더 붙어 있으면 싶은데, 그녀가 테이블에서 내려서며 몸을 쑥 뺐다.

"저녁은 김치볶음밥에 달걀탕 어때요?"

그녀가 옷매무시를 고치며 물었다. 목소리는 약간 쉬어 있었고, 눈초리는 여전히 붉다.

"그냥 배달시켜 먹자."

저녁 준비를 하기 위해 부엌으로 향하려는 아내를 데리고 침실로 가고 싶었다.

"집밥 먹고 싶은데."

다시 그녀와 이 집에서 같이 살기 시작하면서 집안일은 두 사람이 나눠서 하기로 했다. 이모님은 여전히 제우를 걱정했고, 두 사람의 집안일을 도와주고 싶어 했지만 그녀는 한사코 거절했다. 물론 단둘이 집에 있고 싶은 마음은 제우도 마찬가지였다. 시도 때도 없이 집 안 어디에서나 그녀를 안을 수 있다는 점이 매우 만족스러웠다.

하지만 분위기를 이어 가고 싶은데, 집안일에 아내를 빼앗기는 순간이 오면 사람을 써야 하나 싶은 생각이 든다.

"그럼 어쩔 수 없지. 내가 할게요."

그녀에게 말을 한 적은 없지만, 살림을 돌보는 일에는 제우의 손이 훨씬 빨랐다. 의자 고르는 데 몇 개월이 걸리는 그녀는 라면 하나를 끓여도 눈대중으로 하는 법이 없었다.

정확히 물 550ml를 계량해서 끓여야 직성이 풀리는 성격이었다. 약간은 사람 속 터지게 하는 끈질긴 근성의 소유자가 바로 아내였다.

"아니에요. 작업하다가 잠깐 쉬러 나온 거잖아요. 내가 할게요."

김치볶음밥과 달걀탕을 만드는 데 한 시간이 걸릴지, 두 시간이 걸릴지 모른다. 후딱 저녁을 차려 먹고 여유로운 밤을 맞이하고 싶은 제우는 저도 모르게 미간을 찡그리며 말했다.

"그냥 내가 한다고."

"근데 왜 짜증이에요?"

그녀가 똑같이 미간을 찡그리며 물었다.

"아니."

제우는 허탈하게 웃으며 얼굴을 폈다. 정신과 치료가 성인군자를 만들어 내지는 않는다. 전보다 다정해지고, 유순해지기는 했으나 본래의 기질은 남아 있었다. 다만 그 기질을 온화하게 다듬고, 좋은 기질은 더 성숙하게 만드는 것이다.

"피아노 칠 때는 빠르기만 한데."

제우는 그녀의 손을 잡고 장난기가 어린 눈으로 내려다보며 말을 이었다.

"부엌에서는 아다지오, 그라베, 렌토, 라르고, 안단테만 왔다 갔다 하니까."

아주 느리고 침착하게, 아주 느리고 장중하게, 아주 느리고 무겁게, 아주 느리고 폭넓게, 그리고 느리게.

그녀가 눈을 가늘게 뜨고는 제우를 노려보았다. 짜증 나는 상황을 웃으며 장난으로 넘길 수 있는 것만으로도 제우에게는 큰 변화였다.

그걸 그녀도 모르지는 않았다. 하지만 뭐든 기를 쓰고 열심히 덤비는 그녀는 자존심이 조금 상한 눈치였다.

"빨리 먹고 치우고 싶어서 그래요."

제우는 그녀의 정수리에 가만히 입을 맞추고는 다정한 손길로 뺨을 어루만졌다.

"알았어요."

그녀가 알아들었다는 듯이 고개를 끄덕거렸다.

제우가 김치를 썰고 볶는 동안, 그녀는 부엌 아일랜드 식탁 앞에 앉아서 남편을 관찰했다.

"햄 말고 참치."

싱크대 선반에서 통조림 햄을 꺼내려고 하자 그녀가 잽싸게 끼어든다.

"그래, 참치."

제우가 참치 캔을 집어 들고 뚜껑을 따려는데, 그녀가 심상한 목소리를 냈다.

"타투를 해 볼까요?"

"뭐?"

몸에 다른 사람 손이 닿는 게 싫다는 여자가 난데없이 타투를 한단다.

"어디에?"

웍에 참치를 털어 넣으며 물었다.

"허벅지 흉터에요."

"어떤 모양으로?"

"당신 이름이랑 내 이름도 좋고……."

"거긴 나만 만질 수 있다며?"

의도한 것은 아닌데 약간은 심통 난 목소리가 흘러나왔다.

"그럼 당신이 배워서 해 주면 되죠."

해맑은 아내의 말에 기막힌 웃음이 터져 나왔다.

"그림 잘 그리니까, 타투도 배우면 잘하겠다."

진심으로 하는 소린지, 아니면 장난인지 헷갈린다.

타투를 어디 가서 배우나?

그냥 해 본 소리일 수도 있는데, 제우는 또 진지하게 고민을 시작했다. 아내가 하고 싶다는데, 그리고 남편이 해 주길 바란다는데……. 배우자고 마음먹으면 못 할 일이 뭐가 있겠는가?

"진짜 이름을 새기게?"

"아니면 당신이 그리고 싶은 걸 그려 넣으면 되죠."

별로 자극적인 말도 아닌데, 아내의 몸에 제가 그리고 싶은 그림을 그려 넣을 수 있다는 생각에 몸피가 반쯤 곤두섰다. 제우는 적당히 볶인 재료 위에 밥을 쏟아 넣었다.

"밥 먹고 연습해 볼래요?"

"뭘?"

"내 허벅지에 물감이나 펜으로 그려 보면 되잖아요."

아무래도 오늘 저녁밥을 더 빨리 먹어 치워야 할 것 같다.

샤워를 마치고 나오자, 아내가 작업실 스툴에 앉아 있었다. 연한 핑크색 슬립을 입은 그녀의 머리카락은 물기가 덜 말라서 촉촉했다.

"진심이야?"

제우가 타월로 머리카락 물기를 털어 내며 물었다.

"굳이 이런 거로 장난칠 이유가 있어요?"

그녀는 별스럽게 굴 것도 없다는 듯이 편안하게 웃었다.

"가서 얼른 티셔츠 좀 입고 와요."

본인은 실크 슬립 한 장만 입고 있으면서 반바지 하나 걸친 제우를 나무란다. 아내의 채근에도 아랑곳하지 않고, 제우는 그녀의 앞으로 의자를 끌어다가 앉았다.

그녀의 시선은 물기가 덜 마른 제우의 가슴팍에 닿아 있었다.

"그러다 감기 걸려요."

탄탄한 몸을 훑어 내리는 그녀의 시선에는 어느새 열기가 고인다.

"누가 할 소릴."

제우는 손바닥으로 그녀의 허벅지를 쓸어 올렸다. 손 안쪽에 닿는 그녀의 살 갖은 실크 자락만큼이나 매끄러웠다.

"여기에 타투를 하고 싶다고?"

"당신이 해 줄 수 있으면요."

"그냥 병원 가서 흉터 없애는 게 어때요?"

"이것도 우리의 역사니까. 굳이 없애고 싶지는 않아요. 근데 당신이 이거 볼 때마다 무섭게 인상을 쓰니까."

아내의 말 한마디, 한마디가 사랑스럽다. 제우는 흉터가 남은 그녀의 안쪽 허벅지를 엄지로 부드럽게 쓸어 보았다.

아나나 다를까, 아내가 급히 숨을 들이켰다.

야한 장난을 치자고 덤비는 건지, 진심으로 하고 싶은 일인지. 여전히 헷갈리기는 마찬가지다.

제우는 가느다란 붓에 검은색 수채 물감을 진하게 묻혔다. 그러자 그녀가 화들짝 놀라서 허벅지를 오므렸다.

"종이에 그려 보지도 않고, 바로 그리려고요?"

"이거 지워지는 거예요."

"그래도."

몇 달 동안 가구 하나를 찾아 헤매는 여자는 스케치도 없이 붓을 집어 든 남편이 못마땅한 모양이었다.

"내가 그리고 싶은 대로 그려도 된다면서요."

그녀는 본인이 한 말을 주워 담을 수 없어서 낭패스러운 모양이다. 유성 매직을 들고 있는 것도 아니고, 수채 물감을 찍은 붓일 뿐인데도 바르르 떠는 소심한 모습이 귀엽다.

제우는 망설임 없이 그녀의 허벅지 안쪽에 붓을 갖다 댔다. 슬립 자락을 움켜쥐고 있는 그녀의 손가락 마디가 하얗게 불거졌다.

일부러 붓을 천천히 움직였다. 가느다란 붓이 살갗을 스칠 때마다 그녀는 달아오르는 것처럼 보였다. 신음을 흘릴 상황은 아니라는 생각이 들었는지, 아랫입술을 꾹 말아 무는 모습이 지독하게 자극적이다.

"뭘, 그리는, 거예요?"

질문을 내뱉는 그녀의 호흡은 이미 흐트러져 있었다.

"다 그리면 봐요."

제우는 작업에 몰입하는 척 고개를 더욱 숙였다. 뜨겁게 내뱉은 숨결이 그녀의 살갗 위에서 부서졌다. 바짝 긴장한 그녀의 살결이 바르르 떨렸다.

"가만히 있어요."

제우는 붓으로 매끈한 피부를 지그시 누르며 낮게 읊조렸다. 그녀가 더운 숨을 잘게 흘리더니, 침을 삼키는 소리가 이어졌다.

"거의 다 됐어요."

이런 장면을 떠올리지 못한 것은 아니었지만, 아내의 몸을 캔버스 삼아서 그림을 그리는 작업은 꽤 즐거웠다. 아니, 즐거운 것 이상이었다. 할 수만 있다면 매일 이 짓을 하고 싶은 정도다.

"다 됐어요."

시선을 들어 올리자, 그녀가 울 듯한 얼굴로 얕은 숨을 헐떡이며 제우를 내려다보았다.

"젖었어?"

제우는 깊게 가라앉은 그녀의 눈을 들여다보며 물었다. 그녀가 슬쩍 고개를 끄덕거렸다. 턱을 들어 올리며 그녀의 입술을 머금으려는데, 작은 손이 제우의 턱을 잡고 저지했다.

"그림 먼저 보고 싶어요."

"마르면 봐. 아직 젖었어."

자연스레 나른해진 목소리가 흘러나왔다.

"지워질 것 같단 말이야."

"안 지워지게 하면 되지."

제우는 종알거리는 아내의 입술을 단숨에 머금었다. 턱을 밀어 낼 때는 언제고, 그녀는 기다렸다는 듯이 제우의 어깨를 와락 끌어안았다.

허벅지 안쪽이 마찰돼 그림이 지워질까 봐 걱정되는지 다리를 넓게 벌리는 아내의 행동이 사랑스러웠다.

제우는 입술을 붙인 채로 그녀를 일으켜 세웠다. 그리고는 허리를 잡고 빙글 돌렸다. 그녀는 시키지도 않았는데, 바 테이블을 붙잡으며 엉덩이를 뒤로 내밀었다.

실크 슬립 자락을 그녀의 가녀린 등허리 위까지 걷어 올렸다.

"나중엔 여기에도 그리게 해 줘."

제우는 그녀의 엉덩이를 손바닥으로 쓸어내리며 말했다.

"으응."

대답 같은 신음을 흘리는 아내의 젖은 살점을 단숨에 파고들었다.

"아아!"

아내가 상체를 휘며 앓는 소리를 내뱉었다. 벌써 힘에 겨운지 무너지려는 아내의 골반을 팔로 휘감으며 몸을 약간 숙였다. 결합이 깊어지자 그녀는 제우의 팔에 몸을 실으며 골반을 움직였다.

"예쁘기도 하지."

제우는 그녀의 젖은 머리카락에 얼굴을 묻으며 중얼거렸다. 연약하게 무너질 것 같으면서도 쾌락을 좇는 아내의 모습이 기꺼웠다.

"흐으응…… 아아!"

속도가 빨라지자 그녀의 목소리도 거칠어졌다. 그러면서도 허벅지 안쪽에 그려 넣은 그림을 신경 쓰는지, 서 있는 각도를 요리조리 바꾸는 모습에 제우는 웃음이 나올 것만 같았다. 이러나저러나 사랑스럽다.

신을 믿지 않았지만, 아내를 볼 때마다 제우는 신의 존재 여부에 대한 의문이 들었다. 아무래도 신은 존재하는 것 같다. 그러니 제우에게 성시안을 보내 주었고, 그녀의 사랑을 허락했을 것이다.

"흐으응. 제우 씨."

그녀가 바 테이블 끝을 움켜잡으며 울부짖었다. 남편에게 안겨서 어쩔 줄 몰라 하는 아내를 제우는 뒤에서 꽉 끌어안았다.

"사랑해."

제우는 그녀의 귓불을 깨물며 고백했다.

"사랑해, 시안아. 응?"

한계에 다다랐는지 그녀의 몸에서 힘이 쭉 빠졌다.

"하아……."

제우는 축 처진 아내의 몸을 안은 채로 뒤에 놓인 의자에 주저앉았다. 끊어낼 듯이 조이는 감각을 음미하고 있는데, 아내의 고개가 아래로 떨어졌다.

"당신이 날 안고 있네."

그녀는 쾌락의 여운이 흥건한 목소리로 읊조렸다.

허벅지 안쪽 흉터를 안고 있는 남자의 그림이 제우라는 것을 알아본 아내의 목소리에는 물기도 어려 있었다.

"평생 이렇게 안아 줄게."

결합을 풀지 않은 상태에서 내뱉은 말은 야하고, 다정했다.

"으응."

그녀가 신음처럼 대꾸하며 뒤로 손을 뻗었다. 작은 손이 젖은 머리카락을 헤집었다. 입술이 맞물렸다.

아무래도 내일부터 타투를 배워야 할 것 같다.

결혼 1주년 여행을 가고 싶었지만 사정이 여의치 않았다. 아내가 가르치는 학생 중에 입시를 앞둔 아이들이 있었고, 아내는 자리를 비울 수 없는 중요한 시기라며 입시 철이 지나가야 여행이 가능할 거라고 했다.

결국, 결혼 1주년을 뜻깊게 보내기 위해서 찾은 곳은 예술의 전당 오페라 극장이었다. 두 사람이 처음 만났던 곳, 강제우가 속절없이 성시안에게 한눈에 반했던 곳.

아내에게 첫눈에 반했다는 사실을 제우는 뒤늦게 깨달았다. 공연 내내 무대는 바라보지 않고 제우만을 향해 있던 눈동자, 비싼 가방을 들고 비 오는 풍경을 보며 파르르 떨던 안쓰러운 모습까지.

수백 번을 곱씹고, 떠올릴 때마다 아름답게 미화되는 첫 만남이었다.

지금 생각해 보면 제우는 그녀에게 튼튼한 우산이 되어 주고 싶었던 것 같다.

"성시안 선생님?"

아내와 공연장에 막 들어섰을 때였다. 낯선 사내의 음성이 등 뒤에서 들려왔다. 제우는 본능적으로 아내의 허리를 제 쪽으로 꽉 당겨 안았다.

아내는 제우에게 체통을 지키라는 듯이 슬쩍 눈을 흘기고는 낯선 남자에게 인사를 건넸다.

"안녕하세요? 여기서 뵙네요."

남편 가슴을 사르륵 녹여 버리는 눈웃음을 다른 놈에게 보여 주는 아내 때문에 속이 뒤집힐 것 같았다.

"잘 지내셨죠?"

"네, 잘 지냈어요. 잘 지내시죠?"

"덕분에요."

뭐가 덕분이라는 건지.

표정이 굳는 순간, 남자의 시선이 제우에게 닿았다.

"강제우 화백님?"

낮은 목소리는 같은 남자가 듣기에도 퍽 좋은 편에 속했다. 비싼 슈트를 입은 걸 보니 꽤 사는 놈인가 보다.

그런데 뭐라고 했더라? 성시안 선생님?

"네, 강제우입니다. 누구신지?"

남자는 선한 미소를 지으며 명함 한 장을 꺼내서 제우에게 건넸다. 잘생긴 얼굴에 드리운 미소는 그 자체로 발광하는 듯 보였다. 명함 속의 글자 따위 눈에 들어오지 않았다. 키도 제우와 비슷했고, 덩치도 제우에게 밀리지 않을 듯했다. 그리고 어딘지 모르게 낯이 익었다.

"늦었지만, 결혼 축하드립니다."

남자는 동행이 있는지 짧은 인사를 건네고는 먼저 자리를 떴다. 매너가 상당히 좋았지만, 아내 앞에서 수컷 냄새를 폴폴 풍기는 자식이 영 마음에 들지 않았다.

그리고 어디서 봤는지 생각나 버렸다. 아내와 이곳에서 처음 만났을 때, 그녀가 저놈에게 눈인사를 건네던 모습이 머릿속에서 생생하게 되살아났다.

기억력도 좋다, 강제우.

오랜만에 속이 뒤틀리기 시작했다.

공연장에서 이딴 식으로 자주 마주치던 사이였을까?

"예전에 내가 가르치던 애 아빠예요."

뒤틀리던 속이 빠르게 제자리로 돌아왔다.

"애가 몇 살인데? 아빠가 되게 젊네."

"애는 지금 아마 일곱 살? 저 아빠 나이는 모르겠네요."

그녀는 별 관심이 없다는 듯이 자리에 앉아서 프로그램 북을 뒤적였다.

"질투했어요?"

평상시와 같은 목소리였지만, 그녀의 어조에는 장난기가 실려 있었다.

"질투는 무슨."

"유명한 음악가 집안이어서 내가 가르치는 데 좀 애를 먹었었어요."

"유명한 음악가 집안인데 선생님을 따로 들였어?"

아내가 애를 먹었다는 소리에 제우는 속이 상했다. 자신이 함께할 수 없었고, 지켜 주지 못했던 그녀의 과거가 제우는 늘 안타까웠다. 그녀 역시도 그런 말을 한 적이 있었다.

'내가 제우 씨를 더 빨리 만나지 못해서, 더 빨리 안아 주지 못해서 속상해요. 할수만 있다면 오래전 그날로 돌아가서 바닷가 구멍가게 앞에 혼자 앉아 있는 아이를 꼭 안아 주고 싶어.'

잠드는 게 두려웠던 날들이 있었다. 날마다 계속되는 악몽 때문에 눈을 붙이는 것조차 힘들었던 때가 있었다.

치료를 시작한 이후로 횟수는 줄었지만, 이따금 꿈자리가 사나웠다. 그녀는 제우가 가위에 눌린 듯 끙끙거릴 때마다 부드럽게 안아 주었다.

어느 날 새벽엔가 그녀는 물기 어린 목소리로 제우를 도닥거리며 말했었다.

그때 그 아이를 안아 주고 싶다고.

그날 이후로 끔찍한 악몽은 서서히 옅어졌다. 이제는 같은 꿈을 꾸어도 소스라치지 않았다.

곁에 늘 아내가 있다는 믿음이 있기에 가능한 일이다.

"나는 그냥 연습 선생님 같은 거였거든요. 아이가 연습을 잘하는지, 못하는지 봐주는 거요."

"그럼 진짜 선생님은 따로 있고?"

아내가 고개를 끄덕거렸다.

"진짜 선생님은 아이 증조할아버지였어요. 왜 한국 전쟁을 주제로 교향곡 만든 작곡가요."

세기에 한 명 나올까 말까 한다는 음악가였다. 한국 클래식 음악사에 한 획을 그었을 뿐만 아니라, 세계 음악사에도 이름을 남긴 사람이었다.

아마도 아까 인사를 건넸던 남자는 그 음악가의 둘째 손자일 것이다. 그의 아버지와 형 역시 음악가였는데, 두 사람 모두 집안 어른의 천재성을 뛰어넘지 못해 괴로워하다가 스스로 목숨을 끊었다는 이야기를 들은 기억이 났다.

"음악가 집안이라 공연장에서 자주 부딪쳤는데, 그때마다 얼마나 불편했는지 몰라요. 저 사람 좀 너무 차가워 보이지 않아요?"

아내는 지금도 한기가 느껴진다는 듯이 몸서리를 쳤다.

"그래 보이지는 않던데?"

아내는 손바닥으로 팔뚝을 쓸어내리며 말을 이었다.

"겉으로는 그래 보이지 않을 수도 있죠. 그리고 진짜 무서운 사람은 저 집 할아버지예요. 내가 연습 수업 할 때, 할아버지가 잠깐 들르셨던 적이 있었는데……. 정말 무서웠어요. 애가 안쓰러울 정도였다니까요?"

"무슨 일 있었어?"

제우가 아내의 어깨를 살짝 당겨 안으며 물었다.

"연습 수업 끝나고, 그분이 저를 따로 부르시더라고요. 음악 페다고지에 관한 좋은 말씀을 해 주셨는데, 그런 거 있잖아요. 좋은 말인데 혼나는 기분? 못 가르친다고 야단맞는 기분이었달까요?"

"그리고 잘렸어?"

제우는 분위기를 가볍게 하려고 물은 말이었다. 하지만 그녀가 진지하게 미간을 찌푸리며 고개를 끄덕거리는 바람에 제우는 잠시 할 말을 잃어버렸다.

"날 유일하게 자른 집안이에요. 그래서 내가 저 집안사람들 만날 때마다 약간 주눅이 들었거든요. 말로는 연습 선생님이 따로 필요하지 않아서 그만 일해 주십사 했는데, 그 '찝찌입' 한……. 그런 거 있잖아요."

아내는 결혼 전까지 있는 집 자제들의 음악 영재 교육에 몸담고 있었다. 평판이 좋았고, 인기도 많은 선생님이었다고.

"근데 오늘은 뭔가 느낌이 다르더라고요?"

"뭐가?"

"나 아까 되게 자연스럽게 인사하지 않았어요?"

제우는 허탈한 웃음을 터뜨렸다. 아내가 눈을 예쁘게 접으며 인사하던 모습이 떠올라서 약간은 어이가 없어졌다.

"어, 너무 예쁘게 인사하더라."

"그랬어요?"

그녀가 새침하게 웃는다.

"당신이 옆에 있어서 그런 거예요."

가슴 한구석이 따뜻해지는 말만 골라서 하는 것도 아내의 재주라면 재주다.

"나한테 건방지게 구는 사람이나, 나를 속상하게 만드는 사람이 있으면 당신이 때려 줄 거잖아요?"

눈썹을 추켜올리며 애교를 부리는 아내가 못 견디게 사랑스럽다.

"여기서 주먹 휘두르면 나 감옥 가."

"에이, 설마요. 만약에 감옥 가면 내가 돈으로 빼 와야지."

최대한 불량스럽게 지껄이는 아내였지만, 착해 빠진 얼굴이어서 우습기만
했다.

"처음엔 꼭 멘델스존 같았어요."

오늘 감상할 곡이 멘델스존의 교향곡이었다. 교향곡 3번 스코틀랜드와 4번
이탈리아, 결혼기념일 여행을 대신해서 선택한 공연에 딱 어울리는 곡이었다.

"누가?"

"당신이요. 멘델스존은 완전 다이아몬드수저였거든요? 집안이 진짜 어마어
마했어요. 할아버지가 유명한 철학자인 모세 멘델스존이었고, 아버지는 은행가
였거든요. 돈 많고, 명예도 있는 집안에서 곱게 태어난 거죠."

"그래서 내가 멘델스존 같았다고?"

"일단 당신이 엄청나게 돈이 많다는 건 알고 있었으니까요. 윤 대표가 날 어
떻게 꼬셨는지 알아요? 엄마 병원비는 어떻게 할 거냐. 이 남자랑 결혼하면 팔
자 고칠 수 있다. 막 이랬다니까요?"

제우는 아무런 반응도 보이지 않은 채 아내를 응시했다.

"그런데 그거 알아요? 멘델스존이 또 기가 막히게 잘생겼거든요? 이거 봐
요, 멘델스존 생긴 것 좀 봐."

그녀가 프로그램 북에 있는 멘델스존의 얼굴을 가리켰다.

"잘생기기만 했나? 그림도 잘 그렸어요. 머리도 좋아서 작곡도 잘하고, 지휘
도 잘하고. 할아버지가 유명한 철학자라서 철학 선생님이 괴테였대요. 능력만
좋아? 생계유지가 힘든 음악가를 돕기도 했다니까요."

"그래서 나를 잘난 집안에 돈도 많고, 능력 좋고, 잘생기고, 어려운 사람 도
울 줄도 아는 멘델스존 같다고 생각했다고?"

그녀가 함박웃음을 지으며 고개를 끄덕거렸다. 뭔가 함정이 있는 것처럼 기
분이 '찝찝'한 건 왜일까?

"근데 멘델스존은 아니더라고요."

성시안이 또 강제우를 갖고 놀려고 한다. 제우는 기꺼이 그녀의 손바닥 위에
올라앉았다.

"잘생긴 건 인정해요. 정말 잘생겼어. 새벽에 자다 깰 때마다, 나 정말 깜짝 놀라는 거 알아요?"

"왜?"

제우의 입가에서는 바보 같은 미소가 떠나질 않았다.

"와, 내가 이렇게 잘생긴 남자랑 결혼했구나. 싶어서?"

급기야 제우는 웃음을 터뜨렸다. 아내의 생기 가득한 표정이 귀여워서 미치겠다.

"근데 왜 멘델스존이 아니야? 돈도 많고, 어려운 사람 도울 줄도 알고, 능력좋고, 잘생겼는데?"

그녀가 새침하게 프로그램 북을 덮으며 대답했다.

"멘델스존은 성격이 좋았대요."

제우는 웃음기 하나 없이 깜찍한 말을 잘도 지껄이는 아내의 볼을 살짝 꼬집었다.

"아야. 이것 봐. 막 꼬집고. 못됐어."

눈을 흘기는 모습이 영락없이 소녀 같다.

"아주 하루라도 남편을 놀려 먹질 않으면 미치겠지?"

그녀가 웃음을 참는 듯이 아랫입술을 말아 물었다. 이윽고 객석 조명이 어두워졌다.

지휘자가 무대 위에 모습을 드러내자, 객석에서 박수 소리가 터져 나왔다.

제우는 아내의 귓가에 대고 속삭였다.

"그럼 멘델스존이 아니면 누구야?"

무대를 바라보던 그녀가 제우에게로 고개를 돌렸다. 의문이 가득한 눈빛이다.

"멘델스존이 아니면, 어떤 음악가랑 비슷하냐고."

그녀가 어떤 대답을 내놓을지 궁금했다. 천재라 불린 모차르트일지, 악성(樂聖)이라 칭송받는 베토벤일지.

"아무도 아니지."

그녀가 뜻밖의 대답을 내놓았다.

"아무것도 아니라고?"

약간은 불만 어린 목소리가 흘러나왔다. 그러자 그녀가 제우의 귓바퀴에 따뜻한 숨결을 흘리며 속삭였다.

"독보적인 내 남편이죠. 강제우는 강제우지. 감히 누구를 갖다 붙이겠어요?"

제우는 잽싸게 고개를 돌려 그녀의 입술에 얼른 입을 맞췄다. 그녀가 미간을 잔뜩 찡그리며 주의를 주었다.

마음 같아서는 공연이고 나발이고 그녀를 둘러업고 오페라 극장을 박차고 나가서 집이든 호텔이든 둘만 있을 수 있는 장소로 가고 싶었다.

"공연 끝날 때까지는 안 돼요."

마치 제우의 심중을 읽은 듯이 그녀가 중얼거렸다. 그러면서 허벅지를 움켜쥐면 어쩌자는 건데?

아무래도 이번 공연 관람은 고행이 될 것 같다.

"여전히 악몽을 꾸시나요?"

모니터 너머의 의사가 물었다.

"네, 가끔요."

이제는 의사와의 대화가 제법 편안해졌다.

"악몽을 꾸고 난 뒤에는 어때요?"

"예전처럼 심각하지는 않아요. 아내가 곁에 있으니까요."

의사는 고개를 한 번 끄덕이고는 키보드를 열심히 두드렸다.

"아내분을 향한 집착은 잘 조절하고 있나요?"

"네."

"아내분의 외출을 예민하게 받아들이지도 않고요?"

"네."

여전히 그녀와 24시간 붙어 있고 싶은 마음이 굴뚝같았지만, 제우는 잘 해내고 있었다.

"혹시 아내분이 혼자서 여행을 간다고 하면 보내 줄 수 있을까요?"

의사의 질문에 제우의 미간이 단번에 구겨졌다.

"그래야 합니까?"

"그건 본인 선택이죠. 이 문제는 평범한 부부 사이에서도 쉽지 않아요."

의사는 평범한 부부가 가질 수 있는 문제에 관한 질문을 던지고 있었다.

"약물 치료를 중단하고 나서, 어려운 점은 없고요?"

듣던 중 반가운 소리였다.

"더 궁금한 건요?"

의사가 덧붙인 말에 제우가 입술을 비틀었다. 시시콜콜하게 꿈 이야기를 해도 되나 싶어서 주저됐다.

"편하게 말씀하세요."

제우가 망설이고 있다는 것을 알아차린 의사가 재우쳐 말했다.

"어제 꾼 꿈이 너무 생생해서요."

"어떤 꿈이었죠?"

"큰 뿔이 달린 하얀 사슴이 마당에 들어오는 꿈이었어요. 아내가 즐겨 앉는 정원 테이블 앞에 서서 저를 쳐다보고 있었거든요?"

의사가 미소 지었다.

"의학적 소견은 배제하고 말씀드려도 될까요?"

이건 또 무슨 개소린가 싶다. 의사가 상담 중에 의학적 소견은 배제한다.

의사가 눈을 가늘게 뜨며 제우를 향해 웃었다. 1년 가까이 상담을 해 왔지만, 저렇게 친밀한 얼굴은 또 처음이다.

"커다란 뿔은 아이의 높은 지위를 상징한다고들 하더라고요."

제우는 잠시 머릿속이 멍해지는 것 같았다.

제우가 운전대를 잡은 차가 큰 도로를 벗어나, 주택가 진입로로 들어섰다.

'커다란 뿔은 아이의 높은 지위를 상징한다고들 하더라고요.'

의사가 웃으며 흘린 말이 내내 머릿속에 맴돌았다. 찾아보니, 뿔이 커다란 흰 사슴이 나오는 꿈은 태몽이었다.

태몽이라고……?

그녀에게 아이 이야기를 꺼냈던 것은 두 사람의 관계가 한계까지 치달았을 때였다. 그녀를 놓치고 싶지 않아서 아이를 낳자며 비겁하게 군 것이다.

그 이후 두 사람의 대화에 자녀 계획이 화제로 올랐던 적은 없었다. 마치 자녀 계획에 관해서 암묵적 동의라도 한 것처럼 두 사람 모두 입을 닫았다.

그런데 난데없이 태몽이라니?

기억하는 한 아내를 안으면서 제우는 피임에 애를 썼다. 온전히 그녀를 느끼고 싶은 욕구가 굴뚝같았지만, 제 욕심 채우자고 아내의 의견을 무시하는 멍청한 짓은 저지르고 싶지 않았다.

차고에 차를 세우고, 집 안으로 들어서자 고소한 냄새가 진동하고 있었다.

"어디 있어?"

제우는 현관에 서서 코트를 벗으며 소리쳤다.

"나, 부엌에!"

멀리서 그녀가 외치는 소리가 들려왔다. 제우는 얼른 손을 씻고 그녀가 있다는 부엌으로 향했다.

역시나…… 부엌이 엉망진창이다.

"6.25 때 난리는 난리도 아니라는 말, 이럴 때 쓰는 거구나."

이모님이 입에 달고 살던 말이었다. 아이들이 천방지축으로 굴면 늘 저 말을 내뱉곤 했다. 집 안 꼴이 좀 엉망이 되면 어떻다고 그런 고리타분한 잔소리를 하나 싶었는데, 지금 부엌을 보니 저절로 신랄한 소리가 튀어나왔다.

"뭐 하는 거야?"

제우는 니트 소매를 걷어붙이며 아내의 곁으로 다가갔다. 겨자색 앞치마를 두른 그녀는 심각하게 미간을 좁힌 채 태블릿PC를 들여다보고 있었다.

"아니. 분명히 레시피대로 했는데……. 왜 안 되는 거지?"

"뭘 만드는데?"

프랑스산 고메버터와 유기농 밀가루, 유정란과 반죽 기계가 조리대에 널브러져 있고, 트레이에는 덜 익은 반죽 덩어리와 다 타 버려서 쿠키인지 케이크인지 구분도 안 되는 쓰레기가 널려 있는 걸 보면……. 아내가 겁도 없이 베이킹이라는 것을 하고 있나 보다.

이런 건 그냥 사 먹는 게 제일 맛있다는 말이 목구멍까지 올라왔지만, 제우는 꾹 참았다. 치료의 결과는 정말이지 놀라웠다. 이런 말을 다 참을 수 있다니.

"당신 레몬마들렌 좋아하잖아. 그래서 그거 만들어 주고 싶었는데."

갓 구운 마들렌과 함께 오후 티타임을 갖고 싶었다는 아내는 울상을 지으며 제우를 올려다보았다.

"뭐가 잘못됐을까?"

제우는 아내에게 물으며 잽싸게 조리대 위를 치우기 시작했다. 쓰레기를 전부 모아서 비닐봉지에 넣고, 음식물은 따로 분리해서 치우고, 행주로 조리대를 깨끗이 닦아 주자 그녀의 얼굴에 금세 함박웃음이 어린다.

반죽으로 엉망이 된 볼을 깨끗이 설거지하고, 반죽 기계도 얼른 손을 봤다.

"같이 해 볼까?"

제우의 물음에 그녀가 고개를 끄덕거렸다. 제우는 레시피대로 반죽을 만들고, 오븐 온도를 맞추고, 마들렌 틀에 반죽을 부은 뒤, 정해진 시간만큼 구워 냈다. 어려울 게 전혀 없었다.

"오! 말도 안 돼! 마들렌이 됐어!"

그녀는 믿을 수 없다는 듯이 눈을 휘둥그렇게 떴다.

"완전 금손이다! 당신은 진짜 뭐든 잘 만들어!"

아내의 칭찬에 제우도 웃음을 머금었다.

그래, 나는 뭐든 잘 만들지. 근데 내가 애도 만들었을까?

생각이 거기까지 미치자 입이 근질근질했다. 태몽을 꿨다는 이야기를 한번 해 볼까.

"근데 나는 왜 이렇게 못 하지. 진짜 똑같이 했는데."

일단 지금은 실망한 아내를 달래 주는 게 우선이다.

"당신이 실패하는 동안 뭔가 깨우쳐서 이번에는 잘된 거야. 나는 옆에서 거들기만 했지. 당신이 만든 거잖아."

그녀는 그게 아닌 것 같다며 고개를 내저으면서도 금세 표정이 풀려 버렸다.

두 사람은 폭신폭신한 레몬마들렌과 꽃향기 그윽한 블랙티를 마시며 오후를 보냈다.

그날 밤, 제우는 평상시처럼 아내의 품을 파고들려고 했다.

"오늘은 피곤해요."

아내가 드물게 제우를 거부하며 등을 돌리고 누웠다. 기분이 묘했다. 그러고 보니, 오늘 아내는 이상하게 부산스러워 보였다.

꼭 무언가를 숨기는 것도 같았고, 무언가를 잊기 위해 애쓰는 것 같기도 했다.

"그냥 피곤한 거 맞아?"

제우가 부드럽게 물었다.

"응."

평소 같으면 미주알고주알 설명했을 아내의 대답이 단답형이다. 제우는 저를 등지고 누운 아내의 허리를 당겨 안으며, 그녀의 머리카락에 얼굴을 묻었다.

샤워를 했지만, 베이킹의 여파인지 그녀의 몸에서 더 진한 바닐라 향이 나는 것만 같았다.

제우는 매혹적인 향에 일어서려는 욕구를 애써 잠재우며 눈을 감았다. 불안증도 함께 잠들기를 바라며 그녀의 고른 숨소리에 집중했다.

눈을 떠 보니 아직 해가 뜨지 않은 이른 새벽이었다. 품에 안겨 있던 아내가 침대 위에 없었다. 손을 더듬어 보니, 침구가 차갑다. 아내가 침대를 벗어난 지 오랜 시간이 지난 것 같았다.

심장이 철렁 내려앉았다. 제우는 얼른 몸을 일으키며 협탁 등을 켰다. 가슴이 버겁게 뛰기 시작했다.

이불을 걷어 내고 몸을 일으키는데, 침실에 딸린 욕실 쪽에서 새어 나오는 불빛이 눈에 들어왔다. 순간 피곤하다고 했던 아내의 음성이 귓가에 선연하게 되살아났다.

아내가 아픈 줄도 모르고 잔 건가?

혹시 밤새 끙끙 앓기라도 했나?

걱정이 앞섰다. 제우는 얼른 욕실로 향했다.

"시안아."

욕실 문은 살짝 열려 있었다. 그녀는 거울 앞에 서서 무언가를 내려다보고 있다가 화들짝 놀라서 돌아보았다.

얼굴이 하얗게 질린 그녀의 눈가가 붉었다.

"왜 그래? 무슨 일이에요?"

양손을 뒤로 숨긴 그녀가 울 듯한 표정을 지으며, 고개를 절레절레 내저었다.

"뒤에 숨긴 건 뭔데? 응?"

제우가 한 발짝 다가서자 그녀의 손에서 무언가 와르르 떨어졌다. 바닥에 떨어진 것은 기다랗고 하얀 플라스틱 조각이었다.

"이게 뭔데?"

허리를 굽혀 바닥에 떨어진 스틱 하나를 집어 들었다.

"우리 피임 잘했죠? 안 한 적 없는 것 같은데……. 이게 어떻게 된 건지."

그녀는 파르르 떨고 있었다. 제우가 어떤 반응을 보일지 몰라서 두려운 눈치였다.

"이게 무슨 뜻이에요?"

선명한 자주색 줄이 두 개였다.

"임신한 것 같아요. 혹시나 몰라서 다섯 개나 해 봤는데……. 어떡하죠?"

질문하는 아내의 목소리가 안쓰럽게 떨렸다.

"어떡하긴."

제우는 스틱을 손에 쥔 채로 아내에게 바짝 다가섰다. 눈물이 가득 고인 눈동자를 들여다보며, 최대한 다정한 목소리를 내기 위해 애썼다.

"당신은 엄마가, 나는 아빠가 되는 거지."

제우가 먼저 환한 웃음을 머금었다. 제가 내뱉어 놓고도 무척이나 흡족한 말이었다.

그녀는 엄마가 되고, 자신은 아빠가 된다.

내내 불안해하던 아내의 입가에 어설픈 웃음기가 어렸다.

"제우 씨 괜찮아요, 정말?"

"안 괜찮아요."

제우는 아내를 꼭 끌어안았다. 왼팔로 떨리는 등허리를 감싸고, 오른팔로 작은 머리를 쓰다듬었다.

"안 괜찮아. 너무 안 괜찮아. 미칠 것 같아. 심장이 막 터질 것 같아. 당신 닮은 딸일까, 날 닮은 아들일까. 아니면 날 닮은 딸일까, 당신 닮은 아들일까. 궁금해서 돌아 버리겠어. 하나도 안 괜찮아."

품에 안긴 그녀가 키득거리는 소리가 들려왔다.

"말을 해야죠. 혼자 끙끙 앓고 있으면 어떡해. 그래서 어제 그렇게 베이킹이니 뭐니 난리를 친 거야? 걱정돼서?"

그녀가 고개를 끄덕이며 훌쩍거렸다. 울다가, 웃다가. 난리가 났다.

"미안해요. 걱정하게 해서."

제우는 따뜻한 사과를 건넸다.

"아녜요. 나도 조금 무서웠어. 우리 사이에 아이가 생긴다고 생각하니까 너무 막연하고, 그랬어요. 그래서 말하기가 어려웠어."

"앞으로 나한테 말하기 어려운 일은 없었으면 좋겠어요. 뭐든 말해요. 응?"

제우가 다정히 속삭이자, 그녀가 가슴팍에 묻고 있던 얼굴을 들어 올렸다. 남편을 올려다보는 아내의 무구한 얼굴이 미치도록 사랑스러웠다.

"나 곱창 먹고 싶어요. 우리 아기가 먹고 싶대요."

그렇다고 바로 곱창부터 찾을 것까지야.

제우는 어이가 없어서 웃음이 터지고 말았다. 아기가 먹고 싶어 한다고 핑계 대는 모습이 귀여워서 돌아 버리겠다.

"알았어요. 곱창 먹어요."

"전골 말고, 구이."

"그래, 전골 말고, 구이."

얼마나 먹고 싶은지, 침까지 꼴깍 삼킨다.

"곱창 먹으러 가기 전에 산부인과부터 같이 가 줘요."

"당연히 같이 가야지."

제우가 그녀의 콧잔등에 입을 맞추며 웃었다.

"애 침대는 무슨 색으로 할까?"

아내가 심각하게 미간을 구기며 물었다. 또 시작이다.

아이가 태어나기 전까지 침대를 살 수는 있을까? 아직 우리 침대에 헤드 보드도 없는데?

"흰색."

제우는 고민 없이 대답했다.

"흰색이 예쁘기는 한데, 나무색도 이쁘더라고요."

"그럼, 나무색 해요."

"근데 나무색이 되게 다양해요. 메이플, 오크, 아카시아목……."

아이가 태어나면 그녀는 아마도 고민을 달고 살 것이다. 그런 그녀의 곁에서 제우는 더욱 단단한 사람이 되리라 다짐하고 또 다짐했다.

"사랑해, 시안아."

갑작스러운 고백이 쑥스러운지 그녀가 얼굴을 붉혔다.

"나도 사랑해요."

예쁘게 고백하며 발꿈치를 들어 올리는 그녀의 입술에 부드럽게 입을 맞췄다.

오늘의 태양이 새롭게 떠오르고 있었다. 이제 새로운 삶을 살아갈 두 사람의 집을 햇볕이 따뜻하게 데우기 시작했다.

외전

CON AMORE

제우는 이보다 더 큰 인내력을 요구하는 일은 세상에 없으리라 생각했다.

"옷이 안 맞아. 가슴이 너무 꽉 끼어서."

아내는 옆구리에 자리한 지퍼를 올리다가 말고 한숨을 몰아쉬었다. 그녀는 지퍼를 올리다가 만 드레스를 위태롭게 걸친 채였다.

검은색 실크 브래지어로 모아 올린 가슴은 금방이라도 바닐라 향이 나는 모유를 쏟아 낼 것처럼 풍만했다. 동그랗게 배가 나오기는 했지만, 뒤에서 보면 허리가 잘록하기만 해서 임산부처럼 보이지 않았다.

오히려 통통하게 살이 오른 엉덩이와 풍요롭게 벌어진 골반은 그녀의 뒤태를 더욱 아찔하게 만들어 주었다.

한숨을 훅 내쉰 제우가 아내의 곁으로 한 발짝 가까이 다가갔다.

"여기 지퍼가 걸린 것 같네요."

제우는 정중하고 다정한 목소리로 읊조리고는 아내의 옆구리를 손끝으로 은근히 스치며 지퍼를 올려 주었다.

거울에 비친 아내의 붉어진 얼굴을 응시하며, 매끈하게 드러난 옆 목에 입술을 꾹 눌렀다.

"으응."

아내가 무엇도 시작하지 말라는 듯이 앓는 소리를 낸다. 제우는 동그란 배를 아래부터 위로 천천히 쓸어 올린 뒤, 가슴 밑동을 부드럽게 움켰다. 실크를 겹 겹이 쌓아 올린 듯한 디자인의 암녹색 드레스 안쪽에서 말랑말랑한 여체의 온기가 고스란히 느껴졌다.

"가지 말까요?"

탁하게 쉰 목소리로 물었다. 욕구를 가라앉히기 위해 험악하게 억누른 음성과 달리 말투는 적당히 녹은 초콜릿처럼 감미로웠다.

"가야 해요. 오늘은 꼭 가고 싶어요."

임신하고 안정기에 접어들 때까지, 아내를 안는 일을 잠시 중단해야만 했다. 또 안정기에 접어들었다고는 하나, 임신 전처럼 격렬한 관계를 할 수는 없었다.

참고, 또 참다가 얇은 유리 막으로 둘러싸인 아내의 몸이 깨지기라도 할세라 조심, 또 조심하며 몸을 섞어야만 했다. 집 안 곳곳을 돌아다니며 흘레붙던 일은 아득히 먼 과거처럼 느껴졌다.

인고의 시간을 보내고 있는 남편의 마음을 아는지 모르는지, 아내의 몸은 아이를 가졌다는 사실이 믿기지 않을 만큼 유혹적으로 변해 갔다.

"갠 또 갑자기 왜 그래요?"

꼿꼿하게 발기한 물건이 그녀의 엉덩이 위쪽에 닿아 있었다.

"왜 이러겠어요?"

발갛게 상기된 얼굴로 거울을 응시하는 아내의 눈초리가 붉다. 단숨에 들이켜고 싶을 정도로 먹음직스럽게 빛나는 아내의 살갗으로 시선을 던졌다가, 한 발짝 물러섰다.

가슴께에서 미끄러져 내려오는 제우의 손을 그녀가 재빠르게 그러나 부드럽고 상냥하게 움켜잡았다.

"조금은 늦어도 될 것 같아요."

제우는 단단하게 여겼던 인내심에 섬세한 균열이 가는 것을 느꼈다.

아내는 제우의 손을 잡고 금빛 찬란한 삶으로 이끈 장본인이었다. 그렇다고 해서 아내가 언제나 올바른 길로 들어섰던 것은 아니다.

그녀는 성혼의 신뢰가 깨졌다는 이유로 이혼 전문 변호사를 스스로 찾아가기도 했었다. 하지만 그건 아내에게 신뢰를 주지 못하고 허울뿐인 빛을 좇으려 했던 자신의 탓이라고, 제우는 생각했다.

찬란하고 단단한 빛을 붙잡기 위해 겪어야 했던 야만의 시기였다. 제우는 아내를 제대로 알지 못했고, 아내도 제우를 제대로 보려고 하지 않았다. 사랑에는 무지했고, 욕구만이 확실했다.

마음만 다시 먹는다면, 아내는 숨어 버릴 수 있었을 것이다. 달아날 기회도 얼마든지 만들 수 있었을 것이다.

하지만 그녀는 제우의 전부를 알고 난 후, 잡은 손을 놓지 않았다. 제우의 곁을 묵묵히 지켜 주며 신뢰를 쌓아 올렸다.

제우를 포기하지 않고 기다려 주었다는 사실만으로, 성시안은 위대했다.

그러니 가느다랗게 떨리는 손으로 남편의 손을 꼭 쥐고 있는 아내의 뜻을 거역할 수는 없다.

"얼마나 늦어도 되는데요?"

제우는 잘 길든 종마처럼 우월한 신뢰를 담은 눈빛으로 아내의 눈을 바라보았다.

"공연 끝나고, 갈라 정도만 참석해도 되지 않을까요?"

오늘 제우와 그녀가 관람하기로 한 공연은 세 시간가량 진행될 예정이었다. 클래식 음악과 전통 연희극의 만남으로 화제가 되는 공연이었는데, 공연 후원사가 그녀의 제자 집안이라고 했다.

유일하게 그녀를 선생 자리에서 잘랐다는 집안에서 주관하는 행사에, 그녀는 남편을 동반해 참석하는 것을 즐겼다. 사랑스러운 보상 심리가 엿보여서, 제우는 언제나 기꺼이 그녀의 외출에 동행했다.

"공연이 세 시간은 넘는 것 같던데?"

"하고, 다시 옷 입고, 챙기고……. 그러려면 세 시간은 필요하죠."

앙큼한 말을 내뱉는 아내의 낯빛은 여전히 유순했다. 아까 수고스럽게 올려 놓은 지퍼를 천천히 잡아 내렸다.

"그럼, 침대로 갈까요?"

나직한 물음에 그녀가 예쁜 웃음을 참는 듯 입술을 가늘게 맞물리며 고개를 끄덕거렸다. 임신한 아내를 놀라게 하는 일은 없어야 하기에, 제우는 관계에 앞서 모든 것을 묻는 버릇이 생겼다.

"안아도 돼?"

말끝을 낮춘 질문에는 그녀의 귓불이 붉어졌다.

"응."

아이까지 가졌으면서 이런 질문에는 늘 수줍어한다. 암녹색 실크 드레스를 벗겨서 파우더 룸 의자 등받이에 구겨지지 않도록 걸쳐 두고는, 아내의 몸을 부드럽게 안아 올렸다.

가느다란 팔이 목덜미에 황홀하게 휘감겼다. 그저 팔로 목을 안았을 뿐인데도 머릿속이 몽롱해지는 듯하다.

제우는 성큼성큼 침실로 걸음을 옮겼다. 침대 위에 아내를 눕히고, 빠르게 옷을 벗었다. 속옷만 입은 채로 얕은 숨을 헐떡거리는 아내는 지나치게 자극적이다. 아내는 푹신한 침대 헤드 보드에 등을 기대고 비스듬히 누운 채로 남편을 올려다보고 있었다.

눈치챘는가? 침실에 헤드 보드가 생겼다. 그녀가 고심해서 고른 뒤세스 브리제도 침실 한쪽을 장식하고 있었다. 그곳에서 아내를 안았던 기억을 떠올리자, 유쾌한 웃음이 입가에 머문다.

"왜 웃어요?"

그녀가 왜 혼자 재미있는 상상을 하냐는 투로 묻는다.

"저 의자가 처음 집에 왔던 날이 생각나서."

애액으로 실크를 더럽힐 수 없다며 미간을 구기던 아내의 발가벗은 모습이 아직도 눈에 선하다.

"난 또 뭐라고."

아내가 시시한 대답을 들었다는 듯이 웃는다. 제우는 천천히 고개를 숙여 아내의 목 안쪽에 입술을 묻었다.

"흐음."

길게 숨을 들이마시며 살갗에 콧잔등을 비비자, 가느다란 손가락이 목덜미를 연주하듯 어루만진다. 소복이 솟은 가슴을 덮고 있는 브래지어를 벗기고, 둥그스름한 배를 쓰다듬다가, 팬티 안으로 손을 밀어 넣었다.

"아아!"

푹 젖은 살점을 조심스럽게 어루만졌을 뿐인데, 그녀는 자극을 견딜 수 없다는 듯이 신음하며 다리를 움찔거렸다.

아내가 몸을 돌려 누웠고, 제우는 그녀의 뒤쪽에 몸을 포개며 누웠다. 모로 누운 두 사람은 마치 숟가락을 한 방향으로 포개 놓은 것처럼 몸을 겹쳤다. 배가 부른 뒤로는 이 체위로 몸을 섞는 게 가장 편하다는 아내였다.

부드럽게 살이 오른 허벅지를 들어 올리며, 젖은 살점을 천천히 파고들었다.

"흐으읏."

밭은 숨을 내뱉으며 신음하는 아내를 걱정스러운 눈으로 살폈다.

"불편한 데 있어?"

"아니. 흐으."

아내의 신음 소리가 평소보다 훨씬 날카로웠다.

"그럼?"

고개를 살짝 돌린 아내가 속삭이듯 중얼거렸다.

"몰라. 평소보다 훨씬 가깝게 느껴져."

임신하고 몸이 예민해진 아내는 관계 중에 쉽게 흥분하는 일이 잦아졌다. 아내의 몸에 무리가 가지 않게 하느라, 아내의 절정만을 지켜보다가 일을 끝낸 적도 많았다.

"미안."

오늘도 남편의 허기를 채워 주지 못할까 봐 걱정하는 투다.

"괜찮아. 뭐든 다 좋아."

제우는 아내의 배를 보드랍게 받쳐 안으며 몸을 앞뒤로 천천히 움직였다.

"대신 이 녀석 나오기만 해 봐."

경고를 내뱉고 그녀의 입술을 부드럽게 빨아 물었다. 입술 안쪽에 고인 달콤한 타액을 들이마시는 동안, 아내는 벌써 얕은 절정을 맞이하는 듯 조여들기 시작했다.

시안은 하복부를 찌르는 듯한 날카로운 통증에 잠에서 깨어났다.

초산은 원래 오랜 진통을 겪는 법이라 병원에 일찍 가 봐야 좋을 게 없다는 소리를 귀에 못이 박히도록 들었다. 무통 주사를 맞을 수 있는 시기와 제왕절개를 결정해야 하는 순간 등 외울 정도로 익힌 정보였다.

"흐으윽. 제우 씨. 나 배가."

하지만 진통이 시작되자, 머리로 익힌 정보는 별 도움이 되질 않았다. 깊은 밤, 남편을 부르는 음성에는 두려움이 뚝뚝 흘러넘쳤다.

배 속에 자리한 아이가 금방이라도 쏟아져 나올 것만 같아서 덜컥 겁이 났다.

"괜찮아. 지금 병원으로 갈까?"

그가 눈을 반쯤 뜬 채로 묻고 있었다. 그의 검은 눈동자에도 깊은 두려움이 자리하기는 마찬가지였다. 하지만 자상하게 아내를 달래는 목소리에 시안의 가슴이 고요히 가라앉기 시작했다.

"응. 지금 병원 가 보고 싶어."

"그래. 가 보자, 지금."

출산 가방을 챙겨 들고 남편과 함께 차에 올랐다. 운전석에는 새벽잠을 설치고 나온 기사가 자리했고, 제우는 뒷좌석에서 시안의 곁을 지켰다. 그런데 차에 오른 순간부터 통증이 잦아들기 시작하더니, 아무렇지 않은 기분이 들었다.

금방이라도 가랑이 사이로 아이가 쑥 빠져나올 것 같았는데, 갑자기 고통이 사라져서 당황스러울 정도다.

"왜 그래요? 어디 또 안 좋아?"

어리둥절한 얼굴을 한 시안을 향해 그가 물었다.

"아니. 그게⋯⋯. 병원에 너무 빨리 가는 건가 싶어서요. 지금은 하나도 안 아픈데⋯⋯."

커다란 손이 시안의 젖은 이마를 쓸어 넘겼다.

"진통 간격부터 재 보자."

그가 휴대전화로 시간을 확인하고는 타이머 앱을 구동했다. 숫자가 연속해서 빠르게 올라갈 때마다 심장이 조금씩 빠르게 두근거렸다.

진통 간격은 7분 언저리였다.

"흐으읍."

그는 출산 교실에서 배운 대로 시안의 몸을 부드럽게 마사지해 주며, 고통을 함께 감내하기 위해 애썼다.

"잠깐만! 하지 말아 봐요!"

하지만 그의 마사지는 생각만큼 효과적이지 않았다. 진통이 찾아올 때면 신경이 잔뜩 곤두서는 바람에 그의 손길이 짜증스럽기까지 했다.

그는 마치 총구를 겨누는 경찰이라도 만난 범죄자처럼 두 손을 허공으로 번쩍 들어 올렸다. 이제 보니 남편의 잘생긴 얼굴은 하얗게 질려 있었고, 반듯한 이마에는 식은땀이 송골송골 맺혀 있다.

남편이 이렇게 당황한 모습을 보인 적이 있던가?

진통이 잦아들기 시작하자, 입가에 웃음이 번졌다.

"왜 웃어요?"

"손은 내려도 돼요. 내가 꼼짝도 하지 말라고 한 건 아니잖아."

잘생긴 얼굴이 조금은 부드럽게 풀어졌지만, 그의 눈동자에는 여전히 긴장의 빛이 역력했다.

"긴장 좀 풀어요. 앞으로 오래 걸릴 거야. 이러다간 애가 나오기 전에, 아빠가 먼저 쓰러지겠어."

그가 시안의 이마에 가만히 입을 맞추었다. 남편의 보드라운 입맞춤을 느끼며, 시안은 잠시 눈을 감았다.

"오래 안 걸렸으면 좋겠는데……. 지금도 너무 힘들어 보여."

남편의 바람과는 달리, 진통은 12시간이 넘도록 계속되었다.

12시간의 진통 끝에 남편의 품에 먼저 안긴 아이는 건강한 사내아이였다. 그는 커다란 덩치를 웅송그린 채로 아이를 받쳐 안고는 멍한 눈빛으로 제 아들을 응시했다.

꼬물거리는 작은 생명체에 온 마음을 다 빼앗겨 버린 듯 보였다.

"왜 그래요? 우리 아들, 이상하게 생겼어요?"

그는 한숨을 집어삼키며 고개를 내저었다.

"나도 보여 줘요."

시안은 침대에 누운 채로 남편에게 아이를 보여 달라며 손을 뻗었다.

"어떻게 성시안 배 속에 이런 게 들어 있었던 걸까?"

그가 내뱉은 말에 시안은 실소해 버렸다.

방금 태어난 아들을 보고, 이런 게?

"도대체 어떤 게 들어 있었는지 나도 궁금하니까, 보여 달라고요."

그는 마지못해 넘겨준다는 듯이 아이를 시안의 품에 안겨 주었다.

"와!"

감탄사를 내뱉은 시안은 잠시 아무런 말도 하지 못했다. 남편이 왜 '이런 게'라는 표현을 썼는지 조금은 알 것 같았다.

갓 태어난 아이는 새빨갛게 달아오른 피부 때문인지 인간처럼 보이질 않았다. 눈도 뜨지 않은 작은 생명체가 제 배 속에서 나왔다는 사실이 시안조차도 신기했다.

그리고 기대했던 것보다 못생겨서 조금은 실망스러웠다. 어디 가서 인물이 빠진다는 소리는 들어 본 적 없었다. 그리고 산부인과에서 아들이라는 말을 들었을 때, 잘생긴 남편을 닮을 거라는 생각에 기대치가 높았다.

"왜 그래?"

남편이 시안의 안색을 살피며 물었다.

"얘, 너무 못생겼어요."

시안의 입가에 함박웃음이 떠올랐다.

"근데 너무 사랑스러워. 어떻게 이럴 수 있지? 얘가 어떻게 내 배 속에 있었지? 아가, 내가 네 엄마야."

'엄마'라는 말이 어색하다고 생각했었다. 누군가 저를 엄마라고 부른다고 생각하면, 온몸에 소름이 돋아날 때도 있었다.

그런데 '엄마' 소리가 절로 흘러나왔다.

"우리 아들, 나는 아빠야."

그가 벅차오른 목소리로 아들을 향해 인사를 건넸다.

불완전한 두 사람이 만나서, 복잡한 퍼즐 조각을 맞추어, 마침내 그림 한 쪽을 완성한 듯했다.

"아빠! 그렇게 하는 거 아니라고요! 붓은 이렇게 잡는 거야!"

찬명이 제 아빠에게 붓을 고쳐 잡으라며 미간을 잔뜩 찌푸렸다.

"알았어. 이렇게 잡으라는 거지?"

"응, 맞아! 그렇게!"

올해 여섯 살이 된 찬명은 저명한 화가인 부친에게 붓 잡는 법을 가르치느라 진땀을 빼는 중이었다.

"찬명아. 아빠한테 그렇게 밉게 말하면 안 된다고 했지? 누가 아빠한테 인상을 막 쓰고 그래?"

시안이 둘째 찬유를 품에 안은 채 화실로 들어섰다.

"찬유는 아직 안 자?"

제우가 피곤한 기색이 역력한 아내를 향해 물었다. 이제 갓 백일이 지난 찬유는 잠투정이 심한 편이었다. 지금도 제 엄마의 품에 안겨서 옹알이를 해 대느라 시끄럽다.

"찬유 이리 주고, 잠깐 가서 눈 좀 붙여요."

시안은 고집스럽게 고개를 내저었다.

"이제 잘 때 됐어요. 금방 잘 거야."

제우는 얼른 자리에서 일어나 아내의 곁으로 성큼성큼 다가갔다.

"찬유 이리 주고, 가서 조금이라도 자. 응? 밤에도 수유하느라 못 잤잖아."

"당신은 찬명이 봐야 하잖아."

"둘 다 내가 볼 수 있어. 걱정하지 말고, 가서 쉬어."

미안한 얼굴로 아이를 건네주는 시안의 이마에 제우가 부드럽게 입을 맞췄다.

"얼른 가."

화실을 떠나지 못하고 뭉그적거리는 아내의 등을 제우가 문 쪽으로 살짝 밀었다. 시안은 못 이기겠다는 듯이 문을 향해 걸었다.

제우는 찬명과 그림을 그리던 테이블로 돌아가 앉았다. 찬명은 4절 도화지 위에 붓을 놀리다가 말고, 찬유를 한 번 흘끗거렸다.

"찬유 얼른 자."

동생을 향해 어른스럽게 읊조리는 모습에 제우는 엷은 웃음을 머금었다. 찬명의 성격은 제우를 빼다박았다. 물론 막무가내였던 시절이 아닌, 지금의 모습을 말이다. 대체로 유순했지만, 고집스러운 아이였다. 가끔 욱하는 기질을 보일 때면, 아내가 제 아빠랑 똑같다는 소리를 해 댔다.

욱한다고 해서 예전처럼 분노를 조절하지 못하고 날뛰는 일은 없었다. 그저 입바람을 훅 내뱉으면 그만이었다.

삶이 이토록 안정적이었던 적은 없었다. 아내와 두 아이로 인해 행복이 충만했고, 매일이 감사했다.

특정 종교를 믿는 것도 아닌데, 모든 일에 감사하는 버릇이 생겼다. 찬유가 잠투정을 부린 덕분에 어린 두 아이를 데리고 화실에 앉아서 오붓하게 그림 놀이를 할 수 있다는 점도 감사했다.

붓은 그렇게 쥐는 게 아니라며 화가인 아빠를 가르치려 드는 배포 있는 아들이 있음에 감사했고, 아내를 쏙 빼닮은 예민한 딸아이의 존재도 감사했다. 화실에 들이치는 따스한 햇볕도 감사했고, 그 안에 고요히 물감을 말리고 있는 작품이 자리하고 있음에 감사했다.

그리고 무엇보다 이 모든 삶을 가능케 한 여자가 곁에 있음에 무한히 감사했다.

잠투정하던 찬유가 어느새 제우의 품에서 새근새근 잠이 들었다.

"아빠, 찬유 자요?"

찬명이 목소리를 잔뜩 낮추며 물었다.

"응."

"나도 잘래요. 졸려."

다른 건 샘을 내지 않는데, 엄마와 동생이 함께하는 낮잠 시간은 샘을 내는 찬명이었다.

"그럼 우리 다 같이 엄마 옆에서 잘까?"

"네!"

화실 세면대 앞에서 찬명이 스스로 손과 얼굴을 씻는 것을 지켜봐 주었다. 찬명은 부모의 사랑 속에서 제가 할 수 있는 일은 척척 해내는 건강한 아이로 자라나고 있었다.

부모가 되는 것을 두려워했던 적이 있었나, 싶을 정도로 제우는 아빠 노릇을 훌륭히 해내는 중이었다. 누구나 아이를 키우는 것은 처음 겪는 일이다. 그러니 실수는 있기 마련이고. 그 실수를 겸허히 받아들일 수 있는 넉넉한 마음가짐이 제우를 성숙한 부모로 만들었다.

"수건으로 얼굴이랑 손 꼼꼼히 닦고."

"네, 알아요."

참견하지 말라며 미간을 찌푸리는 찬명의 얼굴을 내려다보며 제우는 설핏 웃었다.

이 녀석이 사춘기가 되면, 나를 얼마나 이겨 먹으려고 들까?

성시안을 만나기 전에는 상상조차 할 수 없었던 인간관계였다.

대드는 사춘기 아들을 둔 강제우라니.

"이제 침실로 가요, 아빠."

왼쪽 팔에는 잠든 찬유를 안고, 오른손으로는 찬명의 고사리 같은 손을 잡은 채 침실로 향했다.

패밀리 침대 한쪽에 아내가 잠들어 있었다. 찬명은 잽싸게 침대로 올라가 아내의 옆에 누웠다. 아내는 잠결에 손을 뻗어서 찬명을 품에 안았다.

제우는 아기 침대 위에 찬유를 눕히고는 아내의 등을 포근히 감싸듯 누웠다.

"자고 일어나서, 저녁은 카레 해 먹을까요?"

아내가 잠결에 물었다. 물론 요리는 전부 제우의 몫이었다. 아내는 요리에는 도통 소질이 없었다. 그렇다고 해도 문제 될 건 없다. 그녀가 하지 못하는 일은 자신이 하면 된다고 제우는 생각했다.

"응. 그러자."

제우는 아내의 머리칼에 얼굴을 묻으며 숨을 깊게 들이마셨다. 노곤한 잠이 쏟아졌다. 고요한 행복이 순간마다 가득했다.

작가 후기

한동안 흠 없는 주인공이 등장하는 이야기만 썼습니다.

단점이 있다고 하더라도, 장점이 더욱 도드라져서, 단점을 덮어 줄 수 있는 등장인물 일색이었습니다.

결혼 환상곡에는 그런 주인공이 없습니다. 여자주인공 시안도, 남자주인공 제우도 전부 불완전한 인간상을 그리고 있습니다. 완벽하지 않은 두 사람은 관계는 잘 흘러가는가 싶다가도, 어느 순간 삐걱거리며 불협화음을 냅니다.

조건을 내세워 결혼한 남녀가 삶의 방식을 맞춰 나가는 과정을, 불완전한 주인공들의 삶을 통해 그려 내고 싶었습니다.

인간은 모두 불완전합니다.

서로서로 극복해 나가는 이야기로 조금이나마 위안을 얻으셨기를 바랍니다.

최근 쓴 글 중에 가장 어려웠던 작업이었습니다.

다음에는 조금 더 좋은 글로 인사드리겠습니다.

언제나 함께해 주시는 독자님, 감사합니다.

여러 권의 책을 함께 작업해 주신 심은지 대리님께도 감사드립니다.

좋은 날 보내시길 바랍니다.

2022년 초가을
요안나 드림

결혼 환상곡
fantasy marriage

1판 2쇄 찍음 2023년 5월 24일
1판 2쇄 펴냄 2023년 5월 31일

지은이 | 요안나
펴낸이 | 정 필
펴낸곳 | (주)뿔미디어

표지 · 디자인 | 우 물

출판등록 | 2002년 9월 11일 (제1081-1-132호)
주소 | 경기도 부천시 소향로 17, 303(두성프라자)
전화 | 032)651-6513 팩스 | 032)651-6094
E-mail | dahyangs@naver.com
블로그 | http://blog.naver.com/dahyangs
비북스 | http://b-books.co.kr

값 11,000원

ISBN 979-11-6895-802-9 03810